求职日本

入乡随俗

胡英子　苏　珊　著

团结出版社

图书在版编目（ＣＩＰ）数据

求职日本　入乡随俗 / 苏珊，胡英子著. -- 北京 ：
团结出版社，2018.3
　　ISBN 978-7-5126-5936-0

　　Ⅰ．①求… Ⅱ．①苏… ②胡… Ⅲ．①长篇小说－中
国－当代 Ⅳ．①I247.5

中国版本图书馆 CIP 数据核字(2017)第 322106 号

出　版：团结出版社
　　　　（北京市东城区东皇城根南街 84 号　邮编：100006）
电　话：(010) 65228880　65244790
网　址：http://www.tjpress.com
E-mail：zb65244790@vip.163.com
经　销：全国新华书店
印　装：三河腾飞印务有限公司

开　本：170mm×240mm　　16 开
印　张：18.25
字　数：341 千字
版　次：2018 年 3 月　第 1 版
印　次：2018 年 3 月　第 1 次印刷

书　号：978-7-5126-5936-0
定　价：55.00 元

目 录
CONTENTS

第一章
阪神地震

1995年1月17日凌晨1点钟，岩岩终于把论文的最后一个字敲进了电脑。她伸了伸酸疼的腰身，把腿从小矮桌底下抽了出来，她一边揉搓着已经麻木的双腿，一边欣慰地看了一遍写好的论文，然后，关上煤气炉，准备上床睡觉。

周围一片寂静，密集的民宅里看不到一盏闪亮的灯光，外面嘶鸣的寒风"呼呼呼"地吹打在楼房薄薄的外墙壁上，玻璃窗都被风刮得发出了"砰砰砰"的颤动声。

关掉了煤气炉，房间很快就冷如冰窖了，岩岩不由地打了一个冷战，迅速钻进了唯一一处温暖的地方——被窝。啊！真舒服！电热褥子的热气温暖了已经冰凉的脊背，她用被子紧紧地裹住身子，只露出了脑袋，不多一会儿，脸就被冻得冰凉。

冬天，日本绝大多数住户都使用汽油炉取暖。这种炉子外观漂亮，体积适中，取暖效果非常好，省油节电还安全，只是需要经常去买汽油，有些不方便；另外，家里储备几桶汽油，也有点儿不太安全。岩岩所住的这栋公寓，规定只能用煤气炉。煤气炉虽然方便、安全，但费用要比汽油炉贵很多。这栋三层公寓楼墙壁薄，夏天像蒸笼；冬天像冰窖。可是，一旦打开了煤气炉，屋子立时就变得暖融融的；而一旦关掉了，那些热气马上就跑得无影无踪。

她躺在温暖的被窝里，美滋滋地享受着一天中最幸福的时光。看着从嘴里呼出去的热气在空气中变成了一圈一圈淡白色的哈气，缓缓地飘向了空中，她无奈地摇了摇头："哎，还是北京的家好呀！"北京家里冬天的暖气成为此时岩岩的奢想。想着想着，朦朦胧胧地进入了梦乡……

突然，一阵晃动把岩岩从梦中摇醒。她感觉床似乎在颤悠，整栋小楼似乎也在弹跳。她自言自语地说："风刮得真猛呀！把小楼都刮得摇摆了起来。"她翻了一个身，又舒舒服服地闭上了眼睛。

又不知过了多长时间，那种弹跳式的晃动又来了一次，比第一次厉害，床下面发出来"轰隆轰隆"的轰鸣声。不一会儿，那种声音变成了"轰轰隆隆，轰轰隆隆"的刺耳"摇滚乐"，随着反弹的晃动不断地冲进岩岩的耳朵里，她神经质地坐了起来。随着这种声音的放大，她的毛发都乍了起来。几秒钟后，这种弹跳式的晃动让人变成像坐在摇椅里，瞬间，又像打秋千"忽悠"一下急速向上飞起，让人又"哗"地陡然向下滑落，同时，房子也发出了"巴嘎巴嘎"木头扭曲的声音。在夜深人静的凌晨，这些声音显得深沉可怕。腾！那沉闷的轰鸣声变成了恐惧的怒吼声，房子在晃动，家具在震跳，碗杯在碰撞，顷刻间，岩岩只感觉天旋地转，床随着小楼一起一伏地跳起来。

突然，一个起伏，把她连人带被子掀了出去。"地震了！"随着她的惊叫，身体便重重地砸在了榻榻米上。她像一个翻滚着的皮球，在榻榻米上滚动着，"咣当！"一声，她的脑袋撞到了冰箱上。昏眩加上头痛，"哇！"她张开嘴，吐出了头天晚上吃进去的食物，被子、身上一片狼藉，她像一个醉汉，昏头涨脑地任凭身体随着小楼一起摇摆着，震荡着——

恐惧的震跳越来越厉害，岩岩的心脏随着那可怕的晃动剧烈地跳动着，跳动着——此时的她，已经没有体力站立起来了。从未有过的恐惧，说白了，就是末日来临时的那种恐惧让她浑身不停地哆嗦着。

冰箱里的食物、果汁和牛奶随着震晃的惯力冲出了冰箱，在榻榻米上滚动着，流淌着。她惊恐地喊叫着蜷缩成了一团，任凭外面冷风呼啸，任凭楼房剧烈地震荡，脑子里一片空白……

虽然弹跳式的剧烈震晃仅仅持续了20秒钟左右，可是那种恐惧的记忆一辈子都刻在了岩岩的脑海里。

滚落在榻榻米上的小闹钟，指针停在了5点46分。

接下来的震晃，时而持续一会儿，时而又歇息一下，时而剧烈地摇晃几下，时而又微微地颤抖几秒。

寒冷的房间里，除了榻榻米上滚动着的瓶瓶罐罐的相撞声，就是岩岩发出的惊叫声。此时，街面上安静极了，住户们都躲在各自的住宅里经受着这场恐惧的大地震。

日本是地震多发国，因而在建筑设计上有着严格的地震设计规范，在施工上更是严守材料的强度与硬度指标，精心施工，就连一栋二层住宅小楼，也是按照地震设计要求，把建筑钢材一根不少地埋进建筑物体里去。日本人相信他们的建筑防震技术，因此，地震发生时，大家都会待在房间里，快速地躲在结实的桌子下面。另外，日本人从小就受到良好的地震训练，因而，当地震发生时，他们能够比较镇定地去面对。

隔壁山下的房间里，时而传过来惊叫声，时而传过来身体摔倒在榻榻米上的"咕咚！"声。山下的惊呼声带给了岩岩一种力量。"在我的旁边还有一个人，我们是患难与共的邻友！"她猛地站了起来，跌跌撞撞地冲到了壁柜前，费力地推开了壁柜门，用尽全身的力气敲打着那层薄薄的墙壁，急促地喊着："山下，山下，你怎么样？"

"我这边没事。"透过薄墙，山下也大声地喊着："你还好吧？我们躲在桌子下面，不能跑出去！"

两姐妹相互鼓励着，相互提醒着，任凭摇晃，任凭震荡，始终没有离开自己的小屋。

地震，这个可怕的字眼把岩岩的思绪带回到了恐怖的1976年7月28日，那时，她正在农村插队。那一天的凌晨，砖土砌起来的房屋在一阵剧烈的震动下摇晃起来，从房顶上掉下来的沙土落了在酣睡着的岩岩的脸上，箱子里的物品在里面晃动碰撞着，地下传出来的"轰隆轰隆"的响声就像奔驰的火车。她被震醒了，本能地坐了起来，猛然，她好似醒悟到了什么，大声惊呼着："地震！地震！赶快往外跑呀！"慌忙中，她揪起一条被单披在身上，不顾一切地打开大门冲进了雨中。随着她的行动，屋子里的女孩子们也失魂落魄地冲出了屋门。惊魂未定的女孩子们站在雨中，呼吸不匀，恐惧地望着那排房子。不知谁突然发出了一声怪笑："我们没穿外衣呀！"女孩子们这才定下神来，发现了各自的狼狈样了：有的只穿了三角裤衩，裸露着上身，有的穿着胸罩，有的穿着小背心，大家相互望着，望着，然后，站在雨中，"哈哈哈哈"地傻笑了起来。

就在这个时候，大队干部心急火燎地跑进知青住的院子里，这群傻丫头见到了那几个村干部，就像被马蜂蜇了一样，大声惊呼着，捂着胸脯又跑进了各自的房间。就在此刻，一次更加猛烈的震动袭来，一根房梁从房顶上"嗵"地砸了下来，不偏不倚正好砸在刚刚进屋的一个女孩子头上，她还没有喊出一声，便被压在了房梁的底下……

那是毁灭性的唐山大地震！它夺走了岩岩同屋好友的生命！地震，让岩岩记住了那刻骨铭心的惨痛教训。

她胆战心惊地紧裹着被子蜷缩在书桌底下，此时，她非常害怕。她害怕那可怕的震荡会把小楼薄薄的墙壁震裂，害怕自己被甩出屋外，害怕自己从空中被狠狠地摔落到地面上，粉身碎骨！她越想越害怕，越想越紧紧地把身体裹在了被子里面。

大的震荡过去以后，又频繁地来了几次小震动，逐渐地震荡微弱了下去。

天空泛起了鱼肚白，电车像往常一样"隆隆"地从远处驶进了车站。"啊，电车还能行驶，说明铁轨没有受到损害，交通没有出现问题。"岩岩自言自语着，慢慢地从书桌底下爬了出来，打开了电灯。

窗户上结满了冰霜，她浑身哆嗦着，一边哈着气，一边无奈地看着榻榻米上散落的食品及瓶子、罐子、流出的牛奶和果汁。她脱掉了沾上果汁的睡衣，重新打开煤气炉，开始清理榻榻米上的食物。

这个时候，隔壁山下敲着薄墙，急促地问："岩岩，你有热水吗？"

"有，你要干嘛？"岩岩隔着墙壁回应着。

"我的煤气出问题了，不能烧热水了。我的嗓子干得直冒火，想喝一点热水。"

"你等一下，我给你送过去。"

山下的样子十分狼狈，她穿着一身睡衣站在门口，目光惊恐，浑身瑟瑟发抖。她一边接过岩岩的热水瓶，一边说："太可怕了！我以为末日来了呢！我还从来没有经历过这样的晃动呢！"

恐惧的地震没有把岩岩居住的三层小楼震倒，真是大幸！要不是小楼的钢材有弹性，韧性好，要不是钢材与墙板钩挂得结实，小楼哪能经受得住那样的强震？

不到8点，山下敲响了岩岩的房门，她的神态显然安然了许多。"谢谢你送来的热水瓶。我要早点去公司，我想，办公室现在一定是凌乱不堪的。我们晚上见。"说完，她急匆匆地走下楼梯。

岩岩清理了房间后，简单地吃过了早饭，正要出门，侄子从大学打来了电话："小姑，你在东京没有事吧？"

侄子的问候让岩岩心里充满了温暖，她有点哽咽地问："你在大学还好吧？那里没有发生意外吗？"

"我们大学的房子都是混凝土浇筑起来的，结实得很。小姑，你在东京一定要注意安全呀！"

岩岩知道侄子是到外面的电话亭打电话给自己的，她想象得到站在冰凉刺骨的电话亭子里，手里握着冷冰冰的电话筒的感觉，不禁一股热泪涌出了眼眶："你自己也要多注意安全呀。外面冷，赶快回宿舍去吧，谢谢你，我要去大学了，我们随时保持联系。"

在这场可怕的大地震中，尽管岩岩极度惊恐，但是，因为有自己的亲人也在这片国土上生活，她的内心不再那样孤独与不安了。

电视新闻第一时间报道了地震以后的阪神，里氏7.2级的强烈地震给阪神地区带来了巨大的灾难和损失。看着画面上那些倒塌的住宅、扭曲的铁轨、坍塌的高架桥、裂开大缝子的道路和塌陷下去的地面，岩岩的心情非常沉痛。屏幕上不断出现新的信息，道路堵塞、民房烧毁、很多建筑物屋顶断裂、整栋楼体折倒在一边、遇难者的遗体……看着，看着，她的眼泪止不住地流了下来。一种强烈的愿望让她想马上见到自己的导师，她必须立刻去大学。

她匆匆地走在街道上。冷风呼啸，寒气袭人，外面的情况让她感到愕然。街道、房屋，看不到刚刚发生大地震的迹象。那些上班族的男人们虽然神态凝重，但仍像往常一样西装革履，大步流星地走向车站；女人们依然迈着小碎步，衣着整洁，镇定自若地朝着车站走去；老婆婆们清扫着自家门前的道路，不时地聚在一起相互问候一句"你家里没有摔坏东西吧？""嘿，幸亏是榻榻米，掉卜米的花瓶没有摔坏。你们家还好吧？""我家厨房里有不少东西掉了下来，还好，没有伤着人。"街道上听不到嘈杂的议论，行人的脸上看不到丝毫的慌乱，可是，人们的脚步却比以往快了许多。

电车里不像往常那么拥挤，人人脸上都显得异常严肃。幸运的东京人，此时，他们的心里一定在记挂着阪神的人们吧！

岩岩的导师川上教授在退休前，把她推荐给了自己的学生，系里另一位教授，佐野。这样，佐野就成了岩岩的现任指导教授。他是一位研究古建筑及古建筑保护与修缮的专家，因此，岩岩的研究课题也随着新导师而转成了中国古代藏书建筑的保护与修缮的研究。由于是川上师长的介绍，佐野对岩岩非常上心。

说来也巧，佐野教授出生在中国东北哈尔滨，能说一口东北话。他是一位热心，并善于帮助留学生的教授。他没有一点教授的架子，也不讲究穿戴，一米五几的个头，一头灰白色的短发，粗粗拉拉地随意散落在脑袋后面。他说话声音不大，却很幽默。他说话时爱笑，好像是一个永远没有烦恼与忧愁的人。

川上教授退休以后，发起并创建了东京古建筑保护协会。协会的任务是对东京有历史意义及价值的建筑、街巷和民宅给予保护及修缮。即使是摇摇欲坠的一间不起眼的民舍，只要有历史价值，协会也会与政府部门商谈，竭尽全力地把它保留下来，并募捐筹款对其加以修缮。修复东京车站让川上教授为之投入了余生的精力。

东京车站是一座仿照十四世纪中叶欧洲文艺复兴时期的建筑风格，用红砖砌筑而成的宏伟建筑。它的八角状的圆形屋顶和西洋风格交错的建筑内部，以及层层叠叠的巨大空间，既彰显了它的浑厚深奥的古典美，也体现了其经典别致的现代风格。自从东京车站1914年启用以来，它就是东京交通枢纽，交织错落的轨道四通八达，是通往日本各地新干线的起始站。这座别具一格的钢架砖混结构的三层建筑，即使在战火纷飞的年代中受到了严重的损毁，但依旧傲然地矗立在那里。它是二战后东京仅存下来的砖石结构建筑之一，被政府批准为重要文化遗产。

佐野成为川上教授在东京古建筑保护协会里的助手。他经常开玩笑："我们的工作就是为破旧的建筑修修补补，哈哈哈！"其实不然，东京车站建筑的每一处修缮都渗透着协会为之煞费苦心修补复原的心血。川上教授曾经告诉岩岩："协会的工作是要把破损残缺的建筑复原成原状，让更多的人知道它的原汁原味，所以，修复是不能添枝加叶的。"就是在这样的学术氛围里，岩岩开始了新的课题研究。

强烈的地震过去后，东京依然不时感到轻微的余震。

岩岩急匆匆地走进研究室，一眼就看到了佐野教授，他的旁边坐着美国纽约大学的客员教授大尼，他们正趴在桌子上看一张大地图。岩岩一边问候这两位教授，一边风风火火地走到他们面前。

佐野抬起头来，眼睛里带着血丝，眼皮有点浮肿，他笑了一下："呦，你来得很早嘛！怎么样？日本的地震没有吓坏你吧？"

岩岩做出一个慌乱的样子："好可怕！我真怕自己被甩出楼去！教授家里不要紧吧？"

佐野"哈哈哈"地笑了起来："这比我小的时候听到的枪炮声好多了。我们国家是岛国嘛，地震是常有的事情，我已经习惯了，不过，这次地震我们损失严重呦！"说完，他收敛起笑容，严肃地看着岩岩："对不起，今天我们不能坐下来谈论文了，我马上就要去阪神，他跟着我一起去。"他指了一下身边的大尼教授。

大尼教授与佐野教授共同做古建筑保护与修缮的研究课题，他会说一点日语，五十多岁，灰黄色的头发，尽管经过风吹日晒的脸庞已变得粗糙，但皮肤的白皙仍依稀可见。他和蔼可亲，穿戴也很朴素，一点也看不出教授的身份。他几乎天天都来研究室，然后，就到外面去考察，风雨无阻。他与佐野就像兄弟一样配合默契。因为岩岩是每天第一个到研究室的学生，他对岩岩的印象很深。

大尼认真地对岩岩说："我们去阪神调查毁坏的建筑，然后，评估如何维修和重建。这对我的研究很重要！有机会研究大地震后的建筑修建，是一次非常难得的机会。"

佐野不停地摇着头："这一次，我们国家损失非常严重，我心里好难过。"

岩岩看着两位教授的脸，忐忑地对他们说："我也想跟你们一起去阪神。"

"不行。"佐野立刻就摇着脑袋："我们是集体活动，川上教授也一同去，研究室有几个学生一早就开车走了。这次去的都是男人，你一个女孩子跟我们去不方便，再说，这里要有人看家。你留在学校多搜集一些资料，这是难得的学习机会。"佐野用坚毅的目光，镇定地看着岩岩。

岩岩的眼睛里蓄满了晶莹的泪水，她真的很想参加这次调研活动，为阪神大地震，为受灾的日本人民做点什么。望着这两位衣着素朴，头发蓬乱，一脸疲惫，但精神盎然的教授背着沉重的背包，步履稳健地走出研究室的大门，她的眼泪"哗"地流了出来。失去了实地做调查的机会，她感到很失落。

一个星期后，佐野与大尼风尘仆仆地从阪神回到了东京。

佐野表情严峻而又僵硬，眼睛里含着泪水对岩岩说："我真没有想到这场大地震夺走了那么多人的生命。每当我看到一具尸体从楼板缝隙中被拖出来的时候，我的心都会剧痛一次。道路塌陷得很厉害，立交桥扭曲断裂倾倒在一边；住宅人楼的屋顶被掀了卜米，半个楼房坍塌，有的墙体垂挂在空中；死了很多老人和孩子；现在，还有很多人被压在楼板下面，援救人员不停地日夜搜索抢救。唉！真是天火呀！灾区的现状惨不忍睹！损失巨大呀！"

岩岩看着佐野疲惫的脸庞，听着他发自内心的感慨，泪水在眼眶里打转。她为自己没能参加此次的救灾活动而深感遗憾。

佐野一回到东京，就与川上教授组织了一个研究小组，探讨震后的修复与重建计划，岩岩也立即就投入了研究小组的工作。

作为一名接受过日本民间奖学金援助的留学生，岩岩想，她一定要做点什么来表达自己对日本人民的谢意，她去了银行，为灾区人民捐了1万日元救灾款。

第二章
访问中国

    川上教授与其他教授一起完成了阪神地震的考察报告后，马上开始着手做胶片整理工作。他一直以研究西班牙建筑为主，几乎每年暑假都会去西班牙做建筑考察，因此，他收集了大量的西班牙古建筑和现代建筑的照片，并对西班牙文化与民俗了解颇深。他退休以后，致力于古建筑保护及修缮方面的工作，另外，还学习西班牙语，并在自己的建筑设计所里做一些设计工作，他似乎比退休前还要忙。

    为修复东京车站，川上教授不懈地做着努力；古建筑保护协会的退休老教授们不顾年事已高，攀登高梯去描画已经失去色彩的屋顶，冒着风雨去检查车站漏雨之处……这些老教授们用自己的学识，用自己的余年努力修复这处东京的文化遗产，劳而无怨，默默地奉献着。他们的智慧、他们的奉献，必将会在东京车站修复的历史篇章中留下厚重的一笔。

    一次，岩岩给川上打电话，夫人抱怨道："我以为他退休了，我们总算有时间可以出去走一走了，可是你看，现在他连周日都不在家了。"

    岩岩把自己想参加东京古建筑保护协会的想法告诉了川上，老教授很是高兴，即刻就寄来了申请表。他告诉岩岩："协会目前已经发展成有四百多人的队伍了。我们现在还是在为东京车站的修缮做工作。那里有不少地方需要修补和重新上油漆，这些工作都是我们会员去做的。你知道吗，协会里有不少是我们国家著名的建筑师和美术家呀。大家都在为这座建筑尽力，我这个理事长还要加油啊！下个星期协会的活动是研究如何把车站里有裂缝的墙角修缮好。希望你能参加进来。"岩岩欣然答应下来，她成了这个协会的会员。

    对退休以后的生活，川上显得很开心："过去在大学教书，没有时间享受生活，无暇顾及兴趣爱好，现在总算可以做自己想做和喜欢做的事情了。我希望在自己的有生之年为东京车站这座文化遗产建筑尽一些力。"

川上对工作和生活的要求，不仅仅局限在退休之前对工作的尽心尽力上，他对退休以后的生活也尤为看重，为社会尽力成为他退休生活的一个重要部分。他的退休生活丰富多彩，既充实，也很有意义。他做公益活动，也义务做设计，并不辞劳苦地为东京车站的修缮搞调研与设计，奔走于政府部门和社团之间为修缮到处筹款。他夫人无法阻拦丈夫为社会尽义务，夫妻俩便各自寻找各自的快乐。夫人喜欢旅游，便经常与自己的同窗好友结伴出行。

岩岩定期参加协会的活动。在那里，她看到了日本建筑家们是如何保护古建筑的，如何对有价值的古建筑进行细致的调研、精心的设计及精细的施工。在这支队伍里，绝大多数会员都是满头银丝的中老年人。当岩岩看到他们一丝不苟地工作时，一种深深的触动感油然而生：老年生活不能只是看看电视，照看照看第三代，老人们应该享受自己的生活，做自己想做、喜欢做的事情，为社会尽义务能够成为老年生活的精神寄托。

川上依然是岩岩侄子的保证人，只要这个大男孩需要证明材料，无论他多忙，一定会放下手里的工作，跑到政府部门去办理相关的材料，然后，以加急邮件寄给侄子。

另外他还为两名中国留学生做保证人，一做就是几年。在一次聚会上，岩岩见到了其中的一个从上海来的留学生，他们一起议论了起来："老师对我们这样好，我们应该报答一下这位恩师嘛。这个暑假，是不是请老师去中国看一看呀？"

上海同学立刻表示："就是嘛，教授为我们做保证人真是难能可贵呀。我认为这个主意好。刚好，我也想回去度假，我们可以分分工，看看怎样把老师的旅程安排好。"

当岩岩把这个计划告诉川上的时候，他显得非常激动："是吗？我一直计划找时间去中国呢。我们与中国隔海相望，我这个学建筑、教建筑、搞建筑的，不去中国看看，一生都会遗憾的。现在，你们国家正在迅速发展，我更想去看一看。哈，这个暑假我把去西班牙的计划改为去中国吧！"川上没有半点犹豫，就改变了他原有的计划。

老师的决定让岩岩很是兴奋。她把这个计划告诉了她以前在中国工作时的老领导，对方立刻就提出了一个请求，希望川上教授能够指导他们公司的设计工作并想合作一起搞项目设计。

川上听到这个消息后，"哈哈哈"地笑了起来："这是一件好事情嘛。如果能够在你们国家做几项设计工作，对我的学生们是很好的锻炼。你看我们的时间够用吗？"他用信任的目光看着岩岩。

"让我好好安排安排。您愿意在北京逗留一个星期吗？"

"不行。我们有一个关于保护文化遗产的重要学术会议，这是一定要参加的，这对东京车站保护很关键。"

"我明白了。"

接下来，岩岩开始筹备去北京的事宜。上海同学说："我们兵分两路照顾老师吧，你分担北京的旅程，我承担上海的旅程，这样，你就不用再飞到上海了。"

川上的大女儿一听说父亲要去中国，便整日缠着他，一定要父亲带着她去中国。川上明确地告诉她："带你去中国可以，但是，机票你要自己负担，另外，你能请下假来吗？"

大女儿一听高兴得蹦了起来："只要您带我去，一切费用我都自己掏。我有公假，您不用担心。"

川上的大女儿在一家出版社工作，加班加点是家常便饭，每天忙忙碌碌没有空闲时间，请假外出旅游就成了一种奢侈。在日本的公司里任何人请假外出，留下来的工作便会分摊给大家，因此，员工很少请长假去旅游，可是，她无论如何也要跟父亲去一趟中国。

岩岩双手赞成川上的女儿去中国的想法，这样，既可以避免他人对自己的猜测，老师又不会感到寂寞。

1995年夏天，岩岩在北京机场迎接了老师父女。他们坐在车里，岩岩关心地问："北京很热，你们受得了吗？"

"还好，就是感到很干燥。不过，北京没有湿热感，还是比东京的夏天舒服一些的。"大女儿感触挺深。

车在机场高速公路上奔驰。岩岩向老师做着介绍："北京将要建一座大型国际机场。现在有不少日本企业在中国投资建厂，中日合资企业逐渐多了起来。"

夏日炎热的气流没有给他们带去不适，反而让父女二人一脸的兴奋。川上对车外闪过的一切景致都感到很新鲜，他自言自语："你们现在的建设就像战后东京的建设一样呀！"岩岩点着头："是啊，北京变化得太快了，一天一个样，连我这个地道的北京人都快不认识它了。"

车子很快驶进了市区。岩岩把老师父女安排住进了一家新建成的宾馆里。她回到家后，连声向妈妈道歉："妈妈，对不起，我这次回国没有很多时间陪您，下次弥补吧。"

年迈的妈妈看着女儿大汗淋漓的脸，慈祥又疼爱："孩子，能够带着老师来北京看一看，我感到很高兴，我们要尽最大努力让老师玩儿好。"

第二天一大早，岩岩过去的老领导就派来了小轿车去宾馆接老师父女。当岩岩与哥哥一起走进宾馆大厅的时候，老师父女已经等候在那里了。他们的脸上充满了期待，大女儿兴奋地说："昨天晚上我没有睡着觉，太激动了！嘻嘻嘻。"然后，她趴在岩岩的耳朵边上小声地问："哎，那个人是谁呀？"

"我哥哥，我侄子的父亲。"

"哈，真帅呀！"她小声赞美了一句。

岩岩的哥哥一定要尽地主之谊陪儿子的保证人去爬长城。他们坐在车里，川上告诉岩岩："车费由我来付。"

岩岩笑着说："老师，这是我工作过的公司派来的小轿车。公司跟您还有事情要商谈呢。"随后，岩岩把这几天的安排说了一下。

他的大女儿担心地问："父亲去工作，是不是我就要待在宾馆里了呀？"

"你不是教授的秘书吗？"岩岩俏皮地看了她一眼。

这句话逗乐了所有的人。她高兴地拍着手："就是嘛！父亲，你是要付我工资的。"

川上"哈哈哈"地大笑了起来："这样吧，我包你的饭费吧！"

一行人来到长城脚下，长城雄伟的气魄吸引了老师父女。他们本来是打算坐缆车上长城顶的，可是，雄伟壮观的长城改变了老师的初衷，他兴致勃勃地问岩岩兄妹俩："我们还是爬上去吧！怎么样？你们能爬山吗？"

娇小的大女儿望着长城峰顶吸了一口气："父亲，您爬得上去吗？"

"搞建筑的，就是要一步一步地走到顶上去的。"川上白了一眼女儿。她吐了吐舌头不说话了。

岩岩看着哥哥，有些担心："你成吗？"

"我都能爬上泰山呢，这点高度不在话下。"哥哥很是自信："走吧，一起爬长城！"

岩岩一边爬长城，一边回答老师的问题。她自感历史知识不足，气喘吁吁地时时请教身边的哥哥，然后，再回答老师的问题。

哥哥在一边不停地称赞："你们老师真棒！你看他，连喘都不喘，爬得还挺快的。"

老师已经65岁了，但他比任何人爬得都快。长城越往上越陡峭，他却越来越兴奋，大有"不到长城非好汉"的劲头。老师第一个登上了顶峰，真是无限风光在险峰！他站在长城最高的烽火台上，双手叉腰，任凉风吹拂，他的衣衫被风吹得鼓起一个大包。他一边不停地赞叹着，一边瞭望着四周的群峰和一眼望不到尽头的绵延万里的长城，一边又"咔嚓，咔嚓"不停地按着相机快门。

他的大女儿气喘吁吁地终于也爬到了峰顶。云层罩着山群，翠绿的松柏矗立在半山腰上，蜿蜒不断起伏盘绕的长城就像一条奔腾飞跃、气势磅礴的巨龙，令人震撼。这雄伟壮观的建筑是中华民族的丰碑，是中国人引以为傲的历史古迹。为长城献身的人们为中华民族建筑起一座流芳万世、举世无双的世界文化遗产。

川上看着这座被日本人称之为雄伟建筑的长城，眼睛微微地发红。他感慨万分："在大学教书的时候，我就想来中国看一看雄伟的长城，现在，我的梦终于实现了！长城真是太美了！"

他的大女儿很有意思，站在山顶上，望着绝美的风景，悄悄地问岩岩："哎，我能跟你哥哥合个影吗？"说完，她的脸上染上了一层红晕。

"这有什么不可以的。"岩岩笑眯眯地把她带到哥哥跟前，笑着说："她想和你合个影。"哥哥爽朗地笑了。

事后，她告诉岩岩："你哥哥长得太帅了，嘻嘻嘻。"

当晚霞照在山腰上的时候，老师父女俩才依依不舍地告别了长城。老师掏出日元，执着地递给岩岩："我来付车费吧。"

"这次北京之行，一切就包在我身上了。"对老师一家给予自己的帮助，岩岩一直想找机会报答。现在机会来了，她当然要尽地主之谊了。

回到宾馆，岩岩的哥哥请老师父女一起吃晚饭。他们一走进包间，岩岩就看到了嫂子和另一个侄子已经等候在那里了。

岩岩向老师介绍了自己的家人。他眼里充溢着浓厚的谢意，一边鞠躬，一边歉意地说："这太奢侈了。"

哥哥对教授一家对自己儿子在日本留学期间所给予的照顾念念不忘，老师此次来北京，正好给了他一个回报的机会。哥哥和嫂子精心点的菜肴让老师大开眼界，他高兴极了："这一次，我们吃的都是正宗的中国菜啦！"

大女儿悄悄地对岩岩说："我这次跟父亲来值了，嘻嘻嘻。"她不好意思地一口接一口地品尝着色香味美的菜肴，赞不绝口："还是中国菜好吃。"

岩岩按照计划带着老师去了她以前工作过的公司。这家公司现在已经成为北京市重点建筑装饰公司了。老领导亲自接待了川上教授，岩岩成了翻译。老领导在会上讲，希望与教授一起组建一个中日设计所，聘请川上教授来中国做设计指导。岩岩把公司的这个设想告诉了川上，他为自己能够得到这种荣誉既惊讶，又兴奋。

岩岩告诉老师："北京有很多建筑项目，这是一个很好的机会。"

"好是好哇！我也真想为北京的建设尽一分力量呢。让我考虑考虑吧。"老师若有所思地回答。

公司领导一直希望岩岩学成后还回到公司来工作。他诚恳地看着岩岩："回来吧，我们需要你，这里有你发挥的空间，我们等着你回来。"这句话温暖了岩岩的心，北京巨大的前景吸引着她，她愿意学成以后，为北京的建设尽自己的力量。

日本建筑家非常崇拜美籍华人建筑大师贝聿铭，川上教授此次来北京还有一个热切的原望，就是想去看一看贝聿铭设计的香山饭店。自从香山饭店建成以来，不少日本建筑设计师来北京都在那家饭店里留宿过。

香山饭店位于北京西山风景区的香山公园内，是闻名遐迩的中国园林式饭店。它凭借山势坐落在山脉里，高低错落的白墙灰瓦式的建筑与绿树环抱着的群山遥相呼应，显得优雅宁静，没有一丝的奢华。冬天，听不到凛冽的风声；夏天，则可听雨打窗棂；春天，当嫩绿的树叶长满了枝头，信步走在饭店绿树茵茵的小路上，情趣盎然；秋天，当红如血的枫叶挂满了枝头，从房间观望漫山的红叶，诗情画意。

坐在香山饭店的餐厅里，老师握着岩岩的手："太感谢你了。你知道吗，贝聿铭是我们日本建筑师崇拜的大师呀！"

夏日的午后，骄阳似火的烈日照在了山坡上，坐在有遮阳伞的阳台上，喝着清爽的矿泉水，阅读着爱不释手的书籍杂志，不时地抬起头来看一下碧绿的山脉，凉爽的清风徐徐吹来，你一定会陶醉在这奢华的景致中。这才是一块真正的人间圣地。贝聿铭大师正是把奢华与素雅、大气与清净融汇在一起。老师感受到了这位大师的设计理念，一边享受着美味的中餐，一边给岩岩讲述自己的体会。看着老师如此地陶醉，岩岩心里终于可以安慰一下了。

用餐完毕，服务员交给了岩岩一张单据，老师郑重地说："这次由我来付款吧！"

岩岩给老师鞠了一个躬，真诚地说："老师，我在日本得到了您的照顾，难道在北京我还不能请您吃顿饭吗？"

老师对正在大搞建设的北京城非常关心，他很想了解北京城是如何保护古建筑的。岩岩带着他们父女俩走访了几条北京老胡同，老师对四合院的建筑饶有兴致，他们走了不少地方。

北京到处都在建高楼，到处都飘着沙土，到处都能听到施工的噪声。看着那些正在建设中的高楼，老师担心不已地问岩岩："北京的胡同和四合院以后也要推倒了建高楼吗？"

"市政府是会关注这些老胡同和四合院的。"

虽然这样对老师说，但她对北京特有的街巷民宅是否能够完整地保留下来，既有担心，也有期盼。现在，她跟随佐野导师搞古建筑保护研究并加入了东京古建筑保护协会，所以对老建筑的保护特别关心。过去的建筑风格，现代人是建造不出来的，也模仿不像的。她期盼北京在向现代化国际大都市迈进的同时，也原汁原味地保留下来老北京的风情，就像东京车站，在高楼大厦林立中依然保持着自己独特的风貌。那些耸入云端的摩天大楼永远也替代不了老街老宅的情味。北京迅猛的建设速度和不断扩张的建筑区域，让岩岩越来越担心这些北京特有的胡同建筑是否能很好得到保护。

北京的魅力让老师的大女儿依依不舍，她希望在北京多逗留几天，好好看一看北京。

可是，正好在这个时候，上海同学打来电话催问："老师什么时候可以到上海来呀？我一切都准备好了，赶快给老师买机票吧！"

"老师打算取消上海之行呢，他在北京还有一些事情要办。"

"那可不行呀！"上海同学惊呼道："我们约定好的事情，是不能随便改变的呦！我爸爸希望尽早见到老师呢！"

岩岩把消息转达给老师以后，他说："这样吧，以后，我还会再来北京，那个时候，我会与你们一起搞设计的，请向你的领导表达我的心意。"

老教授此次来北京，登上了雄伟壮观的万里长城，参观了赫赫有名的香山饭店，看到了北京热火朝天的建筑工地，也品尝了地道正宗的中国菜肴，激动无比。带着美好记忆和数百张珍贵的照片，他留恋不舍地离开了北京，同时，也期待再次来北京与中国人一起携手工作。

从中国回到日本后，岩岩立刻把全部精力投入到了报考博士生的考试准备中，佐野教授对她的鼓励和自身的基础让她对未来充满了自信。但，天有不测风云，一位来自欧洲的女孩让她改变了人生。

第三章
十字路口

北京之行，让川上教授激动了很长一段时间，他的大女儿更是沉浸在旅游的兴奋里。

回到日本后的一个周末，老师请岩岩与侄子去他家做客。此次去老师家，侄子比以前成熟了许多，已经不再是初到日本时的那个只会流汗的大男孩了。尽管，打工念书很是辛苦，但他对未来充满了自信。他一见到老师夫妇，便儒雅地鞠了一个大躬。

老师对中国的水饺颇为钟情，大女儿更是赞不绝口。岩岩准备为老师夫人包一次饺子，了却她没有去中国吃到正宗水饺的遗憾。

岩岩一到老师家，就把准备好的包饺子的材料拿出来，笑着问夫人："我可以借用您家的厨房吗？我为你们包一次饺子！"

"当然可以了，不过——"夫人笑着，然后，看着丈夫，有些为难："他们是客人，怎么好让客人做饭呢？"

老师爽朗地大笑起来："我们也可以学一学如何包饺子嘛！"夫人甜甜地看了一眼丈夫，带着岩岩一起走进厨房。

老师大女儿的脸上露出了开心的微笑："嘻嘻嘻，我特别喜欢吃水饺，我们这里只有煎饺，还是中国的水饺好吃。"说完，她也跟着进了厨房。

这是岩岩第一次在老师家这么随便，不仅进厨房，还在厨房里烹饪。

在厨房，岩岩把准备好的材料拿出来，带上围裙，开始和面。大女儿站在一边仔细地看着，等看出点儿名堂后，也想实际操作一下："让我试一试好吗？"岩岩笑着给了她一些面粉。

夫人站在一边看着她们和面，擀皮儿，不时地递过茶水，不停地夸奖："没有想到你做得这么好。我也很喜欢吃水饺。有时候，我丈夫会带我去横滨中华街吃地道的中国餐，不过，那儿的饺子也都是煎饺。"

岩岩能够在日本教授的家里演示中国北方地区的传统面食——饺子的做法，并做给他们吃，她感到很是欣慰。来日本念书，不仅仅是拿学位，同时，还要把中国的文化传播给日本，另外，还要把日本的文化带回自己的国家，通过不断地相互交往，一衣带水的中日两国人民才会永远地友好下去。想到此，她动情地对夫人说："希望夫人有机会去中国看一看，品尝品尝地道的中国餐。如果夫人去中国，我随时奉陪。"

"我们家有猫和狗，家里必须要有人呀。"随后，夫人冲着大女儿说："下次，我要和你爸爸一起去中国，你可要回来帮我照看这些小宝贝呦！"

"没问题，你去多长时间我就替你们照看多长时间。"

在老师家的餐桌上，有热气腾腾的中国水饺，也有色彩鲜亮的日本寿司。但大家不约而同地把筷子伸向了水饺。老师不停地说："好吃，好吃，味道比北京的还好吃。"

"在我们这里，我还从来没有吃过这么鲜美的饺子呢！"夫人赞美着。

大女儿更是一个接一个地往嘴里送。看着他们吃得高兴的样子，岩岩的心里比吃了蜂蜜还要甜。她总算又找到一个机会报答老师了。

侄子在大学念书，已经没有了刚到日本时的紧张与拘谨。他变得自信与成熟起来，他的日语已经令岩岩刮目相看了，他对边打工边念书的辛苦看得很轻。他那双粗糙的双手是他平日辛苦的见证。岩岩看着这个对独自在日本生活已经不再打怵的男孩子，心里有种痛楚。她依然遵照母亲的嘱咐，关心着这个高中毕业就离开父母的孩子。她动情地望着侄子："你辛苦了。再坚持几年，一切都会好起来的。"

侄子睁着大眼睛，望了一眼川上教授，对岩岩说："小姑，打工是件很好的事情，一来，可以接触很多人，二来，可以学习很多在学校里学不到的东西。打工是辛苦一点，但这没有什么，我需要锻炼自己。其实，我离开父母是对的，这给了我早进入社会的机会。"

岩岩点着头："打工是付出，但也得到了回报，你用自己打工挣的钱去念书，才会感到念书的真正意义。"

饭后，大女儿高兴地拿出一把二胡请岩岩看："去上海的时候，在一家乐器店里，我看到了这把二胡，感觉特别有趣，就买了下来，我爸爸也没有阻拦我。你上海的同学告诉我'出海关的时候一定要注意呀，这是上税商品'。"

大女儿笑嘻嘻地又说："我们回到日本，出关的时候，这把二胡被扣下了，因为上面有一块蛇皮属于上税商品。我为它付了一笔钱，比我买它的价格还要高。嘻嘻嘻，我很喜欢它嘛！"她吐了一下舌头，又看了一眼父亲。

老帅对中国之行很是高兴，他一直把合作设计的事情放在心里，希望能够与中国企业合作共同搞设计。这是他的梦，为此，他一回到日本便开始着手做准备工作。

岩岩与侄子见面的机会很少，他们在不同的城市，各自都在大学里苦读与拼搏，电话成为他们之间相互传递信息、诉说生活磨砺的唯一途径。

侄子把学习时间安排得满满当当，他没有时间坐下来与学友们闲聊，更没有时间去玩乐，除了完成所规定的报告与作业外，他课余时间全部都用在了打工上。他们那里属于外县，大学周围全部是研究机构，工作很难找。即使这样，也没有难倒中国留学生们。

不知道是哪一位留学生打听到了一家专做肉类熟食的加工厂急需人员的消息，这给了那些找不到打工场所的中国留学生们一个惊喜，工厂每天到大学接送学生，一天二十四小时都可以去做工。侄子便决定在那家工厂打工，一来，可以保证收入；二来，解决了交通问题；三来，时间灵活；四来，可以买便宜的熟肉食品，一举数得。

他们第一天去工厂上班，工厂配给了工作服。大家看到这里的条件不错，都铆着劲儿，想好好地在这挣点儿钱。如果，早晨和晚上坚持做这份工，生活费就有了。可是，当这些男女学生们穿上工作服走进车间的时候，浸入骨髓里的凉气，让他们全身不由自主地打起了哆嗦，车间里的温度比冰箱的温度还要低。侄子第一天工作，浑身打着哆嗦，站在案台边做食品，感觉差点没冻死在车间里。因为是定点班车，要想提前离开工厂都很难。第一天工作结束以后，不少学生被冻得脸色煞白，手脚冰凉，走起路来就像跛脚鸡。

虽然是在低温车间工作，但在这里工作时间有保障，不用担心被炒鱿鱼，因此，留学生们还愿意在这里打工，也都学会了自保，那就是无论春夏秋冬，都要带着厚厚的衣服，只要一进车间，就要穿上它。

夏天，侄子与大家一样抱着羽绒衣裤坐在有空调的接送班车里，感觉很是可笑。从车间里走出来，外面的人们大汗淋漓，他们却感到透心的凉。侄子倒很开心："这不错嘛，身上的凉气可以坚持到第二天，不用电风扇，省电费了。"

他从来没有把打工看成是一种煎熬，他很乐观："人嘛，多经历一些事情，可以变得坚强起来。以前我在国内，爸爸妈妈不让我干一点儿活，其实，这对我并不好。现在，我活得很自信。"岩岩看着眼前这个长大起来的侄子，只觉得五味杂陈。

学习的辛苦，打工的艰难，没钱的尴尬，异国的生活，这些对于留学生来说，都是一道一道的坎儿。一些人不堪受苦，成为人妻；一些人抵挡不住金钱的诱惑，误入歧途：一些人破罐破摔，成为有钱人的玩物。可是，绝大多数的留学生们咬紧牙关，吃尽苦中苦，即使身处逆境，也奋力拼搏。这种精神正是中华民族坚韧不拔、奋发向上的优秀品质在那个年代的留学生们身上的体现。

侄子的眼睛里流露出的目光与刚来日本时的那种茫然、不知所措的神情截然不同了，他以苦为乐、乐在其中的坦坦荡荡的情怀深深地感动了岩岩。在这片异国之土上，他们是血脉相连的家族成员，是同在一条路上拼搏的留学生，有着共同的切身体会、共同的辛劳与共同的梦想。就在此时，就在老师家里，岩岩发现他与几年前的那个男孩子已经判若两人了，他确确实实地长成了大人，他那双已经变得粗糙的大手上，刻画着他所走过的学子之路的艰辛。

在老师家里，姑侄相见，双方都感到了亲情的珍贵。虽然是以姑侄相称，但当各方遇到困难的时候，彼此又倾情相助。

离开老师家的时候，侄子像个大人一样嘱咐着岩岩："小姑，你自己要多注意身体。有任何事情需要我，一个电话，我就会来到你的身边。"这句男子气十足的话，深深地温暖了岩岩脆弱的内心世界。他们一同走向车站，一个站在站台的东面，一个走向了站台的西边……

佐野教授的硕士和博士学生一共有十几位。他除了讲课，还要外出搞调查，出国考察，做研究，这些活动让他在研究室里露面的时间少之又少，要想找他，不是一早到研究室堵住他，就是晚上才能碰到他。

岩岩成为佐野的研究生后，便一头扎进古建筑空间、古建筑保护与修缮的研究中去了，她的目标，就是通过博士考试，做他的博士生。而这位教授不像川上那样守约守时，明明约定好的时间，却见不到他的影子。岩岩干脆不跟他约时间了，而是每天一早就到研究室，只要碰上了这位教授就不放过他，"狠狠"地请教一次，直到把自己的问题问完为止。而教授又受川上师长之托，对岩岩比其他学生也就多了几分关照。

大尼教授成为佐野研究室的客座教授以后，就与佐野合作搞他在美国的研究项目，因此，佐野可以定期派自己的学生去美国帮助大尼研究室做纽约市大桥结构调研活动，每年一期，为期三个月，所以，很多佐野的学生一进入硕士课程就有机会去美国学习。

佐野穿戴很随意，灰白头发蓬松凌乱地披在脑后，他自嘲："我没有几根头发，就让它们随意一些吧！"他的性格很开朗，即使被雨打后的脸上嘀嗒着雨滴，他也会露出无所谓的笑容；数九寒天，脸上的肌肉都紧缩在了一起，他会拍拍脸颊，舒展一下冻僵的肌肉，重新露出蔚然的笑意；熬夜之后的疲惫，眼睛里布满了血丝，嘴角上泛起了白泡，他还是会把微笑挂在脸上。他跟岩岩开玩笑："其实，我也有很多烦恼，那么多事情，我也着急呀！就是把我分了尸，我也做不完。你看我这么矮小，能够分几段呢？事情呀，要一点一点地去做。要能屈能伸，随遇而安嘛！怎么样？你们的成语我用得对吗？"就是这样一个学者，令人奈何不得。

阪神地震以后，佐野的研究项目中又增加了一项震后修复研究计划，他比任何人都忙，就像一个飞人，把大学的事情处理完后，立刻就会从教学楼里"飞"出去，赶赴调查地点。大尼也会跟着他一起走东奔西。

他废寝忘食，矮小消瘦的身上散发着旺盛的精力。岩岩不解地问："老师，难道您就没有累的时候吗？"

"我的命是捡来的，不好好工作对不起我的命嘛。"他笑呵呵地说。

"捡来的命？"岩岩迷惑地看着他。

"是啊！是你们中国人给了我这条命嘛！"

这一天，研究室里只有岩岩与佐野，他放下手里的笔，用蹩脚的中文讲起了他早年的一段身世——

"我们家很早就去了中国，一直在东北哈尔滨生活。我父亲是医生，他不仅给日本人看病，也给中国人看病，很多时候，他还给中国军人治伤。他只想用自己的医术帮助中国人，所以，我们家和周围的中国人关系都很好。我出生在那里，我会说中国话，我知道战争给中国人带来的巨大灾难。1945年，我们战败了。记得有一天，很多俄罗斯大兵在我们居住的地方搜查日本人。好心的中国人把我们一家人分散到了各家，因为，我们全家人都会说中国话，长相跟中国人一样。俄罗斯大兵到各家去搜查，来了一拨又一拨。你们中国人真善良呀！他们告诉俄罗斯大兵'我们这里没有日本人'。就这样，我们一家人才平安无事。真不敢想象，如果没有你们中国人冒着危险保护我们，我们一家人还不知道会有什么样的后果呢。后来，我们全家回到了日本。是你们中国人救了我们全家呀！"

佐野感慨地接着讲："我父亲让我永远记住中国人的善良和对我们全家的救命之恩。虽然，我有五十年没有机会说中国话了，可我一直都没有忘记中国话。你知道吗，我还会骂人呢。"他停了一下，咽了一口唾液，张口骂了一句："他妈的！"他红着脸笑着问："你看，我的发音还不错吧？"

岩岩瞪着眼睛呆呆地望着眼前的教授，半天才回答："您说得太像我们东北人了！那，您怎么还会骂人呢？"

"我是在东北出生的嘛！那个时候，我成天跟中国孩子一块疯玩疯闹的。我知道骂人不好，可是，我还是学会了很多骂人的话。"他停了一下，又说："你在我的研究室，我能和你说中国话了。"

佐野教授很兴奋，侃侃而谈，与岩岩像老朋友一样聊起了天，他还向岩岩谈起了他的婚姻和家庭。说完自己的事情，他用温和的目光看着岩岩，关心地问起她的个人私事。岩岩大方地告诉他："还没有人喜欢我呢！在中国，像我这个年龄的女孩子早就结婚当妈妈了。我嘛，听从命运的安排吧。或许，上帝会给我送来一个丈夫，或许，上帝让我独身一生。"

"你一定是很挑剔的，是你没有看上人家吧？"他笑着："哈哈哈，我听说你们中国女孩子都很要强嘛。"

岩岩的脸微微地红了起来："一切随缘分吧。"

当佐野知道了岩岩在高中教中文的月薪时，很为惊讶："噢，你的时给比我们大学的讲师都高嘛。你遇上了好人哪！你要好好感谢校长先生啊。"

"是啊，是啊！"岩岩连连点头。

受人点滴之恩，要涌泉相报。岩岩怎么会忘记妈妈对自己的教诲呢？

4月份，系里来了一名欧洲公费研究生，她的研究室就在佐野研究室的隔壁。她来这所大学的目的就是要取得博士学位。但她只有一年的公费奖学金，如果她能考上博士，就可以继续得到奖学金，直到获得学位。如果她考不上，就要回国，因此，考试对她来说事关重要。

考试对岩岩来说也事关重大。经过几年的刻苦学习和钻研，她的学识扎实系统，对考试胸有成竹，再加上佐野是学科的权威教授，他的意见是有分量的，所以，只要考得好，这一年进入博士课程是板上钉钉的事，岩岩对此信心满满。

为了应考，她把全部精力都投入进去了，她只有一个念头，就是一定要考上！她钻进了知识的海洋中，无暇顾及任何事，也没有意识到那个欧洲人对她会产生怎样的威胁，更没有想到那个欧洲人对她的人生会产生怎样的伤害。

1996年年初，岩岩顺利地考完了博士入学考试。佐野私下肯定地告诉她："你考了第一。不用担心了，你可以回国探望老母亲了。"

老师的话让岩岩如释重负。功夫不负有心人，自己的目标就要实现了！她打算拿着录取通知书回国看望母亲，和她老人家一起分享自己的喜悦。

几天以后，川上教授突然打来电话，第一句话就是："非常抱歉，你没有被录取！佐野教授让我先告诉你，晚些时候，他会打电话给你的。"

川上的话如同晴天霹雳把岩岩打倒在榻榻米上！她不知道为什么会是这样！

稍晚，佐野也打来了电话，他没有讲任何事情，只希望岩岩第二天去研究室面谈。

2月初是日本最冷的季节。岩岩住宅前面的河面结满了冰，可是，此时，岩岩的心却比那条结了冰的河还要冷，冷得像冰坨，从里到外冻透了，冻实了。

第二天，当她走进研究室的时候，佐野教授站起来给她鞠了一个躬，连声说："对不起！对不起！我们坐下来谈谈吧！"不用讲，一切都已经无法挽回了。

佐野的声音带着疲惫："我们昨天晚上开了最后一次教授会，才定了下来，想必川上教授已经告诉你了。隔壁的那个欧洲人，她的考试成绩不如你，但也合格了。听说，她到主任教授那里哭了好几次。今年我们科只招三名博士生：一名外国人、两名日本人。或许是日本经济不景气的缘故，今年报考博士课程的人很多，这是我们科从来没有遇到过的情况。就是为了你和她，我们开了三次教授会，最后，大家决定让那个欧洲人先进入课程。因为，你是自费留学生，可以继续留在日本，而那个欧洲人考不上就要回国了。我们还决定，明年你可以直接进入博士课程，不用再考试了。这也是一件好事情嘛！基于这种情况，主任教授让我做你的工作。你就再等一年吧！"

这整个就是王八蛋的说法！难道因为对方是公费欧洲留学生，就可以无视考试成绩吗？屈辱、义愤、不公，像拧成的绳索缠绕在岩岩的脖颈上，她的脸憋得通红，一时说不出话来……佐野端来一杯咖啡放到她面前，拍了拍她的肩膀，然后，坐在椅子上，脸朝着天花板自言自语："咳，我对不起川上教授呀！想起来他把你托付给我的时候，我对他说的话，昨天晚上给他打电话都非常艰难。人生嘛！哎！"

岩岩看着一脸无奈、自责不已的佐野，委屈的泪水控制不住终于流了出来。她哽咽着："我认为，主任教授的做法很肮脏。不按考试成绩录取，为什么还要考试？这不是愚弄人吗？老师，难道您也认为这种做法是对的吗？那个欧洲人连一句日语都不会说，难道她不应该先参加日语考试吗？"

半天，佐野回答："有些事情很不好说嘛！我们也是开了三次会才定下来的。主任教授对我讲，你有任何困难，研究科都可以帮助你。明年你进入博士课程，我们为你申请最高的奖学金。"

岩岩感到此次的录取决定是极不公平的，她没有想到自己的导师在关键时候放弃原则，继而，她又感到导师跟自己开了一个巨大的玩笑，自己被愚弄了。

她难过，她气愤，她失望。她望着佐野教授，语调颤抖："老师，我不能再相信您说的话了。出现这种情况，让我感到非常失望，也很气愤，我不能接受学科的决定，我也不能接受您的解释。"

她停了下来，稍微平静了一下情绪："对不起，请您原谅我如此不礼貌。"她掏出手绢，擦干了眼泪："谢谢您对我的指导。谢谢您给予我明年的优厚条件。让我想一想我该怎么办。"她已经没有力气再说下去了，她望着佐野，给他鞠了一个躬，然后，打开研究室的大门走了出去。

回到自己那间冰冷的小屋，煤气炉燃烧了一个小时也没有把她的身体暖和过来。为了这个考试，她放弃了大公司的招聘，关闭了渴望得到爱的心灵，就连老母亲做心脏手术都没有回去，如今，如何对老母亲解释？

凛冽的寒风吹打着窗户，冰冷的心情伴随着冰冷的泪水，岩岩抑制不住地放声痛哭……

一阵痛彻心扉的哭泣之后，她渐渐地恢复了平静，意识也慢慢恢复。考了第一，却没有被录取，这种事怎么会摊到我的头上？真是冬瓜皮当帽子，霉上了顶子。她真没有想到这个受师长之托的佐野教授竟然会放弃原则，他对自己的承诺就像一股臭屁！她也真没有想到日本的大学竟然也充满不公！在学术上，除了竞争没有祈求，她不想接受那些所谓的怜悯条件，她也不想在那里白白地再等上一年。可是，今后的路应该如何向前迈进？

岩岩踌躇不决，心烦意乱，躺在榻榻米上，眼睛盯着天花板，恍惚之间，竟想到了自杀。

当这个想法刚冒头时，老校长奥田打来了电话，他想知道岩岩的录取情况。他的话还没有说出来，岩岩便委屈地抽泣了起来。

"请你明天到我办公室来一趟吧！"他没有继续往下说，就挂断了电话。

在奥田校长敞亮的办公室里，他慈祥地看着岩岩。那一瞬间，岩岩似乎看到了自己的父亲，那久违了的慈爱面庞让她产生了一种错觉：他太像自己的爸爸了！她的心颤抖着，低下了头，一串泪珠滚下来。

这个时候，奥田温和地说："岩岩啊，你有什么心事就对我讲吧。在日本，你一个人生活很是孤独，有老师在，你什么也不要怕。哈哈，我一直认为你很坚强呢。看来，你是没有把我当成外人呀！我找你来，就是想了解一下你的情况。说说看，你为什么没有被录取呢？"

奥田是岩岩在日本唯一一位可以讲出心里苦恼的最亲近的长辈。在他面前，岩岩可以不受束缚地说话，可以哭泣，可以倾诉委屈，可以发泄忧苦，可以告诉他自己想要做的一切，甚至还可以撒点娇。这位老校长在岩岩心里就是一位圣人。他会慈祥地看着你，认真地听你诉苦抱怨，最后，给你指出一条正确的道路。在老校长面前，岩岩感觉很放松，就像坐在自己父亲面前一样，她一股脑地把憋在心里的话告诉了老校长。

他威严刚毅的脸膛变成了一张充满父爱慈祥的面孔，他静静地看着岩岩，推心置腹地说："岩老师，我看，你的导师一定也有难处。我们日本人很讲究人际关系，你们学科的决定也让你的导师在他朋友面前难堪呐！我看你呀，这个学位不念也好。知道吗，在日本，拿到博士学位的人不是在大学当老师，就是在科研单位搞科研。大学就那么几个职位，教授退休以后，才会有人来接替他的职位，那是要等几十年的呦！现在，很多学生找不着工作才继续念书的。不过，如果你真的想继续念书，我劝你还是先成个家吧，那样，你丈夫就可以为你支付学费了，否则，你一个人既要挣钱生活，还要写论文，出去搞调研，时间一长，我担心你的身体呀！"

老校长的一席话在岩岩心里掀起了巨大波澜。她没有想到老校长劝自己不要再念书了，或者找一个靠山念书。

她静下心来仔细想一想，老校长的话并不荒唐。细数一下自己周围拿到博士学位的朋友，她们都是靠着男人的财力支持才完成了学业。可是，我不能这样做，我不能让自己喜欢的男人为了给自己付学费而日夜操劳，如果是那样，我宁愿放弃念书也不想拖累他。难道没有男人的支持，就拿不到学位吗？自己在日本，完全靠着自己的打拼，也走到了今天，难道以后的路就一定要靠男人吗？

她真诚地望着奥田的脸，摇着头："不，我不会靠着丈夫去念书的，再说，我还不想谈朋友。现在，我对以后的路应该如何走，举棋不定。是不是我应该改变一下自己呢？"

奥田笑了："俗话说，'书囊无底'嘛，在学校念书总有个头，人生多半是要到社会中去读书的。你一直在大学里念书，对日本社会不了解，留学的意义只能算是一半，你还要在社会中留学，你来日本的目的才算完整。俗话说，人往高处走，水往低处流，我是盼望着你的生活越来越好呀！这样，你在北京的妈妈就会放心了。你的人生，一定要认真地考虑好了，念书也好，工作也好，都是学习。你回家再好好想一想，有什么问题，再来找我谈。"

岩岩拿不定主意，她羡慕那些已经获得博士学位的朋友们，同样也羡慕那些已经成为公司职员的同胞们，两种羡慕，两种感觉，犹犹豫豫，烦烦恼恼，她还是想找个人叙叙心事，于是，她拨通了学姐原田的电话。

原田大姐在丈夫全力支持下，苦读了六年书，才拿到了博士学位。可是，这个光环并没有给她带来任何闪亮的机会，她不得不继续做家庭主妇。她曾抱怨社会没有给她任何恩惠，让她一个大博士荒废在家里。她向岩岩倾诉过苦恼："我为什么要去念这个学位？花了我丈夫很多钱，还没有好好照顾这个家。不知道我图了个什么？"

又经过了很长一段时间后，她又认命了："我的老母亲年事已高，我妹妹们都有工作，我这个博士就在家里好好照顾母亲吧，或许，这就是我念博士的意义。"

原田大姐把自己的梦想压在了心底，悉心地在家里照顾年迈的老母亲。她把那张博士学位证书镶进镜框里，摆在桌子上，伴随着她衣食不愁的主妇生活。

她直言不讳地劝岩岩："我们国家现在经济走下坡，很多人找不到工作，即使找到了工作也不如意。很多学生继续念书，就是因为找不到工作嘛。我能理解你想念书的心情，可是，拿到博士以后，工作更难找。你不可能一辈子在大学里念书吧？我劝你，还是找工作吧。趁着你还年轻，又有工作经验，肯定是能找到工作的。别像我，拿了学位就呆在家里。唉，我不知道是不是应该后悔呀！"

这位大姐一直把岩岩当成自己的妹妹看待，岩岩也没有把她当成外人，心里想着什么，好与坏都会对这位姐姐讲出来，请她帮助自己分析分析，岩岩喜欢原田的纯朴。她不仅是一位善良的母亲、一位学识丰富的学姐，还是一位善解人意的姐姐，跟她在一起总能得到一些启发和心灵上的慰籍。从她的言谈里，岩岩领悟到自己是应该换个思路考虑求学的事情了。

一天，奥田请岩岩一起去喝咖啡。在静静的咖啡厅里，这位慈祥的老人耐心地听岩岩倾诉着心中的烦恼，父亲般地对她说："你先喝点咖啡吧。这里是我最喜欢的咖啡厅，我心情烦躁的时候，会到这里来放松放松。你知道吗，校长也有很多烦恼呀，只是在外人的眼里，我是一个圣人，可是，我也是有血有肉的人呀。谁没有烦恼？谁没有困惑？谁没有压抑？你想过没有，生活不是一帆风顺的。"接着，他讲述了一段他的人生经历。

奥田出生在一个学养深厚的中产家庭，但他的生活却很坎坷。幼年时，父亲因病早逝，母亲为工作废寝忘食，积劳成疾也离开了人间。他和姐姐相依为命。上大学以后，姐姐毅然担起了他念书的所有费用，就这样，他从日本著名的教育学院毕了业，成为一名教育工作者。

他感叹地告诉岩岩："其实，姐姐是为了我而放弃了自己念书的机会。她让我完成了学业，并希望我继续念下去，可是，我不能这样自私。姐姐为了我念书，而耽误了自己的婚姻，我只有放弃继续念书，姐姐才可以释然地去建立自己的家庭。我认为，我的决定是对的。现在，只要姐姐想我，我就会放下手里的工作去看望她。要知道，没有姐姐就没有我的今天，我要感谢她一辈子呀！"他停顿了一下，喝了一口咖啡，把话题拉回到岩岩的身上。

　　他深沉的目光变得和蔼起来，在昏暗的灯光下尤为亲切。校长轻轻地叹了一口气，又轻轻地拍了拍岩岩的肩膀，语调显出一种男子汉的魄力："岩岩，你知道吗，我一直希望你能够在日本生活得愉快。自从我见到了你母亲后，我就决定了，一定要让你母亲放心。有我这个老师在，就不会让你在困惑中生活。我太太支持我帮助你，她说我是天底下最好的男人，哈哈哈！她为了博士学位念了六年，辛苦的程度外人是不知道的。她感谢我，因为我支持她念到底。所以，我毫无保留地告诉你，要不你就放弃，要不你就成家。没有男人做你的后盾，在日本完成建筑博士学位真的很难。不过，我相信你。只要你想继续念书，我就继续为你创造条件。可是以后，你可别后悔呦，博士拿到了，男人都吓跑了，你愿意独身一辈子吗？岩岩啊，说到底，你要量力而行呀！"他的眼光落在了岩岩的脸上，久久地凝视着她。

　　岩岩的脸唰地一下红了，心剧烈地跳动着。眼前的这个男人眼睛里透出的光芒直射进她的心里，似乎看穿了她内心最真实的东西。她有点心慌，微微颤抖地端起杯子，喝下一口咖啡，那颗剧跳的心才缓缓地恢复了平稳。在日本，只有这位校长先生才是最了解自己的人，他妻子对自己的信赖，他对自己在生活中的关照，让岩岩感到自己在日本并不孤独。

　　从那次和老校长谈话以后，很长一段时间，岩岩一直在犹豫。

　　她渴望多念一些书，为了这个目标，她舍弃了国内最赚钱的建筑设计工作；她渴望得到工作，却婉言谢绝了日本最有名的建筑设计公司的工作；她渴望拥有自己的家，却含着心痛扑灭了一颗恋着自己的异性的爱慕。一切的一切都是为了念这个书，她太渴望念书了。要不是国内环境的变故，自己不会在这个年龄还在为念书而拼搏。想一想自己为了念书，把一切都抛弃了的时候，她的心里产生出一股巨大的痛楚。此时的她，不知道以后要如何走下去，她第一次怀疑自己是否在人生的道路上出了偏差。

　　一天晚上，她把自己理不清的心绪告诉了远在中国的姐姐。已经建立幸福家庭的姐姐却依然支持她继续念下去："妹妹，你不能放弃呀！看看你手头上的资料吧，那都是你的心血啊！太可惜了！学费我资助你，你继续念书吧！"

　　尽管，姐姐夫妇生活富足，但是，岩岩决不想用他们的钱来实现自己的梦想，不！这太自私了！她坚决地谢绝了姐姐夫妇的好意。

　　姐姐依然苦心相劝："你的导师已经明确告诉你了，让你明年直接进入博士课程，难道你就不能再等一年吗？别轻易放弃。"

　　岩岩的心像被蝎子蜇了那样痛，她不是不能再等一年，可她永远不能原谅导师毁掉诺言那一刻留在自己心里的伤痛。研究科作出的决定没有落在纸面上，形如一团空气，可喜而不可信。

她平静地对姐姐说："我已经失去了对导师的信任，他也不配做我的导师。我都这个年龄了，还有几个一年让我去等？一次被捉弄就足够了。"倒是奥田校长的话像一块巨石在岩岩的心底里砸出了一个坑。她相信校长是为了自己才说出了那番推心置腹的话，就像妈妈把一切经验都告诉自己一样，可是，今后的道路如何走下去，最终还是要自己拿主意。

就在她无法选择去向的时候，岩岩拨通了一个好朋友的电话，在国会图书馆里结识的一位男同胞。

因为他比岩岩长几岁，岩岩称呼他为大哥。在相互倾诉了苦恼后，他们约定出去见面细聊。

在一家餐厅，他们各自道出了内心的烦闷，一聊就是几个小时。

同胞大哥痛苦地摇着头："我为了念这个学位，停职留薪来到日本，我一边打工，一边念书，还要照顾家。我已经在大学读了五年了，可是，拿文学博士学位却是遥遥无期的事情，真是可望而不可即呀！现在，我家里已经出现了危机，我太太跟一个日本人好上了。她告诉我，这种留学生活她早就过够了，她不愿意整天靠打工挣的那点钱在日本生活在最下层，她想象日本人那样无忧无虑地生活。你看，念书要交学费，而每个月的打工收入极不稳定，在这儿生活真不易。唉，我也很着急呀！"他连连叹着气。

岩岩与他有同感，她暗暗庆幸自己幸亏还没有成家，少了一份忧虑。

同胞大哥心焦地说："我只想拿到学位后就回国去，因为，在国内大学教书没有博士学位很难应聘，好在大学还给我留着职位，可是，在日本拿文学博士就是拼时间呐！咳！我现在的生活一塌糊涂，在这里不教书，我还能做什么？"他摇了摇头，接着说："不行，我不能再这样待下去了。我打算放弃念书回国去，趁着我还年轻，回国还能发挥一些能量。你也不妨考虑一下就职的事情，总不能一辈子念书吧？"

本想从同胞大哥那里得到些启示，可是他的情况也不妙，真是人人都不如意。虽是如此，他的话却让岩岩真正开始意识到是该转变一下自己的生活模式了。

在是否继续念下去这个问题上，岩岩还是犹豫不决，她真舍不得已经走出去的路，更不忍心抛弃几年来所积攒下来的资料，那不是用金钱可以买得到的，那是几年的辛苦，几年的期待。她迷茫，她不知所措，她头一次感到了钱的魅力远远赶不上获得学术上成功的魅力。痛定思痛，她给自己的恩友唐姐打去了电话。

唐姐毕业以后，在东京一家研究所做研究员，独身生活带给了她轻松与旺盛的精力。她并不刻意阻止岩岩的求学意愿，只是中肯地讲了自己的经历："我念书的时候，有我丈夫支撑着我的学费，我只打一点工。后来他工作了，全力支持我。好在我们学科三年就可以拿到博士学位，与你们建筑学科不同。你要知道，我这三年几乎是全天都泡在了研究室。靠你一个人完成这个学位，如没有坚实的经济基础，真的很辛苦。再有，你不能总呆在大学的研究室里吧，来到日本不接触社会是不行的。"她的话好似一股清风，吹醒了岩岩的求学梦。

接下来的几天，岩岩又打电话与侄子做了一番交流，侄子直言相劝："小姑，念书固然是好，不过，念书念到了老太婆也不划算，你总不能一辈子打工念书吧？我建议你还是放弃吧，难道你活一辈子就是为了这个学位吗？拿到学位你要干什么？回国，你年龄大了；在日本，公司也不聘大龄员工。有了这个博士学位，男人都不敢接受你。我看呐，你快算了吧，还是放弃吧。你现在的学位足够了，再念下去，真的成呆子了，还是早点接触社会吧！我真羡慕你已经毕业了，我真想赶快大学毕业找工作呢！"

别看侄子年龄不大，但他却有一番对人生的认识。他是男人，他知道男人需要什么，同时，他也能理解姑姑几年来的辛苦。如果来日本只念书，不融入日本社会，不知道日本公司的管理体系与人际关系，来日本只能算完成了一半的目标。而真的让岩岩放弃已经走过的一半路程，放弃那些珍贵的来之不易的资料，对她来说，是一件残酷的事情。如果义无反顾地走下去，恐怕真的会等到自己成了黄脸婆的时候，目标才会达到，到了那个时候，有谁会来雇用自己？那张学位证书又能为自己带来幸福吗？

苦苦的思索，酸涩的结果，让她对那位佐野完全失去了尊敬感。自己千里投名，万里投主，拜在他的门下，考了第一，却让一个不如自己的欧洲女孩子用哭天抹泪的手段篡了自己的位子，真是是可忍孰不可忍！那些教授都是伪君子，他们说的话一钱不值！就是因为佐野给了自己一个失信的承诺，她对他产生了一种厌恶感。

岩岩很长时间没有去大学了，她不想再见到这位导师。她就是这样一个较真儿而又倔强的女孩子。一个月后，川上教授打电话给她，希望能够见一次面。

川上第一次对岩岩发了火，他语调尖锐："我知道你心情不好，我与你一样，可是，佐野教授是做了很大努力的。在录取学生的教授会上，我们还从来没有过开三次会议才决定录取名单的，就是因为那个公费欧洲人让大家开了三次会。你是自费留学生，再等一年不行吗？佐野教授很关心你，你没有去大学，他不知道你的情况，才打电话来问我的。你这样做不好，你有什么想法可以找他谈嘛！他现在是你的指导教授。"

岩岩含着眼泪看着川上："老师，我不对。我会在适当的时候去大学见佐野老师。"

　　岩岩开始拼命地打工，试图忘记未被录取之痛。她想到了年迈的母亲，母亲正在等待着自己的喜讯，是向她报喜呢？还是报忧？

　　听姐姐讲，母亲的心脏手术做得很成功，恢复得不错。很长时间没有听到母亲的声音了，俗话说"若要好，问三老"，她决定先问一问母亲，再做决定。

　　母亲静静地听完了岩岩的讲述。她沉默了一会儿后，才缓缓地说："孩子，你辛苦了。这些年，你为了念书把什么都放弃了，可是，一个女人，不能没有家庭呀！我盼望你拿到最高的学位，但有的时候，也要随天意呀！你也不小了，应该考虑自己的事情了，难道你愿意独身一辈子吗？你在国外，妈不放心呀！你的领导不是让你回国工作吗？妈期待着你回来呀！"

　　妈妈的话像一颗钉子扎在了岩岩的心口上。回国，肯定有好工作等着自己，她相信国内的老领导。可是，自己在外面漂了近十年，却只拿到了一个硕士学位，这太没有面子了；还有，自己既没有挣到大钱，又没有工作经验，就这样回国，岂不让人说笑；再说，想为祖国建设添砖加瓦，恐怕自己心力不足；另外，依照女大当嫁的习俗，自己的年龄肯定会招来各种猜疑，那太可怕了！想一想吧，朋友、同学、亲戚看着自己独身回国，奇光异目也足以让你难以静心工作。

　　真是骑虎难下！岩岩与母亲再次通了电话："妈妈，如果，我不回去，您生我的气吗？"

　　母亲温和地说："孩子，做母亲的，从来不会生孩子的气，你不回来，一定有你的想法，只要想好了，妈妈都会支持你的。就是，你要跟老领导有个交代呀！过去，人家那样照顾你，现在，人家又这样期待你回来。你要把话说清楚了，妈妈就没有什么可担心的了。"

　　又过了一段艰难的思索期，岩岩依然不甘心就此回去。自己自费留学，走过了最艰难的求学路，熬过了寂寞枯燥的打工生活，即使不再念书，难道不应该积累一些工作经验吗？不在日本公司工作，就等于留学缺了一半儿。不，我不回去，留在这里工作，起码不会受到独身的尴尬和不嫁的非议。日本社会对大龄不婚男女给予理解，他们自自在在地享受未婚生活，我随着大流，不受压抑地生活，有什么不好？对，留在日本工作。

　　岩岩终于决定了自己的人生目标，她给过去的老领导写了一封信。

　　她的心也亮堂了起来，妈妈理解了女儿心愿，嘱咐她："孩子，工作很好，不能一辈子总在学校学习，只要你幸福，妈妈就放心了。努力工作吧！孩子！"

　　岩岩与川上教授谈过话以后，依然没有去大学。她心里十分清楚川上和佐野之间的关系，但是，她说服不了自己，因为，佐野教授和科里的教授们做出的决定深深地伤害了她那颗倔强要强的心，她始终认为她的落选非常不公平！她不想和佐野鞠躬告别。

1996年春，佐野教授利用春假去美国做学术交流，岩岩在这个时候给他写了一封告别信。她是心头打锣鼓，响（想）开了，放弃念书，参加工作。

但，她想的过于天真了，在日本经济疲软的境况下，想要找到一份合意的工作，谈何容易？而正在她伤透脑筋找出路的时候，一个已经被淡忘的男孩子再次闯入她的生活。

第四章
命运使然

　　就在岩岩决定参加工作的那一刻，她感到自己已经走出了迷茫的小路。她需要放松一下自己。对！为什么不去斯拿库潇洒一把？突然，她觉得自己好可怜。

　　在日本，一个男人独自去斯拿库喝酒是很正常的，女孩子们就是喜欢围着独身男子耍娇逗贫，送上去甜蜜的微笑，装出一副体贴的样子，迷醉男人。那个时候的男人是最听话，也是最大方的。他被女孩子们灌得迷迷糊糊，会毫不吝啬地为她们买吃买喝，开怀畅饮，豪情放歌。而一个女人，特别是一个成熟的女子单独走进斯拿库，会让所有酒客的眼球凸出去的。

　　一天晚上，岩岩精心地打扮了一下自己。尽管她挣钱很辛苦，但是这一天，她想放松过于紧张的神经，体验一下被人伺候的滋味。她平静地走进了一家斯拿库。这家斯拿库与她以前做过的那家仅隔着一条街。

　　推开大门，熟悉而又热烈的呼唤"欢迎，欢迎！"扑向了她，几个女孩子甜甜地迎了上来。岩岩感到了一种从未有过的满足，她大方地在女孩子的陪伴下坐在了沙发上。一位看上去像是妈妈桑的女子轻飘飘、满面含春地走了过来。她那副甜美的微笑实在让岩岩感动，不觉心头一热，眼泪差点就流了出来。妈妈桑给岩岩微微地鞠了一个躬后，便坐在了她的身边，薄荷香气缓缓地冲进了她的口鼻，那种清凉的感觉冲淡了积压在她心头的抑郁。

　　妈妈桑温和地歪着脑袋笑着看着她："你住在附近吗？"

　　"我就住在那条河的旁边。"

　　"哦，你是中国人吧？来日本几年了？"妈妈桑依然含着微笑。

　　岩岩大方地向她做了一番解释后，便点了一杯乌龙茶和一盘水果拼盘。身处此境的她，已经忘记了平时节俭的习惯，既然来了，就要按规矩办事。她转过身子问一位陪坐在身边的女孩子："你喜欢喝什么饮料？"

女孩子娇柔地笑了一笑："我可以要一杯橘汁吗？"岩岩微笑着点了一下头。

她又问妈妈桑想喝什么饮料。这个女人细细地打量了一番岩岩，然后，点了一杯苹果汁。不知是不是神经上出了毛病，还是晕了头，她又点了一盘米果子和一盘炸小虾，真有一种"吃了扁担，横了肠子"甩票子的劲头。她自我安慰着，这个月就少存点钱吧。

作为客人，她第一次感觉到了那种自食其力的奢侈，有人伺候，有人陪伴，有人为你送上最温情的微笑，心理上的需求，此时得到了最大的满足。以前，她在斯拿库陪着男人喝酒的时候，多么想有一天自己也能够享受到这样的服务，她羡慕那些女客人们潇洒地甩票子，尽情地享受酒吧带给她们快乐的时光。来到山本儿年，辛苦加上磨难，刻苦加上孤独，她节俭到了吝啬的地步，可是这一次，上帝让她为自己开一次恩，她终于释然了，就让这份辛苦犒劳一下自己吧。

妈妈桑温柔地与岩岩攀谈了起来，问寒问暖，让她有点飘飘然。那种被人奉承、被人呵护的甜美滋味太好了！要是永远可以享受这种服务，那才开心哪！这个时候，她真正地领悟到为什么斯拿库那么吸引男人了。

这家斯拿库比较宽绰，客桌分散地摆放在大厅里，因而，客人们不会受到邻桌客人说话的打搅，保证了私有空间。岩岩坐在沙发上，看着别人登台唱歌说笑，她只想安静地坐一会儿，捋一捋思绪，她面朝妈妈桑："能让我单独坐一会儿吗？"

妈妈桑笑眯眯地点着头："是吗？难道你不喜欢女孩子陪着你说话吗？哦，对不起，你想唱歌吗？这是歌曲集。"她递给岩岩一本歌曲集，然后，让陪着的女孩子暂时离开了岩岩。

岩岩一边喝着茶水，一边想着心事。缠绵的歌声回荡在昏暗的酒吧里，时而凄凄凉凉，时而又热热烈烈，时而高亢激昂，时而又揪人心绪。听着听着，一股眼泪顺着她的脸颊流了下来。

她没有动一下眼前的水果拼盘及小点心，却一直望着前面的屏幕，她想起了自己那个时候的生活。甜酸苦辣咸都品尝过的她，坚强地走了过来，如今，忍痛做出了放弃念书的决定，她的心里多多少少感到一种释然。

一曲清新的田园曲子把她从思绪中拉了出来，她朝着歌声方向望过去，一个熟悉的身影一下子冲进了她的脑海："啊！是他！"

岩岩心中好生痛苦，她闭上了眼睛，心微微地颤抖着："世间竟然有如此的巧合！"

她朝着柜台招了招手，妈妈桑快步走了过来。"妈妈桑，请给我结一下账吧！"

妈妈桑露出惊讶的表情："呦！你还没有唱歌呢，就要走吗？有什么急事吗？来，我陪你聊一会儿吧？"

岩岩笑了一下："还是请妈妈桑结账吧！"她重复了一遍。

就在妈妈桑转身去柜台的时候，那个在舞台上唱歌的男人急匆匆地走向了岩岩。

还是那张帅气的脸膛，还是那副傲慢的神态，那双明亮的眼睛依然闪耀着诱人的男人气质。岩岩望着走到眼前的男人，她的心开始酥麻了起来，嘴唇微微地颤抖着，颤抖着……"喂！是岩岩吧？好久不见了，真的是好久不见了！你还好吧？"一股男人身上的热气扑向了岩岩，她感到周身都在冒火，身上热辣辣的。

他，大竹，自己的真爱，已经断定今生今世不会再遇见的真爱，竟然会在这家酒吧里重新遇到了他！岩岩神态慌乱地站了起来，连连地向对方鞠躬："啊，啊，是，是大竹吧？你，你今天有时间？好久不见了。"岩岩已经不知道在说些什么了。

大竹显得异常激动，但却很克制。他端详了岩岩几秒钟后，马上问道："你是和朋友一起来的吗？"

"没有，自己来的。"岩岩尴尬地摇着头。

"是这样。如果，你不介意的话，我可以坐在你的旁边说一会儿话吗？"

岩岩奇怪地看着他："难道你也是自己来的吗？"

大竹笑了一下："不是，今天是客人请我来喝酒的。你看，他们在那一桌。"他指了指不远处的几个男人。

大竹要了一杯冰块威士忌后，潇洒地坐在岩岩对面的沙发上。他微微发红的脸膛上一种微妙情绪轻轻掠过。他端起酒杯，抿了一小口，然后，默然地又看向岩岩——

"对不起，客人好像都往这边看呢，你还是过去吧！"岩岩用嘴朝着客人的方向努了一下。

大竹起身走了过去，对那几个男人说了几句话后，又转身回到了岩岩的桌子前。当他坐下去的时候，他的客人们端着酒杯走到岩岩面前，友好地自我介绍起来。

岩岩困窘地站在那几个男人面前，不知说什么好。这个时候，妈妈桑急忙走了过来，眉飞色舞地冲着那几个男客人说："请多关照呀！她还在大学读书呢。"

这句话引来了男人们的好奇心："真的吗？在哪所大学念书呀？""你住在附近吗？哎，大竹怎么认识你的？"大竹站在一边不停地笑着，他的笑引来了更多的问话。

岩岩只觉脸上阵阵发烧，她略带责怪地看了一眼大竹。这个时候，大竹好像熟人一样站在岩岩的身边，大方地告诉他们："我们早就认识了。对吧？岩岩。"岩岩轻轻地点了一下头。

那几个客人看了看大竹，突然，他们喧哗了起来："哦，大竹，你有女朋友了！哈哈！让她跟我们一起喝酒吧！"

岩岩为难地向他们鞠着躬："不，不，谢谢，谢谢。"

她转过脸，面对大竹："对不起，我只想自己静静地坐一会儿。"

大竹点了点头，带着客人回到了他们的桌子前。这个时候，妈妈桑又轻飘飘地走到岩岩面前，露出一副疼爱的神态："我陪着你坐一会儿好吗？"岩岩没有拒绝她。

这时，一曲悠扬的歌声传了过来，岩岩已经控制不住唱歌的欲望了，她挑选了一首邓丽君的歌。站在舞台上，她似乎忘记了一切烦恼，随着轻柔的音乐，唱起了她最喜欢的、也是她来日本后记住的第一首歌曲《我只在乎你》。这首歌曲，把她带回到了几年前的生活——

斯拿库里安静了下来，那些喝酒的男男女女们都停止了说笑，也停止了喝酒，一齐望向了那个小舞台。

这是岩岩几年后再次唱这首歌。她依然喜欢这首邓丽君的曲子，依然为之动情。她忘记了周围的人们，专注地唱了起来，她的感情完完全全地融进了这首悲伤的爱情歌曲里。乐曲结束了，她的眼泪也流了出来。一阵鼓掌声后，她恍然地走下了舞台。

这个时候，大竹迎了上来："没有想到你唱得比以前更动听了。"

妈妈桑惊愕地看着岩岩："你唱得真好。你是在哪里学的？"岩岩默默地一笑，没有说话。

接下来，大竹谦卑地给岩岩鞠了一个躬："我想请你唱那首歌曲，最后一次我们一起唱的那首曲子。"岩岩欣然地答应了。

曲调缠绵，心酥意醉，这首曲子把岩岩带回到了几年前她工作过的斯拿库，她一直怀念着那段生活。在歌声中，她又想起了最后一次，大竹与自己同唱的这首歌，只不过这一次，眼前的大竹没有把那条温暖的手臂拦在自己的腰上。

或许是命运的安排，在这一天居然又碰到了已经埋藏在心底的那个人。大竹呀，你离我远一点不行吗？

斯拿库里又是一片安静，大竹似乎把自己想对岩岩说的话都融入到了歌曲中，他唱得热情，唱得味道浓厚，唱得岩岩心乱——

歌曲结束了。一阵掌声过后，大竹的客人们邀请岩岩一起去寿司店吃夜宵，岩岩委婉地谢绝了他们的邀请。大竹朝着岩岩神秘地一笑，与他们一同走出了店门。

一个女孩子马上就坐在了岩岩的身边，甜甜地说："来，我陪着你唱歌吧！姐姐，你唱得真好，大家都夸你呢。"岩岩笑了笑："请给我结一下账吧！"

妈妈桑走了过来，笑眯眯地解释："有人为你结账了。"

岩岩看着妈妈桑的脸，疑惑地问："是谁呀？不可能。"她拿出钱包，坚持要付款："请给我结账吧！"

妈妈桑摇了摇手："刚才走的那几个人已经为你付过钱了。女孩子嘛，男人们愿意这样做的，再玩儿一会吧！"

岩岩摇着头："明天我还要去学校。谢谢妈妈桑。"随即，她站了起来，拿出一张5千元票子递给了妈妈桑："给女孩子的费用。"妈妈桑笑了一下，接了过去。

正当岩岩走到大门口的时候，大门"呼啦"一下子被人推开了，进来的是大竹。他不做任何解释，对妈妈桑说："请给我两杯红酒。"

妈妈桑睁大了眼睛望望岩岩，又望望大竹，把他们带到了最里面的那张沙发前。

岩岩还没有悟出味道来，稀里糊涂地跟着又返了回来。

此时的大竹似乎比刚才放松了许多，他爽朗地笑着："岩岩，今天见到你，真是太意外了，真没有想到几年后会在这里遇上你！怎么你一个人到这里喝酒呢？"

岩岩认真地看着大竹："你的客人呢？"

"他们去吃寿司了，我回来了，就是这样嘛！来，现在，我们可以好好谈一谈了。"

大竹已经升为科长了，谷口依然还是科长，那个高濑仍然是他们的铁哥们。当两杯红葡萄酒端上来的时候，大竹看着岩岩，语气惆怅地说："对不起，请给我一个面子吧，为我们再次相遇，好吗？"

岩岩拿起来酒杯，与大竹碰了一下，便尴尬地闭着嘴巴一句话也不说了。这个时候，大竹拿出一张名片递给岩岩："不知道今天以后，我们是否还能见面。我依然是独身，你呢？"

一阵心跳，岩岩的脸红了起来："你看我像是有家的人吗？"

大竹的脸上露出一丝欣慰的笑容："你一直念书吗？自从你离开那家斯拿库后，我们就没有去过那里，换到了这家。今天，客人请我，我就带着他们上这里来唱歌了。巧的很，你怎么来这里了呢？"

又是一阵脸红："难道我就不能来这里吗？"

"噢，对不起。你还住在附近吗？听说你在高中教书，对吗？"

"是的，你怎么知道的呢？"岩岩奇怪地看着大竹。

"哦，都在附近，哪家有新闻，整条街都会知道的。我以为，这辈子恐怕再也见不到你了。"

"你经常来喝酒吗？还是跟谷口和高濑一起吗？"

"我们三个人是分不开了，走到哪里都会在一起的。今天要不是客人请我，他们也会来这里喝酒的。"大竹似乎有点醉意。

不知道为什么，岩岩感到特别爽意，那杯红酒越喝越有了味道，什么读学位啦、找工作啦、回国工作啦，等等一切，似乎在这个时候都不再重要了。几年以前放弃的机会，失去的情感，此时重新回到了她的心里。她突然感觉到这一天自己鬼使神差地来斯拿库喝酒，好像是上帝为自己安排好的，让自己重新唤起早已埋藏在心底的那份情爱，这难道是真的吗？

眼前的大竹睁着一双气质儒雅的大眼睛，捕捉着岩岩眼睛里的含义。

渐渐地，岩岩忘记了时间，忘记了第二天要做的事情，她迫切地想知道这几年大竹生活中的一切。

在他们离开酒吧的时候，大竹紧紧地握住了岩岩的双手，满怀期待地对她说："如果你有时间，请给我打电话吧！我等着你的电话。"

这是岩岩认识他以来，他第一次如此大胆地对自己这样讲话，大竹的心情，岩岩已经明白了。

从斯拿库回到家，岩岩的神经似乎比以前放松了许多，感到自己不再迷茫，做好了在日本就职的心理准备，这可真是"磨子卜睡觉，想转了"。

那一次在斯拿库里遇见了大竹，很长一段时间，一种怀旧与思恋都在追逐着岩岩。尽管与大竹从来就没有过什么私人的接触，但是，她已经把大竹当成了自己的最爱。她曾经多少次为自己不敢爱和不能爱而后悔过，多少次遗憾过，她为那最后一次拒绝对方而惋惜不止。现在，当大竹突然再一次出现在自己面前的时候，大竹身上那火一样的热情、爽快鲜明的情感都让岩岩感到兴奋，可是她依然不敢接受这种颇具戏剧性的感情，仍对大竹父母是否认可自己曾在斯拿库工作过的经历而心存疑虑，特别是现在，自己的前程未定，她不敢妄想这种非现实的感情。

岩岩如何想，大竹并不在意，他已经不再是几年前的大竹了，他对自己的人生采取了主动的方式，他认定了岩岩就是他所追求的那个女孩。如果说几年前，他放弃了，那么现在，他绝不会再让岩岩从自己的眼前溜过去了，酒吧给了他再一次与岩岩重逢的机会。

一个周末，岩岩去了川上教授的设计事务所。师生相见，异常高兴。川上还是那样精神焕发，他见到岩岩的第一句话便是："怎么样？见到佐野教授了吗？"

看着导师慈祥的面颊，岩岩向他汇报了自己的决定。他"哈哈哈"地笑了，然后，意味深长地说："你决定去工作很好嘛！你知道吗，现在的日本呀，是念书容易，找工作难呐！我们的经济走下坡，各个公司都在压缩开支，不少公司开始减员，大家心里都很紧张。早一点融入社会，可以学到更多的东西。我想，你放弃继续念书的决定是正确的。人生嘛，有得就有失嘛！"

在导师面前，岩岩会情不自禁地把自己在生活中想不通的事情告诉这位恩师，而每当这个时候，川上都会耐心地倾听她的心声，循循诱导她迈出正确的一步。他像慈父一样地看着岩岩，进一步说："念书固然重要，但如果不进入日本公司工作，确是一件遗憾之事。其实，很多人都想念更多的书，但是，由于各种原因不能念下去。念与不念，关键要看自己是否能够坚持走下去。岩岩呀，难道你愿意到了五十岁还是留学生吗？哈哈！岩岩，放弃学校的生活，走入社会是一件大好的事情呀！"导师的话像拨云雾而睹青天，清楚明了，她更坚信自己放弃念书、找工作的决定是对的。

她担心地问："老师，如果我离开了学校，我是否还是古建筑保护协会的会员呢？"

川上笑了："只要对古建筑保护有兴趣，这个协会任何人都可以参加，这与学校、学位无关。为了修复那些已经破损的有价值的古建筑物，只靠我们协会的力量远远不够。要让日本人民知道保护文化财产的重要性，我们还有很多工作需要去做。我们每个月都有活动，希望你继续参加，把你的知识用进去。"

岩岩对大学和研究室有一种深厚的爱，她喜欢在那里做自己的事情，喜欢与那些比自己小一轮的同窗们一起探讨研究，那种意气风发的气氛让她对生活充满了期待。与年轻人打交道，自己会更有自信，但是，她不可能永远是留学生。在自己的国家，因为历史的原因，自己没有在适龄的时候进入大学念书，所以现在，才会发疯似的留恋校园的生活。如果时光可以倒流，她愿意再次走进校园成为一名小学生。

在日本能够与这些了解自己的长辈们和学友们交流情感，为自己解开心理的死结，岩岩感到很幸运。她需要勇敢地走进工作岗位，去实现自己的另一个愿望。

她开始整理几年来所积累下来的资料以及各种参考文献。望着堆满榻榻米的资料，她默默地流着眼泪，外出调研、积攒资料、撰写论文花费了她人生中最珍贵的时光，而要把它们打成捆装进纸箱里只需要半个小时。望着眼前那四只箱子——自己的宝贝，她的眼泪再一次"哗"地流了下来。她用手抚摸着它们，讷讷地说："对不起，我不能让你们发光，请不要怨恨我。姐姐，谢谢你支持我继续念下去，可是，我只能选择另一条路了。"那一天，岩岩把那些宝贝们放进了壁柜里。

从那个时候起，岩岩感觉肩膀轻了许多。当梅雨季节过去以后，她的心情也如晴天的白云、秋夜的明月爽朗了起来。

　　自从岩岩把告别信寄给佐野教授以后，几个月过去了。当她再次见到佐野的时候，一脸风尘的他正伏案疾书。他眼睛红肿，脸色灰黑，头发干枯，笑容没能遮掩他极度的疲惫。他又完成了一份调查报告，为完整地保护日本目前最长的一条木制房屋街巷的原貌，他打算向政府申请修补基金。

　　岩岩怀着复杂的心情看着这位导师。佐野也看着她，然后，歉意地说："对不起呀，我总是在忙自己的事情。我们也有很长时间没有见面了。你一直没有来大学，都在干些什么？你是不是回中国去了呢？"

　　从他的话里，岩岩知道他还没有看到她写的告别信。就是此时，岩岩依然没有原谅他不坚持原则的做法，但是，当她看到老帅矮小的身体，满脸的疲惫，她努力想忘记过去的一切。她给老师鞠了一个躬，认真地说："老师，我没有回中国，我一直在设计公司工作。没有来大学，对不起。"

　　她看着佐野，心里已经完全没有了以前那种为赶写论文时的焦虑，她理性地把自己的打算告诉他。

　　这位永远乐观的教授的表情马上变了，他惊讶地看着岩岩，摇了摇头："为什么你突然改变了计划呢？难道你不能再等一年吗？教授会决定的事情任何人都改变不了的。今年，你作为客座研究员在研究室里搞研究，明年进入课程，这样，你就不用交学费了，这也是教授会上决定的事情。"

　　岩岩坦然地说："谢谢老师对我的关心。我想，我还是去工作比较好。"

　　她已经完全放松下来了。在日本，她体验了几年的大学生活，她知足了，她对得起这几年所付出的辛苦。她没有辜负母亲的期望，以自食其力打败了那种依赖他人生活的意识，她胜利了。在结束大学生活的同时，她感觉到真正的生活才刚刚开始，那种成为正式职员的生活又在她的心里掀起了更大的波澜。

　　川上教授再次向岩岩伸出了援助的手，介绍她去一家建筑设计公司工作，可是，由于日本整体经济下滑，公司只招收临时职员。川上不断地给他的学生们打电话，得到的回答几乎都是一样，现在的活不多。

　　导师无奈地告诉她："我的设计所都是义务给一些朋友做设计，学生到我这里来都是帮忙的。可是，你要生活，不能跟着我干。最近，我打算关掉它，带着学生去中国做设计，那里有很多机会。"

　　岩岩没有想到，老师一直有去中国做设计的打算。她很兴奋："老师，您什么时候去呀？那边正等着您呢。我跟着您一起回去，这样，我就不用在这里找工作了。"

　　川上露出期待的目光看着她："真的吗？你想回去工作吗？太好了！但是，我需要半年的时间才能结束手里的工作。"

无论如何，能够跟着导师一起工作是岩岩最为理想的事情，但是，她需要在日本再锻炼自己，在等待导师的同时，她还要先挣钱养活自己。

此时岩岩的心情就是尽快找到一份与自己专业合拍的工作。

她去了一趟林木建筑设计公司，以万分的诚意请求部长为自己安排一份工作。老前辈部长露出了为难的表情："我说你呀就是死脑筋。前两年我让你来上班，那个时候公司缺人手呀，可是你要把书念完了再来。告诉你吧，就是从今年开始的，人事部门没有招人计划，不要说外国人，就是日本人也不招。机会就是一次呀！"接着，他继续说："其实，我们这里还是需要人手的，但是，只能做临时员工，工作完成后就要离开。如果你愿意的话，可以到我部里来工作，做临时员工你愿意吗？"

如果没有签证的问题，在林木这样一流的建筑设计大公司里做临时职员也是值得的，可是，公司不给临时职员办理工作签证，岩岩很是无奈。这个时候，她真正明白了日本经济走下坡的危机已经波及到了各个领域，自己的前景并不乐观！

美惠子依然像过去一样潇洒地享受着优渥的生活，日本经济疲软，从她的身上似乎看不出任何迹象来。她极力劝说着岩岩："就是当临时职员也值得，你来吧！"

"在这儿做临时职员也不错，可是，公司无法给我办签证。我必须是正式职员，才可以拿到工作签证。"

美惠子睁大了眼睛望着岩岩："是吗？哦，我忘记了，怪不得邓每年都要去入境管理局办理签证呢。他需要的文件都是我准备的嘛！"

邓仍然在林木工作，此时的他颇为得意："你还记得吗，我跟你讲过，别放过这个机会。要知道，想进这里工作真的很难很难。部长让你来你不来，现在，人事部今年没有招人计划。虽然我们这里的时薪很高，可是，做临时职员又不能办理签证，我们外国人就没脾气了。"

邓干得顺风顺水，泡沫经济破裂还没有影响到他。他直爽地告诉岩岩："我很满意我现在的生活，虽然不是大富大贵，但是，比我在国内干设计要强很多。我很感谢这家公司给我的待遇，现在，我有一级建筑师执照，可以做设计和规划设计了。我不担心公司裁员。就是现在没有奖金了，加班也没有加班费，那我也很知足。"

看着同胞坐在一流建筑设计公司的办公桌前，绘制工程图纸的样子，岩岩既羡慕，又有点自卑。

遗憾也好，惋惜也罢，岩岩感到自己的运气如此的糟糕。在林木设计没有得到就职机会，她那刚刚放松下来的神经立刻又紧张了起来。

第五章

职场冷遇

　　工作难找，岩岩的心急得就像锅底的木头，全都烧焦了，她的脑袋也急得像长足了的"葫芦"，都急开了"瓢"。一旦把找工作的想法植入到脑神经中去，那就是不干到底誓不罢休的。现在，她把自己当成了一块"猪肉"，千方百计地向人家兜售这块肉，不问价格，只要能卖出去。

　　就在她走投无路的时候，她想到了奥田校长。奥田是自己的保证人，对，找他去。岩岩决定去求求校长先生。

　　临近期末的一个星期三，岩岩上完中文课，敲开了奥田办公室的大门。

　　奥田早就支持岩岩放弃曲折不顺的求学路去工作，但是，他并不急于谈自己的看法。现在当她到处碰了壁以后，他认为是到了帮助这个女孩子的时候了。

　　岩岩坐下后，奥田眯缝着眼睛看着她，然后，微微地一笑，问："你有什么事情想对我说吗？"

　　像自己的亲生父亲一样疼爱的问话，立刻就让岩岩眼睛里满含了泪水。她低下头，不停地摩挲着衣角，泪珠扑簌扑簌地流了出来。

　　奥田笑了："看来，你是遇上了难处了。生活对我们日本人来讲也很不容易嘛！现在，日本的经济不好，很多公司不招人，即使日本人也很难找到工作。我妻子的大学，今年有不少学生报考博士课程，就是因为找不到工作才继续念书的。来，谈一谈你的想法。你想干什么工作？难道我们学校不能给你办签证吗？"

　　"工作签证是要每天干满八个小时，一周干满四十个小时，否则，入境管理局是不给办工作签证的。"

　　"哦，我明白了。那么，你想去建筑公司工作吗？"

岩岩肯定地点了一下头。

奥田校长在岩岩的脸上注视了很久，然后，他胸有成竹地对眼前的这个中国女孩说："我明白了。你回家等我的信吧！"接着他又问："如果，你有了工作，你愿意继续在我的学校教书吗？"

岩岩又肯定地点了一下头。

奥田校长站了起来，拍了拍岩岩的肩膀："好了，你回家去吧。记住，进了公司可要好好干呐！"

岩岩的眼睛里闪着倔强的目光，郑重地说："校长先生，请您放心吧，无论让我干什么工作，我都会干好的。"奥田满意地点了一下头。

那一天晚上，岩岩翻来覆去地无法入睡，她不知道等待自己的命运将是什么。她也不知道奥田校长会帮助自己找到一个什么样的公司和什么样的工作。

她在焦急不安中度过了一天又一天。

终于在几天以后的一个晚上，奥田校长打来电话，告诉岩岩第二天去一家公司面谈。

是什么公司？公司在哪里？自己将要在那儿做什么工作？校长一概没有说。

第二天，岩岩换上一套日本公司严格规定的职业正装去了学校。她有幸乘坐校长先生的那辆黑色奔驰轿车，心里一阵激动。

车子停在了一栋深蓝色玻璃办公楼前，校长走在前面，岩岩跟在他的身后，走上了台阶。

他们一走进大厅，一个瘦高个子的中年男人就热情地迎了上来，并把他们请进了会客室。

奥田校长神情稳如泰山，但，当他见到那个男人的时候，却深深地给对方鞠了一个躬："社长先生，岩岩在你公司上班，请多多关照。"这种情景岩岩还是第一次看到！

那个被称为社长的中年男人给奥田校长也鞠了一个躬："哪里哪里，我的孩子还请您多多关照呀！"

简短的客套以后，校长把岩岩介绍给了对方。社长二话没说就把一份雇用书递给了校长。

这个时候，一个女孩子端着三杯茶走了进来，她一边弯腰，一边把茶摆到了三个人的面前，然后，又弯着腰静静地退出了会客室。

社长先生叫清水，黑黑的脸膛，梳理整齐的分头，一身藏蓝色西装，走起路来挺胸抬头，说起话来铿锵有力，看上去是一个精干的男人。他脸上带着威严，只不过在奥田校长面前显得很谦卑。

清水社长没有对奥田提出任何问题，非常爽快地答应雇用岩岩，并让岩岩第二天再来公司面谈一次。

事情谈妥以后，奥田校长毕恭毕敬地站了起来，又给清水社长鞠了一个躬，然后，像家长一样带着岩岩走出了公司大门。坐在车里，他严肃地看着岩岩，语调变得犀利起来。

"从今天起，你就不是学生了。在大学有导师指导你，而在公司，完全要凭你自己的实力。那里没有人同情你，没有人帮助你，那里除了竞争，就是工作。记住，与同事处好关系，你才能在那里待下去。我只是为你敲开了一扇门，剩下的路就要靠你自己走了。公司与学校不同，在学校是学生尊重老师，但是，到了公司就要大家平等相处。不过，无论遇到什么样的困难一定不要泄气。有什么事情，尽管找我。"

奥田校长的一番嘱咐深深地印在了岩岩的心中。此时，她坐在奔驰轿车里，并不知道在日本作为正式员工工作会有多么的难，难道比打工念书还要辛苦吗？

第二天，她按照规定的时间去了清水公司。还是那间会客室，但是这一天，社长没有出现，接待她的是一位人事部长。

人事部长详细地了解了岩岩的工作经历后，露出惊讶的神态："你在我们日本最大的两家建筑设计公司都工作过，很了不起呀！我们公司小，比不了大公司呀！以后有事情可以跟我谈，你什么时候能来上班呀？"

岩岩想了一下："我明天给公司答复，可以吗？"然后，部长告诉了她的月工资额。听罢，她的心凉了一半，那是秘书工作的工资。在日本公司，秘书的工资是最低的，尤其是在小公司，秘书的工资更是少得可怜。岩岩突然醒悟了过来，对在东京生活的女孩子们来说，这点可怜的工资收入，就是一点点的零花钱呀，难怪有些人晚上还要去斯拿库冉做一份工呢！她终于明白了在东京生活对每一个人来说都不容易的说法。

当她把工资情况告诉奥田校长的时候，慈祥的校长先生又像父亲那样嘱咐着："你不是在学校还有一份工作吗？这两份工资加起来，你比那些刚毕业的大学生挣得多多了。放心吧，我们学校是不会辞退你的。你要知道，每个星期三你来学校上课，只有清水社长才会答应的。我真是要感谢他呀！再说，日本公司的女孩子挣得都不多嘛！你要好好表现，以后社长是会给你涨工资的。"

放下电话后，岩岩才清楚了社长雇用自己的真实情况。思前想后，慢慢地，她的心里变得温暖了起来。在日本经济颓然的时候，得到一个就职的机会比登天还要难。自己真是很幸运，在最需要得到帮助的时候，这位社长、老校长的熟人收下了自己。这在日本真是腊月初三打春雷，少之又少的事情。

"唉，管他的呢，只要有地方收下我，就是胜利。好好干，就是自己吃不起馒头也要为老校长争口气嘛！"岩岩自言自语着，心情开始豁亮了起来。她盼望已久的就职生活终于来到了，她对未来充满了自信。

想着马上就会与更多的人接触，融入到就职人员的队伍中去，她躺在床上美美地睡了一个好觉。

在去公司上班之前，岩岩又去了大学，向佐野教授递交了辞去客座研究员的申请，同时，也把自己就职的过程向他讲述了一遍。

佐野直言不讳地谈了他的看法："你真的决定不念书了吗？这样也好，早一点进入社会，对你以后的生活是有好处的。你在我这里没有得到任何帮助，很是惭愧呀！我很对不住川上教授。"

岩岩坦然地看着他："谢谢老师对我的关心，我会在公司好好干的。"她给佐野教授鞠了一个躬。

1996年7月1日，岩岩去公司报到。她按照日本公司上班的规矩，精心地打扮了一番，一套职业女性服装让她改变了以往学生时朴素的外表。她感到从未有过的激动，不论那家公司大与小，这一天自己总算成为了一名正式员工。她迎着朝阳，信心满怀地踏进了公司大门。

这家公司名叫清水建筑公司，公司不大却囊括了所有建筑工程项目。清水公司是一位木匠大工亲手创办起来的家族企业，家庭气氛浓厚，人际关系比较单纯。清水建筑走过了三十多年风风雨雨的路程，随着日本的经济走强，他们也由刚开始的几个木工发展成为拥有四十多名员工的中小型企业。在当地，清水建筑名气不小，由他们设计建造的住宅小楼与办公楼到处可见。20世纪八十年代初，他们建起了一栋规模不小的办公楼，九十年代初，虽然日本经济出现了下滑，但是，清水建筑却依然挺立在那里。

清水社长是家族中唯一的男孩子，当之无愧地当上了第二代社长。他太太为了能在这个家族里站稳脚跟，不受姑姐们的白眼，把从娘家带来的钱全部投进了清水建筑的股份里，结果，她以超过百分之五十的股份稳稳地当上了董事长。以后，她又连续为清水家族生了三个儿子，续了香火，因此，婆婆也不敢委屈了她。清水夫人在家族中走起路来昂首挺胸，姑姐们只好退居三线，不敢招惹这个财大气粗的弟媳。

清水当上了社长以后，把三个儿子都送到了东京有名的私立学校平益高中去读书。由于他也是从平益高中毕业的，加上他的公司在当地又很有名，学校聘请他为理事会的理事。每一年他都为平益高中慷慨捐款，因而他在师生当中很有威信。继而，老师及很多学生家长都成了他公司的客户，学校所有的维修改造项目也成为了清水建筑的业务，他的生意做得顺风顺水。

清水建筑的董事会，其实就是社长夫妇和一名合作伙伴的常务董事组合而成。这个合作伙伴除了常务董事的职务以外，还负责公司日常的具体工作，大家都叫他专务。公司雇用岩岩，清水社长并没有通过董事会讨论，擅自做主决定的。这让专务心怀不满，但他又不便发作。

这家公司有建筑施工部、设计室、营业部和财务事务部。

公司离岩岩住所很近，坐汽车只用十分钟。她感到这比去人公司上班还划算，一来，省去每天挤车的辛苦；二来，节省了路上的时间，就是工资少得可怜，自身的价值降了好几个级别，让她感到心酸。俗话说，知足者常乐，和那些找不到工作的人比起来，自己又很幸运。一想到这些，她低落的心情又重新振作了起来。

在日本，无论是公司也好，学校也好，研究室也罢，早上只要走进单位大门，有人无人都要高喊一声"早晨好！"，这是礼貌与规矩。

第一天，岩岩满怀热情地走进公司大门，一楼柜台后面两位女秘书已经有说有笑地坐在那里了。这个时点儿离上班时间还差十几分钟，她们一边喝着茶，一边谈笑着。岩岩走到柜台前向她们问候了一声："早晨好！"可是，那两个女孩子却好像没听见似地照样谈笑着。岩岩又问候了一声："早晨好！"年龄稍微大一点的女孩子这才把头慢慢地转了过来，不耐烦地看了她一眼，起身去卫生间了，另一个女孩子则低下头，继续喝着茶。

岩岩呆呆地站在那里不知所措。员工们还没有来，办公楼里很安静。她看到财务室里已经有人了，走过去隔着玻璃窗向里面的财务科长问候了一声。　句没有热度的、苍老的问候声从里面传了出来。尽管是一句没有热情的话，但也让岩岩感到了公司还有一丝人间的温暖。可是在她的心里已经积蓄下了一点点郁闷的压抑。

一会儿，那个年龄大一些的女孩子从卫生间里走了出来，一双眼睛盯在岩岩的脸上，好半天才蹦出来一句话："你不就是新来的员工吗？你在楼上工作。"说完，她一屁股又坐在了柜台里面的椅子上，与那个女孩子继续说起了话。

岩岩看着那两个有说有笑的女孩子对她冷若冰霜的脸，心里一股子恶火直冲上了脑门子，她怎么也没有想到初进公司就被人冷落了。那种冷落是一种嘲讽的冷落！对她们的表情，岩岩丈二和尚摸不着头脑，看那意思，她们对自己似乎并不感冒，好像还很厌烦，这叫什么事呀！她快快不乐地去了二楼。

二楼的办公室里已经有人在办公了。推开大门，岩岩依然高声打了一个招呼："早晨好！"没有人应声，却听到了一声咳嗽，随后，又恢复了平静。岩岩好奇地走进办公室，一个男人抬起头来看了她一眼，一句话没有说，又低着头看图纸了。"嘿！"岩岩嘴里冒出了这个字眼儿。

她百无聊赖地坐在椅子上，不知道自己应该做些什么。她不明白，难道社长没有告诉大家公司要来新人吗？那个年龄大一些的女孩子明明知道社长与人事部长见过自己了，她还给自己送过茶呢！怎么装糊涂装得这么像呢？这与林木建筑设计公司简直就是天壤之别嘛！自己就像透明人一样，大家都看不到自己，这究竟是怎么一回事？

八点半，楼下开始有了动静，大家几乎是在同一个时间刷了出勤卡，几乎同时听到了相互之间的问候声，其中夹杂着那两个女孩子甜甜的笑声。二楼有了人气，可是，大家却走到各自的桌子前，谁也没有注意到岩岩的存在。"哎！"这是怎么个说法？岩岩真的糊涂了。

就在她像个木桩子一样戳在那的时候，一个中等个子的男人走到她的身边："你就是新来的人吧？社长没有告诉我公司要来新人。"虽然这句话不怎么顺耳，岩岩作为新员工，按照礼节给他鞠了一个躬："我叫岩岩。从今天开始，请多关照。"

那个人绷着脸自我介绍："我叫增田，是专务。你是中国人吧？你干过什么？你到我们公司你能干什么？我没有工作给你，请你找社长要工作去吧。"他瞥了一眼岩岩，走进男员工更衣室。几分钟后，他从更衣室里走出来，告诉一名员工："我去工地看看。"然后就离开了。

看着他离开办公室的瞬间，岩岩的眼泪一下子涌了出来，她赶紧去了卫生间。等她出来的时候，却听到了一阵笑声。她心里备受煎熬，她不明白，为什么这里的人对她如此的冷漠？

她感到孤单，心里冷清极了，大有叫天天不应、叫地地不灵的感觉。就在这个时候，社长的声音从楼下传了上来，她马上颠颠地跑下楼去，兴冲冲地站到社长面前："社长，请多多关照！"她的声音很脆亮，办公室里所有的人都看着她，却没有一个人说话。

社长似乎没有面部神经，脸上没有任何表情。他点了一下头："你的工作在楼上，你去找部长要工作吧。"随后，他马上离开了公司。

岩岩不知道谁是施工部长。她上了二楼，楼上还是没有人理睬她。她不知道自己应该坐在哪里，只好在设计室里坐了下来。她也不知道自己应该做些什么，可以做些什么。她呆呆地望着玻璃窗外面的街道，脑子里一片空白。

不多时，从她背后传来了一声问候。她转过身子看见一个三十来岁的男子手里拿着一本册子朝她走来，她马上站起来。那个人爽快地自我介绍："我叫中岛，是做设计的。从今天起，社长让我带你工作。"他脸上的表情很温和，没有专务那种盛气凌人的神态。岩岩上下打量了一下他，中等个子，身穿一身工作服，四方形的脸上一副诚实的表情，说话慢条斯理，俨然像一个兄长。

岩岩望着他，受冷落的心一下子被他的话给焐热了，她有点激动，但很快就平静了下来，淡淡地一笑，向对方介绍了自己的情况后，便不再说话了。

中岛友善地看着她，向她介绍："以后，你有什么不懂的事情就来问我。你先跟我做一段时间，等你熟悉了以后，就可以独立工作了。我来公司已经11年了，我是一级建筑师，这里的建筑结构设计和计算书都由我来做。我们公司专门做住宅建筑，我们要经常去建筑工地。夏天的活比较多，大家都在外面工作。你先熟悉一下这几份图纸，然后，帮助我画几张图。你以前干过什么工作？"

"我做过房屋结构设计、结构计算以及大型公共建筑设计工作，施工管理和现场检查我都做过，另外，我还经常去现场检查施工质量。去工地对我来说不算什么，我随时都可以跟你去现场。"

中岛愣愣地看着岩岩，惊讶地问："你们女孩子也去工地吗？"

看着他一副不相信的样子，岩岩有点得意："当然了，为什么只有你们男人可以做这种工作，我们女孩子只能做事务工作呀？在我们中国，男女平等。以前我在公司掌管着上千人的建筑施工和质量管理呢！"岩岩说起以前自己干过的工作，感到特别神气。

中岛却提醒她："我不能随便带你去工地。公司有规定，女孩子只做室内工作，去工地是要得到社长批准的。从今天起，你就在我们施工部工作。你跟大家打招呼了吗？"

岩岩懊丧地摇着头："没有人理睬我，我不知道如何去做。为什么大家都不知道我呢？难道社长没有通知大家吗？"

"我也是昨天才听说的，就是这些。走吧，趁着大家还没有去工地，我们去问候问候他们。"中岛平和地做着解释，随后，带着岩岩走进了男人圈子里。

二楼同样是开敞式的办公空间，有二十多张办公桌，清一色的男人，岩岩站在他们中间显得特别扎眼。就在中岛向大家介绍岩岩的时候，一个意外的声音从那些人当中冒了出来："中国人呀！"这句乡音一下子抓住了岩岩的心，"好亲切呀！"她像一只陷进泥沼里的蛤蟆一样揪住了这根稻草拼命地向上攀爬着，总算有人搭理自己了，她的眼睛有点潮湿。真的，要不是这句汉语，自己真要被泥沼淹没头顶了！她顺着声音望过去，一张充满温情的脸正朝着自己微笑着。就在这一瞬间，岩岩的眼泪"哗"地流了出来，她赶紧抹了一下眼睛，弯下腰，面对着那些男人们，重复着一句话："请多多关照！请多多关照！"

她诚心诚意的话并没有感动那些铁石心肠的男人们，他们没有说一句话，各自坐在自己的位子上，开始工作起来。

岩岩心里好是难过，不知道自己究竟得罪了哪一位，更不知道清水社长是怎么安排自己的工作的。

那个说中国话的男人走了过来，露出惊喜的表情问岩岩："你是从中国哪个城市来的？来日本几年了？我也是昨天才听说的。原来是一个女孩子呀！哎，我是上海人，叫土井，来日本已经二十年了，在这上班也有十多年了。请多关照嘛！以后，我们可以在一起工作了。多好，我也有伴儿了。"

岩岩看着这个上海人，心头又是一热，她没有想到在这家小公司里竟然遇上了同胞！同胞这个词汇，只有到了异国他乡才会感到无比的亲切。看着他友好的笑脸，岩岩心里涌起了一股冲动，她马上又给对方鞠了一个躬："请多多关照。"

上海人笑了："都是中国人，别那么客套了。以后，你有什么不懂的只管问我好了。不过，来这里，可要跟楼下的女孩子搞好关系呦。她们是我们公司的婆婆呦！"他又叮嘱了一遍："在这里工作，嘴巴要勤快，要多问，千万别呆着。那位专务人不错，就是嘴巴不好。他说你的时候，你可千万别回嘴呀！"

"那个坐在里面的是施工部长，那个是科长……"上海人向岩岩一一做了介绍后，问："社长让你做什么工作？唉，不管怎样，社长应该开个会向大家介绍介绍嘛！"他脸上露出了一丝不满的表情。

"不知道你们公司与其他公司有什么不同。这里没有人理会我，好像我是一个飘在空中的气球，大家只是抬头望一眼而已，这里的人还蛮傲气的。"岩岩沮丧地抱怨着。上海人笑了笑，换上了一身工作服，迅速地离开了公司。

中岛拿来了几本装订好的施工图，对岩岩说："这是我们公司做过的工程项目，你先看一看，然后，我有几张图纸需要你帮助我修改一下。"布置完工作后，他也换上了工作服去了工地。

施工部的人陆陆续续地离开了办公室，只有部长和一个年长的员工坐在各自的办公桌前，低着头做着他们的工作。

岩岩站也不是，坐也不知道哪个位子是自己的，她的心翻腾着，那种被人冷落的感觉让她感到了冰冷世界的可怕。

正当她浑身不自在的时候，那个年龄大一点的女孩子不紧不慢地从电梯间走出来。她神色傲慢地走到岩岩面前，一副大姐大的样子，冷着脸对岩岩说："我叫坂本，做事务工作。这是你的出勤卡。每天到公司后，必须要打卡。我把它放在楼梯间出勤卡的盒子里。另外，我们女孩子每天都要把厨房收拾干净。现在是夏天，我们要在上班前把冰茶做好。他们在外面施工很辛苦，回到办公室，我们马上就要给每个人送去一杯冰茶。还有，中午大家都会在二楼用餐。我们三个人分工，每天午餐后，我们要把餐桌收拾干净，把垃圾拿到楼下去。二楼的垃圾你在下班之前要收集起来。"说完，她带着岩岩去了三楼。

三楼有社长办公室、卫生间、设计室和大会议室。大会议室既是餐厅又是会议室。

坂本拉着脸，一点一点地把女孩子应该做的事情向岩岩做了一番解释，然后，又带着岩岩回到了二楼。她推开一扇小门，指着里面的空间告诉岩岩："这是我们女孩子换衣服的地方。给你一把钥匙，你可以把自己的衣物锁在里面。有的时候，我们也会在里面休息一会儿。"她面无表情地交给岩岩一把钥匙。

最后，她把岩岩带到厨房："明天你早点到公司，我告诉你如何做二楼厨房里的工作。"随即，她关上了厨房门，坐在一把小椅子上拿出一个烟包，从里面抽出一支烟来，歉意地说："对不起，我想抽烟，社长不让女孩子在办公室里抽烟。"

坂本的脸一直是冷冰冰的，她似乎很不愿意看着岩岩说话，眼皮一直向下看着，似乎地面上到处都撒着金粉，对她那么有吸引力。尽管，她的眼睛不看着岩岩，可是，她的嘴巴却没有闲着，不停地向岩岩发着牢骚。她时而抱怨公司对她不公平，时而又叹着气，讲女孩子生活有多的不易。她一边发着牢骚，一边抽着烟。熏人的烟雾徐徐从她的嘴里吹向了空中，很快，团团烟雾就充满了小小的厨房。岩岩感到呛人的难受，但却没有离开厨房，她希望坂本能够告诉自己更多的事情。

坂本做了两杯茶，递给岩岩一杯后，又唠叨了起来："你知道吗，我们公司并不缺人。社长没有经过董事会就雇用了你。为了雇你，我们的工资都被减了1万块，以后，奖金也会匀出来给你的。哼，倒霉的都是我们做事务的女孩子。"

岩岩刚刚有点舒坦的心情，被坂本讽刺性的话给冲洗得一干二净。"为了雇你，我们的工资都被减了1万块"的话让她惊愕不已。哦！怪不得这两个女孩子嫌弃我呢！怪不得大家都用白眼球看我呢！这个社长是怎么搞的？这让我今后怎么和大家相处？怎么在这儿干下去？这不是砸蒜罐子里长豆芽嘛，真窝囊死我了！

她站在原地发蒙，坂本什么时候飘出了厨房，她浑然不知。她心里嘀咕着：社长也没有给足我工资呀！就凭我的学历和工作经历，我完全应该得到更多的工资嘛！我还感到不公平呢！这家公司的人怎么都好像是从冰箱里蹦出来的，哪有热乎心呀！

她真没有想到，在自己国家"唯有读书高"的理念，在这里却行不通！没有人夹你，你连一碟小菜都不如！

岩岩心里的火气又被激了起来：我到公司上班，像一个童养媳，谁都用白眼球看我。我怎么了？这以后的日子可怎么打发呀！哼！要不是你们日本泡沫经济破裂，我早就是林木建筑设计公司的正式员工了，要不是等着和我的老师去中国工作，我才不会到这儿来呢。

第一天上班就让岩岩足足地尝到了什么是被人嫌弃的滋味。那句"为了雇你，我们的工资都被减了1万块"的话久久地在她的耳边回响着……岩岩下班回到自己的小屋，她心情纷乱，根本无心吃晚饭，坐在榻榻米上，闭着眼睛静静地想着心事：从坂本的眼神里，看到了她对自己的鄙视，因为自己是走后门进公司的；所遭受的冷遇来自于他们的工资被扣，是因为社长雇用了自己，是自己"欠"了大家的。一想到这些，岩岩仿佛觉得脖子都被压进肩胛骨里了，可是，她还是不明白，为什么社长用这种方式雇用自己？这是助我一臂之力吗？既然雇用了自己为什么却不向大家介绍自己呢？

清水公司的做法和员工们的冷漠，给岩岩带来了深深的伤害。她想，照此下去自己一定会抑郁成病的。她躺在榻榻米上，眼睛望着天花板久久地发呆。外面刮起了大风，前边的河面被风掀起的浪花急促地拍打着堤岸的岩石，发出了"哗啦哗啦"的巨响。大雨瓢泼而下，雨点敲打着玻璃窗，"吧嗒吧嗒"的声音穿透了岩岩的心，她浑身打了一个寒战。忽然，她猛地坐了起来，眼睛望着窗外昏黑可怕的夜空，心里想着：不，不能！人不怕低，货不怕贱，我一定要走出这个困境。

她想到了奥田校长，便毫不犹豫地拨通了老校长的电话。

这位恩人慢条斯理地在电话里对她讲："校长去求社长，即使他有难处也不会推辞的，这就是日本的人际关系。现在日本经济不好，各个公司都在裁员，好在他们公司的买卖还不错，他愿意帮我这个忙。关于减掉员工的工资给你发工资的事，我不太清楚。这是他们公司的事情，你不用担心什么，只要好好工作就好。现在，你已经进入了社会，那里不是大学，更不是我的学校。在公司上班，首先要处理好人际关系，你才能站住脚。今后你还会遇到很多烦心事，慢慢来吧。有校长在，你什么也不要怕。我希望你能在公司找到快乐。"

奥田的话很灵验，像雨露滋润了岩岩焦躁的心，在静静的小屋里，她闭上了眼睛，让自己冷静下来。

隔壁房间传过来的电视声和断断续续的笑声，让岩岩很是羡慕女邻居山下潇洒的生活。她从来不说公司的坏话，总是说在公司工作很愉快。

唉，这没法相比，她是日本人，而我是中国人。一想到第二天去公司上班，坂本冷若冰霜的面孔和男社员们不屑一顾的白眼球，她立刻就感到一股子冷气直冲向脑门子。

岩岩有一个"怪癖"，就是当心情郁闷的时候，她的处方就是把自己好好打扮一番，在那些人的眼前"晃"他们一下，以此来满足内心的孤独和傲慢。

想到可以用穿戴来发泄心里的火气，她感到身上轻松了许多。于是，她走出房间站在前廊下，望着昏暗的夜空，望着北京的方向，任凭风雨的吹打，自言自语地安抚起自己来。她站在外面很久，很久，直到感觉身上被雨点儿打湿了才回到那间小屋里。

回到房间，她打开壁柜，拿出一套又一套高档套装。这些都是她回北京探亲时买的名牌服装。她，看着这些心爱的衣服，寻思着第二天的穿戴，在公司里的不快便像肥皂泡一样飘上了空中。

第二天一早，岩岩让胃袋里装满了营养丰富的食物后，一边在镜子面前梳理着一头秀发，一边想："哼，今天穿上这身衣服，去'晒晒'那两个女孩子。"

她很早就到了公司。楼上只有那个年龄大的员工，他正坐在办公桌前，悠然自得地看着报纸。岩岩走向前去问候了一声，那个员工笑眯眯地说："今天你来得好早啊！我叫川村。我已经退休了，社长又把我返聘回来，社长只让我检查设计图纸上的错误。我退休在家闲着，来帮点忙。我们这里的人都很好，你要主动跟大家说话。我们日本男人，是不会先跟你打招呼的。"他说完话，急促地咳嗽起来。岩岩关心地问："您感冒了吗？"

他的脸憋得通红，摇摇手："不是，我有哮喘病。"

八点半，坂本和另一个女孩子同时走上二楼，进了更衣室。岩岩听到里面传出来说笑声。不一会儿，她们姐儿俩一前一后地走了出来。那个女孩子冷漠地向岩岩问了好以后，自我介绍："我叫久米。"然后，冷淡地看了一眼岩岩，还没等岩岩说话，就下楼去了。

坂本眼睛看着地面，冷冷地对着岩岩："我教你做厨房里的事情。"随后，她瞄了一眼岩岩身上穿着的衣服，什么话也没说。

厨房非常干净，壁柜里的茶碗没有丁点茶锈，玻璃杯锃明透亮，水池子闪着亮光，地面上一滴水也没有。坂本就像"小婆婆"一样细细地向岩岩交代着，不停地追问："你听明白了吗？如果明白了，你就说'我知道了'。如果还不清楚，马上告诉我。"岩岩看着她那双不大却烁烁逼人的眼睛，连连回答："我明白了，明白了。"

坂本盯住岩岩的眼睛，又问了一遍后，抽了一支烟，便离开了厨房。其实，岩岩还有不明白的事情想要问，但是，她害怕对方，想说的话到了嘴边上又吞了回去。

专务来了。他是一个寸头圆脸的壮实男人，走起路来抬头挺胸，说起话来瓮声瓮气，小小的眼睛里透出令人害怕的傲慢目光。他与清水社长是同校同期的毕业生，他们之间的情谊很浓。清水接过父辈的班，邀请专务一道干。专务入了伙儿，在公司加入了一份股份，他们哥们儿配合得十分默契，从来没有红过脸。可是，自从岩岩进了公司以后，专务在心里就积下了对社长的不满，他把这些不满全部发泄到了岩岩的身上。

这一天，他一走进办公室，看见岩岩穿了一套浅色套服，就露出了不满的表情："我们这里都是男员工，你想让大家分心吗？"

岩岩刚想上前去问候他，就让这个男人来了一个满心懊恼："为什么我会让大家分心呢？"岩岩一脸迷惘地看着他。

专务的脸变成了铁黑色，他指着岩岩的衣服："你没有看到二楼的人都穿的是什么颜色的吗？你穿这身衣服能干什么？这可是施工部呀！大家看着你穿得花花绿绿的，能工作好吗？"

岩岩恍然大悟："在公司上班不是要穿得正规一些吗？你们都不跟我说话，我用什么分你们的心？"

专务看着岩岩紧张的样子，露出了一丝浅浅的笑意，瞬间，又绷起脸来："你要穿秘书服，这里是公司。"

"我不是秘书，为什么让我穿秘书服？"

"我们公司只要是女孩子就要穿秘书服，我们男人也要穿工作服。"他挥挥手，不耐烦地问："你今天干什么？"

岩岩拿出中岛给自己的图纸答道："中岛让我看图纸。"

专务瞪着眼睛虎着脸："哦，社长雇你就是让你来看图纸的吗？那些是以前干过的活。哎，我问你，你还会干什么？"

岩岩被他噎得差点背过气去，她急忙顺了一口气："我在你们日本最大的两家建筑设计公司干过，还在——"

专务立刻就打断了她的话，板着脸："你在哪里做过我不管。到我们公司来干不了活，雇用你就是浪费。我找社长去。"他气鼓鼓地离开了二楼。

岩岩心里好是难过。她担心，要是这个专务告到社长那里去，自己就要被炒掉了。难道社长不知道我的情况吗？这个专务是什么东西呀！

没有人来安慰她，大家都低着头做自己的事情。过了很长一段时间，岩岩突然想起来用茶水贿赂那些男人们。于是，她走进厨房，拿出茶杯，为办公室里的每一个男员工端去了一杯凉茶。

上海人笑呵呵地打趣："这下子可好了，我们二楼的男人们也有人关心了。嘿嘿——"随着一阵笑声，大家都抬起头来对岩岩说了一声"谢谢！"这个词汇，让岩岩喜出望外，她连连弯腰："请多多关照！"等她直起腰来的时候，那些男人们早就低下头去做自己的事情了。

岩岩又被冷落在了一边。上海人友善地走到她面前："真的，很感谢你。我们二楼的人就像没娘的孩子，从外面回来，要自己做茶。楼下的那两个女孩子好厉害呦！她们对一楼的那几个营业员可好呢！我刚来公司的时候，她们对我也很冷，这是日本人的性格。时间一长，大家了解你了也就好了。其实，我们楼上的人都很好，慢慢来嘛！"他的话带着一丝温暖，让岩岩五味杂陈的心好受了很多。

上海人是一个心地善良，会哄女孩子高兴，让女孩子喜欢的和悦的男人。他中等身材，皮肤白嫩，眼睛大大的，特别爱笑。不知道他是如何保养的，经常跑工地干活，还能保持着细皮嫩肉，这让岩岩觉得简直不可思议。他的眼睛里透着油滑和智慧，四方形的脸膛，两片能说会道的薄嘴皮。他说话办事总是先笑后板脸，是那种翻脸不认人的人，公司里没有几个人喜欢他，而他拼命三郎的工作劲头，又令日本人不得不佩服，社长对他很是器重。但他有一个毛病，喜欢到社长面前打小报告。只要谁的名字被他惦记上了，第二天，跑不了准要挨社长的敲打。因此，川村在岩岩到公司上班的第二天便告诉了她上海人的为人："你要小心点呀，那个土井可不管你是日本人，还是中国人，只要妨碍了他的事情，他就会跑到社长那里告你去。"川村的话让岩岩多多少少在心里对同胞加了一道防线。

上海人对岩岩很是友好，他特别羡慕岩岩还是独身。第二天在一起吃午餐的时候，他就告诉了岩岩他的身世。

上海人的母亲是日本人，1945年以前随着她的父母在中国东北农村生活，后来，她嫁给了上海郊区的一个农民。20世纪七十年代初，中国与日本重新建交以后，他母亲便带着他和弟弟一起回到了日本，而他父亲留恋故土没有跟着来。在东京，他上了建筑专门学校，毕业以后，找到了这家公司，分到施工部工作。不知道为什么他弟弟取得了日本国籍，可是他却一直没有取得。

他忧心忡忡地说："我必须在这里好好干，否则，我就得不到工作签证。我们中国人就怕被公司辞退。女孩子嘛，在这里生活比较容易，找个日本人结婚，什么就不用担心了。我找了一个台湾老婆，我的全部工资都交给了她，她想怎么花就怎么花。"

"她不给你零花钱吗？"

他撇了撇嘴："我们男人的事情，女人少打听。哎，我在这里挣得不多，我不得不另谋出路。"他神兮兮地说："我在做股票生意。虽然风险大，但来钱快。"

岩岩看着他口若悬河、一脸兴奋的样子，就知道他一定赚了不少钱。可是，他却抱怨自己很不幸福："我太太从来也不管我，我的衣服要自己拿出去洗，回家也没有饭吃，我一天三顿饭都在外面混吃。唉，想当初找个日本女孩子就好了。"

岩岩看着已经被完全日本化的同胞，心里感慨万分。直到现在她也不明白，那些已经结了婚的男男女女们，为什么却对自己的婚姻不停地发牢骚和抱怨呢？

午后，楼上的电话铃响了起来。"铃，铃，铃……"无论它的声音如何烦人地叫着，坐在办公室里的男人们却没有一个人去接听。铃声持续地鸣叫着，也不知专务是从哪里冒出来的，他气鼓鼓地走到岩岩面前，指着电话："你为什么不接电话呀？"

"我，我不知道怎么接。我，我可以接吗？"

"赶快接吧！"他沉着脸大声说。

岩岩拿起电话，不停地"喂，喂！"地呼叫着，对方把电话挂断了。她不知所措地告诉专务："对方挂断电话了。"

"难道你连接电话都不会吗？"他气呼呼地瞪着岩岩，喊了起来。

岩岩委屈极了，可是，她却无法辩解。这个时候，坂本匆匆忙忙地从楼下跑了上来，怒冲冲地直奔着她走了过来，板着脸问："谁让你接电话的？我还没有教给你呢。"

"电话铃响，是专务让我接的。"岩岩不顾一切地把专务给卖了出去。

坂本很生气地冲着专务："她刚来，是不能接电话的，这是我们的工作。"她狠狠地瞪了一眼专务。

"我哪知道你们的事情。在二楼，接电话是岩岩的工作嘛！你为什么不教给她呢？"他也瞪了一眼坂本，快快不快地走了。

坂本带着教训人的口吻拉着脸："以后有电话，你不要接。你讲话有口音，客人不喜欢。明天早晨，你到楼下来，我教你如何接电话。"

就在这几分钟内，岩岩被数落了两次，比祥林嫂还要不幸。

八个小时的工作时间，岩岩每过一分钟都感觉像苦行僧一样，她苦苦地盼着下班的时点。每一次她听到楼下传上来的笑声，心里都会有一种又酸又痛又恨的感觉。

下班前的半个小时，坂本上楼来收集垃圾。她走到每张桌子前，把男人们办公桌旁的纸篓里的垃圾倒进垃圾袋里。她做得很认真，也很利落。她走到岩岩跟前，拿起岩岩脚旁边的纸篓迅速地把垃圾倒进了袋子里。岩岩似乎明白了什么，立刻站起来："我来收垃圾吧！"

她头也不抬："从下个星期开始，二楼的垃圾就由你负责了。"

坐在桌子前的男人们并不理会谁在收集垃圾，他们也没有任何表示，依然趴在桌子上写写画画的。坂本收集完垃圾，又进厨房收拾水池子里的杯杯碗碗。她把茶杯一个一个地擦干净，放进柜子里，接着，又撅着屁股擦干净地上的水迹，然后，把抹布用漂白剂洗干净。当一切都完成以后，她关上门在里面独自抽起了烟。

岩岩始终站在窄小的厨房里，希望坂本能够让自己做些什么事情，可是，坂本用眼睛瞟了她一眼，把脸扭向了窗户。嘿，这叫做吃冰拉冰，没化（话）。岩岩干干地站在那里，想说的话就像茶壶里煮饺子，肚里有货，嘴里倒不出来，也不敢倒出来。

她想起了上海人关于楼下女孩子"她们是我们公司的婆婆呦"的话，再加上这两天坂本的做法，让她觉得坂本的的确确像个"小婆婆"。在这个"小婆婆"面前，岩岩真的成了名副其实的小童养媳。

墙上的挂钟"嘀嗒嘀嗒"地响着，"小婆婆"从口中一股一股地向外吐着烟圈。几分钟后，她缓缓地转过身子，小小的眼睛里流露出一丝无奈的神情，从镜片后面射向了岩岩："你有什么事情要说吗？快下班了，看看他们还有什么事情需要你做。"停顿了一下，又说："我真不知道你到这家公司来干什么？这里不缺人嘛！你还以为在公司工作是好事情呢。哼！要是我找到了好男人，我立马就辞职。我们女孩子在他们男人眼里就是一根指挥棒，要看他们的脸色行事。脸上没有笑容不行，说话声音发硬也不行，可他们说一句话就能让你累个半死，还嫌你动作不快。好了，以后你就知道了。本来今年公司是要给我涨工资的，你来了，不仅涨不成了，还给我降了1万块，以后，奖金也会匀给你的。"发了一通牢骚，她掐灭了烟，站起来，推开门走了出去。

岩岩傻傻地站在原地发愣。唉，真是有苦难言呐，打掉了的牙齿，只能往肚子里咽。她胡思乱想着，直到一位老人走进厨房，才恢复了常态。

进来的是一位她不认识的老人。他矮小的个子，满脸胡子拉碴的，穿一身工作服，寸头、方脸、眉眼正直，皱纹深深地刻画在他饱经风霜的脸上。他一走进厨房，就笑呵呵地看着岩岩："我听说公司来了一位中国女孩子。我一直在工地上跑来跑去的，没得功夫回公司。哎，我叫桥本，在这里干杂活。以后，二楼的垃圾我来收吧，你可以专心做自己的事情。"他伸出一只手来，诚恳又亲切地望着岩岩。

那是一只粗糙的大手，上面还带着油漆痕迹。望着眼前这位矮小的老人，岩岩眼睛里充满了泪花。进这家公司，在冷若冰霜的办公室里，在那些满脸漠视的人前，在女孩子们轻蔑嘲弄的神态下，她看着自己的工作职场，心里就像打翻了五味瓶，酸、甜、苦、辣、咸，真不是个滋味。此时此刻，这只大手让她感到了世间还存留着人情的温暖。她擦拭了一下眼睛，伸出双手握住了那只带有理解与温暖的大手。

桥本紧紧地握住了岩岩的手："你一个人来日本一定很寂寞吧，以后，你就把这里当成自己的家吧！社长人很好，我们这里的男人们都很好。就是，就是，我们日本男人呀，他们是不会先跟你说些什么的。你要先跟他们说话，多跟他们聊聊嘛。以后，你有什么不清楚的地方，就来找我吧。坂本是个好姑娘呀，公司里里外外都是她在操劳。她很认真，也很善良，就是嘴巴不饶人。好了，快下班了，我喝点茶水就回家了。哎，还是家好呀！"他脸上露出幸福的笑容，就像孩子吃冰糖葫芦那么快乐。

"小婆婆"离开厨房后，就一直站在门外面等着岩岩出来，她还有话没说完呢。岩岩一走出厨房，她就用没有热度的眼光望着岩岩："从下个星期起，楼上的垃圾由你负责，厨房也由你来清理。你刚才都看见怎么做了吧？有什么不懂的，随时可以来问我。其实，我们女孩子在这里工作很辛苦，那些男人们总觉得我们在办公室里什么也不做，非常让人生气。我想多挣点钱，可是你来了，我的工资被降了1万块。"她又抱怨了一番，便下楼去了。

"嘿！原来她也有不满呀！她说话可真不含糊！真是一步到台阶，开门见山呐！"她的话又让岩岩感到心里不平，公司招聘我是做技术工作的，怎么我成了沏茶倒水的杂工了？这个社长是如何跟奥田校长谈的？岩岩心里一股莫名其妙的猜疑不由而起。

第六章
痛痒煎熬

岩岩带着一肚子的委屈回到家里，她什么也吃不下去，索性跑去公共浴池泡澡。她的肌体被泡得热气腾腾，可是，心却是冰天雪地。她又进桑拿室去蒸，全身蒸出来的汗水不停地"滴答滴答"地掉到地板上，而她的心里依然是冰凉的。

半夜，她的身上突然生出来很多小红疙瘩，奇痒难耐，她不顾一切地乱抓乱挠了一通，一道道抓痕落在了细嫩的皮肤上，就像被鞭子抽打了似的。她坐在沙发上，让电扇冲着身上猛劲儿地吹。七月里湿热的空气被电扇搅和得在小小的房间里翻滚着，掀起了阵阵热浪。那些小红疙瘩越来越刺痛起来，全身都感到辣乎乎、热乎乎、湿乎乎的。那种奇痒在全身各个神经中扩散开来，她站也不是，坐也不成，只能在小小的房间里像遛马驹子一样转着圈子。她一边在身上乱挠乱抓，一边用手不停地拍打着身上片片红肿起来的小冤家，全身辣热湿的奇痒，她，快要发疯了。

突然，她跑出小屋，朝着楼顶的小台阶冲了过去，上了楼顶。清凉的夜风带着湿气在寂静的夜空中吹拂着，她感到身上略微舒服了一些，"啊，这里比房间凉快多了！为何不在这里睡觉呢？"她又跑下楼去，回到房间，抱起褥子又爬上楼顶。平整的楼顶被四周的矮墙裙环绕着，她铺平了褥子，躺在了楼顶的地面上。湿凉的夜风徐徐地吹过了她的身子，刺疼的奇痒逐渐地减轻了，可是，身上却感觉到湿乎乎、黏糊糊的难受。楼顶上的湿气越来越浓重了起来，她的身子开始发凉，并渐渐地感觉到了冷。她躺在褥子上望着夜空，明亮的星星眨巴着眼睛，皎月的亮光照在楼顶上，周围一片宁静。

忽然，她听到脚步踩在楼梯上的声音，她一下子就紧张了起来，"不会是坏人上来吧？"她机灵地坐了起来，看着楼梯口，气都喘不匀了。

　　脚步声停在了楼顶的入口处，一个脑袋探了出来。"啊！山下！"她忍不住喊出了声。

　　虽然岩岩跑上楼顶的动作很轻，但在楼顶上来回走动的声音还是透过楼板传到了山下的房间里。

　　山下被岩岩突然的喊声吓了一跳："嘿！你怎么跑到这里来乘凉了？呦，你还躺在这里。小心受凉呦！夜风吹在身上是要得病的呀！"她一边说着，一边来到岩岩面前。

　　"房间里实在太热了。我身上起了很多小疙瘩，真受不了了。"岩岩一边诉说着，一边痛苦地抓挠着身子。

　　山下借着月光细细地看着岩岩的身上，惊叫了一声："你为什么不去看医生？我给你介绍一家医院吧！"她不容岩岩说话，便搀起岩岩："下去吧，心静静就会好的。"她抱起岩岩的铺盖就下楼去了。岩岩紧跟在她的身后，回到了自己的房间。山下拿来了一包冰块让岩岩敷在身上。

　　整整一宿，岩岩没有停止过抓挠。她痛苦地煎熬着，苦苦地盼望着朝阳快快地升起。一夜之间，她身体上已经没有一块平滑的皮肤了，抓挠的痕迹落在了她红肿的肌肤上。

　　她不敢请假，不敢告诉外人，也没有去山下介绍的医院。她忍受着从未经历过的痛痒、奇痒、痛痒的折磨和煎熬。身上的小疙瘩一会儿小，一会儿大，一会儿连成一片，全身上下一会儿通红通红，一会儿又是一片一片的肿块。她痛苦地对着镜子："是不是上帝要惩罚我呀！公司雇用了我，可是，大家的工资却都被降了1万块。这难道是对自己的惩罚吗？"

　　夏天，女孩子穿裙子必须要穿上长筒丝袜才能去公司上班。那些罪孽的小红疙瘩被丝袜包裹着闷在里面，奇痒难耐，恨不得把皮肤撕掉才解痒呐！岩岩坐在办公桌前，一边工作，一边抓挠着身体，还不敢把丝袜给抓破了。越是忙的时候，那些小疙瘩越是折腾，就连屁股缝里都长满了小疙瘩。那些小疙瘩就像小刺一样夹在皮肤褶皱里，一走路就会相互摩擦，那种难忍、难堪的滋味，让岩岩想大声地骂人。她大腿根火烧火燎般的痛痒，她既不敢挠，又不能不挠。她咬着牙心里骂道："这个鬼东西，长在了见不得人的地方，如何去抓挠那个地方！"她恨那些钻进身体每一个汗毛孔里奇痒无比的小疙瘩。她感觉每一根神经都在发痒，但她又不能让男员工们看到自己浑身不自在的样子。她坐着不行，站着也不行。空调吹出来的冷风，吹到了她的皮肤上，就像毛毛虫粘在皮肤上爬行时的那种痛痒，令她坐立不安。

那几天，她咬着牙坚持去上班，又咬着牙回到那间小屋里，痛苦地熬了几个昼夜，熬得眼睛周围又黑又肿。

这一天上班的时候，岩岩身上的小疙瘩带着奇痒使她浑身开始哆嗦了起来，就在这个时候，"小婆婆"上楼来找她。

"呦，你怎么了？你病了吗？"她看到岩岩痛苦的表情，脸上露出了焦急的神态。

岩岩不敢继续抓挠，脸上渗出了大颗的汗珠："没关系，没关系，就是身上痒痒得厉害。"她痛苦的表情在"小婆婆"身上产生了一点点反应。

"好可怜！你去看过大夫了吗？"

岩岩的嘴巴被瘙痒搞的变了形："没有。起了几天了，不知道这是些什么东西？"

"喂，你可别挠了。我身上也开始痒起来了。那你为什么不早告诉我呀！都好几天了，你可真能忍！你必须马上去医院看病。不过，你刚来公司还没有假，你去看病是要扣工资的。但是，我批你假。中午去医院看病，马上就去。我知道一家很好的医院，专治这种病，就在附近，你赶快去吧！"

岩岩没动。她不知道"小婆婆"是否真的让自己去看病，她不相信"小婆婆"会对自己发慈悲！

看着岩岩没有动，"小婆婆"有点急了："你怎么还呆着？难道你不想早点治好吗？专务问起来，我会做解释的。"

岩岩终于看到了她真诚的面孔，连连向她鞠躬，午饭也没有吃，就冲出了公司大门，顶着烈日去了那家医院。

中午看病的人挺多。第一次去医院看大夫，首先要填写病历，再挂号。眼看着"小婆婆"给自己规定的时间一点一点地在缩短，岩岩又急出了一身汗，身上的红疙瘩马上又连成了一片，在空调风的吹拂下，奇痒无比。她不停地用手拍打着身体和下肢，周围的患者向她投来奇怪的目光。

那些诡异的目光令岩岩想钻进地缝里去。她心里着急："还不快点叫到我！回去晚了，又该听'小婆婆'的教训了。"此时，那种傲慢，那种自以为了不起的心态被身上的鬼疙瘩折腾得早就斯文全无，只要能够停止痒，什么脸面，什么样子都已经顾及不得了。

"岩岩！"护士在门口刚刚喊了一声，岩岩就三步并做两步来到了她的面前："我就是。"护士笑眯眯地带着她走进医疗室。

她来到日本后，除了上次腿伤去过医院，便再也没有进过医院大门。这家家族式的医院不大，但在附近名声不小。大夫非常仔细地检查了她的全身后，含着微笑告诉她："这是风疹，就怕着凉风。"

"那是什么原因引起的呢？"

"可能跟你的心情紧张有关系。在办公室里工作，空调的温度太低对治疗风疹不利。你可以多穿一件衣服，尽量不要穿裙子。"

大夫的一席话让岩岩悟出了一个道理，办公室的温度太低了。看完病，时间已经超过了"小婆婆"规定的时间。

她急急忙忙地赶回到公司。"小婆婆"迎上来关心地问："医生好吗？他给你开药了吗？"

看着她关心的表情，岩岩心里流过一丝温暖。进公司这么多天，第一次感到有人关心自己，那是一种什么样的感觉呢？

岩岩真诚地给她鞠了一个躬："谢谢你！那位医生非常好，谢谢你批假让我去看病。"

她微微地一笑："我身上也经常长东西，都是去看那位大夫。"停顿一下，她又追上一句："你已经超时了，下个月开工资的时候，要扣你的工资的。"她说这句话的时候已经不像刚才那样温情了。

但不管怎么说，岩岩吃过药后，身上感觉不再那么奇痒难耐了。嘿！那位大夫真神了！折磨了自己几天的奇痒、可怕的痛痒、难耐的瘙痒，居然会在半个小时后就消停下来了，她终于不用再继续那种乱挠乱抓不雅的动作了。

二楼办公室里只有川村和岩岩。室温18度，岩岩感到腿上冷飕飕的，手脚冰凉。川村在办公室里必须要披上一件外衣，咳嗽才会减轻一些。他无奈地摇着头："我的哮喘病就怕冷，在办公室里坐着浑身都在发抖。"

川村缩着身体眯缝着眼睛趴在桌子上看图纸，浑身不停地抖动着。岩岩把空调升高了好几度，又把窗子打开，让新鲜的空气流进来。他高兴起来："现在的温度正合适。"

不知道什么时候，上海人从工地回来了。他一进办公室就喊着："岩岩，岩岩，快给我倒杯凉茶。哎，这里怎么这么热呀？赶快把空调再降一两度吧！"

岩岩不满地看着他，噎了他一句："你自己不会倒茶吗？冰箱里有现成的。"

他笑嘻嘻地唠叨着："我跟你讲的都是实话。你不给我倒茶，我能原谅你，可那些日本人不会的呦！一会儿他们回来，办公室不凉，他们肯定会生气的。你还是快把温度降下来吧！你们在办公室工作多舒服，要体谅我们去工地的人嘛！女孩子做杯茶水有什么好抱怨的？这是日本呀！好好好，我自己做茶。你不听我的，那，就等着让专务说你吧。"

岩岩不满地看着上海人，关上了窗户，把温度又重新调回到了18度。川村也重新披上了外衣，嘴里不停地发出"吭吭吭"令人担忧的咳嗽声。

"小婆婆"听到上海人说话便上楼来了。她立着眉毛看着岩岩："他们在外面顶着烈日工作，你把温度升高了，难道就不想想他们回来后的感觉吗？在办公室里，我们都穿毛衣和长筒厚袜子。你明天也这样穿就会暖和了。"她说话的态度冷冰冰，但是，却让岩岩感到了一丝温暖，或许，这就是"小婆婆"的性格吧。

半个月过去了。有一天，公司来了一位女人。她上楼来什么也不说，看了半天岩岩后，问："你就是新来的员工吗？你要填写一张表格，我才可以给你做工资单。"她说话的时候，脸上没有一点表情。岩岩不知道她是谁，但还是顺从地按照她的要求填写了表格，并双手交给了她，她没有对岩岩说一句话便下楼去了。

二楼静悄悄的。这个时候，川村从厨房倒开水回来，看到岩岩不知所措的样子，笑了一下："那是社长太太，人蛮有主意的。她才是这家公司真正的老板呐，幕后老板！哈哈哈。每个月末，她都会来公司发工资的，全是现金。"

岩岩有点吃惊："啊？是社长夫人吗？她，难道她管公司的财务吗？"

"呦，你来了半个月还不知道她是谁呀。公司有专门的财务人员，不过工资归社长太太管。她很少来公司，但是发工资的那一天她肯定会来公司的。"

川村是一个很和善的日本人，或许，因为他是返聘回来的，心中对社长充满了感激："我还不老，还能做些工作。社长这个人不错，让我来帮些忙，挣点钱可以贴补贴补家里。"

他平时很少跟人讲话，一到公司就开始吃药，接着慢慢腾腾地去厨房泡一杯茶，然后便坐在办公桌前，闷着头检查图纸，一点一点地修改查出来的错误。听着他时而剧烈的咳嗽，时而深沉的喘息，岩岩感到自己仿佛也得了哮喘病。施工部的员工们每个人都有自己的一摊子事情，川村在他们眼里就像一团空气，他们进进出出也从来不跟他讲话，只有当川村不停地咳嗽的时候，才会有人看他一眼。在空荡荡的办公室里，他成了岩岩唯一可以说几句话的人。

川村看着岩岩整天坐在办公桌前无事可做，有时，他会把一张图纸交给岩岩去修改。而整个二楼，那些员工们对岩岩照旧视而不见，她依然没有工作可做。

建筑师中岛忙得四脚朝天，除了回公司吃午饭以外，一整天根本就看不到他的身影。岩岩坐在办公桌前望着天花板叹息着，她心里开始发慌，"照此下去，自己没有工作做，社长雇自己就失去了意义，用不了多久，自己就会被炒鱿鱼。唉！这种被人无视的感觉比骂自己都难受！这种日子怎么会轮到自己了呢？校长先生知道吗？社长呢？难道他也不知道吗？难道就让我在这里干熬着吗？冷暴力！对，对，这就是冷暴力！公司冷暴力！"想到此，岩岩的心里产生了一种愤怒：我怎么不好？我哪里得罪了大家？为什么对我这么不友好？这工作怎么干？

唉，这可真是进退两难喽！她真的开始后悔不该进这家公司了。要是按照自己的个性，恐怕早就甩手不干了，大不了耽误几天挣钱的时间。可是，眼前的境况她是无法跑掉的，这里还有一层校长的面子，她绝不想听到校长对自己失望的话，无论如何都不能给校长丢脸，决不能！可她一想到那些冷漠的面孔，一想到那两个女孩子对自己爱理不理的态度，心里就有一种恐惧感。那不是遇到困难向后退缩的恐惧，而是一种郁闷的恐惧，一种被冷落的恐惧。她开始害怕与人交流，害怕被人数落，害怕被人瞧不起，更害怕被社长炒了鱿鱼，那种在大学里受人尊敬的年代真的一去不复返了。

东京古建筑保护协会已经成为日本在保护古建筑方面最有权威的民间组织，其周边所有值得保留保护的建筑遗址和遗物都成为协会向市民宣传古建筑文化的实体。岩岩参加协会活动，不仅扩展了自己的专业领域，也可以接触社会的另一个群体。日本老建筑家、老艺术工作者们对他们民族文化遗产保护、维修、奔走募捐，乐此不疲的精神令她感动。同时，她对自己国家经济改革开放以后，大面积建筑高层大楼，房屋拆迁甚至毁坏古老建筑的做法深感不安。新建筑永远也替代不了祖先们遗留下来的经典作品；即使翻造、重建带有中国民族特色的新建筑，永远也替代不了原汁原味的古城古堡、古建筑。越是看到日本老先生们为一条裂缝和一块破损的砖瓦冒着烈日，攀爬木梯，精心修补、描画的身影，岩岩对自己国家在古建筑保护领域里显露出来的缺陷越感到心痛担忧。

东京的每一处有保护价值的建筑物，川上教授及会员们都会全力以赴地去争取基金和筹措募捐。他对岩岩说："战后，我们日本现存的老建筑已经不多了。我们要努力保护那些幸存下来的建筑，让后人了解日本的过去。"他去过中国，看到了北京大规模搞建设的情景，他希望在不久的将来能够再去中国，去考察古建筑，为中国的古建筑保护做一些事情。

一次协会活动结束后，岩岩大胆地邀请川上教授去喝咖啡。在一间优雅别致的咖啡厅里，川上端起精致的杯子喝了一口，赞叹着："好咖啡呀！我很久没有来这里喝咖啡了。你喜欢喝咖啡吗？"他慈祥地望着岩岩。

她苦着脸说："我不太喜欢喝咖啡。不过工作以后，天天都是靠着这种东西来支撑自己的思维和感情。喝下又苦又涩、棕黑色的咖啡，感到自己的人生就像这杯咖啡一样又苦又黑，见不到底。唉！早知道这样，还不如留在学校念到老呢。"岩岩不好意思地看了一眼导师。

她怀念大学时代的生活，那个时候有多好！尽管留学生活辛苦，但受到的约束少，大家各自做各自的研究，有问题找导师商谈，学友之间没有根本的利害冲突，和和睦睦，关系单纯又友好。

川上听后，"哈哈哈"地大笑，关心地问："哦，你在公司做什么工作？现在，有一份工作，真的很幸运。国家经济走下坡，公共设施项目不多，影响了公司的运营，很多公司都在裁员。听说林木设计近期也要大量裁员，我的几个学生都担心被裁下去呢。这样说吧，建筑行业的蜜月已经过去了。"

岩岩很难向导师说出自己还算是一个幸运的人。她并没有因为别人被裁，自己就感到幸福，反而感到自己正在苦海里挣扎。她不敢怨天尤人，但也不会聊以自慰。

导师一直望着她的脸。一股火烧火燎般的难为情，她终于把在公司里遇到的所有不顺心的事情一股脑儿地向导师倾诉了一番，那一刻，她有一种想哭、还想骂人的感觉，就像十五个吊桶打水，七上八下的，担心导师会说些什么。

川上温和地看着她："在日本工作，大家都要有一个适应过程，不光是你们外国人，就是我们日本人也要经历一番痛苦的磨炼。我女儿刚进公司的时候，三个月的入公司教育，就像在地狱里熬炼了一回。日本公司，有严格的上下级规矩，有雷打不动的作息制度，还有很多工作上的细节，比如：礼节、公司语言、穿戴约束等等，各种条条框框，即使日本人也感到很累。入乡随俗嘛，大家都是这样走过来的。现在你是社会人了，要努力去适应工作环境，与员工们多交流，不懂的事情要马上去问。工作嘛，不会有人手把着手地去教你的。记住，在公司一定要把头低下去，谦虚多问，不要怕被人笑话，谋事在人嘛！"

导师又看了一眼岩岩，继续说："人际关系必须要处理好，这是最根本的要素。说白了，在公司，不论是上司，还是下属，工作把大家维系在了一起，只要你对他们诚恳，他们也会对你热情。心态很重要，要多接触他们呀！"导师温善的训教，并没有打消岩岩闷闷不乐的情绪。

岩岩对去公司上班心有余悸，只要遇上了王八掉进灶坑里——憋气又窝火的事情，便会把导师的训教忘得一干二净。几经折磨，她丧失了自信，她不相信自己能够与员工们成为朋友。她上班除了郁闷，就是想骂人，喝一杯咖啡壮壮胆子找"小婆婆"要工作，她那副爱答不理的样子，让她就像一束寒露的烟叶，干晒在了一边，那种上了套的猴子，身不由己的感觉让她肚子里憋满了恶气。

又是一个周日的下午，川上约岩岩去喝咖啡。他一改过去的温和态度，对岩岩进行了一次严肃的教导："我有不少学生一进公司先学习三个月，入公司教育、训练和考核。训练异常严格，没有人敢抱怨。三个月以后通过各种考核，合格者才能开始工作。公司向新员工进行爱社教育，树立对公司绝对忠诚的理念；让他们懂得集体力量的强大，合作精神的重要，忘我品德的宝贵；要把工作看得高于家庭生活。你去的是私人企业，家庭观念会很强。他们没有大公司那样的严格训练，但也会有小公司的做法。他们更讲究个人感情，与他们建立好关系十分重要。如果，你搞不好关系，那会很苦恼。"

他又教导岩岩：要学会忍耐，要入乡随俗，要劳而不怨。

导师的谆谆教诲，让她感悟到必须学会忍耐。她尝试着去适应那种冷漠的工作环境，可是，只要一走进公司，她就感到仿佛掉进了冰窟窿里，从头到脚都凉透了。她努力让自己的脸上露出笑容来，然而，当她把茶水平平稳稳地端到客人面前时，挂在脸上的不是微笑，而是一副大苦大难的表情。也不知道是哪位多嘴婆把她带着苦脸给客人送茶的事告诉了"小婆婆"，这个"小婆婆"立刻跑上楼来，凶巴巴地冲着岩岩喊道："客人是我们的上帝，你的工资都是客人付给你的。你不把客人伺候好，我们就会失去订单。以后，你不要给客人端茶了，客人走后，你把桌子收拾好，把茶杯洗好就可以了。"她那种责怪与愤怒的表情，岩岩永远永远也忘不了。

岩岩心里委屈透了，真是猪八戒照镜子，里外不是人！我念书不是为了来这里给客人倒茶水的，也不是来看你脸色的。我有自尊，我有人格，你一个比我学历低的小丫头片子，竟然敢冲着我喊话。她心里充满了愤怒，可是，却又不敢冒犯了那个"小婆婆"。

"小婆婆"虎着脸训教岩岩，整个二楼都变得安静了，那些男爷们就像绵羊见到了豺狼，蜷缩成了一团。岩岩低着头用中文愤愤地骂了一句："王八蛋，都是一群软蛋！""小婆婆"那双小眼睛直直地瞪着岩岩，不知她说什么。正在这时，上海人走了进来，岩岩骂人的话恰恰被他听到了。他张大了嘴吃惊地看着她："呦，你的嘴巴怎么这样脏呢？女孩子嘛，别这样骂人呀。"

岩岩一看到上海人，气的脸都变了形："你快成了马屁塞子了，哼！"

小婆婆听不懂这两个中国人说的什么，狠狠地瞪了一眼岩岩，又乜斜了一眼上海人，转身离开了二楼。

上海人并没有生岩岩的气，反而嬉皮笑脸地贴近她："你看，你何必生那么大的气呢！那个女孩子经常教训我们男人。二楼的男人，哪个没有被她噎过？她还是个女孩子嘛，你别去理她就是了。我们都管她叫婆婆。唉，女人嘛，就是爱唠叨。你对她说些好听的话，不就得了吗？"他停了一会儿，接着说："你看我，大老爷们儿的，还经常被她说呢。她说我的时候，我就是笑，点头道歉，她就没脾气了。严婆还不打笑面嘛！不是我说，我们中国人有些地方是做得不够好。你别看他们日本人呦，他们做得比我们好，办任何事情都很完美，你挑不出他们一点毛病来，这就是他们的长处嘛！再说，我们多学点东西又有什么不好？"他又同情地看着岩岩嘀咕了一句："好可怜的女孩子，跟我刚到公司时一个样。"

岩岩"哼"了一声，愤懑地说："那个'小婆婆'还很傲慢呐，眼睛都长在额头上了。我不是需要签证才到这里来的吗？可我是技术签证呀！社长让我做技术工作嘛！"

"其实呀，我们男人比女孩子要辛苦多了！你们不就是沏沏茶，给客人露露笑脸吗？也没有什么责任，我们可不行呦！工程上哪个环节出了毛病，社长都要找我们问话，我的压力大了去了。可是我从来不抱怨，我得好好干，我必须要让社长满意，我才能得到更多的工作，这样，才会留在公司。"

岩岩气得骂了一句："我成了童养媳了！你是做工程的，我还是做技术的呐！凭什么要我去伺候客人？我又不是秘书！"

"哎，你不是女孩子吗？倒茶又不丢人，犯得上发那么大火吗？学学沏茶挺好的嘛！女孩子嘛，别把中国妇女半边天的劲头拿到这里来，日本男人可不喜欢女孩子那样强硬呦！"

岩岩忽然疑惑地问："哎，你不是日本人吗？你怎么还担心签证呢？"

他长叹了一口气："虽然我妈妈是日本人，可我来日本时已经是成年人啦，我要自己去申请日本国籍。唉，我都申请了三年了，到现在也没拿到。"

岩岩奇怪地看着他："我就不明白了，你母亲是日本人，你弟弟也拿到了日本国籍，难道你还会这么难吗？"

据川村说，社长非常欣赏上海人的工作能力。这个上海人不仅完成施工任务，还会抓空档，找客源，拉工程。他很会哄人，上海男人的心细与耐心，在他身上体现得鲜鲜亮亮的，即使那些顽固挑剔的日本老妇人也会被他说得昏头涨脑，最后，稀里糊涂地在合同上签字。任何人，只要被他盯上了，那就是黄鼠狼咬住鸡咽喉，吃定了。他就是趁着客人掉以轻心的时候，让他们即刻在合同协议书上签字，然后，带着他们去酒吧乐呵一次，算是请了客人。当客人酒醒以后，才意识到合同签得太仓促了。这个时候，他把脸拉下一尺长，告诉客人"毁约是要付毁约金的"。此话说完，他的脸又变回到了一副泥菩萨的脸。那种同情的样子，又是哄，又是开玩笑，还伸出双手紧握对方的手，大度地安慰安慰客人，给他们一点点马上就要见到曙光的鼓励。他就是这样一来一去的，客人被他弄得悲悲伤伤、喜喜悠悠，到头来，反而喜欢上了这个小白脸中国人，这叫做没脾气。

清水社长就是喜欢拿上海人向全体员工说事，月末，就会奖励他几万日元，而那个时候，准会有人抱怨"我的工资这个月被扣掉了几万"。

员工们眼睁睁地看着上海人受到社长的赏识，窝火也好，嫉妒也罢，他的业绩没什么可说的。他既能在工地上干活，还能搞经营，渐渐地，他的风头高过了专务。社长自作主张把他调到了营业部，还提升他为工地主任。

从那以后，上海人就像吸了大麻，兴奋得像斗牛士，浑身上下都充满了激情，他干得很是辛苦。社长又配给了他一辆车，他如鱼得水，上班时刷完卡，喝一杯清茶，然后，开着车出去寻找客户。他就像变戏法一样，每个月都会给公司签下几张合同，既有新民宅建筑合同，也有老民宅维修合同。他有他的说头：这些活对我来说，就是罩里捉鳖，伸手而得。他不仅超额完成签约计划，工地上的活做得比日本人还要漂亮。社长只要一看见上海人，眉毛都会乐地挑到额头上去，对他刮目相看。日本人明明知道这个家伙对客户玩儿的是软硬兼施的手法，但在他的业绩面前也只能望洋兴叹了。

专务对岩岩不接电话一事一直耿耿于怀，二楼的电话铃只要一响起来，他一定会走到岩岩的桌子前，愤愤地指着电话："你还不赶快接电话呀！"

这个时候的岩岩似乎胆子也大了一些，虽说他是专务，但她还是感到"小婆婆"更可怕。"小婆婆"有话在先，在她没有教会自己之前，是不能接电话的。那么好吧，即使大家忙得脚丫子朝天，我也不接。

看着岩岩无动于衷的样子，专务真的给气蒙了，他扯着嗓门大声地喊叫："你来公司这么长时间了，拿着工资不干活，我去找社长说话去。"看着他真的气鼓鼓地下楼去了，岩岩的肚肠里翻滚着苦涩的胆汁。

社长似乎忘记雇用了一名新员工，任凭专务在二楼训斥岩岩，这位大社长居然装聋作哑。至于专务是否真的去找了社长，岩岩似乎也麻木了：随他去吧！

现在，岩岩自喻为是个赖皮赖脸的人，明明自己是个非常有教养、非常有上进心、非常光明磊落、非常坦诚谦卑的女孩子，却让这家公司的人给贬成了一只不知廉耻的屎壳郎。"小婆婆"把岩岩当成了一块揉搓的橡皮糖，任她捏，任她揉；专务把岩岩当成了一个练拳的沙袋子，任他打，任他踹；那些办公室里的男人们根本不把岩岩放在眼里：你是谁呀？

从早晨到晚上，岩岩在公司里无所事事，坐在那里如坐针毡。她几次想找社长问个究竟，但又不知道他想的是什么。即使迎面碰上了社长，他却装作看不见，岩岩给他鞠躬，他就从牙缝里蹦出一个"嗨"。她几次想找社长谈谈心得，但看到他无视自己的态度，只能把眼泪压回到眼眶里。

终于有一天，她实在憋不住劲了，第一次大着胆子站在社长办公桌前，困惑地看着他。社长冲着她尴尬地一笑："你找我有什么事吗？"

岩岩给他鞠了一个躬后，吞吞吐吐地说："社长，我来公司这么长时间了，施工部没有人给我工作，我应该找谁要工作呢？"

社长用一双锐利的眼睛看着她，沉默了一下："你的工作要找你们部长去要。部长没有告诉你应该做什么吗？"岩岩心里暗骂：你装什么孙子！

"大家特别忙，没有人理我。"岩岩像只小猫嗫嚅地说。

社长的脸上没有一丝表情："你先回去吧，我找你们部长谈谈。"

几天过去了，依然没有人搭理岩岩。她坐在冷板凳上，目光呆滞，闷闷地想着心事，这个社长到底找部长谈过了吗？

那个"小婆婆"用的是精神折磨，她让岩岩足足地尝到了被人冷落的痛苦。好在，岩岩还是明白了一条，由于是奥田校长的关系，她这个外姓人是屁股底下坐火柱——根子硬。虽然自己被"小婆婆"整得这么惨，但她也没有本事把自己给踢出去。可是岩岩也真的糊涂了，这个社长葫芦里到底卖的是什么药？

不知为什么，有一天，太阳竟然从"西边"升了起来，"小婆婆"的鬃毛也忽然顺溜了起来。下午，她上二楼，直截了当地告诉岩岩："今天楼下没有人，趁着公司清静，我教你如何接电话。哎，专务是个气囊子，少理他。"

在一楼服务台里面，她让岩岩坐在她的身边，那个女孩子久米看都不看岩岩一眼，坐在一边整理资料。

"小婆婆"显得很有耐心，告诉岩岩："一般来说，在大公司里，员工都要经过特殊训练后才能接电话的。接电话并不是一件简单的工作，它是公司的窗口。口齿要清楚，说话要顺畅，不能重复，不能说错；对客人要热情，对个别刁蛮的客人更要热情；说话绝不能生硬，客人是我们的上帝。有的客人很挑剔，甚至还会提出问题，这个时候，我们必须要耐心地解答，不能简单地说'不知道'。我之所以没有让你接电话，就是因为你有很重的口音。从现在起，我帮助你纠正发音，直到你发音正确了，你才能练习接电话。""小婆婆"平静地讲解着要点，那一刻，她向岩岩释放出了友好的善意。

这种突然赏赐给岩岩的好意，让她不知所措，难道自己是锅盖上的米，真的熬出来了吗？也就是在那一刻，岩岩的眼窝充满了眼泪，她真想痛哭一场！她可是等到了这一天啊！岩岩想，无论今后发生了什么，我就是哑巴吃蝎子，暗忍了。

第七章
磕碰相处

　　真没有想到看似可怕的"小婆婆"还是一个耐心十足的女孩子，她俨然像一位教官，说话时一直绷着脸，没有一丝笑意。

　　她拿出一本秘书必读的小册子，指着它，和蔼的声音里带着一点辣味儿："这是我们女孩子必须要知道的常识。我们女孩子是公司的窗口，任何人走进来，我们的微笑会让他们感到温馨，他们就愿意与我们合作。我们对客人讲话，脸上要露出热情来，说话要温柔，举止要大方，不能在客人面前说一些不着边际的话。还有，客人进来后，我们马上要请他们入座，仔细询问对方有何事宜。客人无论说什么，我们都要笑脸相迎，任何不悦的表情都不能在客人面前露出来。你听明白了吗？如果，还不清楚，马上告诉我。"岩岩诚恳地看着她的脸，认真地点了一下头。

　　"小婆婆"歪着脑袋，严肃地看着她，追问了一句："你真的听明白了？如果，你做错了，责任就不在我了。好了，这本小册子你拿回家去看吧！我以前工作过的那家大公司，女孩子是要经过三个月严格训练以后，才允许做秘书工作的。你有运气，不用等那么长时间。你以为我很厉害吗？我就是不明白，社长为什么要雇你。我就是不满意他降了我的工资。好了，现在，我教你如何接电话。"

　　她一边发着牢骚，一边教岩岩如何接听电话。她一个字一个字地纠正岩岩的发音，一个字一个字地让岩岩练习再练习，直到岩岩准确无误地把语句说得没有错为止。

　　"小婆婆"认真、严厉地瞪着岩岩，帮她一遍又一遍地纠正发音，纠正坐姿，纠正表情。那种没有人情味的训教，让她也真正地体会到了公司对员工严格训练的真情。

　　社长在三楼有一间宽大明亮的办公室，为了与员工多接触，他经常放弃那间冷清的房间，混在热闹的人堆里办公。那一天，"小婆婆"训练岩岩的一切都是在社长眼皮子底下进行的。尽管他低着头看文件，岩岩却能感到他一定很满意"小婆婆"的做法。

专务看到了这个场景，脸上露出了一丝得意的微笑。

"小婆婆"是公司事务总管。她不仅要为社长打字做文件，还要把施工部门的预算书输进电脑里，这项工作只有她会；公司来了重要客人，她会全程相陪；各种表格、各种图纸的复印，还有房屋施工前仪式上的招待等等，都要经过她的批准，就连沏茶放多少茶叶、外餐的预订，她都要检查校对；档案管理，年底礼品发放，大扫除等等；员工们的服装更换，一切一切，她都要过问。那个女孩子米久只是在一边听呵，"小婆婆"指向哪里，她就冲向哪里，即使社长太太也要听"小婆婆"的旨令。因此，在这家不大的公司里，"小婆婆"的权力比专务还要大。可是，她却不这样认为，她发牢骚时还很伤心呢："我在公司丁得多，大事小事都来问我，稍微一慢，社长的脸就拉得老长，那个专务的嘴巴也很损。我知道他们男人在外面施工很辛苦，我们尽量让他们舒服一些，可是，他们并不感谢我们。我们女孩子也是人呐，我们这样辛苦地工作，工资却少得可怜。我就是因为不愿意在大公司里总是当小字辈，才跑到这家公司来的。我不知道你跑来干什么？日本是男人的天下，女人嘛，任何时候都是男人的陪衬，就是把自己的生命奉献给公司，工资也赶不上男人。唉！我只想赶快嫁出去，不伺候他们了。""小婆婆"像是在诉苦，把压在心里的话，像打破了的油瓶，全都倒了出来。

岩岩非常惊讶，没有想到这个"小婆婆"也有不畅快的时候，可是，她哪里敢插嘴，就连点一点头、摇一摇头都不敢。

"小婆婆"抱怨了一阵后，拿起电话对岩岩说："现在，你要实际练习一下。"她把电话拨通后，以客人的口气打听公司里的情况。

岩岩颤巍巍地拿起了电话："喂，喂——"

"停！""小婆婆"严厉地喊。

"我错了吗？"岩岩恐惧地望着她。

"接电话，不能像在家里，不可以用'喂，喂'，要用我们公司的专用语'工匠会清水建设'。说话不能结巴，不能让对方听出你是外国人，这一点一定要牢记。再来一遍。"

就这样，"小婆婆"不厌其烦地教岩岩说话，公司礼节、待人接物用语，反反复复地纠正岩岩语音上的毛病，但她始终也没有给岩岩一个微笑。

"小婆婆"训练员工的严谨和一丝不苟的说教，在岩岩的心里刻下了不灭的记忆。

如果不看她的脸，岩岩可以这样讲，她是一名优秀的员工和一员名副其实的干将。

在日本公司做电话员，发音准确、吐字清楚、温和礼貌、迅速对答，这是最基本的要求，否则，外人会误以为公司不是好公司，因为，电话员就是公司的窗口。

经过两天的培训，岩岩终于得到了接电话的许可，这是她进公司后第一次感到自己还能做一点儿工作。

日本公司的男员工，他们的本职工作就是他们的专业，至于电话铃如何鸣叫，他们是不会搭理的，用他们的话来说，那是女孩子的活。

公司的一楼有一台做凉茶的机器，每天只要做好一大桶凉茶，就可以供应几十个人饮用。可是，二楼要一桶一桶地做，还要做大量的冰块。员工们从炎炎烈日的工地一回到公司，就要喝凉茶，不多会儿，凉茶就没有了。那些没喝到凉茶的员工就会冲着女孩子们说："没有凉茶了。"女孩子便会立即进厨房快速地重新做好凉茶。有的时候，茶水还没有凉，客人就来了。端不上凉茶就要挨数落，"难道做茶也不会吗？你在公司干什么了？"等等，因此，"小婆婆"告诉女孩子们无论多忙，一定要随时检查冰箱里的茶水。

这一天，外面的温度达到了三十六七度。岩岩在厨房做好了几桶凉茶，接着做冰块，就在这个时候，电话铃响了，几个男员工头也不抬地照旧干着自己的活。"铃，铃，铃"，没有人接电话，"铃，铃，铃"，铃声不断，一个男员工喊了一声："怎么没有人接呀？"

岩岩放下手里的活急匆匆地从厨房跑了出来，朝着电话奔了过去，抓起了电话："喂，喂，你是谁呀？"不知怎么搞的，她没有听到对方的回答，话筒里反倒传来了"小婆婆"的声音："我接这个电话。"她愣住了。

几分钟后，"小婆婆"阴沉着脸走到岩岩面前："你已经学过了，为什么还出错？"

岩岩感到很委屈："我正在厨房做茶，手上全是水。电话机就在他们手边上，难道他们就不能接一下电话吗？"

"小婆婆"的眼睛里冒出一股子怒火，她压低了嗓音向岩岩吼叫："你已经来公司一个多月了，就连这点工作都做不好吗？你回家练习过了吗？"她的脸都气紫了，看来，她真的是气蒙了。

岩岩心里很难过。她一直以为自己细心聪明、办事利落，是堂堂的硕士生，可是，第一次接电话就出了错儿。尽管，"小婆婆"说话声音很低，但是，低着头干活的男员工们还是听得清清楚楚。他们的眼神令岩岩一阵一阵脸红，那才叫蝎拉虎子戴帽盔儿——真不露脸儿呀。岩岩赶紧连连地向"小婆婆"鞠躬，请罪："对不起，对不起，一时心慌，嘴巴没有跟上，以后，我会注意的。"

"小婆婆"不再说什么了。她走到办公室中间，对着那些埋头做事的男员工们喊道："接电话不是我们女员工的专职工作，大家忙的时候，都可以接嘛！难道你们愿意让外人说我们公司不是吗？"鸦雀无声，大家照旧低着头做自己的事情。

岩岩看着"小婆婆"为自己打抱不平，心里产生了一丝感激之情。

"小婆婆"走进厨房，打开冰箱查看凉茶，然后，告诉岩岩："我再多买几个茶桶。你早晨来后，多做几桶，喝不完明天可以继续喝。哼，那些男人们是不会心疼我们女孩子的，大大小小的事情都要我们去做，我们也是人呀！以后，你做事要再快一点。"指教完，她坐在小凳子上，点燃一支烟，一声不吭地猛吸了起来。

电话铃再次响了起来，岩岩冲着电话就奔了过去。她在电话前停了片刻，深深地吸了一口气，然后，稳稳地拿起了电话——

对方的声音既熟悉又有些陌生，当她把公司的名字告诉对方以后，从话筒里传出来一阵爽朗的笑声："啊！是岩老师吗？我是奥田呀！你的口齿非常清楚，日语说得很棒嘛！我找社长。"

岩岩听出了奥田的声音，又得到了他的肯定，心里一时激动得说不出话来，她马上接通了社长办公室。这一次，她没有丝毫差错，心里一阵自豪。

"小婆婆"走出厨房，来到岩岩面前，依然面无表情："你做得很好。只要你用心去做，没有什么难学的。以后有不懂的事，随时来问我吧！"

总算被这个"小婆婆"认可了，岩岩又是一阵感激，感激她在大家面前为自己撑了腰。她第一次看到了"小婆婆"身上的优点，也第一次尝到了有工作做的甜蜜。她心里念叨着：自己是搞工程的，职业要求自己雪地里走路，一步一个脚印。只有先把公司里女孩子应该做的事情做漂亮了以后，重要的工作才会交给自己。

在施工部，岩岩始终没有得到一点关于技术方面的工作。那个中岛早晨在公司刷完卡，换上工作服后，便离开了公司，直到午餐时才回来。午休后，又离开公司，到了晚上才又返回来，想跟他说句话都很难。其他人对岩岩照旧是爱答不理的。

专务还是那副趾高气扬的样子，时不时地敲打一下岩岩："你除了会接电话，还会干什么？你在大学都学到了什么？你来公司干什么？"像这样的嘲讽，岩岩耳朵里已经磨出了茧子。疼也好，怵也罢，反正岩岩看着这个专务就像老鼠见到了猫，吓得汗毛孔都张开了。

公司每一位员工的办公桌上都有一部电话，电话上有很多键盘，岩岩看着这些键盘就会紧张，生怕按错了。

有一天，二楼的电话一个接着一个，岩岩忙不迭地接完一个电话，又去接另一个电话。就在她手忙脚乱的时候，又来了一位客户，她忙着把客户让进会客室，接着就去厨房做茶。这时，讨厌的电话铃又响了起来，她不顾一切地又从厨房冲了出去，飞奔到电话机前，抓起电话，迅速地按下一个键，不成想，手指一滑，触到了另一个键，瞬间，整座楼房里回响着社长与客户通话的声音。岩岩傻了！电话外泄的声音，让那些男人们的目光齐刷刷地望向了岩岩。她吓出了一身冷汗，脑袋里的程序乱成一团麻。专务从椅子上跳了起来，像一条疯狗窜到了她面前，用手指着电话，暴怒地喊着："还愣着干什么！还不赶快关掉喇叭！"

他的脸像鸡冠子一样红，鼻子都气歪了，"你，你，有痴呆症，还是有健忘症？你连键盘都按错了，你还能干什么！"他凶神恶煞地嚷着，却不帮任何忙。

那一刻，键盘仿佛在岩岩的眼前晃动，她的脑袋里一片空白，不知道按哪个键才能让喇叭停下来。楼上的员工低着头，津津有味地听着社长的私人电话，却没有一个人按下正确的键。

岩岩浑身像筛子一样"嗖嗖嗖"地抖动不止。那些男人们看着这对"冤家"上演的闹剧，偷偷地笑个不停。

"小婆婆"像一只暴怒的狮子从卫生间冲了出来，冲上了二楼，冲着岩岩大声地吼着："你是傻子吗？错了还不赶快改呀！你按这个键不就停止了嘛！这不是让社长丢人嘛！"她迅速地按下一个键，喇叭"戛然"停了下来。

"对不起，对不起，我手指一滑按错了。"她低着头不敢看"小婆婆"，更不敢看专务。

专务不依不饶地大声喊着："要是你的私谈电话用大喇叭播放，你愿意吗？知道吗，那是社长与议员的私谈电话！怎么社长雇了你这样的蠢货！"他露出一丝鄙视的奸笑。

岩岩吓傻了，结结巴巴地说："对不起，我一时心慌按错了。可是，可是，我不知道该怎么纠正。对不起。"

"小婆婆"的眼睛里充满了怒火，气鼓鼓地走到专务桌子前，埋怨加指责地说："难道你们就不能按一下键吗？如果你们的私谈电话让大家听到了，你们是什么心情？这是公司，你愿意让外人看着我们有错吗？"她狠狠地瞪了一眼专务，又双眼冒火地看了一眼岩岩，匆匆地下楼去了。

真丢份！岩岩好难过，好像天塌了下来，不过，"小婆婆"对专务指责的样子，倒是给了她许多的安慰。

不用说，刚才的那一幕，客户当然都听到了。她硬着头皮低着头走进会客室，把一杯冰茶端到客人面前。她没有勇气，也没有心情笑脸面对客户，她真想一头钻进地缝里去。

下午，上海人从外面回到公司，看见了岩岩，露出一副怜悯的表情："我都听说了，你又被那个'小婆婆'说了一通吧？还让专务给骂得不轻吧？唉，你就不会跟他们讲两句好听的话吗？我看呀，中国妇女的半边天在这里可不实用喽！还是赶快学一学她们的样子，在男人面前多一份笑容吧！"

其实，上海人的说教是对岩岩的同情，而此时，却正击中了岩岩心里的要害。本来就受到创伤的心灵，被上海人这么一捅，那些积郁心底的恶气立刻就发泄了出来："你，你是什么东西？低三下四的，整天眉开眼笑的，哪里还有男人的骨气！"

上海人讨了一个没趣，可谓是临死打哈欠——白张了一下嘴。他的小白脸立时变了颜色："嘿！你，你怎么张嘴骂人呐！不知道好赖呀？我们都是同胞嘛，凡事都是要相互关照的呀。我理解你的心情，可是，这是日本公司呦，大家需要对你了解，你自己也要努力嘛。这里没有人告诉你如何去做，就像我刚来一样，你要自己去问，自己去找工作。我看着你可怜，才想在底下帮助你的呀！真是的。"他一肚子的委屈。

岩岩的心里更加难过。上海人接着又献殷勤地说："行了，赶快给我倒杯凉茶喝吧，你看，我都没有让那两个小丫头给我倒水，我多给你面子呀！"他用手在岩岩的眼前晃了晃。

专务走了过来，粗声粗气地说："这里是日本公司，要讲日语。"他嘲讽地看了一眼岩岩，下楼去了。

冲着上海人那些讨好的话，岩岩给他做了一杯凉茶，他美滋滋地坐在设计室的桌子前，喝了起来。

岩岩的记性是被骂出来的。从那天以后，她不再慌乱，心平气静地去接每一个电话，听清楚客户的意图，再准确地把电话转送到某个员工办公桌上的电话。

说来也怪，楼上的男爷们看到岩岩被专务怒斥，被"小婆婆"狠批了以后，反而对她的态度有了微妙的改变。

除了接电话、做茶、涮洗茶碗以外，岩岩还是没有任何工作可做，她苦闷的心如同半天云里的风筝，半点不由己。她干干地坐在不属于自己的桌子前，那种煎熬，那种烦闷真的快把她给逼疯了。她就是这样熬着，从早上刷卡上班，熬到晚上刷卡下班，一日复一日，盼着日升，又盼着日落，浑浑噩噩，拿钱不干活的日子比被扇了嘴巴更难堪。

夏季，尽管外面到处都是盛开的鲜花，却没有给岩岩带来丝毫的欣悦。尽管她心情郁闷，却不想给奥田打电话；尽管她寂寞，却又不愿意找朋友絮叨絮叨。晚上回到家，一个人除了站在前廊下看满天的星星外，就是不停地叹息着。

一天晚上，隔壁山下洗澡回来，看见岩岩站在外面望着天空出神，便乐呵呵地问："我好羡慕你呀，还是离家近好。你去公司也有两个月了吧？适应了吗？你做什么工作？"

岩岩从来没有把在公司里不顺心的事对她谈起过，因为，她有一份非常理想的工作，岩岩怕被她笑话。

她放下脸盆，站在岩岩的身边，指着一颗星星高兴地说："你看那颗星星有多亮！我只要一看到它，心里就会亮堂起来。是不是在公司不顺心呀？"她说完，歪着脑袋友好地看着岩岩。

泪水总是会在最不争气的时候向外涌。山下的话直捅到了岩岩的心窝子，她的眼泪"哗"地流了出来，难为情地抓住了山下的一只手，讲起了公司的事。

山下静静地听着，时不时地点一下头，又时不时地摇一下头，直到岩岩把话说完，她才说自己的看法："你的苦衷我都能理解。我刚参加工作的时候，比你还要辛苦。我在一家医药公司工作，进公司先要进行三个月的教育，学习、考试、训练。那个时候，我每天只睡三四个小时，头天学过的东西，第二天就要考试，不合格还要重新学，重新考。三个月过去了，才开始正式工作。我们那里要求女孩子穿戴整齐，不能穿奇装异服，不能化浓妆，不能带耀眼的装饰品，还要求我们女孩子微笑待人，累不累呀。我是秘书，不仅要完成上司交给我的文件，还要接待客人，倒茶，接电话，什么都要干，上厕所我都是跑着去。知道吗，微笑可是一门学问呦。在公司，女孩子必须要学会微笑，这是基本功呀！你看，我一回到家，就想去泡一个热水澡，给自己的脸按摩按摩，让肌肉放松放松。你呀，在公司里，哪怕心里有一百个不高兴，也要露出甜蜜的微笑。嘴要甜一些，只要哄得男人高兴了，你自己就不累了。其实，那些男人也很好哄，不就是给他们一个笑脸吗？你是外国人，日本人的规矩你要知道呀！你一定要跟公司里的女孩子们搞好关系，这样，工作起来才会顺手。以后，你有什么难处就告诉我，我会帮助你处理那些棘手的事情，别怕！"

山下苦口婆心的话，令岩岩心里敞亮了许多。她一时激动，随口说了一句："哎，今天晚上我请你去斯拿库喝酒怎么样？"

"呦，你还有这个嗜好呀？"山下愣住了。

"不是嗜好，就是想放松一下。我知道一家不错的店。去吧，坐一会儿，唱唱歌，我们就回来。"

山下也来了性致，笑着回自己的房间换衣服去了。

一会儿，姐妹俩走出各自的房间，她们身上清淡的香气徐徐地飘向了夜空……岩岩和山下在斯拿库里潇洒了一把，彼此的神经都放松了许多，两个小时以后，她们回到各自的小屋，昏昏沉沉、香香甜甜地睡去。

第二天，岩岩精神大好，她换了一套灰色套装，用发胶把满头秀发蓬松地固定起来，她希望这一天自己在公司的状况能够有些变化。

她像往常一样，一走进公司大门就高声地朝着空荡荡的办公室问了一声好，依然没有回应。她进厨房开始做每天早上必须要做的工作。川村已经坐在了他的办公桌前，正低着头看图纸。他是唯一对岩岩露出笑容的员工，因此，岩岩对他也很关照。

她用川村的杯子做了一杯热茶端到了他的办公桌上。他笑了笑："谢谢你呀，这里就是你关心我。楼下那两个女孩子心气很高，嘴巴也很厉害。我以前工作的公司，女孩子都很温柔。最近我也没有问你，你现在手里有工作吗？谁负责你呀？唉，社长就是这么一个人，我来的时候，他也没有跟大家讲，还是我自己向大家做的介绍呢。小公司嘛，没有大公司那么规整，慢慢地习惯了就好了。如果，你手头没有工作，就帮助我改改图纸吧。"

岩岩心里一热，眼泪差点儿流了出来，她向川村深深地鞠了一个躬："请多多关照，我会努力工作的。"

川村友善地笑了笑："以后呀，你要多笑一笑嘛。这里是男人的天下，我们日本男人喜欢看女孩子的笑脸。其实，我知道女孩子在这里的微笑都是为了工作，可是，为了工作你就是装也要装出来呀。我听说过，你们中国女性很厉害，男女同工同酬。可是，我们日本的建筑公司不是这样的，女人的工资永远不会高过男人的。"听了这位老人的话，岩岩感到心里舒畅了一些，但愿以后，这里的人不要像加了冰块的凉茶，让人喝了透心凉。

岩岩精心地做着"小婆婆"交给她的工作，清扫完厨房，便坐在设计室的椅子上，她感到憋闷得慌。直到现在，她也没有一张固定的办公桌，她不能随便坐在办公室里的空位子上，她百无聊赖地望着窗外发呆。

"你怎么就会坐在这里？你到底能干些什么？"一个声音传进了岩岩的耳朵。她吓得一激灵站了起来，一看是专务，便弯下腰去给他鞠了一个躬，随口说了一句"早上好"。她直起身子，却看到专务用嘲弄的眼神望着自己。

她的心一下子提到了嗓子眼儿："我不知道应该坐在哪里。我来公司快两个月了，也没有人告诉我应该坐在哪里。"

专务瞪着岩岩，嘴里发出一声"哼！"，又看了她一眼，生气地说："不是告诉你了吗？在这里要穿工作服的。怎么？你还没有让坂本给你定工作服吗？去，马上下楼去，我不想看到你穿私服上班的样子。以后，你的办公桌就在这里，你的工作由我来安排。"他气嘟嘟地把岩岩带到了二楼大厅的柜台前，那是秘书坐的地方。

岩岩奇怪地看着专务："怎么？我不坐在里面吗？那，我的工作就是接电话、倒茶吗？我，我是学建筑的，社长让我来是做技术工作的呀。我——"岩岩对于自己所学的专业从来都没有怀疑过，只要能够工作，即使把自己放在工地上，她也不会抱怨，可是，现在专务安排自己坐在柜台里，这岂不是从今以后，自己真成了接电话的了？正当她发愣，又传来了专务的声音。

"行了！二楼要有一个女孩子坐在这里，要不，客人来了，谁接待呀？总不能让楼下的女孩子跑上跑下的吧？女孩子嘛，就要做女人的事情。"他哼唧唧地说完后，转身下楼去了。

岩岩总算有了自己的固定位子，尽管，专务还是那副怒气的脸，但是，他开始对自己说话了，这就是一个新的开始。中国有句话，"井淘三遍吃甜水，人从三师武艺高"。你是专务，我是员工，从现在起，我就缠上你了，你砸我就扁，你敲我就闷，你骂我就忍，你笑我就憋着。

在公司的图纸档案里，专务绘制了很多图纸。他的图纸画得非常有功底，字写得也很漂亮，岩岩就是喜欢这样的绘图。她没有想到在这里会遇上在技术上对自己胃口的人，就是专务的那个混账脾气让人感到怒火中烧。可是，就是从这一天起，岩岩开始学会了用忍耐来磨炼自己。俗话说"能忍者自安"。人在矮檐下，怎能不低头？

说来说去，岩岩还是对自己在公司的职位感到云山雾罩，她找到人事部长。那位仁义的部长为难地伸出手来："其实嘛，我在这里并没有什么职权，社长不在，大小事情还是由专务来决定的。你来公司上班，是社长独自做的决定，因此，专务心里不满，但嘴上也不敢顶撞社长。他很有本事，社长在很多地方都要依靠他呢。以后，你有什么难处随时可以告诉我，不过，你也要跟大家搞好关系嘛！"

原来如此，这位手里掌管人事大权的部长实际上是有职无权，他也有难言之处啊。

一天中午，"小婆婆"上楼来仔细问了岩岩的身高、胖瘦，她脸上略微带着一丝温柔："你的衣服要过一个星期才会拿来。我们女孩子有两套工作服，衬衣自己备，也给你定了一件毛外衣。我们女孩子一年四季都要穿裙子，夏天办公室里很凉，那些男人们才不会管我们冷不冷的呢。"她并没有等岩岩说话，就上三楼准备午餐去了。

公司虽然不大，人员也不多，但是，却有着严格的制度与分工。每天早晨，大家都要到三楼大会议室，雷打不动做早操，即使社长也不例外。每天都有一个员工站在前面领操。音乐一响，大家无一例外伸胳膊蹬腿做各种动作，没有人嘲讽谁的姿势不对，也没有人偷懒少弯一节腰，在音乐的旋律中，夹杂着从员工骨头节里发出的"巴嘎巴嘎"的声音。一年四季，早晨八点半，三楼准时响起早操的音乐声。早操以后，开一个短会，领操的员工向大家汇报头一天公司的工作情况，询问当天员工的工作计划，最后，由社长讲话，天天如此。

清水公司每个月最后一天的晚上都会召开全体员工会议，营业部汇报签订合同情况，施工部要介绍现场施工进度，财务事务部要公布客户付款情况，最后，讨论公司的整体计划和措施。

每个月的全体员工会议都让员工的神经拉得绷绷紧，社长阴沉着脸一句话也不说，眼睛专盯着发言的员工，一口接一口地抽烟。烟雾徐徐地在空中飘浮，那种感觉就像三伏天晒太阳，人人害怕。

岩岩已经参加过一次这样的会议了，可是，社长大人并没有在这么重要的会议上向大家介绍自己，她就像一团空气在公司飘来浮去，那种心情就像酒里掺上了醋，辨不出个味道来。

8月底的一天，早操后，社长站在前面讲完了话，突然，他冲着岩岩问了一句："你来公司快两个月了，你都做了些什么工作？"

这句辛辣的问话令岩岩汗颜。她委屈地看了一眼社长，然后，低着头看着地面，她感到心慌，又感到自卑，更感到在众人面前失去了自尊。她咬了咬嘴唇："对不起，社长，我，我，真的不知道自己应该做什么？"这句话一说完，她的脸已经变得煞白无色了，浑身的热血已经变成了冷血。

社长板着脸对大家说："岩岩是我们公司的一员。虽然她是外国人，但是，她念了很多书，她有技术，她在日本最大的建筑设计公司工作过。她来我们公司，大家要帮助她熟悉这里的工作，难道还要我去告诉你们吗？岩岩，你自己也要主动去问大家。我聘请你，但我不会给你工作，你要向大家去要工作。工作不是给的，是自己去找的，就像土井那样劳而无怨地为公司找客源。我们也讲'众人拾柴火焰高嘛'。"社长的话里带着批评，也带着期待，员工们洗耳静听，就连专务也低下了头。

这个时候，中岛举起了手，他走到前面，做起了自我批评："我没有做好工作。社长让我带岩岩，我整天忙工地的事，忽略了她的工作，对不起。"

会议室里鸦雀无声，岩岩很想哭一场。她在公司的这些日子里，大家走过她的身边，却不搭理她；她想给人家一个微笑，却没有人看她；看着别人工作她是干着急，可是，谁把岩岩的心急放在心里呢？短会结束后，社长把岩岩留了下来。岩岩毕恭毕敬地站在这位比自己大八岁的魅力十足的男人面前，她不敢看那张没有表情的脸，神情很是慌乱。这是她进公司后头一次社长找自己单独谈话。

社长站得笔直，一副硬汉的风度，上乘笔挺的西装可丁可卯地套在他的身体上，很耐看。就是这样，他们静静地站在那儿足足有一分钟。

突然，社长走到黑板前，写了一句话"入乡随俗"，然后，他又走到窗户前，像是自言自语，又像是责怪岩岩："我们国家现在的经济正在走下坡路，这是我接管公司以来最困难的时期。奥田校长找到我，请求我在公司里为你安排工作。你知道吗，这是校长的面子，我就是再难也必须要帮他这个忙，这是我们日本人的规矩。雇用你，是我自己决定的，让你做技术工作是奥田校长嘱咐我的，可是，到了公司，很多时候你要做一些与技术无关的工作。我们营业部的员工，有时候也会给客户端茶倒水的，施工部的员工也要自己去做很多事务工作，大家都没有怨言，这就是我们公司的特点。我已经听说了员工们的抱怨，这不怪大家，是我的责任。一个女孩子在日本念书很辛苦，这些我都从奥田校长那里听说了，我很佩服你的坚强，可是，我们日本人也有自己的个性。希望你能够尽快地跟大家熟悉起来，自己去问，去找，去学，这是我们日本公司的做法。"他的口气一直很平和，但话却很有分量。

直到此刻，岩岩才明白了社长的心意，她深深地给他鞠了一个躬："谢谢社长，我会努力工作的。"社长点了一下头，然后，推开门走了出去。

不知道是早操短会时社长讲话的效应，还是"小婆婆"女性的感觉，快到中午的时候，她怀里抱着一卷图纸，走到岩岩面前："我教你印图纸吧。你在二楼，以后印图纸的活就全部交给你去做了。"她依然没有任何笑容，但说话的语气却比以前温和了许多。

岩岩心里也微微地颤了一下：什么活我都干，我是老虎不嫌黄羊瘦嘛，有工作做就比呆着强。"小婆婆"教岩岩很耐心，也很有条理，她做一遍示范后，就让岩岩自己去做。如果岩岩做得不对，她并不发火，而是立刻指出来，让岩岩再做一遍。她还告诉岩岩如何做才能省时间，如何做才能省纸张。她告诉岩岩："在工作中，没有人告诉你最佳的方法和最快的速度，更不会有人教给你解决问题的办法，一定要自己去思考。公司要求员工把工作做得最好，至于你加了多少班，少睡了多少觉，没有人关心，公司要的是最好的业绩。每一个公司都有自己特定的制度。大公司的分工很精细，而我们公司所有的工作都要做。像我们吧，不仅要干女孩子的活，还要为男员工安排工程材料，另外，数据输入、打印合同和预算书都是我们的活，就连中午给大家做汤，也是我们女孩子的活。事务工作，忙前跑后也干不完，如果跟不上，大家还会埋怨。社长的家族气非常重，他喜欢做菜，我们就要在冰箱里备上材料。我们又不去三楼吃饭，可是最后，我们还要收拾厨房和餐桌。好了，以后你会了解更多公司里的事。"她一边教着岩岩，一边发着牢骚。

岩岩只顾洗耳恭听，认真地遵照她的指点去做，不敢有半点松懈。

虽然大家依旧没有给岩岩一个友好的笑脸，但比起以前那种冷若冰霜的脸却多了一些理解。就是这小小的变化，也让岩岩感到心里的冰雪正在融化。

一个星期过去了，"小婆婆"拿来两套工作服板着脸交给岩岩："从今天起，上班就穿这套衣服，个人服装不能在公司穿。以后，你也别穿皮鞋了，干活不方便，我们女孩子跑上跑下的，穿布鞋舒服。还有，从今天起，每天午餐后的清理工作我们三个人轮流做，再有，社长办公室要茶水，你端上去吧，你离三楼近一些。"她把一切都交代清楚后，开着车子去采购文具用品了。

穿上工作服以后的岩岩显然比以前心情敞亮了许多，她感到自己似乎拉近了与员工之间的距离。

上海人一见到她，先是惊讶，后是赞赏："呦，这就对喽！女孩子嘛，穿上工作服才有魅力呀！日本公司里的女孩子都是这样的。哈哈哈，以后，你就做我的秘书吧！只要我把工作给了你，社长就不会说你了。告诉你吧，现在社长对我可好了，你有什么难处就找我吧。专务欺负你，你也告诉我。现在，他对我说话都是笑眯眯的，我为公司拉了不少活。哈哈，看今年社长给我多少奖金吧！"

他笑嘻嘻地走近岩岩，大胆地拉起了岩岩的一只手，突然，压低了声音说："哎，你一来我就喜欢上你了，就是你太傲气了。一个女孩子嘛，温存一些大家都高兴的，别把我们国家女强人的做派拿到这里来，要知道，这是在日本。日本是男人的天下，女人想超越男人，不把自己累出血来才怪呢。"

岩岩厌烦地看着那张自鸣得意的小白脸，把手抽了出来，狠狠地瞪了他一眼："你好赖皮。我傲气关你什么事！你还挺得意的呢！社长给你一个笑脸，你就不知道姓什么了，那不就是屙屎嚼甜棒，自己感觉还挺有滋味儿的呐！你去喜欢楼下的那个久米去吧，她不是老冲着你笑吗？她给你倒杯茶都是甜的，哼！"

话没说完，上海人就急了："嘿，我是在帮助你呀，你怎么张口就骂人呐？我跟你讲，跟着我干没错。"

岩岩看着上海人一副自得的样子，她的倔劲又上来了："我不会见风使舵，也不会阿谀奉承，但是，我会努力工作。"

上海人尴尬地一笑："你是女孩子，我不跟你一般见识了。以后，你会找我的，我们都是中国人嘛！"

专务看见岩岩穿上了工作服，脸上露出了从未有过的笑模样："这才像我们日本公司的女孩子嘛，你现在干什么活？"他眼睛里闪出一道怜悯的目光。

"坂本有时会给我一点工作。我很想做一些技术工作，请你分给我工作吧！"岩岩给他鞠了一个躬。专务满意地微笑了一下，递给她一张图纸："你把这张草图画成施工图。你是学建筑的应该会画吧？"他拿出绘图纸，告诉岩岩："就用这张纸画，后天交给我。"布置完工作，他将信将疑地看了一眼岩岩。

这个让岩岩害怕的专务总算给了她一次机会，她激动得有些发蒙，想着一定是自己穿上了工作服，才有了这小小的运气。

这两天专务刚好外出不在公司，岩岩可以踏踏实实地做这项工作了。画图是她的强项，她想露一手让那个嘲讽专家——专务看看岩岩我的真本事吧。

可是，就是这个自得的小小念头刚一冒头，就被专务的铁拳给砸烂了。真是，人不走运了，喝口凉水都塞牙呦！

第八章
说 "嗯" 是猪

　　两天以后，专务从外面回到公司，他向社长汇报完工作后立即就找岩岩要图纸。

　　岩岩毕恭毕敬地把完成的图纸交给了他，心里有些得意：这次看你还挑我的毛病吗？

　　这个念头刚刚划过她的大脑，就听见一声暴怒的吼叫："这哪里是画图呀！你是跟谁学的？你在日本念书就是这样念的吗？"岩岩丈二和尚摸不着头脑，她直瞪瞪地望着专务怒气的脸。

　　他指着图纸喊："我给你的绘图纸上有小格子，照着这些线条画就可以了。你不按照这些小格子的尺寸去画，谁能看得懂？"他似乎已经被气疯了，脸上的青筋都鼓了出来。

　　他的样子令岩岩感到害怕，她害怕这个男人再咆哮，不由地向后倒退了两步。楼上一片寂静，连川村也放下了手里的活，低着头两手不停地转动着铅笔，其他人也都低着头，没有一个人发出一点儿声音来。

　　"太可怕！这儿哪还像个办公室，简直就像老虎笼子！"岩岩感到自己就像一只浑身颤抖着的龟缩在笼子角落里的小鹿，专务如老虎般死死地盯着那只鲜嫩瘫软着的小鹿，同时，他嗓子里发出来"呼噜呼噜"让人恐惧的声音。

　　专务愤怒地将图纸撕成了碎片，摔在了地上！

　　楼下营业部的一个员工上楼来望风，一看这股子架势，便把专务拉到了一边，笑嘻嘻地说："哎，专务，我正有事要找你呢，下楼去，我给你准备了一壶好茶。"他笑着把专务推进了电梯间，然后，转身走到岩岩面前。

　　这个小伙子是营业部的顶梁柱，叫佐佐木，别看他只有28岁，却是科长。他瘦小的身体，精灵的眼睛，一身笔挺的西装和雪白的衬衣，把他打造得精神抖擞。他最大的嗜好就是抽烟，或许是做营业工作，要找客源，套关系，谈合同，压力大，劳神劳心的原因吧。他一天也离不开烟，没有烟，他就会萎靡不振。其实，营业部其他员工也都是大烟炮，就连社长在楼下办公都是手不离烟的，只可怜了财务科长和人事部长，他们不得不每时每刻在烟雾缭绕的办公室里跟着一起受"熏陶"。

佐佐木很会讲话，他同情地看着岩岩："我们专务脾气不好，人还不错。以后，你在他面前多说几句好听的，他就会对你软的。我也会劝他的，我整天在外面跑，在公司里呆的时间不多。过几天，我有一个客户请我吃饭，我想请你也参加，你愿意去吗？哦，营业部的人也去。大家在一起聊聊，比在公司说话方便。"

停了一会儿，他问："专务为什么发火？"

岩岩委屈地解释了一遍，然后，颤巍巍地说："专务并没有告诉我要按照上面的小格子画图。以前，我在所有的公司工作都是按照绘图纸的大小、比例的不同，用尺子一点一点地量着画出来的，可是这里的绘图纸我从来没有用过。所以，所以他就不高兴了。"岩岩无法解释清楚这其中的过错。

佐佐木明白了，他走到川村的办公桌前，和善地对他说："岩岩刚来，很多事情不知道。画图我不懂，请你帮助她吧。就算她是我手下的人，以后多关照着点吧！"川村点了点头。

他说得很仁义，也很友善，语气很沉稳，没有一点鄙视的成分。他理解地看着岩岩，又像一位长者，拍了拍岩岩的肩膀："以后，专务跟你过不去，就来找我吧。我说话，他还是听的。"他诚恳地看了一眼岩岩后，就下楼去了。

办公室又恢复了工作，人员也开始走动了起来，岩岩却坐在那儿发呆，她依然不明白自己错在了哪里。

川村慢悠悠地走到她面前，拿着一本格子绘图纸说："我不知道专务是如何给你交代工作的。我们公司的图纸都是用这种绘图纸绘制的。这上面有小格子，尺寸都是一样的。你知道吗，日本住宅比较有规矩，四贴半、六贴、八贴、十贴，基本上就是这几种规格的榻榻米，因此，按照这上面小格子去画，就不会出现任何错误，而且很方便。我想，专务就是让你按照这些小格子画图的。没关系，你重新再画一张嘛！很快的。"他猛烈地咳嗽起来，不得不停止说话。稍微休息片刻，他接着讲："我知道大公司都是用计算机去画图的，可是修改的时候，就费事了。我们是小公司，盖的都是民用住宅，因此，这种格子绘图纸很适合我们。以后，你习惯了就好了。"老人说得很慢。他一边说，一边示范如何使用格子绘图纸。

岩岩很感激这两位前辈，他们的话让她有种春天到来时，万物吐新苗的感觉，她自己也想冲破土壤的黑暗，冒出地皮，发芽长叶。专务发火，也让她领悟到了一个重要的信息，这个凶巴巴的专务很有本事，一定要让他教自己盖房子的全部绝招，绝不能让他小瞧了自己。虽然，我是一个女子，但是，我上山敢打虎，下海敢擒龙，各种磨炼我都经受过了，我就不信迈不过你专务这一道槛。

她发誓要掌握这家公司所有的工作，事务性的、技术性的、工程项目等等，她都要精通，如果有机会，她还想做做经营工作。

这一天，岩岩回家时，顺路在家门口的一家小酒店买了一瓶清酒，她不想借酒浇愁，只想放松放松自己。

然而，她的状况依然不如人意，每天上班都要提心吊胆，照旧要看女孩们的脸色行事，好在，她已经看明白了公司里的一点门路。"小婆婆"是这家公司的事务大臣，大小事情找到她准没错，尽管有时她也会抱怨，可这正是她向别人展示她在公司重要性的大好机会。她有求必应，但公司里所有的人都怕她。帮忙的时候，她总是一边帮着忙，一边不停地发着牢骚，吐着怨气，直到把怨气发泄完。岩岩明白了这个门道儿，容忍和宽容了她生硬的态度，只要她给自己活干，就是傻子拾柴火，认准她这块地盘儿了。

说不上这个"小婆婆"是怎样的一种心态，那天专务对岩岩发怒以后，她却对岩岩表示出一种从未有过的关心姿态，但她依旧板着脸对岩岩说话："这个专务挺霸道的，但是人不坏，只要你摸准了他的脉就好对付了。其实，他就是高中毕业生，可社长却很欣赏他呢。每个月他都能给公司签下来几个合同，工资比你们部长高出好多呢。哎，我告诉你，在我们公司工作，眼里要有活，嘴巴要勤快，还要面带微笑。别看我们是小公司，这里的人还很傲慢呢。"

她一边讲公司里的事情，一边嘱咐岩岩："我们公司就像一个大家庭，社长夫妇也把我们当成家庭成员，希望我们能够永久地在这工作下去。以后，慢慢的我还会教给你其他的事务。我们女孩子要知道公司全部的业务，无论以后谁辞职了，留下来的女孩子都要继续做好工作。"她讲的很实在，也很通情达理。

"小婆婆"是一座北极冰山，在岩岩虔诚的尊敬面前，她终于开始融化了一小块边角，而那个久米却仍然对岩岩冷若冰霜，只要"小婆婆"在公司，她与岩岩就是井水不犯河水。

清水公司每个星期六都上班，实行员工周六轮休制度。岩岩因每个星期三去高中教中文，因此，每个周六她都得去上班，而每个月总有一个周六她会遇上与久米单独在一起工作的时候。

"小婆婆"休息之前，交给岩岩一项工作，让她与米久一起把客户的名册重新打印出来一份，然后，按照姓名分类存放，这需要两个人协作。

周六的早晨，公司里只有一半员工来上班，杂事比平常少了很多，营业部的员工们都开着车子找客户谈项目去了，社长有活动不在公司，电话也不多，岩岩找到米久想商量一下如何做"小婆婆"布置下来的工作。她拉着脸不耐烦地说："你到二楼做你的事情去吧，这件事情我自己就可以做了。"话毕，她连看岩岩都不看，板着脸去了卫生间。

就在这个时候，专务从外面回到公司，一进大门就高声嚷着："久米，我让你打的文件，你打印出来了吗？"他的话音刚落，米久就从卫生间里冲了出来，一面笑着，一面说："专务的文件昨天就打完了，已经放在你桌子上了。还需要我做什么吗？"她的面容就像春天里盛开的牡丹花那样诱人。

米久对岩岩那轻蔑的神态刹那间就变成对专务热情的微笑，就像川剧变脸一样，简直太不可思议了。川剧变脸是对人物的内心起伏表现的艺术夸张，而米久的变脸，是她对人不同态度的反映，这真是太不可理解，太不能原谅，让岩岩太吃不住劲儿了。

专务笑眯眯地奉承她："哎呀，你今天笑得怎么那么甜呀？是不是今天晚上你丈夫请你吃饭呀？"她脸上立刻现出一副尴尬的神情，不过，马上眯眯一笑，什么话也没有说，接着，她对站在一边的岩岩甩过去一个阴冷的眼神。

岩岩知趣地上了二楼，坐在椅子上，想着米久的脸，什么叫做看人下菜碟儿，真真切切地让她见识了一遭。

以后，只要是"小婆婆"休息的周六，米久索性不去理会岩岩，她们之间走个对面也不打招呼，岩岩没话找话想与她套点儿近乎，她就是不给岩岩这个脸，久而久之，岩岩看见她权当是一个泡沫，脸都不扭一下。这能怪谁呢？我又不是只能在鸡窝里打拳，只会做那种小架势没见过世面的小气人！

岩岩在施工部，施工部部长却从来没有正眼看过她。这个矮个子精瘦的部长有工作，放着岩岩不用，却偏要跑到楼下找"小婆婆"。有时候，"小婆婆"忙得顾前顾不了后，甩出一句："你们二楼不是有岩岩吗？让她去做嘛！"这句话让部长好不痛快，男人的自尊被"小婆婆"说得脸面扫地。

施工部长是一个典型的日本硬汉男人，别看他身材矮小，公司里最重要的施工环节必须要由他去处理，别看专务说话蛮横，可是这个部长并不怕他，他们之间很少说话，似乎是井水不犯河水。静静观察了一段时间以后，岩岩发现了公司里男人之间也有一些蹊跷的蛛丝马迹。她谁也惹不起，只想好好地工作，别得罪了他们，别让社长看着自己只挣钱不干活，她希望自己在公司里就像梭子一样忙碌不停地穿进穿出，她害怕坐在椅子上，害怕别人不理自己，害怕时间慢腾腾地一秒一秒地滑过去。

如果说专务经常训教岩岩，让她无地自容，但起码他们之间还有些碰撞。可是，这个部长却连一丝缝隙都不给岩岩。想到自己在施工部门工作，无论如何也跨不过部长这道槛儿，她不得不琢磨着如何对付这个硬汉部长。岩岩憋了一股子暗劲儿，就是老狗啃骨头，也要咬住他不放的。

早晨，岩岩把一杯热茶端到部长桌子上，他眼皮不抬地嘀咕："早晨我不喝茶。"岩岩是热脸碰到了凉屁股，闹了一个没趣儿。

私下里岩岩了解到部长喜欢喝咖啡。下一次，她满怀自信地把一杯热咖啡端到了部长大人的桌子上，对方来了一个："早晨我在家里喝了咖啡。"冷言回敬了岩岩。

再下一次，岩岩毕恭毕敬地走到部长的桌子前，含着微笑，温柔地问这位木人石心似的男人："部长，早晨您喜欢喝什么？我给您做。"她静静地恭候在一边。办公室里其他的男员工们偷偷地瞄一眼岩岩，谁也不说话。

这种离奇的安静似乎有点让人尴尬，部长始终不抬头。岩岩也上了倔脾气，她不走，笔直笔直地站在部长面前。

岩岩知道部长每天一到公司准会去厨房做一杯热咖啡，他是不喝咖啡不离开公司的人。我就是要让他在自己面前低头。此时的岩岩全然不顾自己的脸面，只要他肯喝我做的咖啡或者茶，我就是再给他鞠个躬也愿意。

她真的豁出去了，大有不到黄河不死心的劲头。再看部长，虽然他面朝着桌子看图纸，可是，他微黑的脸上却隐隐地显出了红色，"再闷他一会儿，看谁败下阵来。"岩岩暗自思忖着。

终于这个不把岩岩夹在眼里的部长撑不住劲了，他抬起脑袋，看了一眼岩岩，小声地说："给我做一杯咖啡吧，不要放糖。"岩岩清脆地答应了一声："明白了。"快步走进厨房。

北极冰山的一角，终于被持续的温暖给融化了。岩岩胜利了，她战胜了一个日本男人唯我独尊的霸气，她击破了部长大男子主义的防线，她相信了老子的一句名言："将欲取之，必先予之。"只有彻底地丢掉自身的架子，才能得到别人对自己的豁达。

可是，这一关闯过去了，那一关又卡在了眼前。岩岩越是害怕专务，专务就越是找她的不是。很长一段时间，专务都不让岩岩绘制图纸，他自己还经常外出，没撑多久，他还是把眼睛转移到了岩岩的身上。

一天早晨，岩岩刚刚把厨房清理干净，准备下楼找"小婆婆"要活干。这个时候，专务铁着脸，又拿来一份草稿图，把岩岩叫到身边。他依然轻蔑地瞥着岩岩，嘴巴里呛出一句话："你在大学都学了什么？你能画好这张图纸吗？我从来没有遇到过像你这样笨的人呢！"

岩岩笔直地站在他的办公桌前，她已经不再像以前那样惧怕这个男人了，反正我在你的手下，你想怎么抢我随你的便吧，我就是土包子开洋荤，全靠指点呢！你嘴巴损，我就来一个二皮脸吧。她心想着，嘴上却恭维他："公司里的业务我还摸不准，请多指教我吧。"

专务看着岩岩一副虔诚的样子，突然，脸上露出了一丝和善的表情："你看着我画。以前你干什么我不管，我们公司都用这种绘图纸，这上面有小格子，很好用。我们日本的民宅，无论外观如何改变，内部都会有榻榻米的房间，因此，即使是洋室，尺寸也不会改变的，都要按照四帖半、六帖、八帖、十帖等等顺沿下去。一个小格子就是一帖，照着小格子去画，是不会出错的。你听明白了吗？"

"嗯，听明白了。"

"你是猪吗？"专务瞪着岩岩。

"我不是猪。"岩岩第一次大着胆子顶了他一句。

"猪才会'嗯'呢。你如果明白了，就要说'嗨！'明白了？"停了一下，他板着脸问："你们中国人就是用'嗯'表示明白了吗？"

"是的。"

"我告诉你，你是在日本公司工作，说话是要注意的。'嗯'这个词是对别人的嘲讽，以后你必须要改。明白了吗？"

"明白了。对不起，专务。"

专务点了一下头，接着说："你先画这份图纸，有不懂的地方随时问我。明白了吗？"

"嗯，明白了。"岩岩连连地点着头。

"你难道是猪吗？你把我也当成了猪吗？"专务大怒。

岩岩没有意识到自己又说错了话。这个专务真爱生气呀！看着他气得七窍生烟的脸，突然，她感到一阵不由自主的热血沸腾，或许就在那一刻，她的神经出了毛病，不，是被他们折磨出来的！她竟然无可控制地"哈哈哈"地大笑了起来，而且笑得上气不接下气，不得不蹲在地上捧着肚子笑。川村转过身子望着她，小声地嘀咕了一句："这个孩子是不是疯了？"

那个专务"腾！"地站了起来，脑袋上的青筋一根一根地凸了出来，样子既可怕又可爱，此时，他也不知道岩岩笑什么？看样子他被气疯了！他粗声地喘息着，指着岩岩的脑袋："你，你把我当成了猪，你把我们日本人都当成了猪！你，你以后不要找我了，你找社长去吧！"看样子，他气得不轻呢！

突然，岩岩止住了笑，站起来，把身子深深地弯了下去，不停地道歉："对不起，对不起！我没有那个意思。就是，就是，我又说错了。可是，你为什么要生那么大气呢？我不是故意的。"随即，一串眼泪流了出来。

专务气呼呼地走到她面前，鼻子里"哼"了一声："我看着你不会笑的脸就生气，你下楼让久米教教你吧！"他怒气冲冲地下楼去了。

其实，岩岩从来就没有想取笑过谁，就连她自己都不知道自己为什么竟然会那样大笑起来。她心里好难过，坐在椅子上呆呆地望着窗外，好在，楼上只有川村一个人，她还没有把脸面丢尽。

川村去厨房冲了一杯茶，走到岩岩面前和蔼地劝说："我们日本人有个规矩，上司给你工作的时候，你一定要毕恭毕敬站着听指示，眼睛要看着上司的眼睛，面目表情要严肃，接受工作后，要清楚地说'嗨！明白了！'，像你刚才发笑的情况，轮到谁都会生气的，那是对上司的嘲讽，我们日本公司是不允许这样的。没有人敢在上司面前发笑的。另外，你要记住这是在日本公司工作，要学会我们的语言，要记住我们的规矩，大家才会认真对待你。记住了吗？"

岩岩惭愧地向这位老人鞠了一个躬："嗨！我明白了。谢谢您。"川村满意地点了点头。

在公司遇到的一系列事情，岩岩终于明白了一个道理，必须要入乡随俗。虽然，在日本入乡随俗是极其困难的事情，但是，要想在日本生存，这是必须要做到的，而不是说说而已的事情。

两天以后，岩岩把画好的图纸交给了专务。他好像已经忘记了那天发火的事情，专注地看着图纸，半天半天不说一句话。岩岩站在一边，心里七上八下，不知道这个男人又想什么花招儿来整治自己，不觉身上开始冒冷汗。

这个男人依然不说话，看完图纸后，就把它放在了一边，开始整理起他的办公桌。看着他的肢体不紧不慢地移动着，岩岩真恨不得上去揪住他喊一嗓子。

他磨磨蹭蹭地把桌子清理干净后，抬起头来看着岩岩，慢条斯理地说："你跟谁学的画图？功底还不错嘛！就是笔迹再重一些，就更漂亮了。以后，我的草图就交给你去完成了。你还要学画水电工程图，我们是小公司，什么工种都要会做才行呢。记住了吗？"

岩岩毫不含糊地"嗨！"了一声，那种从未有过的音量不用扩音器就传到了楼下，专务的脸上露出一丝浅浅的笑意。

这一天，岩岩过得很是愉快，起码，专务没有向自己发火，这是她进公司几个月来第一次感到精神顺畅一些。下班回家路过附近的小酒店，她又走进去为自己破例买了第二瓶清酒。

店里的女主人是一位老龄妇女，她笑嘻嘻地问："怎么，有朋友来吗？"

"是自己喝的，我很喜欢清酒。"

老人"哦"了一声。她身边一个青年正在往货架上摆放瓶酒，老人笑着说："是我儿子。忙的时候，我就到店里照应照应，以后常来玩儿呀。"

公司里的人都不可怕，即使社长也不可怕，就是那个专务让岩岩琢磨不透，他那风云多变的脸，让岩岩整天提溜着心，生怕没有捋顺他的哪根神经，让这个男人发怒。她害怕，害怕他扯着嗓子大声地叫喊，让整栋楼都能听到。那种声音如果时常发生，对岩岩绝对不是好事情，因此，每天上班，她都像是在噩梦中度过的。她既不敢笑，也不敢慢，高度的精神紧张，即使来了客人，她也不敢把笑容挂在脸上，因为她把握不好如何笑才能使客人高兴。

这种情况经常让"小婆婆"不高兴，她不厌其烦地教导岩岩："专务跟你生气，那是你们之间的事情，可是公司来了客人，你脸上必须要有笑容，他们是我们的上帝。以后，你要注意。"

尽管，"小婆婆"对社长因雇用岩岩自己的工资被减了1万块的做法心怀不满，但是，她对自己的工作却是尽心尽力地做到最好，公司里大小事情她都要管，还要管得彻底。

公司的一楼有客用和自用两间卫生间，而二楼只有一个男女共用的卫生间。这间卫生间被一道小门分隔成里外两间，外间有几个男用小便池，里间有一个坐便器。

岩岩进公司以后，感到最不方便的就是与男职员们共用一个卫生间。有时候，她刚进了里间的卫生间，不多会儿，就有男员工进来方便，那种被尿憋足了的痛苦声，朝着小便池撒尿时随口吐出的"啊！——"的放松声，让坐在里间方便的岩岩大气不敢出，害羞、心慌，她像屎壳郎一样，把身体窝成了一个圆圈，屁股坐在便盆上，两腿直发抖。

为此，她问过"小婆婆"是否可以用楼下的厕所。"小婆婆"却无所谓地告诉她：

"这没有什么不方便的，你进去把里面的门插上不就行了嘛。很多小公司都是男女共用卫生间的。"岩岩只好硬着头皮去适应这种特殊的环境。

有一天，二楼卫生间坐便器的下水道突然堵住了，岩岩可慌了神，她不敢告诉"小婆婆"。

川村下楼把"小婆婆"找了上来。她二话没说就进了卫生间，浑浊的脏水已经浸满了坐便器。她责怪地看着川村和岩岩："你们谁往里面扔东西了？"两个人相互看着，不停地摇着头。

川村说："找人来看看吧。"

"我先试一试。""小婆婆"二话不说，戴上一副手套，拿来了一个撮子，弯下腰去，使劲地在坐便器里撮打着，嘴里还不停地说："是谁这么不负责呀！什么东西都往里面扔，这儿又不是垃圾桶。"她费了好大的劲儿，终于把一团线球从下水道里撮了出来。她顾不得许多，伸手从坐便器里把那团湿漉漉的线球捞了出来，一边喊着："躲开！躲开！"一边迅速地把那团脏东西扔进了垃圾桶。

岩岩拿来抹布正要蹲下去擦地面，她拦着："挺脏的，我来擦吧。"她从岩岩手里接过抹布，蹲在地上使劲地擦了起来。这一幕，让岩岩把几个月来压在心里对她的所有怨气都抹掉了。

"我们自己能干，就别找人来干，能节省一点就节省一点，公司是大家的公司嘛。现在很多公司都在裁员，我们能保住饭碗就要感谢社长了。"她一边擦，一边说。

就在此时，眼前的这个日本女孩子，在岩岩的眼里已经不再是一个碎嘴唠叨、指手画脚的"小婆婆"了，她是一个劳模，岩岩对她充满了敬慕。

她，一个从农村来到东京的女孩子，一双高度近视的眼睛，一张圆圆的脸盘，她长得不漂亮，身材也不美，穿着也很朴素，完全比不了岩岩以前工作过的大公司里的那些女孩子们。

可是，就是刚才她所做的一切，让岩岩钦佩她对工作一丝不苟，不怕脏累，勇于担当，全力负责和爱公司如家的精神。对比之下，岩岩感到无比的惭愧。她，坂本，一个心灵纯洁的日本女孩子的形象在岩岩的心里树立了起来。

"小婆婆"并没有到处宣扬此事。事过之后，她在二楼卫生间的门上贴了一张字条"请勿将异物扔进便池"。并嘱咐岩岩："二楼的事情你要多精心一点。"

"嗨，嗨！"岩岩一脸严肃地回答。

清水公司的独身员工们都住在公司配给的宿舍里，一来省钱，二来离公司只有几步路，既不用担心交通与气候的影响，又有足够的时间睡懒觉，还可以在一起无拘无束地谈笑。营业部的年轻人，早晨上班，脸上还带着几分睡意，一副疲疲沓沓的样子，只有他们身上穿的那套西装为他们添了点儿精神。他们必须要先喝一杯浓咖啡，猛吸几口香烟后，才能慢慢进入正常状态去工作。

社长对他们黑白颠倒的生活习惯极为不满："你们就不能早起几分钟吗？靠抽烟来提神，能顶多久？"

佐佐木向来都会站出来为大家辩解："社长，昨天晚上，客人请我们喝酒，一直喝到深夜。客人高兴，我们哪走得了呀！"

"你们总是这样喝酒，还能开车吗？"

营业部的年轻人改不了已经养成的习惯，为了给公司找到更多的客户，他们工作几乎到了忘我的程度。

一天早晨，营业部的一个小伙子来上班，他的头发蓬蓬松松地压在头顶上，一摇晃脑袋，那头发就像麦田里的麦穗晃晃荡荡。社长看了，立刻发起火来："这是公司，不是摇滚舞台，回去把头发整理好了再来上班！"

小伙子喏喏地说："现在流行这种发型，客户喜欢。"

社长根本不理睬他，命令他立刻回宿舍重新整理头发。

公司有明确的规定，男员工不能留长发和怪发型，不能口有异味，不能散发脚臭，西装不能有褶子，衬衣要天天换；女孩子发型要简洁，不能戴耳环，不能浓妆艳抹，穿戴要端庄，在客人面前不许抽烟，工作时要面带温存娴雅的微笑。

社长特别厌恶那种不正规、不正统的流行穿戴，他希望公司里所有的员工都严格遵守制度，原原本本地把日本最传统的企业文化继承下去。

每一年公司都要在春秋两季做传单发送活动，即在居民起床之前向公司附近的几个住宅区散发购买公司商品的传单。散发传单是从早晨五点开始，离家远的员工只好在办公室里委屈一夜。岩岩的住所离公司不太远，每天早晨五点半才有头班车，她只能摸黑走到公司。

几天前"小婆婆"与久米就把传单印刷好并折叠起来，分给了每一个员工。每一个人都有一张自己要散发传单的区域图，按照图上标注的号码，把传单投进住户的信箱，直到完成自己的定额。

岩岩害怕狗，在住宅区散发传单，她生怕一点响动会引来狗叫。"小婆婆"也很照顾她，把离公司最近的一片住宅区分给她，并嘱咐："那一带狗少，动作轻一点没事。传单发完马上回公司，三楼有早饭。"

早晨五点，男女员工手里各自拿着一沓子传单，准时从公司出发。有的人一边打着哈欠，一边揉着眼睛，有的人身体还在打着晃，便迷迷瞪瞪地去了自己的地盘。

初秋的清晨，天空泛着一丝微明，星星和月亮做伴，静静地俯瞰着宁静的大地。这时家家户户依然沉睡在甜蜜的梦境里，街面上没有人，只有路灯忠实地执行着它的职责。

往住户信箱里投传单，有时会引起住户家的狗叫。一家狗叫，就会引来其他家狗的共鸣，远处时时传出的狗叫声在清晨显得格外响亮，好在，岩岩走街串巷，时不时能遇上公司的员工，多少给她壮了一些胆量。她悄悄走近一户住宅，就像做贼那样紧张，蹑手蹑脚地把传单塞进信箱。她沿着街道，马不停蹄，无声无息地把传单塞进一户一户的信箱。她希望手里的传单赶快发掉，快点离开寂静的街道。她来到另一家住宅前，那家大门敞开着，门上贴着"小心家犬"的牌子。她只顾快速散发，根本就没有注意到大门上的那个牌子。她轻手轻脚地打开信箱，刚要塞进传单，一只大黄狗"汪汪汪"地叫着从大门里窜了出来，犬叫声打破了早晨的宁静。它窜到大门口，一下子就停住了，两只锃亮的眼睛紧紧地盯着岩岩，同时喉咙里发出"呼噜呼噜"声。好可怕呀！岩岩抽回手，双腿不禁微微地颤抖起来。她不敢动，也不敢呆在原地，她想跑，又怕狗追上来。她睁着惊恐的眼睛瞪着那只大狗，那只狗也怒视着她，近在咫尺，从它嘴里喷出来的热气扑向了她的脸颊。

那一刻，她脑袋里一片空白，突然，她撒丫子疯狂地跑了起来。她一边奔命地狂跑，一边本能地叫喊着："帮帮我，帮帮我呀！"喊声从这条街传到了另一条街，又划破寂静的晨空传得更远、更远。

那只狗随着岩岩的狂奔也在后面紧紧地追赶，一个在前面狂呼乱叫，一只在后面"汪汪汪"地穷追不弃。岩岩的头发乱糟糟地贴在面颊上，遮挡了她的视线。狗主人听到响声急忙跑到街面上，他一边跟在她和它的后面跑着，一边气恼地呼叫着狗的名字。

正在这个时候，土井从一条街巷里跑了出来，寻着喊声望过去，只见岩岩没命地疯跑，他朝着岩岩跑来的方向迎了上去，一个健步挡在了她与狗之间。

飞奔的狗被突然出现的"物体"吓了一跳，"唰"地停了下来，岩岩却一下子扑进了土井的怀里。这时，狗主人气喘吁吁地跑过来，他一边喊着狗的名字，一边道着歉，一边把狗往回拉。

狗被拉走了，岩岩还在土井的怀抱里颤抖，突然，她发现自己尴尬的处境，便一把推开了土井，神经质地不停地说："好可怕呀！好可怕呀！"

土井却笑嘻嘻地看着她："要是老有狗追你就好了，我就能老抱着你了。"

刚刚得到一点点喘息的岩岩差点背过气去："你，你，你真够缺德的。"

"哎，你怎么这么骂人呢？要不是我来了，你早就被狗咬住了。"他嬉皮笑脸地辩解。

岩岩狠狠地瞪了他一眼，捋了捋凌乱的头发，转身离开了土井，朝公司的方向走去。

三楼，社长已经把丰富的早餐做好了，他太太忙着摆餐具。肉和菜杂煮的酱汤、米饭、豆豉、小咸菜、煮鸡蛋、豆腐、小咸鱼、紫菜，还有腌制的乌梅满满地摆了一桌子。

员工们陆陆续续回到公司，早晨的辛苦被诱人的早餐驱散了。社长太太一声不吭地为大家盛米饭，倒茶水，员工们只顾低头吃饭，没有人对她说一声"谢谢"，似乎吃这顿早餐是理所当然的。

社长太太并不在乎大家对她有什么表示，她尽职地帮助丈夫让大家吃好吃饱。她站在一边看着员工们吃饭，不时温和地询问大家："辛苦了！不够，我再给你们盛。"

社长忙得不可开交，黑色的脸上没有任何表情，他一只手掐着烟，一只手搅着锅里的菜。太太毫无怨言地忙前跑后，不知内情的人会以为他们是大厨呢。这对夫妇，一个急性子，一个好脾气，好比荞麦地里种萝卜，搭配很得当呀！

岩岩站起来想帮太太一把，她温和地摇着手："你辛苦了，快吃饭吧。"她依然默默地为大家服务。

社长并没有坐下来与大家一起吃早餐，一直在厨房里忙前忙后。

"小婆婆"站起来，进厨房做茶水，岩岩赶紧跟了进去："我来做茶吧。"她希望为大家做点事情。

"早晨没有车，你是走着来的吧，辛苦了。第一次参加这种活动，一定很累。去吃饭吧，以后，这种活动还会有的。以前大家发传单，不是在外面定盒饭，就是给餐饮费。后来社长太太建议在公司吃饭，大家可以多休息一会儿。社长喜欢做菜，冰箱里经常备着各种小菜。今天，公司为大家准备了午餐。你带饭了吗？""小婆婆"友好地问。

"没带，昨天没来得及做。"岩岩如实地解释。

"今天的午餐不错，是鳗鱼饭。你吃过鳗鱼饭吗？"

"吃过，就是太贵了。我喜欢吃鳗鱼饭。"

"鱼，我早就吃腻了。我们老家靠海，一年四季都是鱼，我来到东京就是喜欢吃肉。"

岩岩回到餐桌前，继续吃早餐。久米站起来笑眯眯地为每一位男员工倒茶，可她走到岩岩的桌子前，却拉着脸："你自己去倒茶吧。"

早餐后，施工部的男人们换上工作服，开着车子去了各自的施工现场；营业部的小伙子们各奔东西；久米留下来收拾厨房；"小婆婆"和岩岩回各自的办公室工作去了。

土井悄悄来到二楼，走到岩岩面前兴奋加神秘地说："哎，你还是挺温柔的嘛。要是我早认识你，真想娶你呢，嘿嘿。"

岩岩的思维刚回到图纸上，被这个坏小子一说，心里立刻充满了愤怒："喂，你怎么这么不知道廉耻呢？难道你还想搞女人吗？你不怕你老婆把你给吃了！"

他的脸立刻灰暗起来："没错，我是有老婆，可我结错了婚，我们早就不在一起睡觉了。衬衣都是我自己拿到洗衣店洗，回家也没有我的饭，我一天三顿饭都在外面吃。工资全交给她了，可她却不管我。哼！"

岩岩瞪着他，恶声恶气地说："你来找我就是诉苦呀？自己没本事嘛！别老说自己老婆的不是。"

上海人突然压低了声音："嘿，我看你还是跟着我一起干经营吧，这样，专务就不敢欺负你了。我有车子，出去也方便。"

岩岩白了他一眼："我刚来公司，还没站稳当呢，哪能换部门？再说，我还是喜欢做技术工作。"岩岩不怎么喜欢这个土井，虽然他也是中国人，但是，他的思维方式让岩岩接受不了。

专务这样的男人，岩岩想不出更好的办法对付他，只能加倍小心谨慎地绘制他交给自己的图纸。就在她第二次把绘好的图纸交给专务的时候，这个曾经让岩岩胆寒的男人突然变得温和起来："你的功底不错嘛。跟谁学的？你就是太傲气了，我们男人就是看不惯女人的傲慢。要知道，这是在日本，公司的女孩子要含笑如春，就是装也要装到下班。下班以后，你笑不笑的，随你的便。哎，你又不是老太太，笑一笑，大家看着顺眼，工作不就有了嘛。"

"嗨！嗨！嗨！"岩岩一丝不苟地应答着。

"难道你是机器吗？我很可怕吗？"他露出一丝笑容。

看到这个可怕的男人还会笑，岩岩感到天地都变了！自从进公司，专务除了教训，就是嘲讽，再不就是噎人和发怒，这种微微的笑意对岩岩来说实在是不敢接受，不知道他笑意里隐含着什么意思。

"我不知道如何回答你的问题。嗨，嗨，你是我的上司，我听明白了。"岩岩唯唯诺诺地回答，她依然不敢露出笑脸。

专务拿着图纸指着上面的线条："你画得不错，就是再把线条画得重一些，图纸就更清楚了。怎么样？用这种纸画图容易吧？"

"嗨！是的。谢谢专务。"岩岩笔直地站在他的桌子前。他总算用自己的煞威把岩岩的傲慢给压了下去，他知足了，岩岩在他面前恭维顺从的样子使他惬意，他的火气逐渐退下去，可是，岩岩却不敢放松自己的神经。

从那以后，专务不再大声训斥岩岩了，楼上的男员工们对岩岩也有了一点转变，他们开始把手里的一些小活交给她去做。这种微小的变化就像风和日丽的秋天舒服爽意，岩岩头一次感到自己还有点儿用处。

公司的人际关系就像麻婆豆腐，各有各的口味，辣得要恰到好处，麻得要到位，咸得要味正，那豆腐才算做得成功呢。知道了公司一些情况的岩岩不敢得罪任何一个人，她希望自己做的"麻婆豆腐"能符合大家的口味。她小心谨慎地为每一位员工做好每一件工作，可是，她的小心又没有得到好的结果，她依然没有伺候好这些男员工们。

一天早晨刚刚上班，部长就拿来一份施工报告草稿，让她打成正式文件，第二天一上班就交给他，岩岩立即做这项工作。没过多长时间，中岛拿来一套图纸，让她马上复制两套，他下午就要。岩岩又应声接了下来。

电话铃响了，她没有去接；楼下营业部的人带上来客人，她顾不得去倒茶；她全神贯注，一刻不停地干着手里的活。

做完中岛的活，她又接着打部长的施工报告，正在这个时候，专务急匆匆地拿着一份图纸走到她面前，催促着："你把手里的活先放一放，这份图纸我晚上下班之前就要。"他放下图纸就下楼去了。

岩岩不知道是先完成部长的活呢，还是先做专务的活。她既害怕专务，又畏惧部长，思前想后，还是决定先画专务要的图纸。下班之前，图纸总算画好了，可是部长要的文件还没有打。她顾不上收垃圾，十个手指飞速地敲打着键盘，只想赶快把文件打出来。

桥本回到公司，看到岩岩专心致志地工作，悄悄地走到她桌子前："你干活吧，我把垃圾收起来。"岩岩抬起头来向他道了一声："谢谢。"

"小婆婆"上楼来换衣服，看见岩岩还在工作，便告诉她："我们女孩子是不加班的。"

岩岩明白了她的意思，放下手里的活，离开了公司。可这一宿，她却失眠了，她害怕第二天看到部长阴沉的脸。

第二天，她怀着忐忑不安的心情去上班。打扫完卫生，做好茶水，她给部长端去一杯热咖啡。正要离开时，部长问："我要的报告你打完了吗？"

岩岩的脸憋得通红，支支吾吾地回答："还没有。对不起，我马上就打。中午给您可以吗?"部长二话没说,沉着脸,站起来,侧着身子擦过岩岩,下楼去了。她呆呆地站在原地,一时不知如何才好。

一会儿,"小婆婆"匆匆上楼来,绷着脸走到岩岩跟前,抱怨她:"你不能这样干活。大家找你都想让你先干他们自己的事,知道吗,你只有一双手啊!只能干一份儿活,一身做不得两件事。你不能答应了这个人,又答应另一个人。任何工作都要有先有后,否则,你会给自己找很多麻烦的,以后,没有人会再相信你了。"

岩岩感到很委屈:"专务让我先完成他的活,中岛下午就要图纸,我只能先做他们的事。"

"小婆婆"的声音平和下来:"不能因为他是专务就把别人的活往后推,即使社长也要排队,大家都是平等的,都是为公司工作,不能看人行事,我们女孩子要把握住尺度。你到楼下来吧,你要学习一个星期。不用担心,我跟社长讲。"

岩岩有些不安:"楼上的工作由谁去做呀?"

"久米去楼上工作。""小婆婆"胸有成竹地解释。她很快就把施工部长的报告打出来了。从那以后,又有很长一段时间部长根本不理岩岩。

社长经常在一楼办公,以便随时掌握营业部的信息。岩岩心里非常紧张,生怕自己做得不好,遭"小婆婆"的训教不说,社长阴沉不语的脸更令人可怕。然而,情况比她想象的要好得多。

"小婆婆"一件事一件事地教岩岩,如何做省时间,如何才能让每一个员工都高兴。接着,她又发起了牢骚:"我们女孩子挣得比他们少得多,可大大小小琐碎的事情都要找我们,做差一点他们都不高兴。他们以为我们在公司里玩儿呢,哼!"稍停,她又说:"我们女孩子做事一定要做好。比如打字吧,不仅要快,还要正确,打汉字嘛,只要能以最快的速度打出来,不管用平假名还是用罗马字,都可以。不论谁给你工作,你都要让他们签字,定下时间,这样,对大家都公平,你自己也不会惹什么麻烦。知道吗,男人有的时候挺不讲理的,他们都想早点把自己的工作做完,可是,谁来想想我们女孩子呀。"

"小婆婆"一边做自己手里的活,一边耐心地告诉岩岩日本公司的各种规矩:女孩子做事不能害羞,有什么就要马上说出来,否则,耽误了事情是要承担责任的;要礼貌待客,微笑温和,不管心里有什么不高兴的事情,脸上都要露出笑容来;说话不能结结巴巴,想好后再说;鞠躬是我们日本人的规矩,任何场合下,见到客人,要把腰微微地弯下去,谦卑一些。你看社长,在客人面前,腰弯得多深呐!你们国家的妇女如何做,我不知道,在我们国家,女孩子的工作就是要把事务工作做好。还有,公司的工作不是一个人的事情，要有团队精神，大家一起努力，事情才能做得最好。当然，你是做技术工作的，可是我们公司小，大家都要学会做各种事情。我现在教会了你，即使我不在这里工作了，你也会把公司的工作担当起来的。从现在起，你不仅要做技术工作，还要把事务工作全部掌握好。楼下有技术档案，你跟着我做一个星期，以后，你自己就可以查找档案了。这样，楼上的人就不会不理你了，因为他们的工作都需要经常查档案，他们会让你帮忙的。

"小婆婆"把公司有关档案与文件存放的每一个细节都传授给了岩岩，就连文书字体的大小、间隔的距离以及文书里使用的语句都一一做了指导。她告诉岩岩："公司的文书书写要求很严格，不可以出现丝毫差错。以后，楼上的人给你草稿，你先拿给我看一遍，然后，再打成文件。不要以为他们是日本人，在文辞上就不会出错误。女孩子的工作要做到精确无误，你知道吗，有时候男人们自己出了错，却怪我们没有做最后的检查。女孩子要学会自我保护嘛！你写的字有点大了。我们日本人写字是同一个规格的，尤其是做秘书的女孩子，字迹一定要写得规整漂亮，否则，男人们会说很多不是的。"

坐在"小婆婆"的身边，岩岩心里很踏实，她希望自己能够尽快成为公司的主力员工，她不需要得到多少回报，只要能把自己的那一分光发出去，让那些人感到自己身上还有光亮，做一个小小的灯泡又有什么不可以的呢？

"小婆婆"对岩岩的指导犹如一轮朝阳照在了她的心里。她猛然意识到通过相互之间的理解与宽容，再经过时间的考验，"小婆婆"坂本和"童养媳"岩岩之间的关系是完全可以改变的。"小婆婆"看似严厉，但在她严厉面孔的背后，却是一颗善良真诚的心。岩岩既感激她，又惧怕她，还很喜欢她。

一个星期很快过去了，岩岩结业重新回到了二楼。她坐在大厅柜台里自己的办公桌前，比以前有了更多的信心。"刀在石上磨，人在世上炼"。刀是越磨越锋利；人是越炼越有阅历。

漫漫磨炼路，悠悠万事由，她原本好心帮助同事，却惹上了一场风波。

第九章

合同风波

　　专务开始向岩岩流露出友好的眼神，他挖苦岩岩不像以前那样尖酸刻薄，苛刻的挑剔也没有以前那样令人胆战心惊了。但是，他对社长没有征得他的同意就雇用岩岩的事情仍然感到恼怒和不快，尤其是岩岩可以名正言顺地在星期三去高中教书，这更让他感到不舒服。不过，对他这样高职务的男人来说，天天朝一个女孩子发火生气，着实有损于自己的形象。就在岩岩从"小婆婆"那里结业回到二楼的时候，他似乎试图转变自己对这个中国女孩子的态度。

　　专务平时说话就很带刺，社长不在公司的时候，他就是主。他是一个好为人师的男人，从表面上看，大家似乎挺尊敬他，而实际上，施工部的员工们并不喜欢他。施工部有三名一级建筑师，他们不仅要做自己的设计，还要风雨无阻地去施工现场监督工程进展，在公司几乎看不到他们的影子。专务也有很多工作，他真正能静下心来画图的时间并不多，而且，他的电话还特别多，一有急事，放下绘图笔就要跑出去，图纸只能搁在一边。能够画图的人都很忙，因此，专务自己再忙，他的图纸必须自己绘制。虽然，公司有一家设计合作单位，但是，不到万不得已，他是不会把自己的图纸拿到那去做的，他压根儿就没有看上合作单位做的活。但他又不便露出不满之色，那是社长的关系，得罪不起呀！没辙，他只能抓紧时间自己绘制重要的图纸。他与岩岩磕碰了几次，发现这个中国女孩子画的图比合作单位做的活要好，他决定让岩岩绘制他的图纸。

　　星期二的早晨，专务一脸严肃把岩岩叫到设计室，拿着几张草稿图，目不转睛地注视着她。岩岩心里害怕，忐忑不安地等待着揶揄。

　　专务微微一笑："你来公司也有几个月了，不给你工作吧，社长要批评我，给你吧，我又不太放心。不过，你还算诚实，以后，你就跟我干吧！"他那双闪闪发亮的小眼睛盯在岩岩的脸上。

"那，中岛呢？我不是跟他干活吗？"岩岩疑惑地看着专务。

"我已经跟社长谈过了，中岛很忙，他哪顾得上你呀！现在，我整天在外面跑，没有时间坐下来画图，可我又不想把图纸拿到外面去做，他们做得不好。"专务摆了摆手。

"做得不好，再换别的公司嘛！"

"那不行，都是老关系了。"专务摇摇头："以后，由你做我的图纸。社长雇你，不就是做设计的吗？但是，你必须要把我的图纸做好才行呢！"

岩岩心里一阵高兴，但对这位经常讽刺挖苦自己的专务心存疑虑，唯唯诺诺地试探他："我怕做不好，你再发火。"

专务"呵呵"一笑："看来你还挺怕我的呢，我难道很可怕吗？"

"嗨！是的。我怕你大声喊叫，全楼的人都听得见。"岩岩第一次大胆地说出心里话。

"你知道吗，这叫对你的考验！你很坚强嘛！不愧是中国的妇女。早就听说了，你们中国妇女很厉害。其实呀，女人嘛，做点女人的工作就很好了，干嘛要那么强势！你看楼下的那两个女孩子总是笑眯眯的，那样就对啦！"

接着，他话锋一转："就这样定了。你要把女孩子的工作做好，还要把其他员工交给你的工作做好，另外，我的图纸必须要画好，请多多关照。"他站起来，给岩岩鞠了一个躬。

岩岩被眼前这个她所惧怕的专务惊呆了。曾几何时，他像一只老虎，虎视眈眈地看着自己，寻找一切机会嘲讽自己，挖苦自己，教训自己。那个时候，岩岩钻地缝的心都有了，在众人面前，她忍下了多少眼泪，那可真是"忍字头上一把刀"啊！

一阵心热，泪珠滑过岩岩的面颊，她惶然弯腰，给这个可怕的专务深深地鞠了一个躬，心里想："我是吃了秤砣铁了心要跟你这只老虎干到底了。"

从这一天起，专务不再是一只老虎了，他变得温存而有教养，可是，岩岩不敢掉以轻心，依然要提防他会变脸。

专务对岩岩态度的改变，缓解了二楼的气氛，办公室里少了他的叫喊声，大家的心情也不像以前那样沉闷了。

岩岩对专务的性格有了进一步的了解，她知道专务害怕什么，也知晓如何才能让这个人不再张牙舞爪地像捏咕小鹿那样摔贬自己了。他们之间打了几个来回后，岩岩就像张着大口吃了个鞋帮儿，心里略微有了底，她总算可以把全部的心思都倾注到工作中去了。

去高中教书仍然是岩岩最理想的工作，在学校，她得到的是全方位的尊敬。她在清水公司工作的事情早就传遍了整个校园，老师们对她开玩笑："岩老师，以后，我家盖房可要请你喽！""清水社长对你不错吧？""你在那里干什么工作？"一连串的询问，让岩岩感到凭着校长的关系进清水公司有点儿不硬气，可是，转念一想，哪一个毕业生不是凭导师的介绍信和人脉关系进的公司呢？想到此，她坦然了。

她希望自己能为公司添砖加瓦，让公司的员工们看一看，她不是只会吃干饭的女孩子，社长雇用自己是值得的。她去学校教书，课余时间便抓住一切机会了解老师们的住宅情况。她知道自己不是那种有三寸不烂之舌的人，但，还是想努力去挖掘那个潜在的市场，为公司找资源。

一天下班回家经过小酒铺，女主人热情地与岩岩打招呼："下班了？公司离这里远吗？"岩岩停下来与她说起话来。

"我们家三代人都住在这里。我们的后院很大，我儿子想在后院盖一家便利店，把这座老房子拆掉，在便利店的上面加盖一层生活用房。哎，你不是在建筑公司工作吗？能不能帮我们看一看呀？"

岩岩好高兴，心想，"要是能把这个活揽下来，社长对自己就会另眼相看。这不是'巧'她爹打'巧'她娘嘛！这件事凑得太'巧'了。"

她马上接过话头："明天我带公司的人来看看。"这千载难逢的机会，她要紧紧地抓住。

第二天一上班，岩岩就把这个情况告诉了土井。他兴奋地连声求岩岩赶快带他去见店主人。

这件事能否成功，岩岩并没有把握，但不去试就没有希望，看在土井对自己很关照的份儿上，她决定让自己的同胞去做。

佐佐木听到消息后，找岩岩打听："是你的邻居老太太吗？你就交给我去谈吧。"他诚恳地看着岩岩。

岩岩感到骑虎难下，自己已经答应了土井，再出尔反尔有些不妥，她抱歉地对佐佐木说："我已经答应了土井，请你原谅我吧！"随后，给这个小科长鞠了一个躬。

佐佐木大度地笑了笑："只要能谈成，谁做都没有关系。"

岩岩告诉土井："去谈没问题，但要在下班以后。"

"没关系。我们做营业的，是不分白天黑夜的。晚上，我请你出去吃饭。"他乐得屁颠屁颠地离开了二楼。

岩岩经历了几个月与公司员工们的痛苦磨合，终于可以坐下来做自己想要做的事情了。可是，她忘记了，技术活和事务工作她都要挑起来，经常是她刚把图纸铺平，营业部的人就带上来一位客户，她要去做茶水。"来得真不是时候。"她在心里狠狠地抱怨，可是，还是要赔着笑脸，"嗨！嗨！"地迎合他们。

她刚把茶水端到桌子上，又一位员工找她要图纸。"还有完没完！"她在嗓子眼儿里咕噜着，马上又下楼去档案室，再气喘吁吁跑上楼来，把图纸放到那位员工的桌子上；总算可以坐下来画图了，又有人向她要电话簿；忙前忙后，把那些小祖宗们的杂事做完后，精力也消耗得差不多了。

画图最忌讳的就是手不干净，岩岩怕的就是还没有画上几笔，就要去做茶。即使忙得脚丫子朝天，她也不敢请楼下的女孩子帮任何忙。为了应付这些杂七杂八的事情，挤出时间画图，办法只有一个，就是小跑着去做每一件杂事。她成了名副其实的"小婆婆"手下的杂事嫂。川村看岩岩杂事缠身，无奈地摇摇头："你哪有时间画图呀！那是要安下心来做的事情嘛！楼下的女孩子是干什么的？"

岩岩却自信地告诉他："多干一点没关系，就是画不好图纸，让专务数落太没面子了。"她认为这种忙得不可开交的状态才是自己应该有的状态，这比坐在椅子上没人理睬要舒坦得多。

每天必须要做的卫生，要清洗的抹布，要刷洗的茶杯，这种不做利落男员工就要说"你不是一个好女孩子"的话听多了，岩岩便养成了一种强迫自己必须要干净的癖好。哪里有一点水滴，她都要擦干净，才能心静；冰箱里有一点脏，她都会对男员工们发火；茶杯上有一点指印，她会用纸巾擦掉；每天用过的茶杯必须用增白剂增白后才会收到柜子里。不仅这样，回到家里，地毯上有一根毛发她都要撅着屁股捡起来。她害怕看到水滴，害怕看到抹布上有黄色污迹，她讨厌男女共用卫生间，她更讨厌别人在她画图时找她做事务工作，不知不觉地她感到自己染上了洁癖。

她爱干净反而让男员工们高兴，他们对岩岩的火气倒显得能够忍耐了。不管谁把地面弄脏了，她都会大发雷霆，那个时候，再横的员工都得向她认错。

这下"小婆婆"可高兴了，用她的话说："就是应该让男员工们知道我们的辛苦。"

土井心里惦记着酒铺的事情，对岩岩甜言蜜语地使招数。其实，他们各自的心里都有一本小九九。下班以后，土井殷勤地打开车门请岩岩上车。到了小酒铺，他的嘴巴像是抹了蜜似地对女主人施展攻心术，他的小白脸被热血充斥得像鸡冠子一样红，他把女人最喜欢听的话都集中在了嘴皮子上，那一声一声"大妈"，叫得可亲切、可温柔呢，说起乐呵事，就像卖瓦盆的师傅，一套一套的，女主人听得脸上的皱纹都笑平了。

这个典型的上海男同胞，把上海男人所有的温情性格都使了出来。谁不知道呀，上海男人最会哄女人高兴了。他们体贴精细，不急不躁，对女人呵护备至，女人要是找到了上海男人做丈夫，那可是幸福一辈子呦！

土井眉飞色舞地先是把岩岩夸奖了一通，又把公司的社长赞美了一番，接着，把公司在地域的名声与高品位的服务一一细数了一遍，最后，山盟海誓地对女主人说："如果，你让我们公司为你服务，我就做你的儿子。"

女主人看了一眼土井，把自己的儿子叫出来，告诉他："我不缺儿子，就缺女儿呀！"她不由自主地把眼睛转向岩岩。

土井明白了，他眼皮子一翻，转过头去看着岩岩："这不正好吗？嘿，这家可有钱呀，你看那老太太多善良呀！你可要帮我一把呦！"

岩岩的脸一下变得煞白，她狠狠地瞪了土井一眼，对女主人干干地笑了一下："他有一个妹妹正等着嫁人呢。"随后，她愠怒地看着土井。

土井结结巴巴地应酬："哎，哎，过两天我还来，我会把公司的情况详详细细地告诉你。"

老太太美滋滋地点着头，同时回头看了一眼自己的儿子。

谈完事情从老太太的店里出来后，岩岩扭头就往自己的住所方向走去，土井嬉皮笑脸地央求："我请你去吃饭，你给我一个面子吧。在公司说话不方便，今天正好有机会，我们可以多聊一聊嘛！"

岩岩板着脸拒绝他："你还是早点回家陪陪你太太吧！"话音一落，她甩下土井去了超市。

从那以后，土井拿出看家本事，对那家小酒铺狠下了一番苦功夫。有时，他求岩岩陪他一起去访问女店主；有时，他自己开车去溜一趟弯儿，买一盒糕点甜糊甜糊女主人。看着他骑马不带鞭子，猛拍女主人的马屁，岩岩的心里简直比吃了苍蝇屎都恶心。也不知道他在女主人面前说了些岩岩什么话，女主人见到岩岩比以往更加热情了。

两个星期后的一天，上海人神秘兮兮地对岩岩说："哎，我们都是同胞嘛，你就帮我一个忙吧。酒铺主人就是想娶儿媳妇，他们家有钱，就一个儿子，你嫁给他吧！这样，我就能签下合同来了，反正女孩子总是要嫁人的，你嫁给日本人，就不用再为签证着急了，不是吗？"

这个土井把岩岩当成了敲门砖，他自己捞实惠。一石激起千层浪，岩岩真想扇他一个耳光："你还算是一个男人吗？太卑鄙了！你干脆休了你老婆，让她嫁给那家的儿子去吧！"

土井是如何许愿给酒铺女主人的，岩岩不知道。有一天，她路过小酒铺，老太太笑着把她请进店里，拿出一个信封递给她："你去买几件衣服吧，你们公司的那个人真好，这下子我儿子就好了。你看，我们家要是盖了便利店，买东西就更方便了。"

岩岩丈二和尚摸不着头脑，奇怪地看着女主人，向后退了一步："我不明白您说的是什么？您为什么要给我钱呢？我们公司的人跟您说了些什么呀？"

女主人笑眯眯地说："那个人告诉我，你喜欢我儿子。如果你跟我儿子定下来了，我们就可以签合同了。"

哦！原来是这样啊！老人盼望着儿子能与自己成婚呐！岩岩终于明白了土井的用意。

这简直是发昏！这个土井究竟在搞什么鬼花招！岩岩气疯了，她真的被气蒙了，她气得胸口直疼。

第二天，她向公司请了病假，在家里休息一天。以后，她每天上下班，宁肯绕道儿回家，也不想再见到那个酒铺女主人了。

土井把希望寄托在岩岩的身上，他低三下四地求岩岩："你先答应下来嘛，等我把合同签下来后，你再毁约嘛！这有什么？你就说，你妈妈让你回国就是了！"

"你是一个地地道道的王八蛋！如果你是条汉子的话，你马上离婚，我就与她家的儿子结婚。"岩岩咬着牙齿怒斥他。

"你怎么这样讲话呢？如果我能离婚，早就离了。你知道吗，男人在日本是离不起婚的。可是，你说回国还不是很容易吗？"土井离开中国已经二十年了，他的思维完全变得不可理喻。

岩岩鄙视地看着他："你简直不是人！你用小人的手段与客户套瓷，现在又盯上我了。你有本事你就去签，没本事就拉倒，别拿我当垫背的。"土井利己的廉耻做法让岩岩对他失去了信任。

岩岩不再介入这件事情了，土井失去了这笔眼看就要到手的合同。

没过多久，这件事情不知道通过哪条渠道传进了公司，沸沸扬扬的说什么的都有，土井没有签下合同，大家都认为是岩岩耍弄了他。

让土井这么一搅和，本来在公司里刚刚可以直起腰来的岩岩，又被人误解成耍弄同事的女孩子，背上了耍弄人的大黑锅。这一次，她彻底不再理土井了。另外，那个"嫁人"的字眼儿时时侵扰着她安静的独身生活。只要她一想到这个词汇，便会不由自主地进厨房擦洗餐具，反反复复地擦，一遍一遍地洗。她的这种怪癖让那些男员工们看到后都躲她远远的，直到她离开厨房后，大家才会悄不作声地进去，小心翼翼地倒茶，生怕把水滴到地面上，惹她不高兴。

岩岩看上去有些神经质，走起路来像一阵风，与人说话时总是死死地盯着对方，那种琢磨不透的眼神令人感到有些害怕。

就是在那一段时期，公司的男员工们一下子变得安静了，也勤快了。楼下的员工带客户上楼，先要探头探脑地看一眼岩岩在干什么，如果她正在画图，他们就让楼下的"小婆婆"端上来茶水，就连"小婆婆"也认为岩岩的精神有些异常。

岩岩抑制不住自己不停地洗刷、不停地擦拭着有污迹的地方。只要看到某个员工把厨房弄脏了，她控制不住，一定要追上去让那个人把弄脏的地方擦干净，搞得人家非常难堪。大家开始害怕她的眼神，害怕与她说话。她知道自己添了不好的毛病，心里非常痛苦。

一天，岩岩从高中回家路过土田家，恍然闪过一个念头，她停下脚步，走上台阶，按响了她家的门铃。以往，她去土田家都要打电话事先约定，这是日本人的规矩，可是最近她情绪异常，竟然把这个规矩忘得一干二净。

很巧，土田夫人在家。她打开门看到岩岩，一脸惊喜："快请进！真的，好久不见了，我一直惦记你呢！"她热情地把岩岩让进家门。

她一声一个"妹妹"地叫着，不慌不忙地拿出精致小点心，精心沏了一壶金箔片绿茶，颇费心思地做了一个果盘。坐下来后，她高兴地告诉岩岩："这是刚上市的新茶，里面放了一点金箔片，很好喝，你尝一尝吧！"她像姐姐，温和地看岩岩喝茶。

喝着喝着，岩岩的眼泪"扑簌扑簌"地流了出来。

"你怎么了？有什么事就告诉我吧！让姐姐帮你解解烦。"土田太太心疼地问。

岩岩放下茶杯，平静了一会儿，讲起公司的事情。土田太太认真地听，并不时地点着头，有时还会叹口气。待岩岩讲完，她拍了拍岩岩的肩膀，讲起了日本，讲起了自己的公司。

二战后的日本，要在废墟上重新建设一个新国家，人人都拼命地工作。国家要求国民20岁以后，必须加入健康保险；只要干到退休年龄，便会享受退休金，即使提前退休，也会按照比例拿退休金，人人平等。那个年月，除了乡村的人有自家房外，城里人大部分都租房子。日本公司实行的是终身雇用制。从公司雇用的第一天开始，员工就要有为公司工作到退休的思想准备，毫无怨言地奉献自己，以公司为家，兢兢业业地完成每一项工作，同事之间亲如弟兄。另外，公司还实行年功序列制。每个员工每年都会按照一定的百分比涨工资，大家都一样。什么年龄拿什么工资，年轻人挣得少，年龄大的挣得多。还有，各个行业、大企业都有工会。每年3月份，工会要与行业或公司的经营管理层就这一年工资增长多少百分比进行谈判，达成协议；奖金是几个月的工资也要谈判，达成协议；这种谈判叫"春斗"。小企业参照大企业定下来的百分比涨工资。终身雇用制、年功序列制和企业内工会是日本式经营的三大支柱。那个时候，没有不涨工资、不发奖金的年头，也没有不涨反而降工资的做法，更没有裁员这种事情。

土田夫妇的印刷公司是在七十年代初期成立起来的家族式企业。创业时，公司只有几名员工，二十多年以后，发展到拥有三十多名员工了。

她讲："我们赶上了日本经济最好的时候，工作多得干不完呀！我们公司像一个大家庭，员工们努力工作，我们把他们当成自己的兄弟姐妹。以前，我从来不插手公司的事情，后来，我去公司帮助我丈夫做财务，让他腾出时间做更多的事情，也为公司节省了一些经费。我丈夫讲，'员工就是我的宝，只要有我吃的，决不会缺了员工们的'。他从来没有辞退过员工。"

"20世纪90年代初期，日本经济开始走下坡路，印刷行业小公司很难与大公司竞争，活儿少，发工资都很难，他不得不跑到外县去谈生意。为了给大家开工资，他自己已经几个月没有拿工资了，我也放弃了自己的那份工资，为公司尽一些义务吧。他讲，要尽最大努力留住员工们。现在，很多大公司已经开始裁员了，让五十岁以上的员工自动离职，公司给退休补助金。小公司不像大公司那样大手大脚地花钱，我们都是精打细算地经营企业，员工们都能理解我们的难处。今年我们公司停发了奖金，员工们没有怨言，他们只希望能在公司继续工作下去。"

"你现在有工作真是很运气。小公司嘛，就是家庭意识比较浓重，工作分工也没有大公司那样精细，很多琐碎的事情都要自己去做。大公司要雇人打扫卫生，我们小公司的卫生都是员工们轮流打扫。公司，大有大的好处，小也有小的长处，不过，小公司更重人情，不到万不得已，社长是不会轻易辞退员工的。而大公司就不是这样了，经济不好，董事会一个裁员指令，各个部门就要坚决执行，年龄大的员工成了裁员的对象。你说，到了那个年龄的人，让他们到哪儿再就职呀！七八十年代的日本，经济好得不得了，人人腰包都塞满了钱。那时的年轻人贷款买了高档公寓，现在，他们正是被裁员的年龄。要是真的被裁下来，那剩下来的房屋贷款可怎么还呀！你听说了吗，车站旁边有一户人家，男人被公司裁了下来，又找不到工作，前几天自杀了。以前经济好的时候，他给自己买了最贵的生命保险，现在，他妻子用他的保险金把贷款给还上了，好在，他也给自己的妻子上了生命保险。还有的男人没有了工作，妻子马上就提出离婚。可怜的男人们，风光了一辈子，到头来却流落街头成了流浪汉。上野公园里有不少失业的流浪汉呐！唉！人呀，难道钱就是那么重要吗？"

土田夫人的一席话敲在岩岩的心里，知足者常乐，她不愿意再谈自己的委屈了。在残酷的泡沫经济破裂的漩涡里，她意识到自己是一个幸运者，清水社长就是在这种情况下雇用了自己，这就是恩呀！她感到一阵惭愧。

当她再次看土田太太眼睛的时候，她红着脸道歉："对不起，以前我并不了解日本，尤其不懂得与人交往，自以为是。我有很多缺点，总是抱怨别人对自己不好，不满意公司让我干这个，做那个，其实，我们公司的员工们工作起来都很拼命呢。"

土田夫人温厚地笑了："在公司最难的就是人际关系，只要你的心态平和了，看谁都会顺眼的。以后，有什么烦心事，随时来找我吧。"

她又笑盈盈地开玩笑："现在，我们也节省了，不去斯拿库喝酒唱歌了。在家里温上一壶酒，吃点小菜，还挺温馨的呢。你看，我很长时间也没有买衣服了。附近有几家斯拿库也关门了，大家手头紧了，也不去那种地方喝酒了。居酒屋现在倒是很火呢，那里的餐饮便宜嘛，有的居酒屋还能唱歌。卡拉OK也是大家常去的地方。现在的压力比以前大，总是要找个地方发泄发泄嘛。我们现在改成在家里唱歌了，哈哈哈！"她的笑声还跟过去一样，银铃般脆亮。

岩岩从土田家回到自己的小屋。土田夫人的一席话使她感受颇深，她躺在床上回想起老校长带着自己去见社长的情景。那一天，奥田校长为了自己的工作，百忙中抽出时间亲自出面去清水公司，舍下老脸，在公司员工面前给清水社长深深鞠躬的那一幕，触动了她的心灵。

他，一位德高望重的知名高中学校校长，为一名自费留学生的前途去求学生家长，请他帮助这个女孩子在他的公司安排一个职位。奥田傲慢清高，只在学校董事长面前鞠躬，可是，为了岩岩，却在一个小公司社长面前弯下腰去。

清水社长对岩岩是一无所知，但是，看在奥田校长的面子，在他公司最困难的时候，自行决定减掉员工工资，给岩岩安排了工作。

想到萍水相逢的奥田校长对自己如此信任，清水社长对自己如此尽力，她再次感动得落了泪。

岩岩与奥田校长和清水社长无亲也无故，但就是这些日本人在她最需要得到帮助的时候，毫不犹豫地伸出了援助之手，给了她一个走出困境的机会。她没有送一份礼物，没有想要得到他人的怜悯，更没有用姿色去换取他人的愉悦。他们帮助她，正是因为她是一个踏实肯干的中国留学生。通过自己就职的事情，岩岩确确实实地体验到了这些日本人对中国留学生的无私帮助，实实在在地感受到了他们的宽厚情怀。这些无私的帮助是何等的可贵，令她感动万分。

清水社长的形象高大起来，奥田校长的嘱咐回荡在她的耳边，她为自己抱怨一切的言行感到惭愧，也为同事们终于接纳了自己感到轻松，心里透亮了。

在日本一路走来，岩岩得到了很多帮助，无论是来自日本政府和民间的援助，还是来自导师的帮助，以及友人无私的赞助和善意的劝导，这些都成为岩岩学习、工作、生活在日本的无价之宝。

要珍惜这来之不易的工作，不能给奥田校长丢脸，不能让清水社长失望。岩岩需要静下心来，认真地想一想自己的所作所为，认真地思考"入乡随俗"的深刻含义。

第十章
认错鞠躬

一阵清脆的电话铃把岩岩从沉思中拉了回来。

她接到了一个意想不到的电话："喂！还记得我吗？上一次我们在就职者联谊会上还聊了很长时间呢！我叫肖云呀！"

"啊！是你呀！你还好吧？"

岩岩想起来了，一个月前，区政府外国人办公室邀请她参加东京外国人就职联谊会举行的一个聚会。在那里，她遇到了一位来自中国"山水甲天下"——桂林的女孩子，肖云。

肖云与哥哥同在一所人学读书。上帝把她打造成了美女，大眼睛，长睫毛，柳叶眉，高鼻梁，红嘴唇，粉红色的脸颊，圆滑的前额，白嫩的皮肤。她的美丽吸引了参加联谊会男孩子们的眼球。她性感的身体，高耸挺立的胸脯，细腰丰臀，走起路来目无他人，傲慢得像个公主。岩岩看着那些男孩子张着嘴巴，眼睛随着她的身子转悠，心里既羡慕又有点儿嫉妒。

然而，肖云却没有赶上好时候。她在著名的国立大学硕士毕业以后，想继续留在日本工作，却赶上了日本泡沫经济破裂。她性格倔强，没有像其他留学生一样找导师介绍工作，而是自己东撞西蹿从大学所在的外县找到了东京一家贸易小公司，每个月的工资除了生活开支，再买几件衣服，便所剩无几。她聪慧，在国内上的是大学少年班，在日本是名牌大学出身的高才生，现在却在小贸易公司工作，而她哥哥因有几项小发明被东京一家知名的电器公司所雇用，她自称上帝对她不公平。

在联谊会上，岩岩遇见了很多同胞。他们和岩岩一样，都是在日本取得了学位以后在日本就职的曾经的留学生。他们有的在大公司工作，有的在小企业就职；有的学有所用，有的用非所学；有的心情舒畅，有的叫苦不迭。真是大千世界什么人都有，什么情况都有。

肖云说话直爽，她在日本公司的经历让岩岩很快就和她聊到了一起，另外，彼此说话投脾气，她们相约保持联系。可是，岩岩的工作一直不顺心，与肖云联系的事便放到了一边。今天肖云打来电话，岩岩正好可以和她好好地聊一聊了。

"我一点都不好！"肖云接着岩岩的问话答道。还没等岩岩问她怎么不好，她说："你怎么样？我们好像很有缘分，上次在联谊会见过后，我一直想着你呢！"。

"是啊，我也想着你呀。唉，就是工作忙，还没抽出时间和你联系，对不起。"

"唉，我怎么这么倒霉呀！毕业时偏偏赶上了日本泡沫经济破裂，跑到东京这个闹市，让我感到好自卑。倒个垃圾也要交费；跟我哥哥通电话声音大了一点，隔壁的人就告诉了房东；我在公司上班，连喝水的时间都没有，工资左扣右扣所剩无几。向我哥哥抱怨，他却批评我不知足。现在，我每天去公司上班看着谁都不顺眼，可我还不敢辞职。辞职了，谁给我办签证呀！唉，倒霉！倒霉！"

肖云性格鲜明，说话如同竹筒倒豆子，心里想的全都抖搂出来了。电话那一边，她牢骚满腹，一通乱骂，什么自己像小童工一样加班加点，还没有加班费啦；自己的时间全都搭进了公司啦；东京消费太贵，自己那点薪水很难养活自己啦；仅仅大专毕业的比她小好几岁的女孩子都对她指派工作啦；自己在这家公司上班是大材小用了啦……

"哼，凭什么我的工作定额比别人多，这明明是欺负人！我住在公司宿舍里，就是想省房租，走两步就能到公司，省时间。这下可好，公司一有急事，就给我打电话，还必须立即去公司，一点个人时间都没有了。不行，长此下去，我非疯了不可。"

肖云工作的贸易公司做进出口运动衫的生意，因为是品牌，加之售价比较低，在日本经济低迷时期，他们的买卖却很兴旺。但是，员工们加班加点，却没有加班费。日本人忍耐性强，只要公司存在一天，他们就会工作一天，相比之下，中国人在日本公司工作则希望能挣到更多的钱。

肖云不是那种听从训教的女孩子，她不会温顺地听同事们的指导。她工作麻利，眼明手快，但就是爱骂人。什么猪猡啦、傻蛋啦、笨驴啦、懒汉啦，只要她能想出来的，她都会用中文骂出去。她得意地告诉岩岩："我骂一骂人，心里才会感到舒服一些。"

岩岩劝她再忍耐一段时间，在公司别那样大喊大叫的，有损我们中国女孩子的形象。她们两个在电话里，你一言，我一语，互相倾诉，互相劝告，聊了很长时间。

从那以后，肖云便经常与岩岩通电话，聊一些公司里的事情，免不了抱怨一番。

又是一天晚上，肖云打来电话："喂！朋友，联谊会后我们还没见过面呢！今天晚上我们一起去吃晚饭吧！"

"你还没有吃晚饭？你知道现在几点了吗？"

"不管几点，我想立刻见到你，你一定要出来陪我吃这顿饭，我都快憋死了。"肖云火烧眉毛似地央求着。

"既然你想吃晚饭，我就带你去上野一家中餐馆吧！"

"好啊好啊！"肖云兴奋地说："我们还可以去上野公园溜达溜达呢。"

上野公园附近有一家上海风味的餐厅，味道还不错。坐在餐厅里，肖云环顾着四周："这家餐厅很棒，就像坐在自己国家的餐馆里一样，我很久没有到这么好的餐厅吃饭了。哎，说好了，今天晚上我请你。"她似乎忘记了公司里的不快。

岩岩已经吃过了晚饭，为了陪肖云，破例让自己加了一道夜宵。她们要了一屉小笼包，各自要了一碗海鲜面，又要了一盘宫保鸡丁。

肖云迫不及待地拿起筷子："哎，别笑话我呀，我已经饿得前胸贴后背了。这一天，我忙得连午餐都没有吃。"

岩岩好奇地问："日本人讲究团队力量，你为什么不请他们帮一把手呢？"

"我这个人就是好强，我不信，离开他们我就干不完！我们中国女孩子就是要争这口气嘛！"肖云气鼓鼓地说。

"我刚进公司的时候，也和你一样，整天看着谁都别扭。让我倒茶，差点儿把我气死。现在，我可想通了，君子记恩不记仇，我就是觍着脸也要把公司的事情全搞明白。我以前多自尊呀，生让公司里的'小婆婆'给扳了过来。唉，我也想明白了，不就是给你一张笑脸嘛，不就是洗洗涮涮嘛，不就是毕恭毕敬地听从你的派遣嘛。在国内，想学点儿东西，还要拜师傅呢！学艺不亏人嘛！只要你教我，就是把脸贴在冷屁股上也值。以前我总是跟他们磕碰、怄气，弄得自己生病，郁闷到快要崩溃了的时候，才意识到自己这是圣人喝盐卤——明白人办了糊涂事呀！其实，现在我就是嘴巴甜了一点儿，鞠躬弯腰的次数多了一些，他们对我的态度就不一样了。唉，多做一点儿事情也累不死人，可是，没有人理你，就能闷死你。日本人的规矩我们必须要遵守。我现在不会再去计较谁不理我啦，谁没有对我打招呼啦。我主动跟他们先说话，那些男人还是感觉到了我的诚意嘛。"岩岩平静地讲着自己的感受。

肖云不屑一顾地瞥了撇嘴："我非常厌恶那些女孩子们见到男人时露出的那副献媚

的笑脸，我真的做不到！她们做事那种慢条斯理的样子，让我也看不惯。我把工作做得快了一些，她们还会白我两眼，与她们打成一片很难呐！"

"其实，我刚进公司时跟你的想法一样，自以为学历高，看不起她们，可实际上，公司里的事情还真离不开她们呀！男员工们都挺怕女孩子发脾气的呢。我碰了很多次壁，才知道了自己的不足。不过，日本女孩子也有她们的长处嘛，她们从来没有在背后说过我的坏话。如果我哪点做得不到位，她们立刻给我指出来。当然，她们说话挺严厉的，说完以后还向我道歉；交给我的工作，我做完以后交给她们，即使她们脸上没有笑容，也会说一声'谢谢'；凡是重活、累活，日本女孩子一定自己去做，让我做轻一点的工作。她们并不是那种虚伪小人，就是我们对日本人的习惯还没有了解透彻。细细观察她们，那些女孩子还真的有很多地方值得我去学习呢。我以前老是看到她们的不是，很少看到她们的长处，自视甚高，自以为是，不肯屈就他人。我的日本姐姐说我过于傲慢，让自己陷入了困境。现在想来，傲慢就是病根所在，丢掉'傲'字，学会'谦'字，不但自己要外貌卑逊，还要发自内心地去恭敬，要看到自己的不足，才能虚心接受别人。"岩岩推心置腹地对女友讲着自己的体会。

肖云并没有太多的热情听岩岩的见解，她理直气壮地反驳："我做了很多事情，也很努力，想早点把工作担当起来，可是我的上司对我的工作一点都没有肯定，反而整天板着脸对我说话。哼，我才不会腆着笑脸去跟他说话呢！"

岩岩并没有放弃，继续把自己的心得告诉女伴儿："你不妨学一点《论语》和《易经》等方面的书，可能对你的工作会有一些帮助。我就是从那里得到了人生的指点，我以前对孔孟之道学得很少，现在有时间看一点这方面的书籍，还是很有帮助的。"她把一张小纸条递给了肖云。

"这是我看的《易经》上一段专门说'谦'的文章。看后感觉对我目前的状况很适用，就把它写在纸上，放了在公司我的办公桌上，它可以让我控制自己的情绪和学会忍耐。"

岩岩轻轻地念了起来，"天道亏盈而益谦，地道变盈而流谦，鬼神害盈而福谦，人道恶盈而好谦。"

"这就是说，傲慢得到的是亏损，谦虚得到的是益处。"岩岩谈着自己的感想。

她若有所思地对肖云说："我刚进公司的时候，自鸣得意，认为自己是硕士毕业，又在日本最大的两家建筑设计公司工作过，还有国内的工作经验，结果，没有人搭理我。整天看着他们从自己眼前经过，那种连看都不看你一眼的感觉太痛苦了。想想自己为了念书所付出的一切，难道进公司工作就是为了让他人来鄙视自己吗？有时候，我自杀的心都有了。后来，我的日本姐姐劝我变换一个角度去看他们，她教给我的一件法宝就是'谦虚'。现在，我努力去发现别人的长处，渐渐地，感到心里很惭愧，我不如人家嘛！那是发自内心的感觉，而不是做作地表示谦虚。发自内心的真实感情，大家是能够体会到的。我知道了自己的不足，决定让自己重新做一回小学生。我做的不符合要求，他们认真地告诉我，并不是看不起我，我很感谢他们对我的帮助。现在，我们之间的关系慢慢地好了起来。肖云，你进公司都一年多了，这种局面必须要结束，否则，对你很不利。"

肖云在公司最大的症结就是把自己看得高人一等，不理他人，同事之间的关系僵硬。她认为日本人瞧不起自己，合伙欺负自己，愤然地说："我就是要让他们看一看，中国女孩子就是强嘛！我就是感到那个工作委屈了自己，为什么让我去端茶倒水？为什么我要做一些与工作无关的事情？这种打杂的活什么时候才能算完？"

岩岩看着好朋友愤愤不平的脸，心里好难过。其实，留学生们留在日本工作不就是为了融入日本社会吗？现在，日本经济萧条，就连日本人找工作都很难，他们大学毕业后，历经千辛万苦进了公司，也得不到相应的报酬，尽管这样，他们都能随遇而安。

日本经济走下坡，尽管大企业的处境非常艰难，但是，他们所需要的大小零配件还是要靠那些小企业去制造，因此，大企业只要不倒，小企业就能生存下去。在小企业工作的员工们，虽然挣得不如大公司的人多，但被公司辞退的可能性要比大公司小得多。岩岩所在公司的社长发了誓，要让清水公司在恶劣的经营环境中成长壮大。

肖云在公司的处境，她的思维方式和做法，让岩岩替她担心。岩岩苦思冥想如何才能帮助朋友走出这种尴尬的处境。同时，她感觉到自己能够从泥沼里拔出脚来，应该感谢自己的日本朋友们。在这一点上，她比肖云要幸运得多。

"你还是静下心来，换一种眼光去看公司里的人，站在他们的立场上去考虑问题，你的心态就会有一个转变的。'入乡随俗'，听起来很简单，做起来却很难。日本人能咬牙，能忍耐，能拼命，还有很高的修养。在公司，上司的话是绝不可以顶撞的，各种规矩和制度也不会因为某个人是高官亲属而无效，因此，公司人人平等。就连涨工资的模式也是人人相同，什么年龄段就挣什么钱，工资随着年龄而增加，除非做出了重大的贡献，公司才会发给一份特殊奖励。肖云，你也可以跟你哥哥好好聊一聊嘛，他不是也在东京工作吗？"岩岩提醒肖云。

"我哥哥，哼！他比日本人都精通那套规矩呐！我向他抱怨，他却批评我，说我完全没有理性、心胸狭窄、唯我独尊，让我虚心向人家学习。反正，他做得非常到位，完全是日本人的理念。我买东西，多撕了一个塑料袋子，他就把我说了一通，'你看日本人有这样干的吗？放回去吧！'我把垃圾混同在一个袋子里，他也说我'没有社会观念'。他从来都没有站在我的立场上帮过我。我跟他说话，比在公司都郁闷。哼，我一定要辞掉这份工作。"肖云越说越刹不住闸了。

"哎，不说了。我们还是好好尝尝这里的小笼包吧！"岩岩把一个小包子放进了她的盘子里。

香喷喷的家乡菜暂时堵住了肖云抱怨的嘴巴。她一边吃着，一边兴致勃勃地讲起了自己母亲的烹调手艺，那是肖云脸上最美丽的一刻。她赞美着自己母亲高雅的风貌、漂亮的容颜和尊贵的身份。她说着说着，眼泪"哗哗"地流了出来。

"我很想我妈妈。我是瞒着她办理了出国手续的，她很伤心。现在，我不敢告诉她我心中的苦闷。你知道吗，我妈妈是个非常有教养的大家闺秀呀！"肖云抹了一下眼睛，又甜甜地笑了起来。

晚饭后，肖云没有想回去的意思，岩岩便陪着她在上野公园里散步。公园里静悄悄的，月光洒在蜿蜒的小路上，鸭子在湖里悠闲自得地游动，让偌大的公园有了一点生气。风凉嗖嗖地吹在身上，肖云紧了紧外衣，望着月明星稀的天空，轻声地自语："好舒服呀！要是天天都能这样优哉游哉地走在这条小路上该有多幸福啊。"

她们走了一圈又一圈，忘记了疲劳，忘记了郁闷，忘记了缠绕在心里的那些乱糟糟的思绪。

望着星月，岩岩喃喃地说："风无常顺，兵无常胜。人生这条长河，有时会与礁石撞击，有时会从悬崖峭壁上倾斜而下。河水既有缓流，也有激流，源远流长地汇入大海，随着汹涌澎湃的大海，见识更大的天地。你说，对吗？"

肖云凝视着夜空，陷入了沉思。

肖云在公司不顺心、不如意的事情，岩岩都遇到过。融入日本公司职场的好与坏是对每一个中国就职人员能否在日本企业继续工作下去的考验。不了解公司的制度，不懂得公司上下级之间的人情世故，不与同事打成一片，清高傲慢，自以为是，鄙视他人，缺乏语言沟通，都会让自己在公司的处境变得苦涩难耐，换来的不仅是烂网打鱼——一无所获，到后来，便成了十月的桑叶——没人采（睬）了。岩岩尝够了这份涩咸的海水汤，她与公司的人磨合了这么久，总算变得聪明了，只要笑颜能换来工作，只要鞠躬能得到信赖，只要把茶水倒好了，就能换来人家的感谢，只要在嘴上抹点蜜汁说点好听的话，让大家高兴，自己何乐而不为呢！不在意眼前的得失，胸怀宽广一点才是大计！

岩岩进公司以后，专务对她进行了一段时间的讽刺与挖苦，以发泄对社长雇用岩岩之事的不满。他心里明白，岩岩是社长招进来的人，他不能把她赶出公司，但他心里憋闷得慌，就把所有对社长的怨气都发泄到了岩岩的身上。如果公司里有一个像他这样整天拉着脸训斥和挖苦人的上司，即使再能忍耐的人，也会辞职不干的。可是，他偏偏遇上了岩岩这只小刺猬，对他施展的一切语言游戏荤素不吃。他大声指责岩岩什么都不会，上上下下散布岩岩拿工资不干活，鸡蛋里挑骨头地寻找岩岩的不是，岩岩长了三十几年的脸皮生让这个专务给磨得比城墙拐弯还要厚了。她也豁出去了，与其和他怄气，不如与他和好，不管怎样，这个人有本事，让他挖苦，让他训斥，让他把所有的怨气都发泄出来，只要他教我，脸皮比城墙拐弯厚三倍又有何妨？不打不成交，岩岩也生是让这个专务给炼了出来。

不久，在岩岩与专务之间又发生了一件事情，而这件事情让岩岩彻底地改变了她对专务的看法。

又是一个星期二的早晨，专务把一张草图交给岩岩，告诉她："这份图纸两天以后你要把它画出来，这两天我不在公司，有什么问题吗？"

岩岩看着他那张浑圆的脸，支吾着："明天我去高中教书，星期五交给你可以吗？"

这下子，岩岩又遭到了一通揶揄："你，你怎么什么好事都赶上了？就连我们日本人都不能做第二职业。星期三正是公司最忙的一天，你却去教书？教书？你能教好吗？"看他的样子，那股子怒气好像从他的头顶一直贯到了他的脚底。他猛然将图纸从岩岩的手里抽了回去，扭脸就下楼去了。

岩岩十分尴尬，但她并不生专务的气。可他明明知道自己星期三不在公司，却偏要难为自己。星期三不到公司，我也没有什么错呀？我一天也没有少干活，一天也没有少出勤嘛！我每个星期六都在公司上班，你以为周六就消停吗？

岩岩是正式员工，又在高中兼职教书，如果没有硬邦邦的关系在后面戳着，这在日本是绝不可能出现的好事，为此，她在心里一遍一遍地感谢清水社长和奥田校长。她咬着牙，忍着气，看着人家的脸色加倍努力工作，她要为自己的特殊付出特殊的代价，即使再苦再涩的果子也要吃下去。实际上，每到周二的下午，她都感到紧张，她害怕同事让她在周三完成一些工作，她有点心虚，人家正忙的时候，自己却去干第二职业！

"小婆婆"对岩岩周三去高中教书一事始终耿耿于怀，在这件事情上，她并不友好，只要得空，就会甩出一句冷话："我们星期三忙得脚丫子朝天，你却去教书，然后，扣我们的工资分给你，这也就是社长能做得出来！"

听着这种话，岩岩心里堵得慌，星期三不在公司，就像自己出去做坏事一样，她可以吃冷饭，但是，"小婆婆"的冷语却让她难受。

公司里其他员工们都知道这层关系，嘴上不说，心里都挺恨社长的，让这个女孩子名正言顺地去做第二职业。

岩岩看着专务生气的样子，像一只跟屁虫也追着专务下楼去了。

"专务，我星期三下午上完课就回公司上班，周四把图纸交给你，一定的。"岩岩一边鞠躬，一边看着他的脸说话。

这个时候，"小婆婆"和米久正忙着打印文件，社长不在公司，一楼也没有其他员工，岩岩还算没有把脸丢尽。

专务在档案室查找资料，没有理她，岩岩一直站在一边毕恭毕敬地等着他说话。

当他把资料找到后，转过身子把那张草图又交给了岩岩，浊声浊气地说："周四我回来看图纸。"眼睛看都不看岩岩，马上就离开公司了。

望着专务的背影，岩岩松了一口气，"他还是把图交给我来画了"。她溜了一眼草图，发现一个数字不清楚，便立刻追了出去。专务就像一只野兔子，一蹿便没有了踪影。没有追上专务，她只好按照自己的理解去绘制那张图纸了。

星期四下午，专务回到公司，岩岩把那张绘制好的图纸交到他的手里。他看了一眼，很高兴，破例夸了夸岩岩。

正当岩岩得意的时候，突然，他大叫了一声，把岩岩吓得魂飞魄散！哪里又出问题了？！她慌忙跑到专务的桌子前，弯下腰连连道着歉："对不起，对不起，我哪儿出了问题？"岩岩早已经害怕这个专务了，他发起火来，满楼里的人都能听到！她不觉地浑身打起了寒战。

专务站了起来，给岩岩鞠了一个躬："对不起，是我没有写清楚数字，这不怪你，哦！你为什么不给我打电话呢？"

岩岩支支吾吾地不知道如何回答。看着这个顶头上司，她心乱如麻。

专务笑了一下："好了，以后，如果我有错，你一定要告诉我。我们合作，就要相互配合嘛。记住了吗？你画得不错，谢谢你！"他的脸上现出了晴天后的彩云，岩岩的心里也落下了一片粉红。

岩岩没有想到这个以前跟自己过不去的专务竟然能认识到自己的错误，并能给报以歉意，太珍贵了！

"我们日本人最讨厌那种不懂装懂、知错不改的人。在公司工作，团队精神非常重要。一个人做错了事情，让大家背黑锅，那是不允许的，因此，如果发现哪一个人出现了问题，大家都有责任帮助一起解决，谁也不能看谁的笑话。"

停了一会儿，他话锋一转，盯着岩岩的眼睛，用以往那种讽刺的语调说："唉，我说，你是不是想看我出洋相呢？"

岩岩就是吃了豹子胆也没有胆量让专务出洋相，可是今天专务的这句话听起来不但不像往日那么刺耳，反而还有些玩笑的成分。岩岩把笑憋在了心里，一脸认真地说："一点也没有。我认为你是不会出现问题的，我对你一百个信任！"

专务的脸微微地红了，又站起身给岩岩鞠了一个躬。

从那以后，他再也没有向岩岩发过难，再也没有在大庭广众之下训斥过岩岩。

几经磕碰，岩岩终于看到了一片光明，她开始怀着感恩的心情与部门的员工们相处。渐渐地，她发现公司里所有的员工都很满意自己的工作，他们从不抱怨，也不嫉妒别人的成绩。他们接过岩岩递来的茶水，都会说一声"谢谢"；厨房地板上滴上了水滴，都会道一声"对不起"，这种礼貌让她感到了日本人的修养。他们对公司的忠诚，对上级的服从，对同事的信赖，以及对客户谦逊和微笑的服务，让她感到了日本人的素质。她不再感到委屈了，开始把感恩时时放在心里，"感恩"成为她在职场上幸福的秘密武器。

专务已经不再对岩岩那样狠巴巴地训教了，但他依然板着脸向岩岩交代工作。他一丝不苟、分厘不差的敬业精神，让岩岩感到自己在他面前仅仅是一个小学生。她很怕见到专务，但又非常想得到他的指点。这个傲慢的专务告诉她："大公司聘用我，我是不会去的。那里的分工太精细了，每个人只做整个工程设计中的一个项目，可是我们这里就不一样了。正是因为这里小，才有机会做整体设计。另外，大公司都是用计算机画图，我也不喜欢，还是用手画心里舒服。"

将近年末，他把一座民宅的整体设计交给了岩岩，让她把所有的建筑设计搞出来并绘成图纸，岩岩心里狂喜了一阵，自己总算被专务认可了。

很快进入了12月。辞旧迎新，清水公司有一套白己一成不变的做法，二十多年来从未改变过。

12月初，"小婆婆"拿着一沓子空白的贺年卡找到岩岩："公司每一年都要给老客户写贺年卡。你的工作就是把客户的住址写在信封上。我们要在这个月25号之前把贺年卡全都寄出去。我们三个人分工，一个人写两百张。年底的事务工作很多，你要帮一些忙。"她把空白贺卡放在了岩岩的桌子上，并附上一张客户姓名和住址的通讯录。

岩岩看着眼前高高的一沓子贺卡，不由得叫苦不迭："好家伙！这么多！猴年马月才能写完呀！"再看看手里攥着的一套要设计的图纸，心里说，就是再忙，"小婆婆"交给的任务是王妈妈卖了磨——推不得呀！没活时，自己快要闷死了，可是现在活来了，却要忙断了筋骨。岩岩不知道自己这个月会做出什么惊天动地的工作来，反正，接过来的活是必须要完成的。

如果坐下来专心致志地只画图，忙一些倒也没有关系，大不了就是加班嘛！可是，"请你做两杯茶水吧！"的声音传到岩岩的耳朵里的时候，她小跑着去了厨房；刚刚坐下来拿起绘图笔，那边又是一声"岩岩，请你帮助我复制一套图纸吧！"，她"蹬蹬蹬"地去复印；刚刚在图纸上画了一道线，二楼的电话铃就响了起来，她不得不拿起电话记录下留言。一来二去，时间就像流水一样流了过去，可是，绘图的活却没有丝毫进展，那种像火燃烧在心头的燎热在身体里蔓延，就是那么一会儿的工夫，她的嘴巴就开始疼痛起来了。

她必须要强迫自己静下来，她希望办公室里不要再来什么人，她祈求上帝给自己一个充裕的时间去绘制那套图纸。

专务并没有告诉岩岩如何做日本民宅设计，他似乎很相信岩岩的能力，从来不去打搅她的思路，这给了岩岩一份自信。她喜欢忙碌，喜欢把所有的精力都放在自己喜欢的工作上，她不得不加班绘制专务交给她的那座民宅整体设计图。

一连几天，岩岩都是最后一个走出公司大门的人，尽管"小婆婆"告诉她，女孩子不用加班，可是，那些堆积下来的工作只能在下班后去做。公司规定，最后一个离开公司的员工必须要检查三个楼层和车库所有的门窗以及设备和照明的开关等等。整栋大楼里，只有岩岩一个人在工作，静得可怕，她的汗毛都立了起来，可是，工作压身，她不能多想，不敢害怕，只能加快手笔。一闷头干活就忘记了时间。而当她离开公司的时候，早已是万家灯火，路人稀疏，家家户户围坐在电视机旁，享受晚餐后一天中最美好的时光了。

回到自己的小屋，她匆匆地吃了一盒从超市买回来的凉寿司，接着就开始写贺年卡，她只能下班回家以后去写那两百张贺年卡。

每一年的年底，公司都要买很多礼品答谢当年与公司签下合同的客户。采购和包装礼品是一件累人的活，这给本来就异常繁忙的年底增加了巨大的工作量。

清水公司有一套自己特定的客户服务规矩，年复一年从未改变过，无论客户盖房出资多与少，礼品没有贵与贱之分，一律是3千日元相同的礼品。这一年，"小婆婆"订购的礼品全部是精品海产干货。12月初礼品就送到了公司，放在三楼会议室里，占据了很大一块空间。日本大公司都是请包装公司包装新年礼品，而小公司从来都是员工自己包装，可以省去很多包装费。

岩岩认为自己的工作已经超负荷了，其实，"小婆婆"和米久的工作更是繁琐和紧张。她们快步如飞地干着活，上下楼的脚步声和询问声不断传到二楼。

"小婆婆"尽职地做着自己的工作，她不轻易打搅岩岩，也从不问岩岩是否已经写完了贺年卡。她抱着大大小小的礼品盒楼上楼下不停地忙着，岩岩有点儿坐不住了，跑到楼下找到"小婆婆"："你需要我做些什么吗？"

"你把我交给你的工作做完就好，这里没有你的工作。"

如果说岩岩是工作狂，倒不如说有了工作心里踏实，充实满足，那种甘愿忙碌、甘愿辛苦、甘愿加班的心情，就是一种幸福，而这种幸福感让她忘记了一切。

图纸终于按期交到了专务的手里，接下来，岩岩开始心慌起来，就像手拿鸡蛋走滑路一样提心吊胆，她生怕自己的设计达不到专务的要求。

或许是年底公司要发奖金的缘故吧，专务的脸上出现了一片彩云，他满意地点着头："做得不错嘛！图纸画得很到位，我就是喜欢这种有力度的绘图，不过，你要知道一些我们国家在民宅设计上的规矩和习俗。"他温和地把岩岩带进了设计室。

"你以前做的设计考虑过风水吗？"

"风水？从来没有考虑过。"岩岩摇着头："我们都是按照国家规范做设计的。难道做民宅设计也要考虑风水这个因素吗？"

专务并没有讥笑岩岩的无知，认真地讲："风水是一门学问，做建筑的都要懂得风水。在我们日本，建造民宅最先考虑的就是宅地的选用，要根据风水选宅地，不能乱来。你看，你的图纸虽然设计得不错，但是，你忽略了风水这一块，因此，我不能采用你的设计方案。"他开始耐心地给她上了一堂建筑风水课。

眼前的专务，让岩岩产生了一个错觉，他是真心教自己吗？他曾经对自己说，"这里是公司，不是学校，没有人教你。"

在这家小公司工作，没有人求你去做什么，也没有人告诉你应该去做什么，一切都要靠自己的眼睛去寻找，靠自己的嘴巴去询问，靠自己的手脚去摸索，靠自己的大脑去思考，如果，只是坐在那里，即使坐一辈子也不会有人告诉你任何一项工作。

看着专务认真地低着头在图纸上画着什么，岩岩心里涌出一丝感激，他将要传授给自己怎样的民宅建筑设计知识呢？

岩岩心想，无论怎样，民宅风水这套学问一定要从专务那里学到手，我是瞎子背着拐子走，一切就由你指点了。

一天，临下班前，专务告诉岩岩今天要加班，岩岩心里有些发毛，不知道他又要怎样地训教自己。

下班后，员工都走了，办公室里只有专务与岩岩。这个时候，专务换了一副面容，他头一次对岩岩露出了微笑，刹那间，岩岩仿佛觉得天地都变了。就在几分钟以前，她感觉她正站在圆圆的地球上，害怕被抛向宇宙，恐惧失去地心引力后的漂浮。现在，那个圆圆的地球变成了有棱角的行星，她可以抓住那个棱角不再害怕被抛向宇宙了。

静静的办公室里，专务和蔼地看着岩岩："我们搞建筑的人一定要把握住一个宗旨，安全第一，其次才是建筑外形，而这一切都不能背离建筑设计中的风水学。我们日本人做民用住宅设计，首先要根据客户提出的要求按照风水学的理论做方案图，这是最关键的一步。"

岩岩全神贯注地看着专务，用心地听他讲每一句话。忽然，她想起了什么，跑进厨房为专务泡了一壶茶水。拜师嘛，总要有点眼力价儿，可是，这个专务却不吃那一套："我说要茶了吗？你是单身，我还有一家人等着我回去吃饭呐！"

"对不起，对不起！我，我看你在外面跑了一天，喝杯茶，润一下嗓子嘛！"岩岩显得有点委屈。

"呵！你还挺关心我的！知道吗，别人说话的时候，你去做其他的事情很不礼貌呀！好了，谢谢你。"

他把话题拉回来："我们要把好风水关，如实地告诉客户为什么我们要选在这个季节开工。春季开工，土地松软，宜于打基础；夏季开工，雨水量大，容易影响工期；秋季开工，无风无雨，时间可以保障；冬季，我们不会开工，只做一些室内装修及水暖电器设备安装。我们选择阳光灿烂的天气做上栋仪式，还要选择大吉的日子，这是我们建筑业必须要遵守的规矩；选择建筑材料，要根据客人的资金情况和他们对建筑的要求，我们公司有全套风水设计小册子。"他拿出一套小册子递给了岩岩："这是给你的，有时间多学习学习。"

岩岩双手接过那套书，给专务鞠了一个躬。

专务变得更加温和起来，他看着岩岩，语重心长地说："有的客户不懂风水学，想把客厅做成他们喜欢的式样，但是，如果不符合风水学的要求，我们就要对客户解释清楚，然后，提供一些符合风水的设计方案和建议，让他们从中选择一个他们喜欢的方案。我们不仅要把房子盖好，还要让住进房子里的人一生平安。盖房子的费用都是客人自己掏腰包的，我们要让客户知道他们花的钱是值得的。做施工预算时，还必须考虑到季节的变化和雨天带来的影响。"

他喝了一口岩岩刚给他沏的绿茶，接着说："以后有时间，我带你去工地看一看。

施工过程中，每天用的材料都要当天从库房取出运到施工现场，也就是说当天施工用多少材料，就运多少材料，施工现场从来都是活完料清，不留材料过夜。保证了材料的质量，才能保证施工的质量。如果，材料发霉或者变形，我们公司是要赔偿的。做我们这一行的，随时都要想到客户的利益。"他讲得认真，完全没有了过去那种傲慢与轻蔑。

这一天，岩岩感到专务有一张可爱的脸和一双和善的眼睛，他似乎忘记了讽刺人的快感，他把整个心思都用在了给岩岩讲解设计要领上了。

他指着一张房屋外墙立面设计图问："你为什么要把窗户开得那么大呢？为什么要把卧室做成这种宽度呢？"

"窗户开得大一些，利于采光；卧室需要大一点，这样，放一张双人床还有空间可以走动。"

"是的，你说的有道理。可是，你想过没有，在东京，一寸土地一寸金！这个客户拿出3千万日元盖这栋住宅，楼上需要三间卧室，楼下是一间客厅和一间厨房兼饭厅。你看，他就有这么大一块土地，他的要求都要考虑进去，这样一来，卧室就不可能太大了。另外，我们还要替客户想到，如何在卧室里摆放双人床，如何让客厅显得更大一些，如何让客户在家里生活得更方便，这些都是要考虑进去的。因此，建筑师不仅要有风水学知识、建筑设计知识、家居美术知识，还要有水暖电方面的知识。这些知识我们搞设计时都要用到，这就是在小公司工作的好处；在大公司工作，你只要会做某一部分设计就可以了。"

他把眼光停在岩岩的脸上，语气亲切地说："我说你呀，在这儿好好学吧，这里有很多东西都需要你去做呢。"接着，他又详细地解释了房间内部的设计要领和如何才能使房间的空间得到最大的利用。

岩岩看着他把卧室的窗户改小了，又在外面加上了一扇百叶窗，好奇地问："专务，为什么要在外面加百叶窗呢？"

专务抬起头来，脸上露出一线诡谲的浅笑："你看到东京住宅的密度了吗？一栋挨着一栋，墙与墙之间只有一条狭窄的缝隙。如果两栋房子的卧室正好是窗户对着窗户，那么，你能想象得出来会有什么事情发生嘛！我们日本人不喜欢大声说话，尤其是在晚上，更不会大声讲话了，就连开电视机，都会考虑到过往的行人是否听得见。夫妇做那种事情时，女人总是喜欢大声地乱叫，让隔壁的邻居听到了，男人还如何有脸走出家门呢？嘿！你别那样看着我呀！"

岩岩听他讲男女之间的事情，脸微微地红了，并瞪了他一眼。

专务笑了一下，接着认真地解释："我说的都是我们建筑设计需要考虑的问题，因此，在卧室的窗户外面一定要加上百叶窗。不信，你回家的时候，好好看一看日本住宅的窗户吧！你要看清楚了，一栋房子上不是每一扇窗户都有百叶窗的，只有主卧室房间的外面才会有百叶窗。"

他又指着一张平面图："你看，卧室的窗户开启方向也是有规定的。我们设计好的卧室，客户只能按照那个空间去摆双人床，可是，睡觉时脑袋是不能朝向北面墙的。如果受到面积的限制，床一定要靠北面墙摆，那么，必须要在卧室的北墙外面再加设一个空间，使头部不直接挨着北面外墙。"

岩岩好奇地问："为什么脑袋不能靠北睡觉呢？"

"民用住宅还要考虑到气流学，脑袋冲北睡觉，阴气太重，人会得脑病的。因此，即使没有条件增大卧室面积，也要想方设法在卧室的北墙外面再做一个空间，这样，脑袋与外面就有一个隔断，挡住了阴气。"专务讲得十分认真。

他又指着图纸："你看，这块地方有点浪费了。我们可以利用这块地方设计一个小柜子，既好看，又可以收纳东西。你再看这里，如果我们把卫生间上面的空间利用一下，还可以做一个组合柜子，把清洗器具、浴巾等东西放进去，女人们用起来不就方便了嘛。"

晚上的时间一晃而过，专务停下笔，扬起脸看着岩岩："今天就说到这吧！明天你还有很多工作，公司的事情你要慢慢地都能做才好。我们小公司，大小事情都要自己动手。你做设计，还要打扫卫生、接电话、倒茶、打字、复印图纸，以后，还要去工地，不像楼下的女孩子只做办公室的工作，你很能坚持。"

他笑了一下："我是不是很厉害呀？"

这一笑，让岩岩又是一阵感动。这个可怕的男人今天变得如此不可思议，如此耐心指教。这些，在岩岩的心里留下了一道感恩的轨迹。她站起来，深深地给这位上司、前辈、老师鞠了一个躬："今后，还请您多多关照！"

专务也站起来，目光变得和蔼友善："对不起，以前我的态度不好，可是，如果我不这样做，你怎么能改掉你那股子傲气呢。"

在日本公司工作，要把"对不起"和"谢谢"常常挂在嘴头上。无论是社长，还是员工，请别人帮助做事情时，都会说这两句话。这种亲切、简单的礼貌用语让大家感到心情愉快，有时还能化解很多抱怨与误解。岩岩认为这是日本公司最有人情味的一种人与人之间的情感传递。

年底，她忙得手脚并用，没有时间在公司写贺年卡，只能拿回家利用晚上时间写。

可是，即使她熬夜，写得眼睛昏花，那一沓子贺年卡还是不能如期写完。

不知道什么原因，一天，"小婆婆"找到岩岩："你手里有图纸要画吧？专务都告诉我了，你画图吧，剩下的贺年卡我们来写吧！以后，你工作忙不过来的时候，我们也可以上来帮你打扫卫生。现在，你就不要接电话了。"她说得很通情达理，这是岩岩进公司几个月以来第一次听到她说如此关心自己的话。

一阵惊讶，又是一阵迷惑，接着，就有一种奇特的感觉，这个时候的岩岩就像叫花子拾到了元宝，心里乐滋滋的美呀！可是，她的脸上却不敢流露出高兴的表情来。

"小婆婆"的脸上依然没有丝毫的笑容，她把二楼所有的事务性工作都大包大揽了过去，马不停蹄地在三层办公楼里跑上跑下，为客户端茶倒水，收拾厨房，清洗茶杯，她告诉施工部的员工们，有事找她商量。她为岩岩让了一大步，她为岩岩做出了榜样，为了公司，大家要齐心合力把工作做好。

岩岩对专务的绝对服从，忐忑不安地听从他的调遣，毕恭毕敬地洗耳恭听他的训导，时间久了，他开始对岩岩和善起来。不是吗，他吃了橄榄，也晓得回味了。虽然他轻蔑的眼神变成了鼓励，但他依然严肃地告诉岩岩，不要只把眼睛盯在技术工作上，要努力学会公司里方方面面的工作。

专务对岩岩的态度发生了根本性的改变，"小婆婆"对岩岩也投去了理解的目光，员工们对岩岩开始升高了温度。虽然外面是数九寒天，但整个公司的气氛就像春天般的温暖，把岩岩几个月来冰冻的心融化得暖洋洋的。

说来很奇怪，当人的心情变得顺畅起来的时候，身上便会充满了无穷的力量，精神也会跟着振奋起来。岩岩的脸上开始有了微笑，她对任何人都投去了发自内心的温存的微笑。那种神态就像她在庙里撞钟，把神都惊呆了！

第十一章
年底忙碌

　　年底，公司里有做不完的工作，加上各方面的应酬，社长在这个时间段里显得更加忙碌。这一年，他自己掏腰包定购了不少价值超过1万日元的高档礼品。他喜欢喝酒，从京都定购了当地的品牌米酒。

　　"小婆婆"是一个公私分明的女孩子，社长让她包装私人礼品，她显得很不情愿："包装客户礼品是工作，社长的私人礼品应该另外找人去包装嘛！"

　　岩岩并不知道包装礼品需要很多时间，她听"小婆婆"坂本在抱怨，便也高姿态地去关心一下："坂本，你需要我做些什么？"

　　"唉，就是那些礼品太多了，需要花很多时间包装。这样吧，你画图累的时候，休息一下眼睛，上楼来帮我们包装礼品吧！你的工作我让专务缓两天，我知道他不着急那份图纸，那是要等开春以后才能开工的房子。你包过礼品吗？学一学吧，以后，这样的事情还会有很多的，我们女孩子什么事情都要知道，都要会干。"岩岩没有犹豫就答应了下来，她希望"小婆婆"把借用自己的事情请示一下专务。

　　专务破天荒地同意岩岩协助"小婆婆"做年底的杂事，这让岩岩很高兴，一来可以省了一份与专务打交道的心思。二来，可以学做公司年底的事务工作，毕竟这种工作一年只有一次。可是，做这些工作，少不了要和米久接触，岩岩真的不想在年底的时候看到她那种冷漠的表情。

　　日本人非常讲究人际关系，互送小礼物是经常的事。比如：搬家以后，新来的住户要挨家挨户送小礼物，请邻里多关照；不论因公差还是因私事不在单位，回来上班时都要给大家买些土特产，表示对大家分担自己工作的谢意。利用新年的契机互送礼品最能体现日本人表示感谢的全体国民的习俗。在新年来临之前，日本全国上下，每个单位、每个家庭、每个人，都要给业务关系户、亲戚、对曾给予过帮助的上级、同事、朋友、恩师等等，送上一份适中的年礼，表示自己对他们所给予关照的感谢。因而，每年一进入12月，日本就进入了空前的繁忙、热闹、兴奋的互送年礼的日子，消费热情被激发得像飘上天的风筝，越飞越高，好在，风筝被线控制着，年礼的消费也被控制在一定的水准线上。在日本经济腾飞的年代，互送年礼的习俗越来越普遍，越来越讲究。虽然最近几年经济疲软，人们手中的钱不如以前那样多，但一年一度互送年礼的习俗仍没有改变。

这个时候，各个大商场都会挂出广告牌子，大卖特卖过年的礼品。年礼都是装成盒的日常用品、烹调用品、海味产品、清酒、陶瓷玻璃用品、床上用品、老人儿童用品、学习用品、体育游戏用品等等。2千日元的年礼为最低档次，顺次是3千日元和5千日元。

大商场都要雇很多临时人员包装年礼盒。顾客买了礼品后，要先到免费包装专用柜台去包装，几种不同图案的包装纸任由顾客挑选；然后，顾客填写礼品寄送单；元旦之前，快递公司就会把礼品送到收件人的手里。这种年礼加包装，并负责寄送的一条龙服务，各大商场在年礼促销中，不仅搞得热火朝天，而且做得既周到，又便利。

在忙碌异常的年底，人们利用这种便利方式把自己的一份礼物送到亲朋好友家里，免去了去邮局寄礼品的麻烦。按照日本人的规矩，收到礼物一定要给对方打电话，或寄明信片表示感谢，而后，买一份等价的年礼回送给对方。如果，年前无法回送答谢礼品，则要在年后补上这份人情。互送年礼的习俗，日本人讲究尺度与分寸，就像玩游戏一样，切不可以忘记规则。

日本公司的员工们没有给社长送年礼的做法，学校老师也没有给校长送礼物的习惯，大家只要做好自己的工作就是对社长和校长的支持。岩岩每个新年拜访川上恩师和奥田校长都会捧着一大束玫瑰花送给他们的夫人。

"小婆婆"似乎很喜欢做这些琐碎的杂事，米久就像一个"小媳妇"在"小婆婆"的周围转来转去，绝对地听从她的指挥，岩岩则是一副言听计从的样子，等着"小婆婆"发号令。

公司选用的包装纸图案是暗蓝色带小碎花，就像"小婆婆"穿的衣服一样简单朴实。她显得挺自豪的样子告诉岩岩："这包装纸的花样是我选的，公司的包装纸体现了公司的风格，每一年我们都用这种图案的包装纸。"清水建筑公司用家庭的观念把客户与公司连接起来，不厌其烦，年复一年地做着这种繁杂的事情，从未间断过。

包装实际上是一件既细致又累人的活。首先要把包装纸裁成需要的尺寸，不能大也不能小，很有讲究。日本女孩子对做每一个环节都十分挑剔，纸张裁斜了一点，出现了毛边都不可以。"小婆婆"让岩岩先看她是如何裁剪的，然后，才把裁纸刀交给岩岩。

裁纸看上去挺简单的，可是真要做起来还真毁手呢，一不小心，那薄薄的纸就像一片锋利的刀片划到手上，不显山也不露水地一道没有血迹的口子便会让你疼痛不止。不知道岩岩是笨呢，还是紧张，手上被划上了几个口子，可是她不敢吭声也不敢停下来，直到被"小婆婆"发现。

"好了，你不要裁纸了，你把盒子递给我就可以了。等我包装完，再把它们码在墙边就行了。"她转过头告诉"小媳妇"米久："你裁纸吧，再帮我撕胶带。""小媳妇"米久"嗨！"了一声，用眼睛白了一眼岩岩。

"小婆婆"把包装做得完美无挑，每一个盒子都包得有棱有角，像一个专业人士。最后，她留下几个礼品盒对岩岩说："你学一下包装吧，以后是用的上的。"

她开始教岩岩如何用刚刚够尺寸的一张纸包装一个大盒子："一定不要浪费一点儿纸张，你看，这张纸看上去不大，但却能把这么一个大盒子给包装进去，这就是技巧，你试着包吧。"她拿出一个礼品盒让岩岩试着包装。

看上去挺简单的包装工作，而要把它包得边边角角都平整并不是一件简单的事情。岩岩低着头笨拙地包着，那张在"小婆婆"手里足够大的纸张，到了她的手里却怎么也包不上了，她开始紧张起来，"小媳妇"米久乜斜着眼睛露出一副嘲讽的神态。

"小婆婆"让岩岩停下来，告诉她如何解决这个问题，经"小婆婆"一番整理，那个盒子包好了。

岩岩不好意思地说："对不起，让我再包一个吧。"

剩下来的盒子，岩岩努力去包，但依然不如"小婆婆"包得那么漂亮。"小婆婆"友善地说："慢慢来嘛！我们每年有两次礼品包装，你肯定能学会的。以前，我在大商店做过包装工作，各种商品包装我都做过，学了不少东西。所以，公司包装年礼，社长太太问我能不能做这件事，我一口就答应下来了。哎，这样，可以为公司省下不少钱呢。"

所有的礼品盒包装完了，"小婆婆"让岩岩贴上"年礼"字样的专用条子："我们公司不让快递公司把年礼送到客户家里，是我们营业部的员工们亲自上门送这些年礼的。"

岩岩问："以前的客户就不送了吗？"

"年礼只送当年签约的客户，老客户我们只写贺年卡就可以了。虽然我们是小企业，可是社长的家族意识十分浓厚，因此，年底做事比大公司还要细致，公司年年如此。一到了12月，我们的工作就是忙活这些事情。""小婆婆"一边指导岩岩，一边讲公司的事情。

就在她们包装礼品盒的时候，社长太太来到会议室，岩岩立刻紧张起来。

"小婆婆"抬头与夫人打了招呼后，又低头做手里的事情。"小媳妇"米久则满脸笑容地热情向夫人打招呼，时不时地弯一下腰，她的脸就像昙花一样在那个时点被笑容饱和了，她变化得太快了，以至于岩岩不敢相信人的脸颊竟然会在瞬间发生四季那样的明显变化。

社长夫人来这里，不是视察，也不是监督，而是向"小婆婆"要工作的："你们有什么需要我做的吗？如果你们忙的话，我来包盒子吧！"

"人人，我们很快就包完了。公司的事情已经安排好了，谢谢您。"

岩岩心想，"社长太太也要听'小婆婆'的，看来这个'小婆婆'在众人的心目中还是很有影响力的。"

夫人微微地笑了一下："社长要的年礼包好了吗？"

"还没有包完，您现在就要吗？"

"如果你们今天可以包完，就让楼下的人送到我家吧，谢谢你。"夫人很客气。然后，她进厨房把带来的很多食品放进冰箱里，临走，嘱咐"小婆婆"："中午做汤时放一些豆腐吧！还有我买的鲜虾，拿出来让大家今天就吃完。"

她显得格外和善与亲切，就像姐姐对妹妹说话一样，家庭的气息让岩岩心里感到一阵温暖。

社长夫人平时很少到公司来，有事情都是电话联系，但是，月底发工资的时候，她一定要亲自把工资袋子放在每一个员工的桌子上。她很简朴，身上的穿戴没有一样是名牌，装全体员工工资现金的包竟然是一个再普通不过的布兜子。

夫人长得并不好看，圆鼓鼓的脸上镶着一对小眯缝眼儿，不大的翘鼻子，红润的厚嘴唇，但细皮嫩肉，皮肤白白的。俗话说"一白遮九丑"，再加上她那头最流行的短削发式，看上去倒也蛮精神。她走起路来无声无息，但却很有力度；她脸部的表情又傲慢又淡漠，颇有姜子牙钓鱼，稳坐钓鱼台的劲头。

她是清水公司的社母，也是公司最大的股东，不过，她不会把自己强硬的一面露给员工们。公司除了三个女性员工外，其他的都是清一色的男性，因此，即使她再有权势，在男性员工面前，也会把微笑时时挂在脸上。她笑得并不美，但却能感觉的到她还有一个女性温存的心。只不过，她一口一个"我的公司"的说法，让员工们听着很不舒服。

夫人到公司来，主要是见会计师，谈一些账务问题，然后，去三楼把她买的食品放进冰箱里，接着，再向"小婆婆"打听一些事情，并关爱地拿出几盒小点心和一些小甜食，让"小婆婆"拿给大家吃。她非常关心公司员工们的那顿午餐，她要求"小婆婆"每天中午一定要给大家做酱汤。

"小婆婆"很不高兴，嘟嘟囔囔地抱怨："我又不在三楼吃饭，收拾桌子就可以了，还要给他们做汤，我们女孩子都成什么了！"

岩岩对社长夫人没有太多的感觉，但是，她很喜欢夫人让大家在午餐时喝上可口酱汤的建议，这很人性，也很有女人的品位。岩岩倒是挺愿意在午餐时为大家做汤，她也想学习纯正的日本酱汤的做法。

社长夫人一离开，岩岩就大胆地试探"小婆婆"："我喜欢做菜，我愿意中午为大家做酱汤，你愿意教我吗？"

"你那么忙，还有时间做汤呀！"

"我会抓紧时间做我自己的工作。我做汤，你就可以专心做你自己的工作了，让我分担一点你的事情吧！"岩岩态度诚恳。

"你知道吗，他们特别挑剔，众人口味不一，你不怕他们说你什么吗？""小婆婆"好心地提醒岩岩。

"哦，没关系，我尽量做得让大家喜欢。只要你肯教我，我一定努力学习。"她给"小婆婆"鞠了一个躬。

"小婆婆"带领着两个女孩子小跑着搬东西，飞快地打着字，一刻不停地整理着资料，快速地把已经完工的图纸作成档案。她还要经常开着车子出去办事，采购各种物品，去政府部门办理相关手续，预订公司新年会的场所，整个公司大大小小的事情她都要去张罗，可是，她却没有丝毫怨言，即使忙得跑上跑下、马不停蹄，她也没有流露出任何反感的情绪来。

从12月下旬开始，日本进入了异常繁忙的日子，年底大扫除更增添了忙碌的气氛，各个行业、各个单位、各个公司都要做一番彻底的清扫，人人都要参加，不管职位高低，无一例外。

清水公司从12月26日停止正常业务，做年底大扫除。全体职工都要停下手里的一切工作，从上到下，从里到外，搞一次彻底的大扫除，窗户、灯具、墙壁、橱柜、冰箱等等，都要清扫干净，连犄角旮旯儿都要打扫。

"小婆婆"分给每一位员工一套清洁用具，也给社长的桌子上放了一套，并把每个部门清扫范围做成表格贴在了公司的墙报上。

那一天，她站在所有员工面前布置大扫除任务。她的指令如胡椒拌黄瓜，又辣又脆，男员工们不敢说一个"不"字，就连部长们也都"嗨，嗨"地响应。"小婆婆"分工明确细致，年轻小伙子打扫高处的卫生，擦洗通顶的玻璃窗；年龄大的员工清理桌面上的杂物，清扫地面，整理车库，擦洗洗澡间；三个女孩子分别清扫厨房。

二楼厨房由岩岩整理清扫。"小婆婆"给她拿来一卷带花纹的塑料布，告诉她橱柜里换上新垫纸；所有茶具和碗筷都要重新用清洁剂洗一遍；冰箱里现存食品全部扔掉；犄角旮旯里的尘灰、橱柜后面的网尘都要清除干净。听完这些指令，岩岩暗自叨叨：这么麻烦！

"小婆婆"把三楼最脏、最难打扫的厨房留给了自己。就在她把社长刚刚放进冰箱里的食品扔进垃圾袋的时候，岩岩刚好走进厨房找她请示工作。"还没开封呢，就扔掉了，多可惜！"岩岩忍不住地说。

"这两天公司有盒饭，没人吃冰箱里的东西，食品不能留到明年，没开封也不能放在里面。""小婆婆"一边解释，一边继续清理冰箱里的食品。

"我已经清扫完了，请你检查一下吧。"岩岩毕恭毕敬地站在她面前。

岩岩自以为做得很彻底了，可是，"小婆婆"却摇头叹气瞥了她一眼："不能这样铺纸；杯子要摆成一条线，前后要对齐；冰箱里的冰块盒你还没洗呢。唉，你为什么不把这些食品扔掉？"她絮絮叨叨地告诉岩岩这样做，那样做。岩岩忙不迭地"嗨！嗨！"地应答，手脚有些忙乱。

"没关系，今年知道怎么做了，明年就好了。""小婆婆"有条不紊，正是忙家不会，会家不忙呀。

男员工们笨手笨脚地擦擦这里，蹭蹭那边，但都非常认真。有的人自以为已经干完了，却被"小婆婆"叫回来："你看，这里还没有擦呢！再换一块抹布。"有人想省事，擦一遍桌子就算了，又被"小婆婆"发现了："你在工地工作就是这样吗？你的桌子边上还有灰尘呢！"

男人们被"小婆婆"说得脸上挂不住，但也不敢吱声。在家里，他们都是爷，扫除都是老婆干，但在公司，他们会服服帖帖地按照"小婆婆"的意思去干。

其实，公司的男爷们个个都压着火气做扫除，不敢抱怨，不敢偷懒，不敢嘻嘻哈哈，看着"小婆婆"在男员工面前的煞威，岩岩心里暗暗地为她叫好。

"小婆婆"做任何事情都细致入微，不愧是一个辣"婆婆"。

扫除一完毕，她马上又是一个温存的女孩子，亲自给每一位员工送去一杯爽口的清茶和一块小糕点，再附上一句："你们辛苦了！"这句话，消散了男员工们压了几天的火气。

全体员工大扫除，既节省了请专业清扫公司的昂贵费用，又给了大家一个相互沟通的机会，全体员工齐动手，牌楼也能抬过河呀！

岩岩在高中教书也有几个年头了，她在老师当中的人缘不错，尤其跟女教师们处得倍儿熟，山南海北热聊，嘻嘻哈哈侃山。尽管如此，岩岩还是感到老师们对她说了很多奉承话。她心里自然明白，在这所学校教书，自己得到了校长特殊的关照。每个月她去领取工资，会计师都会毕恭毕敬地双手把工资单交给她。虽然，他也是这样把工资单交到每一位老师的手里，但他对岩岩的那种毕恭毕敬的神态，让她感到难为情。她害怕老师们猜测她与校长之间的关系，但，她心里也很坦然，自己是学校正式聘用的讲师。

学生们喜欢听她的课，说是喜欢，其实就是学生们想在课堂上问一些关于中国的新鲜事而已。只要岩岩正经八百地讲课，他们就会央求："哎，老师，这不是兴趣课吗？我们只要能说'你好，谢谢，对不起'就可以了，别那么认真，行吗？"看着班里几个真想学习的学生，岩岩提出要求：你们干什么都可以，就是不能影响他人学习。为了帮助那些想学习的学生，放学以后岩岩经常给他们补课辅导。

在男教员办公室，同时有两位大龄老师喜欢接近岩岩，尤其是那位高个子老师。只要岩岩一出现在办公室，他都要和她说上几句话。高个子老师性格爽快，说话声音很大，但却很和善。他几次当着大家的面直截了当向岩岩发出邀请，一起出去吃饭。这种太直率的表露，让岩岩感到浑身不自在。

另一位中等身材的老师，神态严肃，说话也有分寸，每次在岩岩离开办公室之前，他都会和她搭上几句。他喜欢私下与岩岩谈事情，有几次在楼道里偶尔碰上了岩岩，便不错过时机，用试探的口吻请她出去吃饭。

女大当婚，妈妈在电话里几次催她抓紧时间谈个朋友，奥田校长也曾试探过她："难道我的老师中就没有你喜欢的人吗？我可真不想看到你一辈子独身呐！"虽然，岩岩对关心她的人说不考虑个人婚事，而实际上，她并不是不想交男朋友啊！来日本已经快十年了，能做的都做了，该拼搏的也都拼搏了，现在是该考虑个人问题了。那两位男老师经济实力强，家境也很富有，又是学校教学的尖子老师，他们傲慢，但心地善良，不过，他们不是那种让岩岩一看就能热血沸腾的男性。

高个子男老师知道岩岩在清水公司也有一份工作，对她开玩笑："女孩子教书就挺好的，干嘛要那么辛苦自己呢！跟我交朋友吧，我一定不会让你受委屈的。"

他不顾周围老师的眼神，也不管校长会怎么看他，他大胆地追求岩岩。对于一个40岁的男性来说，他没有错，他强烈地想拥有自己的家庭。尽管，他还知道自己的同僚也喜欢岩岩，可是他不管这些，只要自己喜欢，就大胆追求。

一天晚上，他突然给岩岩打电话，请她去银座吃晚饭。他的热情，让岩岩有点儿措手不及，但她不想去伤害他的感情，也不想耽误他的时间，她客气地谢绝了他的邀请。

转眼到了年底，学校举办年终聚会。会后，奥田校长邀请老师们去斯拿库热闹热闹。"那家店就在你家附近，你走两步就到家了。老师们谁想来就来嘛，你也来吧。"校长希望岩岩也跟大家一起去散散心。

岩岩心里有些不太情愿参加这个聚会，便说："您太太同意您再去喝酒吗？您请客，那要花多少钱呐！我不太想去。"

奥田拍拍岩岩的肩膀，温存地说："我已经告诉我太太了。你是不是担心我要花钱呀？我的老师们工作兢兢业业，我花一些钱让大家高兴高兴挺好的，我还有这个能力嘛！我们学校还没有受到经济下滑的影响。去吧，去唱唱歌，散散心，高兴高兴。"岩岩不能再拒绝奥田了，便随大家一起去了她曾经单独去喝过酒的那家斯拿库。

老校长有时愿意乘电车回家，顺便在车站旁的斯拿库喝点酒，唱唱歌，放松放松。那家斯拿库地方比较宽绰，附近大公司的员工们都去那里喝酒，尽管日本经济走下坡，但，一年一度的年底聚会，大家还是愿意拿出钱来热闹一番的。

奥田一走进店门，妈妈桑就满面春风地迎了上来："欢迎，欢迎！校长先生，好久不见了，快请进！"她一边弯腰，一边甜蜜地微笑着，把一队老师带到了预定的座位上，三十几位老师一下子就把店里给挤满了。

好热闹呀，店里高朋满座！岩岩很是惊讶，在这里竟然丝毫感觉不到泡沫经济破裂的迹象，唱歌的人，激情满怀；喝酒的人，嘻嘻哈哈。什么压力呀，什么危机呀，这个时候的客人们已经完全忘记了大门外面的社会环境，管它的呢，今朝有酒今朝醉嘛！

妈妈桑脸颊上的红光比任何一个晚上都要鲜亮，奥田是她店里尊贵的客人，年底带着在全国都有名的平益学园高中的一队老师来她店里享用，那是一种荣耀。

她带着几个女孩子轻飘飘地把几瓶威士忌和酒杯，还有冰块桶放在每一张桌子上。接着，她拿着两瓶酒走到奥田的座椅旁，甜甜地说："校长先生，这两瓶酒是我送给你们的，让老师们好好开心。"

"哈哈哈！那我就不客气了。老师们喝完你送的酒，这个年都过得快活呀！"

"呦！校长先生，您可真会说话呀！"妈妈桑娇滴滴地回应着。

据其他老师讲，高个子老师一喝酒脸就红，今天一进斯拿库，他就粘上了岩岩。坐在岩岩身边，不失时机地寻找话题与岩岩说话。他很热情："嗨，岩老师，你喜欢喝酒呀？以后，我带你去银座酒吧喝酒，那里比较安静，我想你一定喜欢去那种地方喝酒。你什么时候有时间？星期六晚上怎么样？"

在喧嚣的店里，有人唱歌，有人碰杯，有人大声地欢笑，有人窃窃私语，还有人缠缠绵绵地搂搂抱抱。这种毫无顾忌充分放松的环境，一下子就把缠绕在岩岩心里的一切烦恼给冲跑了。

岩岩感到高个子老师太没有眼力了，奥田校长就坐在自己的另一侧。"喂，那种地方我可不想去呀，那不是平民可以去的地方嘛！其实，我自己平时从来不喝酒，今天是跟着大家凑凑热闹嘛！"岩岩不想继续说下去。

也不知道高个子老师是故意呢，还是他的个性，他兴致不减地继续说下去："那有什么？去见识见识嘛！在日本，没有去过银座酒吧，就不算在东京生活过。我一喝酒脸就红，到那里可以喝其他饮料嘛！新年放假，你有时间吗？我带你去银座走一走，好吗？"他直接约岩岩单独见面。

岩岩知道他是一位乒乓球爱好者，马上岔开话题："嘻嘻嘻。嘿，听说，你打乒乓球打得不错，是吗？"

"我还去中国参加过比赛呢！你们中国的乒乓球真厉害！你会打乒乓球吗？"他认真地问。

岩岩面带愧色："我不喜欢乒乓球，对不起。但，我喜欢游泳。"

高个子老师马上变得更加温和起来："我也喜欢游泳，以后，我可以带你去日本最棒的海滨玩儿。哎，你还有什么兴趣？"他一直与岩岩说着话。

那位中等身材老师，一言不发，坐在沙发上，低头喝闷酒。

店里很热闹，女孩子们穿梭如飞地把各种小吃、酒类拿给客人。妈妈桑这个时候是最兴奋，也是最得意的一个人，看着店里宾客盈门，她的眼睛一直都闪着亮光。

奥田校长并不在意岩岩与谁说话，他自己也有很长时间没有这么放松了，眼下日本经济走弱，他希望给大家一个对未来充满信心的机会。他爱护自己的老师如同爱护自己的孩子一样，即使经济大环境不好，他也尽最大努力确保自己的老师们少受经济疲软的影响，为此，他承受着巨大的精神压力。他有胃病，在学校时偶尔也会发生紧急病情，但是，他决不让秘书叫急救车。他是一个硬汉子，在医院观察一夜后，第二天便精神饱满地去学校上班了。他向岩岩透露，受泡沫经济破裂的影响，平益学园的学生人数大大地减少了，学校的收入也随之下降，理事会希望他降低部分老师的工资，他于心不忍。有时，他向岩岩讲一些他个人的情绪，想以此提醒岩岩，每一个人都有来自各个方面的压力。

他带老师们来斯拿库喝酒，想用这种娱乐方式来缓解老师们心中的不安。他在全体教师会上表过态，只要他在校长这个位置上服务一天，他就绝不会减少大家的一分钱。

奥田校长似乎很开心，他与妈妈桑聊了一阵后，忽然提议与岩岩一起唱《苏州夜曲》。这个提议，引起老师们极大的兴趣。"岩岩老师，校长可是男高音呦！""来吧！我们都想听呐！"这些期盼和助兴的话，让岩岩很紧张。

妈妈桑一下子把眼光落在岩岩身上："哎呀！这不是——"

她的话还没说完，岩岩就拚过话去："妈妈桑，请你把歌本拿给我好吗？请多关照呀！"她用手往嘴巴上一捂，妈妈桑明白了。

岩岩来过这个店喝酒解烦，她害怕妈妈桑把这件事讲出来，更怕奥田校长知道，所以，不得不掩饰了一下。

老师们把眼睛都集中在了奥田校长和岩岩的身上，此时，岩岩感到周身发热，她推不是，不推也不是。在大家面前献丑，她心里发慌，害怕在老师当中传出什么议论。

校长先生很自豪，他站起来走到岩岩面前，和善地问："你愿意陪我唱《苏州夜曲》吗？"当着老师们的面，校长来请自己，这是天大的面子，无论如何都无法拒绝。在众目睽睽之下，在掌声中，岩岩站起来，与校长一起走上舞台。

柔弱的灯光照在他们的脸上，校长异常兴奋，岩岩异常紧张。她对自己说，"无论如何都要把这台戏唱好，千万别出任何笑话啊！"

店里其他客人依然兴高采烈地喝着酒，畅谈着，欢笑着，缠绵的旋律软软地流向了店里的各个角落。

无尽的回忆，孤独的生活，复杂的烦恼，瞬间汇集到岩岩的心里，她的感情一下子被调动起来——奥田嗓音洪亮震耳，岩岩的音色柔和委婉，他们配合得很成功。

音乐一停，店里一片掌声，老师们的欢呼声一浪盖过一浪。就在岩岩与奥田走下舞台的时候，一个熟悉的身影一下子出现在岩岩的眼前，啊！是他！大竹！

大竹正从柜台那边走过来，他闪亮的大眼睛里一束耀眼的光芒投向了岩岩，是那样的火热，岩岩心里一惊！

他冲着岩岩冒出一句："唱得真好！"

奥田校长得意地看着岩岩："你看，客人都说你唱得好呐！哈哈哈！我们配合得不错呀！辛苦了！"岩岩心里一阵慌乱没有说话。

妈妈桑这个时候走过来，上前挽起奥田的一条胳膊，把他送到座位上。岩岩看了一眼大竹，故作镇定地对他说："啊，你一个人来的吗？"

还是那幅傲慢的神态，还是那样帅气的脸颊，他热辣辣地看着岩岩，只不过那种眼神比过去多了一份成熟与沉稳，店里没有人注意他们。大竹手里拿着一个酒杯，朗朗地笑着："我们科的员工到这里来聚一聚。你看，坐在那边那张大桌子旁的人就是我们科室的。"他朝着那些人指了指。

岩岩匆忙望了一眼，奇怪地问："你的伙伴怎么没有来呢？"

"现在我们不在一个科室了。过两天，我们三人还要单独聚一次呢！还是在这家店。你来不来呀？"他忘记了场合，还想继续说下去，岩岩急忙结束了对话，告诉他："我和学校的老师一起来的。我们以后再谈吧！"她不敢多看大竹，转身回到自己的座位上。

大家都在尽兴地享受这难得的欢乐，没有人去注意岩岩，可是那位高个子老师却始终盯着岩岩的一举一动，就在岩岩坐回到位子上后，他突然问："岩老师，那位先生你认识呀？"

"嗯，一位过去的老朋友。他们科室今天也聚会。"岩岩塘塞地告诉他。

高个子老师的表情有些异样，他殷勤地给岩岩递过去一杯酒，惆怅地说："看来你很受欢迎呐！歌唱得那么好听。你跟校长配合得真好，你是不是经常来这种地方喝酒呢？"他因为喝了一点点酒，脸像被炭火烤了一样红彤彤的。他朝着大竹的方向望了很久。

这一切都没有逃过妈妈桑的眼睛，她神秘地冲岩岩一笑，甜甜地赞美了一句："岩老师的嗓音真美，是不是中国女孩子的嗓子都比我们日本女孩子的好呀？"

岩岩红着脸说："妈妈桑夸奖了。还是您的客人歌唱得好嘛！"

这个时候，高个子老师突然站起来，走到岩岩面前，鞠了一个躬："我能和岩老师唱一首歌吗？"

岩岩尴尬地一笑："我刚唱完，嗓子需要休息一下。我们学校还有其他老师呢，你可以跟别人唱嘛！"

"难道我请不动你吗？"高个子老师借着酒劲，一反往日的斯文，蹦出了这句话。

"好吧。我们唱什么曲子呢？"岩岩无奈地站了起来。

她与高个子老师站在舞台上，一道烁热的眼神从那张大桌子后面映进了她的眼睛，她心头一颤。

奥田校长非常高兴年前请大家聚会，当妈妈桑拿着一张单据喜盈盈地递给他的时候，他豪爽地拿出一沓钞票放在妈妈桑手里。岩岩看着，心里生出很多感想。当领导，不仅工作要一马当先，还要承受来自各方面的压力，另外，还要拿出自己的钱请员工们过节。当一个称职的好领导真是不容易呀！唱歌喝酒，闲聊胡扯，叽叽喳喳，无拘无束，此时的岩岩真正享受到了被人侍奉的舒服，这一天晚上她过得很高兴。

高个子老师一直跟在岩岩左右，不停地回味着与岩岩一起唱歌时的美好感觉，不知情的人一定以为岩岩与他在谈情说爱呢。

妈妈桑与几个女孩子把老师们送出大门，一边鞠躬，一边不停地说："谢谢！欢迎下次再来！"

就在岩岩走出大门的瞬间，妈妈桑与她握了握手，一个小球塞进了她的手心里。妈妈桑笑脸如春地对岩岩说："你的歌声太美了，欢迎你还来我们店唱歌。"然后，她又眨巴了一下眼睛。

老师们簇拥着奥田校长走进车站，岩岩挥手与他们告别。高个子老师再次邀请她一起去银座吃寿司，她笑了一笑："谢谢，祝你新春愉快。"望着他失落的身影，岩岩说不清楚此时自己的心情。

回到家，她急忙展开手里的小纸团，大竹的名字映入眼帘，他住所的电话号码让她心里翻滚起了热浪。

那几个数字在她眼前跳跃，逐渐变成了蚕豆般大。此时的她，借着一点点酒劲儿，壮着胆子，毫不犹豫地抓起了电话，拨通了那个让她热血沸腾的号码……

第十二章
新年习俗

年底最后一天，清水公司要开年终会，做年终总结。会后，社长要向社员们发奖金。自己能得到多少奖金？大家心里都在猜测，但是没有人议论，更没有人打听。

按照公司的惯例，每年年终会之前，全体员工都要去拜祖，也就是说，去拜见创建清水公司的老社长，即现任社长的父亲。

老社长住在一处日式大庭院内，一间宽绰的大客厅成为公司举行年终会的场所。他是一位饱经风霜的慈祥老人，起居简朴，常年穿日式短外衣和紧口裤。员工们拜见他，他端坐在木头椅子里，面带微笑向所有员工点头问候。

祭祖烧香的供桌上摆着清水家族的牌位，员工们站在那里烧香祭奠，在老社长面前鞠躬感恩。

拜祖仪式结束后，社长宴请全体职工，好酒好菜招待大家，并拿出专门订购的一年才上市一次的京都清酒，让大家品尝。岩岩第一次喝这样口感柔和、辛甜清爽、沁人肺腑、带着金箔片的美酒，不觉心里感叹一番："好酒呀！"

"小婆婆"只喝一小口酒，脸上就起了一片小疙瘩，她摇着头沮丧地抱怨："我一喝酒就过敏。""小媳妇"米久坐在"小婆婆"的旁边，冰冷地看着岩岩，而她转过头去面向其他人时，面孔马上就变成了一只花喜鹊，叽叽喳喳，谈笑风生。

在老社长家里聚餐，所有员工们都安安静静地吃着眼前自己那份大餐，他们吃得很仔细、很文雅，也很欢快，可是没有人大声说笑，完全没有那种要过年的喜庆场面。

酒足饭饱以后，"小婆婆"把所剩无几的饭菜装进盒子里，让单身男员工们拿回去吃。没有人嘲笑拿剩饭的年轻人，他们好高兴，过年自己不用花钱买饭了。

在中国人的眼里，请客吃饭吃到盘光酒净，这让主人感觉好没有面子。而日本人却不这样看，"浪费"在他们的眼里是缺乏教养的做法，也是一种耻辱。岩岩赞成日本人"抠门儿"的习惯，那是一种优秀的传统。

接下来，才是最有吸引力的时刻！尽管泡沫经济破裂摧毁了很多公司，可是，清水建筑公司却像一棵挺拔的劲松在凛冽的严寒中挺立着。社长精神盎然，黑脸膛被清酒烧得通红，从他笑容灿灿的脸颊上，一点也看不到日本经济疲软的迹象。他站在前面高声点着员工的名字，庄重地把一个个信封交到每一位员工手里。人人都挺激动，但却克制自己，默默地猜测着自己能得到多少奖金。可是，多少奖金才能心满意足呢？

人人手里都拿着那个信封，脸上洋溢着酒足饭饱后的满足和拿到奖金后的兴奋。这时的大家都期待着马上回到家里，打开那个诱惑自己一年的信封！

发完奖金，社长鼓励大家："今年，我们公司干得不错，谢谢大家！大家心往一处想，劲儿往一处使，我们一定能够走出经济下滑的阴影！"

1995年阪神大地震以后，1996年日本经济可谓是举步维艰，泡沫经济破裂的影响继续扩大，公司裁员、企业倒闭，都在这一年摊上了。在这一年，岩岩自身的境况也发生了根本的变化，从放弃博士学位的拼搏到就职，从职场不顺，遭遇冷落，到终于走出抑郁的阴影，昂然前进。一年中，社会改变了她，大环境锻炼了她。尽管，工作没有想象的那么理想，但通过与员工们的接触，她已经不再好高骛远了。不到西天，不知佛大小，进公司工作，让她了解了社会的真实情况。尽管身受委屈，心遭郁闷，但不经一事，不长一智，几经磨炼，她懂得了一个道理，那就是，踏踏实实做好每一件事，虚心向他人学习自身没有的东西，客观地看待同事，把感恩时时放在心里。她由衷地感谢社长在经济疲软时依然雇用自己的恩德，摸着那个薄薄的信封，她心存感激地向社长深深地鞠了一个躬。

5万元奖金也让岩岩兴奋不已，或许在别人眼里，区区5万日元哪里算得上是奖金呢？可是，它在岩岩的眼里却是一笔不小的数字，她非常知足。

日本经济从20世纪50年代开始，特别是1964年东京奥林匹克运动会以后持续高速增长达三十年之久，与此同时也逐渐形成了一套完整的奖金制度体系。无论是政府部门，还是学校、医院、政法机构、大小公司，乃至小店铺，一年都要发放两次奖金，一次在8月，一次在12月，奖金数额基本上不少于三个月的工资额，政府部门和事业单位的奖金比一般单位高，大约五个月的工资额。另外，大公司还会根据当年经营的好坏决定是否发放临时奖金。因此，在这种稳定的奖金体系下，员工们和他们的家庭早已把奖金纳入了收支计划，用这笔钱添置家庭大件用品，电器更新换代，外出旅游，奖金已是人人期待的收入。

经济疲软，各个企业都减少了奖金数额；政府部门不仅降低了公务员的奖金，同时削减了工资；大企业是双管齐下，既裁减员工，又减少奖金，以确保公司能维持运转。

聚餐会结束后，土井和几个员工邀请岩岩一起去第二次聚餐。上海人似乎比任何人的心情都要好，怀揣着的奖金信封把西服口袋都撑得向外鼓了出去。他春风得意："反正你也是一个人，跟我们一起去吧。年底了，大家难得在一起。"他体贴地请岩岩去热闹热闹。

"谁说我是一个人呀？我亲戚晚上来我那儿，我回去要准备晚餐呢！"

"你有亲戚在日本吗？"他脸上浮现出一丝落寞的表情。

走在回家的路上，岩岩心情爽然，想到马上就要见到自己的亲人了，她不由地加快了脚步。

"喂！你没有回中国吗？"一声亲切的招呼，岩岩寻声望去，一个老人站在台阶上正看着自己。

他是曾经去斯拿库喝过酒，并在自己面前跪下谢罪的老兵竹本。平时，他经常一个人站在外面与来往过路的熟人打招呼。他身体硬朗，依然去打高尔夫球，不过，他已经不去斯拿库喝酒了。

岩岩走过去与他说话："今年上班了，没有时间回国，打算明年回去看望我母亲。您儿子在家吗？"

"他还没有回来呀！公司年底事情多，晚上，他还有一个聚餐会。哎！忙呀！这个年头就怕呆在家里。你们公司还好吗？"

"公司还好，有不少活干呢！"岩岩与他说了一会儿话就打算回家。老人阻止她："你等一下。"他转身走进楼房里。岩岩不知道老人要干什么，只好在门口等着他。

很快，老人从楼房里走出来，笑眯眯地递给岩岩一个盒子："这是公司收到的新年礼物，你拿回家吃吧！"

"您留着自己吃吧。"

老人不高兴了："哎，我家还有很多新年礼物呐。拿着吧！这东西不错。"

他又笑了笑："真没有想到你们中国变化得那么快！要是有机会，我还想去中国呀！"

岩岩不忍回绝老人的心意，便爽快地接过那个盒子，给他鞠了一个躬，并向他拜了一个早年。

竹本老人一直喜欢与岩岩聊天，经常向她打听中国的事情，并总是为以前他参加了那场战争而愧疚不已。现在，他真诚地希望两国人民能够永远成为朋友。

日本的12月31日这一天，相当于中国的大年三十，全家人团聚，围坐在一起吃团圆饭。1月1日新年是日本最大的节日。他们过新年就像中国人过春节一样，辞旧迎新，期盼着在新的一年里，生活更加美好。岩岩也和日本人一样，满怀期望地迎接1997年的到来。

繁忙的一年即将结束，岩岩回过头来，看看自己走过的路、遇到的事情，好与坏，烦与悦，苦与甜，涩与酸，都尝了一遍，平心而论，自己这一年可谓称得上是吃甘蔗上山　步比　步高，　节比　节甜呀！

傍晚，侄子从大学赶到东京与岩岩一起过新年，冷清的小屋立时有了生气，这是他们首次在新年前夜相聚在东京。日本经济疲软，让他们更加珍惜自己所得到的一切。尽地主之谊，岩岩买了过年才能吃到的大对虾，按照菜谱，做了山东红烧大对虾，另外又买了黄鱼子、蜜汁栗子、鲑鱼和各种小菜，诱人的菜肴摆满了桌子。侄子买了一瓶日本清酒，姑侄俩围坐在小小的地桌周围，一边饮酒，品尝佳肴，一边讲述自己的感受。

侄子念书虽然辛苦，但对未来充满了自信；岩岩在磕磕碰碰中度过了艰难的工作初期阶段，两人都在不景气的经济环境里顽强地生活。

跟中国的除夕春节联欢晚会一样，电视机里正播放着一年一次的红白歌会，熟悉的歌星与电影明星竞相登场。他们欢快悦耳的歌声，观众的笑声，让舌尖上的味蕾此时更加兴奋，令今天的清酒越发醇香，美食愈加诱人。甜美的歌声伴着鲜美的佳肴和清香的美酒，让小小的屋舍充满了新年的喜庆气氛。姑侄俩喝得尽兴，吃得惬意，谈得痛快，异国他乡亲人相聚的新年除夕之夜珍贵难得！

晚餐以后，姑侄二人兴致勃勃地去明治神宫参拜，迎接新一年的到来。

日本人在新年除夕夜，或者在新年伊始的头几天，都会前往住所附近的神社参拜，感谢神明头一年的关照，祈求新一年的平安幸福健康。他们把新年第一次参拜称为"初诣"。

明治神宫是供奉明治天皇和昭宪皇太后灵位的地方，有日本最大的日式神社牌坊，是日本最具代表性的神社，不仅参拜人数连续三十多年居日本之冠，而且每年"初诣"的人数也蝉联日本首位，达到300万～400万人。平时，明治神宫不仅是举行结婚仪式的热门场所，而且也是祝福生育、成人式，祈祷交通安全、升学顺利等颇具人气的处所。

晚上十点半左右，姑侄二人乘电车转地铁到了明治神宫（原宿）车站，那儿早已是摩肩接踵，热闹喧嚣了。他们一出车站，就随着人群缓慢地向明治神宫走去。

明治神宫位于东京都涩谷区原宿和代代木公园的北侧，由南北西三条碎石铺成的参拜甬道通向神宫。川流不息的人们走在碎石甬道上，碎石受到踩压，发出刺耳的"滋啦滋啦"声，伴随着人群中发出的杂谈说笑声，往日寂静的神宫变得人气冲天。只要一加入到这个人流中，想退出去，简直是不可能的。

他们头一次在新年除夕夜来到这个地方，人潮如流的景象让他们大开眼界。人流慢慢地向前移动，他们也只能耐着性子一点一点地向前挪动着脚步。前面是望不到头的甬道，黑压压的人头遮挡了视线，后边是见不到尾的一张张兴奋的面庞。甬道两侧的参天大树，被夜风吹拂着发出"嗖嗖嗖"声响。夜间寒风习习，排着长队的人们一边吸着鼻子，一边盼望着早一点走进神宫。侄子看着身后如潮的人流，笑谈着："我们是后继有人呐！"

人流循序渐进，没有人喧哗，也没有人推搡，人们井然有序地按照警察的指示向前移动。

岩岩最期待在除夕午夜12点钟之前能站在神宫大殿外面观看敲响神钟的那一刻。时间一分一分地向12点逼近，人流一寸一寸地往前移动，她有点着急了，不知能否赶上那一刻。

他们总算迈进了神宫大门。一道奇特的景象立刻映入岩岩的眼帘，全副武装的警察们，在离神宫三十多米的地方排成了长长的一道人墙，像铜墙铁壁般地围护着神宫。他们的头盔今天看起来有些特别，岩岩不明白为什么头盔前面都加带着一层高强度透明面罩。

警察与人群面对面地站着。满怀着对新一年的憧憬和希望的参拜人群默默地站在寒风中，踩着甬道上凸凹不平的碎石，虔诚地等待着神宫大钟敲响的时刻。

钟声终于敲响了！人群沸腾，喧嚣震天，万众祈福。人们相互祝贺着新年，"祝贺新年！""祝贺新年！"的声音此起彼伏。接着，不管离神宫近还是稍远的人们使出浑身的气力把手中攥着的五分硬币竞相投向了神宫的大门里，没有投进大门里的硬币就像弹头一样打在了警察的头盔上、面罩上、身上，那一声声密集的"咚咚咚"声又形成了一曲奇特的交响乐。可敬的警察们任凭硬币砸在自己的头盔上，砸在透明的面罩上，砸在身上，他们岿然不动，他们的脑袋一丝不歪，他们的眼睛隔着透明面罩承受着飞来硬币的刺激，那种无所畏惧守护神宫的英姿令岩岩震撼。

侄子伸出大拇指："真是好样的！"

这种神圣的场面一年只能看到一次啊，而且必须要在除夕午夜12点钟之前，站在寒风中，挤在人群里，等候两三个小时，才能看到这奇景！

参拜完，岩岩和侄子随着人流来到购买护身符、吉祥物和抽签的场地。

明治神宫的护身符充满了灵气，价格不贵，在1千日元左右。日本人喜欢买与自己出生年份相当的护身符带在身上，保佑平安。另外也有买祈愿牌和忏悔牌的。人们把写好心愿的祈愿牌挂到祈愿牌架上，想要忏悔的人把自己的过错写在忏悔牌上面，然后挂到指定的树干上。神官们在不同的日期把祈愿牌和忏悔牌分别收集起来，为祈愿的人们向神明祈祷你的愿望在这一年里实现；为忏悔的人们向神明祈祷，赦免你的过错，得到神的宽恕，免除这一年的灾难。

抽签处人头攒动。1百日元抽一次签，从竹签筒的小孔里把竹签摇出，根据竹签上的数字，工作人员给你一张你抽中的纸签条。明治神宫的签没有吉和凶之分，因此，当拿到自己抽的纸签条时，你不会感觉惊喜、惊慌与懊恼。明治神宫的签分别是日本明治天皇和昭宪皇太后写的一首诗文或一首歌词，一共30首，白色的纸签条是天皇的诗文，黄色的是皇太后的歌词。

岩岩很相信明治神宫的签。她抽到了皇太后的一首歌词，题目是"水"。歌词说，心灵要像水一样洁净，意志要像水一样滴水穿石，精神要像水一样透亮。"水"字成为岩岩人生的座右铭。

侄子抽到了天皇的一首诗文，题目是"峰"。诗文道，人生要达到像山峰一样的高度，意志要坚韧，行动要坚决，不要退缩，不要气馁。这个成长起来的大男孩拿着这张小纸条，认真地点了一下头

岩岩送给了侄子一个学业成功的护身符，保佑他顺利完成学业。

去明治神宫参拜的人们像打了吗啡一样兴奋，岩岩一行也早就忘记了黑与白，挤在人群里，欣赏着熙熙攘攘不知疲倦的人们购买各种纪念物品。这是东京新年初始的一个特有的景象。

为了给新年参拜的人们提供方便，东京的电车、地铁在12月31日那一天通宵运营。任何时间人们都可以乘车去各处的神社参拜、游览，直至尽兴如意，然后，乘车返回住所，进入新年伊始的甜美梦乡里去。

第二天是元旦，岩岩买了一大束鲜花与侄子一起去拜访了恩师川上教授夫妇。老师看着成长起来的侄子，禁不住高兴地夸奖："好久不见，你的日语说得如此漂亮，已经分不出来你是外国人了。"夫人更是对他赞不绝口。

侄子的沉稳与成熟，让岩岩心里略感慰藉。常言说"心欲专，凿石穿"，这个孩子

再加把劲儿，拿到硕士学位再去工作，将来他的工作和生活就会更上一层楼啊。

可是，侄子却在这个时候道出了他的想法："今年毕业拿到学士学位，我就想参加工作了。我已经念够了书，读书四年，虽然拿到一些奖学金，可是主要还是靠打工维持生活，真的很累人，我想马上就工作。"

岩岩看着他，也说出了自己的见解："我非常懂得你的心情。四年来，你不仅完成了所有的大学课程，还比别人念得好，获得了优秀大学生奖，拿到了奖学金，你很棒！可是现在，经济这样不景气，各个公司都在裁员，招聘人数减少，想找一份工作非常困难。你不如再念两年书，再提高提高，将来用人单位会把你的学历考虑进去的。"

然而，这个大男孩的态度十分坚决。念书让他感到精疲力竭，他认为自己是名牌大学出身，情况会比别人好，他对日本泡沫经济破裂以后的经济形势过于乐观了。

新年期间，岩岩有时间与女友肖云见面相聚，他们一起去了一家餐厅。

这两个女孩子，不，应该称之为女工作者，坐在一起吃饭，没有日本女孩子那么多的规矩，还是国家大，气度也大，两人天南地北开怀畅谈。她们时而高谈阔论，时而低声细语，时而满腹牢骚，时而眼泪汪汪，把一个好端端的新年聚会搞成了诉怨会。

她们边吃边聊，吃着吃着饭，肖云突然停下筷子，情绪激动起来："我们公司年前最后一天还要加班，到了夜里活才干完，社长组织大家去吃年饭，我都快累散了架。"

她越说越激动："哎，岩岩，你知道吗，年终奖，快把我气疯了！难道我就值这几个钱吗？我为公司加了多少班？星期天还要去上班，每天要工作十六个小时，还不能抱怨。哼，我就要抱怨！本来工资就低，七扣八扣，所剩无几，在东京这几个钱如何生活！唉，我真的是坚持不下去了！今年，我打算辞掉这份倒霉的工作，再去找一份。"

肖云在中国时，在一家报社当记者。她能说敢干，天不怕，地不怕，从不低头对他人说好话。到了日本，她依然干练火盛。大学院毕业以后，她不愿意为找工作给教授鞠躬，自己独闯天下，千辛万苦找到了东京一家小贸易公司事务员的工作。为了签证，她不得不接受那份工作。

在日本，任何人进了公司都要按传统办事。这下子，可把肖云给束缚住了，她哪里吃那一套！依然我行我素。你让我放低了声音讲话，我偏要大声接电话；你让我把报告交到上司的手里，我偏不给他鞠躬。用她的话讲，我没有耽误工作，为什么偏要遵守这些日本人的规矩？！"肖云，不是我劝你，在日本公司工作，还是要入乡随俗，按规矩办事嘛。"岩岩已经找不出更多的词语来说服她了。

"在日本公司工作，有人适合，有人不适合，因人而异嘛！我就是感到心里不舒服嘛！我都31岁了，可还要听那个大专学历的小丫头的指派，我就是想不通！"肖云满腹牢骚，而且理直气壮。

岩岩和肖云各自品味着各自生活的味道，各自想着各自的心事。想开了，就能品到幸福的甜美，想不开，就会苦海无边，可谓是各人自有各人的福与苦。

快乐充实的1997年元旦五天的假期转眼之间就过去了。新年上班伊始，公司的男员工们都身穿西装，面貌焕然一新，就连平日总穿工作服、身材矮小的施工部长也穿上了西装，显得威严了许多。"小婆婆"穿一身素雅的套装，清淡质朴；"小媳妇"米久瘦溜的身段，配上灰色套装，更加苗条；岩岩的墨绿色套裙，庄重典雅。平时上班，大家看惯了彼此穿工作服的形象，此时，相互之间竟有一种陌生感。社长身上的西装就像蜡布一样挺阔，把他笔直的身体包裹得更加挺拔，黝黑发亮的头发一丝不乱。当大家都聚到三楼大会议室时，他精神抖擞地站在前面致新年贺词。他让大家看到了未来，看到了在不景气的阴影里还有光明在等待着自己。

"小婆婆"表情轻松地告诉岩岩："新年上班第一天，公司要举行新年聚餐会，大家必须参加。公司今年在海鲜餐厅预订了会场，这一次，社长挺大方的。哎，我们女孩子今天总算什么也不用做了，像他们一样，坐下来吃喝就可以了。哎，就是这身衣服跪在榻榻米上很不舒服。"

社长讲完话，大家分头去了海鲜餐厅。那天这家餐厅被清水公司包了下来，社长让大家尽情地喝，尽情地吃，尽情地唱，他拿来了两瓶带着金箔的京都清酒，为每一位员工倒上一小杯，豪爽地对大家说："这是我托朋友从京都带回来的最上等的清酒，大家尝一尝吧！"

餐厅里的气氛被酒精燃烧起来，大家无拘无束地开怀畅饮，尽情地享受一年中最自在、最放松、最不用操心的难得时光。平时在公司，大家不是闷头干活，就是到处奔波：施工部的员工们坐下来喝杯茶的时间就是休息的时间；营业部的员工们与客户商谈事情的时候才会喝口茶润润喉咙；女孩子们都是小跑着去倒茶水，接电话，中午吃饭要轮流休息。"小婆婆"让"小媳妇"米久和岩岩尽情地享受："今天要好好享受一次别人为我们服务的滋味了，太好了！从明天开始，我们又要为大家服务了。"

"小婆婆"滴酒不沾，"小媳妇"米久却一杯接一杯地喝，她的脸色竟然丝毫不变。慢慢地，她的话多了起来。她细细的手指夹着香烟，一口一口地向空中吐着烟雾，开始絮叨起自己家的事情。此时的她，似乎并没有意识到身边岩岩的存在，或许，她是想借着酒劲抒发一下感情吧！从她那没有舒展开的眉宇，岩岩猜测着她似乎生活得并不幸福。

"小媳妇"大专毕业以后，在一家电话公司做秘书。在那里，她认识了一位有前途的男同事，后来成了他妻子。但是，由于两个家庭地位的悬殊，她受到来自男方家庭的冷落，生活得并不愉快。为了躲避闲言碎语，她辞退了原先的工作，找到了清水公司。她每天骑车上下班，按时回家为丈夫做晚餐，可是婆婆隔三岔五就来她家瞅上一眼，指手画脚地唠叨她如何如何。后来，她为了避开婆婆的打扰，开始对丈夫撒谎：今天公司加班，回来晚了。而实际上，她从来就不加班，下班后，与"小婆婆"一起去逛商店，估摸着丈夫该回家了，才买上盒饭提回家。

她很少吃饭菜，可嘴巴却一直不停地动着，不是抽烟，就是喝酒，要不然就是叨唠，似乎只有这样才能让她心里感觉舒服一些。

"小婆婆"对她似乎很同情，又是劝，又是哄的，她们姐妹俩各说各的话，各自倾吐肚子里的苦水，至于大家在干什么，她们全然不去理会。

上海人土井借着这个机会把岩岩拉进他们男士的圈子里。他没有什么酒量，却很能吹："嘿！我们中国人喝酒都喝度数高的酒，这种清酒太淡了，没有味道。"

"你想喝烈性酒吗？服务员，店里有威士忌吗？"小科长佐佐木招呼了一声。

服务员拿来了一瓶威士忌，土井笑呵呵地看着岩岩："怎么样？你不来一杯吗？尝一尝吧！"他殷勤地给岩岩倒了一小杯。

"你能喝纯的吗？岩岩。服务员，我们要一些冰块！嘿，土井，喝这种酒是要加冰块的。"佐佐木担心地说。

岩岩笑了一下："土井说的没错，我们中国人喝酒都是挺浓的。不过，我喝不了这种洋酒。土井，你自己喝吧！"她把那杯酒推到了上海人面前。

每一张桌子上空都是烟雾，每一个人的脸上都放着红光，日本男人聚餐不是吃菜吃饭而是喝酒，啤酒、清酒、洋酒。喝吧！这一天，社长让大家放开了喝，他自己也来了一个大放松！

岩岩与土井在一起，他不停地劝岩岩多吃一些菜："嘿，我告诉你吧，这里的生牛肉片最好吃了。在我们国家可吃不到这么新鲜的牛肉呀！你吃呀！"他好心好意地夹了一片牛肉，放在岩岩的盘子里："尝一尝吧！"

"赶快拿走吧，看起来好恶心！"看着那鲜红的薄如蝉翼的牛肉片，岩岩汗毛都乍起来了，恐惧地叫了一声。

上海人好没趣："嘿，我是好心没得好报！你真是没有口福啊！"

岩岩看大家奇怪地望着自己，苦笑了一下："我们中国人不吃生肉，对不起。"然后，抱歉地看了一眼土井，又朝大家点了点头。

"小婆婆"与"小媳妇"一直嘀嘀咕咕的。"小媳妇"喝了一些酒，脸上挂上了红晕，看上去她是在借酒消愁。聚餐对她来说，似乎不是放松，反而加重了她的烦恼。

"唉，我们女孩子嘛，到什么时候都要为男员工服务。以后，我们在公司多做一些时间，让部长给我们加班费，这样，你婆婆就没有时间到你家去了。周末，我们一起出去逛商店，让你丈夫一个人回他父母家，晒他一段时间。""小婆婆"替"小媳妇"出主意。

日本经济泡沫破裂带给各个企业的是噩梦，经营者们不得不采取缩减开支、免去加班费、取消奖金、削减人员、提前退休等等措施，一切可以延续企业生存的手段措施全都用上了。这个时期的日本国民比任何时期都更加拼命地工作。

清水社长在公司很少与员工们说话，除了谈工作以外，就是坐在椅子上抽烟看文件，无论员工们谈论什么，他都不会抬头张望一眼，即使听到了什么，也绝不会去问一句，他更不会听那些杂七杂八的事情。营业部的员工在外面是如何招待客户的，那是你们的工作，但是，如果拿不到订单，他的脸就会变得像一块黑炭。

虽然，清水公司的业绩还不错，但日本大环境如此不景气，公司也不能等闲视之。新年聚餐以后，社长给营业部的员工们增加了工作量，每个人一个月至少要完成一个合同签约订单，否则，工资降百分之三十；同时，他要求施工部的人员也要拿出时间去找客源，并向营业部提供客户信息。

社长一说到客户，岩岩马上就想到要帮助公司寻找客源，她想到了平益高中的老师们。经过几个月在公司的历练，她事事处处要脸面的想法越来越少了，虚荣心也一扫而光，只要能够完成工作，只要大家多给自己一些工作，只要自己别干坐在办公室里，受多少委屈已经无所谓了，她要为公司多尽一些力。

新年过后，每个周三中文课结束以后，她并不急于回家，而是留在办公室里和老师们聊天儿。她寻找任何与建筑有关的蛛丝马迹，抓住人家的话头，直接就扯到盖房子方面，哪怕只是一些房屋维修的活她也不放过，然后，把这些信息提供给公司。

岩岩把机会再一次给了上海人，这让他感到岩岩很喜欢自己。他欢喜地对岩岩说："我们一起做吧，一定能做好的。"他显得很自信。

"我不过是想帮助你，我可以带你去见学校的老师，但你要自己去谈。"岩岩一脸严肃地对他说。

高中的老师们看岩岩除了教书，还做起了营销工作，便议论起来。那位高个子老师开玩笑："清水社长给了你多少工资呀？我家正好要盖房，就让清水做吧。你们给我多少优惠呀？"

"我可以让公司的人来跟你谈。"岩岩认真地告诉他。

他一本正经地说："如果，你做我的女朋友，我们家和亲戚家的房子就让你们公司做，你看怎么样？"

岩岩已经完全没有了以前的那种羞涩，郑重其事地讲："别那么不正经，我跟你说正事呢！哦，对了，谢谢你新年寄给我的礼物，对不起，我没有及时给你打电话。不过，以后你别再破费了，我现在还不想谈朋友。"

有几位老师看岩岩认真的态度，主动与她谈自家房屋修缮的事情。这个消息很快就传到了校长奥田的耳朵里，他很欣赏岩岩为公司工作的态度："哈哈，你现在已经把心思全部都放在了公司的工作上了，这就好。慢慢来嘛，以后，你也可以挑重担了嘛！"从他的话里，岩岩能够感觉到清水社长对自己还算满意。

可是，"小婆婆"却认为岩岩多管闲事，她话里带话地对岩岩说："你不能放下事务活不干去干经营，那不是你的工作。"

这件事情让专务知道了，他狠狠地批评了岩岩一顿："你的工作是设计画图，社长没有让你去做营销工作。如果，你愿意做营销的话，我让社长给你换个工作，你去做营销吧！"他看起来很生气。

"我不过是想为公司多做一些工作嘛！"岩岩委屈地解释。

"公司有公司的规矩，是谁的工作，谁就必须要做好。我给你的工作，你做好了吗？"专务瞪着一双责怪的眼睛望着岩岩。

"图纸已经画好了，请专务过目吧！"岩岩轻声地说。

专务不再说什么了，他拿起图纸查看起来。

虽然只是一栋民用小楼，但要设计好，也不是一件容易的事情。日本民用住宅，因为宅基地面积窄小，客户要求又高，建一栋小楼，内部设施不仅要齐全，还要使用方便，既要利用每一个可利用的空间，又要显得空间大，不能妨碍行动自由，还要把握住私密空间与共有空间的合理布置。设计这样一栋民用住宅，岩岩要花费很多心思。

专务用铅笔点着图纸上的电器插座："你看看这儿。房间里的电器插座东一个，西一个的，让客户如何使用？这样也不好摆家具呀！如果这是你的家，你愿意让这些插座妨碍你的生活吗？墙上到处安装插座，不仅不美观，还浪费材料；另外，到处都要接线头，施工起来也不方便。我们设计人员一定要从客户的角度去考虑问题，为客户省钱也是我们设计人员的工作。日本地少人多，尤其是东京。我们在一块小小的地皮上盖一栋小楼，除了在建材上充分考虑到既轻便和施工合理，又使用方便，还要省钱；要利用各个空间，以便得到最大的使用面积。"

接着他又认真地对岩岩讲起了设计理念："你看你，没有考虑风水问题，卧室设计得很不好。如果把它移到这个位置上，就可以避免脑袋顶在北面墙上了。这些知识我以前告诉过你。"

他看得很仔细，偶尔说一声"不错"，偶尔又摇摇头，告诉岩岩哪里不对。他指着窗户设计讲："你看，房间的窗户不能想在哪里开，就开在哪里，这还要考虑到风向问题呢。不能把大门与另一扇门设计在一条直线上，也就是说，门与门是不可以对齐设计的。还有，我们把主卧室设计在楼上，但一定不要把它设计在楼下客厅的上面，因为，主卧室是最私密的房间，要把二楼最里面的一个房间作为主卧室。"

专务看着岩岩："在学校，这些你都学过吗？"

岩岩红着脸："在中国没学过，在日本也没学过。我在中国做的都是高层住宅楼房设计，是按照国家统一标准设计的，从来没有做过住宅小楼设计，也没有考虑过这些生活上面的细节。难道做设计，关于人家的私事我们也要考虑进去吗？"

"当然了。作为一名好的建筑设计师，不仅要把建筑设计得美观、耐用，还要考虑到风土人情、生活习俗、家庭人伦及邻里和睦，这些因素都要反映到设计图面上。客户不懂，我们还要给他们做解释呐！我再跟你说一遍，我们日本人不喜欢大声说话，在家里说话声音都是很轻的，更不喜欢让邻居听到隔壁房间里的私密动静。"

"以后你还要多做这方面的设计，多实践。你没有时间去想其他的事情，去做营销，做好设计这才是社长雇用你的目的呢。"

岩岩毕恭毕敬地给他鞠了一个躬，心悦诚服："嗨！我明白了！"

专务满意地看着岩岩，露出了真诚的笑脸："对，就是这样回答。如果你明白了，就这样回答；如果你不明白，不要装懂，我们日本人特别讨厌不懂装懂的人。唉，我是不是让你害怕呀？"

岩岩依然毕恭毕敬地站着："你是让我感到害怕，但是，你说的都是真心话，你教我的都是真本事，我愿意跟你做设计。"岩岩又给他鞠了一个深度躬。

重新坐在设计桌前，岩岩感觉心里亮堂了许多。虽然，专务说话有些严厉，甚至有时会大声训斥，但是，现在的岩岩已经不会在心里纠结这些了。俗话说，严师手下出高徒嘛！

在他连损带挖苦的训教下，岩岩开始了既充实，又担心害怕的工作。渐渐地，她明白了专务的用意。其实，专务才是真正传授给自己技术的人呢。尽管他用毫不隐讳的方式解释生活空间与家庭情趣之间的联系，让岩岩汗颜、羞涩，但是，他所说的都是建筑设计所必须具备的知识。岩岩跟他学习设计中的精华，感到自己没有白受委屈。

专务对岩岩的要求很高，图纸上的线条画得不够重，他要岩岩重新描一遍；线条过于重了，他说没有层次感，要岩岩擦去重新画。每一次岩岩完成他的图纸，他都拿着尺子一毫米一毫米地去量，去校对。他要的是毫厘不差的尺寸、准确无误的计算和布局合理的设计，他要求每一个步骤都要清晰，不允许任何一个小小的误差，他是一个绝对不会让步的男人，这正是岩岩心跳的原因。他还要求在每一份平面图上要把家具布置设计进去，让客户一目了然。这不仅可以帮助客户把握空间尺寸，还可以让客户在搬进新居前就可以决定需要买什么样的家具。这正体现了日本人做工精细、计算精确、考虑问题周到的特点。岩岩对这样一位她所"痛恨"的上司发自内心地尊敬。这叫做猪八戒撞上罗刹女——甘拜下风。

但是，他们之间也时常会发生争执，专务大声训斥，岩岩则是低声顶撞。员工们也不知道他们是开玩笑呢，还是动真格的。

专务知道岩岩害怕自己，岩岩也知道现在专务离不开自己，他们已经是一根藤上的瓜了，谁都挂带着对方。岩岩也不是事事都顺从专务，如果他做得太过分了，岩岩无法与他拌嘴，最好的办法就是请病假，晒他两天。这个招数很管用，专务就怕自己的工作没有完成，在社长面前无法交代，因此，他开始害怕岩岩有病请假。只有在这个时候，他才会软下来："你不在的时候，为了赶画图纸，我取消了几个客户的咨询呢！你赶快把图画出来吧！嘿，你是真的病了吗？"

岩岩心里暗自高兴，看来，他也有不自在的时候呀！

她明确地告诉专务："你大声训斥我，我的身体就会闹毛病。你不是说了你们日本人最讨厌大声说话吗？你为什么不守规矩呢？"这一招很管用，专务减少了对岩岩的大声教训。

在与专务不断的交锋中，岩岩也不断地成长起来，她对自己的工作有了更多的自信。

第十三章

过情人节

到了2月初，"小婆婆"把"小媳妇"和岩岩找到一起，商量如何准备情人节礼物的事情。

"今年国家经济不景气，男员工们更辛苦。情人节嘛，我们买高级一点的巧克力分给他们，鼓励鼓励他们。""小婆婆"说。

"情人节不是谈情说爱的男孩子要送巧克力给女孩子吗？为什么我们女孩子要送男员工呢？"岩岩奇怪地望着"小婆婆"。

"小媳妇"瞟了一眼岩岩。

"在我们日本，情人节不光是谈恋爱的人送巧克力。在公司，男员工是顶梁柱，他们才是我们应该尊敬的人。让他们心里甜蜜，我们才能从他们手里获得更多的工作。对外，客户是我们的上帝，在公司内部，男员工就是我们女员工的上帝。公司每一年都做这件事情，我们女孩子分摊金额买巧克力送给他们。按照惯例，一个人出3千日元，今年多了一个人，比以前多了3千日元，可以买高级巧克力了。这不会影响我们的生活吧？""小婆婆"看了一眼岩岩。

"给男员工买巧克力，不会造成什么误会吧？以前我在学校，从来没有做过这样的事情。"岩岩依然疑惑地问。

"我们日本公司都会这样做的。每一年到了情人节，公司的女孩子们都会精心挑选巧克力送给男员工们。当然，在3月14日，男员工们也会返送给女孩子礼物的。其实，我们并不希望他们返送给我们什么，是让他们知道我们女孩子对他们的工作给予的鼓励，仅此而已。""小婆婆"耐心地解释着。

岩岩拿出3千日元交给她："拜托你了。"

2月14日早晨，岩岩去公司上班，发现在每一张男员工的桌子上都摆着一个精美的小盒子，盒子的下面还有一张写着"辛苦了！"的彩色小卡片。

当男员工们走进办公室，走到自己办公桌前，看到摆在桌上的巧克力，他们立刻精神起来。一个男员工说："嘿，我老婆可不舍得给我买巧克力呦！"另一位说："我老婆说什么买巧克力是浪费感情。"

岩岩看他们打开精美的小盒子，口水差点就流了出来。那些巧克力是"小婆婆"头一天下班后，去银座排长队买到的新鲜的法国巧克力，是在柜台前点心师现场制作的巧克力呀！

情人节那一天，男员工们对公司的三个女孩子显得异常和善，可是，专务却对岩岩说："你别以为我们吃了你们的巧克力就高兴了，下个月，我们还要还礼呢！我还有几个女朋友呢。她们花几百块钱给我买巧克力，我胆固醇高还吃不了，可是，下个月我还要买礼品还给她们，那可是要掏上万日元的事情呦！"他大声地喊冤。

情人节的晚上，岩岩下班后去了银座一家高级百货店。在巧克力专卖柜台前，聚集了很多穿戴时髦的女孩子。从她们竞相购买高级巧克力的情景，丝毫看不出经济疲软的迹象，那种被激情充斥起来的热情和奋勇掏钱包的画面都让岩岩诧异。那些年轻的女孩子们并不是买已经包装好了的巧克力，而是买点心师现场制作的新鲜巧克力；她们不是买日本国产的巧克力，而是买法国的名牌巧克力。那种看上去松软、散发着神秘香气的巧克力被装进精美的小盒子里。一个盒子里只有五块蚕豆粒那么大的巧克力，却要价5百日元。这个价格把岩岩惊坏了，可是，那些女孩子们排着长队去买，一买就是几盒。

看着诱人的巧克力，岩岩舌尖上的味蕾兴奋了；闻着那股神秘的香气，她嘴巴里的口水蓄满了。可是，这种奢侈的巧克力，她哪里敢款待自己的胃呢！她劝自己，回家吧，这不是现在的自己可以品尝的。

走在银座热闹喧嚣、摩肩接踵的街道上，看着穿戴俏丽时髦的女孩子们人人手里提着精美的礼品袋子，带着甜美的微笑去约会心中的那个情人，岩岩的心里留下的是无限的羡慕与怅然若失的寂寞。

她走着走着，突然，停下脚步，站在原地犹豫了一下后，重新又返回去买了一盒精致的巧克力，并马上给大竹打去了电话……他们之间磨磨蹭蹭、犹犹豫豫几年，相思却不敢恋，已经融入大龄群体，却依然不肯张口谈"恋"字。岩岩也倒想开了，"有情何怕隔年期"，只要双方真心实意，再等一两年又何妨呢？

3月14日是白巧克力节，是男人回送女人巧克力、礼物的日子。岩岩想知道公司的男员工们对女孩子们有什么样的表示。

那天一上班，营业部的男员工们就把回送的礼物给了"小婆婆"和"小媳妇"，阵阵欢笑声从一楼传到二楼，可是，楼上的男员工们却像往常一样换上工作服去了工地，他们对岩岩没有任何表示。

川村走到岩岩桌子前，掏出一块巧克力给她："昨天我老婆拿回来的，送给你吧！"他把巧克力放在岩岩手里，又坐回到自己的桌子前，继续工作。

打开包装纸，里面是一块白色巧克力，岩岩只得到了这块巧克力，她显得异常落寞。

专务走到她面前，悄声地说："我只给我的女朋友送礼物。你愿意做我的女朋友吗？"

岩岩气不打一处来："请你管好自己的嘴巴吧！"专务笑了笑，走开了。

这个时候，土井嬉皮笑脸地上楼来找岩岩，献媚地说："嘿，今天晚上，我请你出去吃饭吧，我就不送你东西了，你看呢？"岩岩反感地拒绝了他的好意。

当天晚上，她回到家后就接到了大竹打来的电话，他约岩岩一起去上野公园散步，说好在车站口等着她。

自从岩岩五年前辞掉酒吧工作以来，这是他们第四次见面。

车站就在岩岩住所附近，大竹上下班也一定要从这个车站乘车回家。满怀期盼的岩岩一走到车站口，大竹就绅士般地迎上来："啊，对不起，让你再次出门。你吃饭了吗？"

岩岩压抑着内心的欢喜，平静地看着他："我刚回到家，就接到了你的电话，还没有吃晚饭，你呢？"

大竹温和地一笑："我刚下班。我想，今天一定要见到你，就打了电话。咱们去上野吧！"他们肩并肩一起走进车站。

出了上野站，大竹建议先去吃晚饭，然后，再去公园散步，岩岩欣然应允了。

晚上的上野公园，人不多，三三两两的情侣在静谧的月夜下沿着弯弯曲曲的小路漫步，隐隐约约看得见几只鸭子在湖面上慢慢地漂游，偶尔从湖面传来它们"嘎嘎嘎"的叫声，清凉的空气中可以闻到初春的气息，几颗明亮的星星伴着一牙弯月，静静地从夜空俯瞰着大地。

他们沿着湖边的小径慢慢地走着。早春的晚上，习习晚风中依然带着一股凉气，岩岩不由地拉紧了外衣，冲大竹一笑："晚上还挺凉的。"

大竹看了一眼岩岩："你冷吗？把我的外衣穿上吧。"说着，他就要脱外衣。岩岩连忙说："谢谢你，我身上的热量还挺得住。哈哈哈，要是冬天，我可不想在这里散步。"

"你经常来这里吗？"大竹笑着问。

"是呀！我上大学时天天都经过这里，我就是喜欢看湖里的鸭子，有的时候，我还会蹲在湖边看鸭子游水呢。"岩岩的话里充满了对过去的思念。

"你跟我们日本女孩子不一样，说话直爽，是不是你们中国人都这样呢？"大竹充满好奇地问。

"是的，我们中国人说话比较直率，有什么就说什么，不像你们日本人说话拐弯抹角，挺累的。我们公司的人跟我说话总是说得让我摸不着头脑，还要猜。"岩岩开始讲自己公司的一些事情。

大竹认真地听，偶尔会扭过头去看一眼岩岩，神态与在斯拿库喝酒时俏皮活跃的样子截然不同，他成熟了，也沉稳了许多。在异性面前，岩岩把自己心里的郁闷全部倾泻了出来。

一条有力的胳膊轻轻地揽住了岩岩的腰身，她的身体像触了电似的颤抖了一下，大竹情不自禁地哼起了一支曲子，他们继续沿着公园的小径漫步。他既没有安慰，也没有批评，而是用一种男人的说法告诉岩岩："我和你一样有烦恼，只要是工作就会有烦恼。不是公司的员工对你不好，这是我们的规矩，大家都要遵守，谈不上人家欺负你。我们日本人做事情非常认真，用你们中国人的话说，就是'较真儿'，尤其是在辈分上，晚来公司的员工绝对要服从前辈的分配。你刚参加工作可能还不习惯，以后，我们可以多交流交流。哎，岩岩，你还记得以前我们唱过的那首歌《人生各种各样》吗？"他悠然地哼了起来，岩岩情不自禁地与他合上了拍……分手时，大竹火热的眼睛里闪出一丝缠绵的眼波，他从皮包里拿出一个精美的小盒子放在岩岩手里："你记得一个月以前的今天吗？"

岩岩默默地点了一下头，在月光下，她大胆地看着大竹，这与她在斯拿库时看大竹的心情不同，大竹健壮的身体与他棱角分明的男人脸膛，是那样令人着迷，她抑制内心澎湃翻滚的激情，把那个小盒子紧紧地抱在胸前。

3月中旬的一天晚上，侄子突然打来电话，告诉了岩岩一个好消息，他已经被一家玩具公司录用了。这突如其来的消息让岩岩有点不舒服。

"难道你不能再坚持两年多学习一些知识吗？"岩岩在电话的这一边有些不高兴地问他。

"我已经念得够够儿的了，想马上就工作。我已经26岁了，不想再念下去了。"侄子在电话的那一头坚决地说。

"可是，你愿意在那样的公司工作吗？"

"总公司下面有分公司，还有工厂。我是名牌大学毕业的，不会让我去工厂工作的，放心吧！"他不加思索地回答。

岩岩心里一阵难过。她明白自费留学的艰难与辛苦，更能理解一边打工、一边念书的不易。这个高中毕业就离开父母的大男孩，来到日本，学会了努力，学会了节约，学会了吃苦，也学会了忍耐，走到今天很是不易，但是，这份工作对他来说有点大材小用了。

他避开继续念书的话题："我们大学马上就要举行毕业典礼了。"

"我可以去参加你的毕业典礼。如果，你愿意的话。"

"小姑，你工作很忙，请假不容易，再说，你来一趟我们大学要花好多车费呢，算了吧。我还没听说过有大陆留学生的家长来的呢，只有台湾同学的父母来日本参加他们的毕业典礼。"

"就算是我代替你父母去的。有个亲人参加，你会感到更充实的。"

侄子诚恳地说："谢谢小姑，你还是踏实地工作吧！我们大陆来的学生没有那么多要求，只要能毕业就非常高兴了。我们几个兄弟马上就要各奔东西了，好在，大家都找到了工作，心早就飞出去了。我马上就要到东京公司总部研修三个月，然后，再进行分配。我这个名牌大学毕业的学生，准能留在东京工作的，到时候，我们就可以经常见面了。"侄子的心躁了，他迫不及待地想马上就去体验日本公司的工作生活，几年的苦读终于迎来了光明的前程。

放下电话，岩岩心里开始翻腾起来，几乎一宿没有睡着觉。

第二天上班，岩岩冲了一杯浓浓的咖啡，强打着精神坚持了一天。好在专务这一天外出不在公司，"小婆婆"也没有来打搅她，总算熬过了这一天。

日本人繁复的礼节从未因时代的变迁、因社会环境的变化而改变。几年寒窗，几年苦读，家长们终于盼到孩子们毕业了，他们不管自己住处与大学距离的远近，也不管各自家庭的贫富，都穿戴得体前来参加孩子们的毕业盛典，向孩子们祝贺，与孩子们一起分享那兴奋激动的时刻。

侄子有几位来自台湾的学友，他们的父母都专程从台湾来参加他们的毕业典礼，这让大陆来的留学生们无比羡慕。

岩岩还是请了半天假，一早赶到侄子的大学，给他送去了一套西装和一条颜色配套的领带作为他毕业的礼物。看着侄子穿着那套笔挺的西装，带着那条颜色适宜的领带，精神盎然地走进毕业典礼会场，她的眼眶湿润了。

毕业典礼结束后，岩岩在会场毕业典礼大牌子前，给侄子拍了一张毕业典礼照，然后，匆匆赶回东京上班了。

4月，岩岩满怀期待地等待着与侄子在东京见面，可是，他一进入公司，就开始了更加辛苦的三个月研修学习与训练考试。

老朋友蒋明从针灸专门学校毕业了，拿到了针灸结业证书，这是他来到日本后在学业上完成的第一步。他不想参加正规大学的学位拼搏，只想在东京拥有一所针灸治疗所，但是，仅仅有一本专门学校的结业证书根本无法在东京行医，他需要在医院里实习几年。

一天晚上，蒋明突然打来电话，请岩岩帮他一个忙："我想，只有你才能帮我这个忙。嗨，说起来真不好意思。我女儿大学毕业以后，找了一份保险公司的工作，不知道为什么突然就不干了。在这里，不工作，签证怎么办？我不能总是养着她吧？再说，我也不能帮助她解决签证呀？知道吗，她读了四年大学，一天工都不打，张口就问我要钱，直到现在，她还想靠着我，我真的不能再给她钱了。你能去劝劝她吗？她很尊敬你，谢谢你呀！"

蒋明的大女儿几年前来到东京，在一所私立大学念书，她认为自己的父亲有的是钱，理直气壮地伸手要钱。蒋明是一个花钱非常仔细的男人，对二十几岁的女儿伸手要钱的做法很不满。现在，他的小女儿步姐姐的后尘由着性子要钱。蒋明在岩岩面前不停地抱怨，不停地说自己的女儿是寄生虫，他用血汗钱供养着两个不是小姐却非要过小姐生活的女儿。

岩岩知道蒋明很会挣钱，尽管给人扎针和按摩非常辛苦，但是，他挣的钱也是一个了不起的数字。但不论怎么样，岩岩都决定去试一试，跟他的女儿谈谈，帮老朋友一把。

她与蒋明的女儿见了面。这个女孩子比刚来日本时显得有了一些光彩，说话的口吻明显带着职业女性的语调，或许，是她父亲一直供养她念书的缘故，她比其他女孩子显得安逸。她对岩岩很是尊重，一见面开口就是："岩岩阿姨，你比以前更有魅力了。看来，你工作蛮顺心的，是吧？我爸爸经常讲到你，让我向你学习呢！"女孩子白皙的皮肤、粉嫩的嘴唇、细嫩的小手，证明她是一个没有吃过打工之苦的女孩子。

"我没有像你父亲说的那样出色。念书、工作和生活，大家都一样。我的体会是，在公司人人平等，大家都按照章程、规矩办事。另外，在公司，除了工作，就是与人磨合。大家相互尊重，相互沟通与理解，不会干的活要主动去学，不懂的规矩，马上要适应。你在公司做什么工作？为什么你辞职了呢？"

"我们公司实行的是业绩制度，如果没有签到合同，就没有工资。我每天都在外面到处跑，找客户谈得口干舌燥，也没有谈成一个，公司只给我车费，大家对我很冷淡。知道吗，找客户谈合同不是那么好谈的，看到公司挂在墙上的业绩表，我感到很自卑。这种工作，我做不来，因此，我不干了。我让我爸爸帮助我另找一份工作，可他拒绝帮助我。我没有工作了，下一次谁给我签证呢！我爸爸只顾他自己，他心里哪有自己的女儿！"女孩除了抱怨工作辛苦，就是埋怨父亲的不是。

岩岩对眼前的女孩子没有太多的信心，一个人若不懂得体会他人的辛苦，这个人就太可怜了，不能说她是寄生虫吧，但也没有太好的词汇去形容她。岩岩苦心地做最后一次努力："你知道你父亲受了多少苦吗？你知道他每天晚上几点回家吗？他挣钱多，那是他用辛苦换来的。难道你还想继续让你父亲养活你吗？在经济衰退的今天，能够得到一份工作就要感谢上帝了。我们除了像日本人那样努力工作外，没有其他选择。不要以为有你父亲挣钱，你自己就可以随心所欲。你不去工作，不去奋斗，靠你父亲挣钱得到安逸的生活，那是不会长久的！"

岩岩无法说服这个被惯坏的女孩子，只好对蒋明道一声"对不起！"

春天来了，岩岩得到了更多的工作，为了节省时间，她干完了一件事，不得不跑着去干下一件事。营业部的签约合同到了开工季节，"小婆婆"忙着订购开工仪式需要的宗教物品和各种办公用品。公司所有的员工都开始忙碌起来。

日本民宅在开工之前，都要举行一场庄重的宗教仪式，就是风水大师在宅基地依据礼仪，祈祷工程顺利完工。只要公司有这样的仪式活动，都会根据客户的要求请社长、专务、主管合同的员工、施工部长参加。一切贡品和物品都是客户掏腰包，"小婆婆"负责采购。仪式结束后，每一位到现场的员工都可以得到一个现金红包，里面钱数的多少是有一定规矩的。凡是做建筑工程的人都懂这个业内规矩：住宅基础开工时，红包里是1万日元；上栋仪式时，是8千日元；工程竣工时，是1万日元。因此，每一个工程，营业部门和施工部门的有关人员都会得到额外的收入，这是合理合法、不用缴税的现金。而公司负责采购贡品的女孩子们，却得不到分文。不过，"小婆婆"也不抱怨，她会很高兴地采购自己喜欢的东西，采购似乎是她的一个嗜好。男员工们每一次得到了"外快"，都会送给"小婆婆"和"小媳妇"一点小礼物。

岩岩最喜欢"小婆婆"和"小媳妇"忙得脚丫子朝天了，那时，她才能踏踏实实地画图纸，可是，这样的日子并不多。

一天，"小婆婆"带"小媳妇"开车去工地送一批物品，距离远，中午回不来，她把公司内务大权交给了岩岩。这两个小婆媳不在，岩岩心中好高兴，耳朵边上少了两个唠叨的人，感觉放松了许多。

可是，谁会想到，就在这一天，不知道从哪里冒出来了一些客户，这个刚走，那个就进来了；刚刚端过去几杯茶水，另一批客户又来了。正忙得团团转，电话铃又响了，她赶快奔过去接听电话。那一头要她更换茶水，这一边要她拿资料，好嘛，她哪里得闲坐下来画图呀！端茶弄水的手还没有擦干，又来了客户。刚刚坐下来拿起绘图笔，又有事情要她去做。这个、那个、水呀、茶呀，她在两层楼之间上下奔跑着，幸亏她换了一双平底鞋，否则，不崴了脚脖子那才叫怪呢！这个时候，岩岩最想的就是"小婆婆"了，要是她在该多好！可是，忙归忙，岩岩还是很开心的。男员工们只要高兴，客户只要满意，她按照自己的想法去做，让客户来一个新鲜别样的感觉吧！她像飞出笼子的雀儿，爱怎样飞就怎样飞。她娴熟的动作和文雅的气质，赢得了客户的笑脸和营业部小伙子们温和的微笑，那一天，岩岩就像范进中举，都快乐疯了。

专务对岩岩却不是那么友善，他不冷不热地甩出一句话："你是我的部下，还是坂本的部下？"岩岩心里想，这下子可糟糕了，专务生气了，指不定要拿自己怎么开涮呢！

她偷偷跑到三楼会议室给"小婆婆"坂本打去电话，请她向专务解释一下，十万火急！"小婆婆"马上就给专务打来了电话，事态似乎平息了下来，专务不再打搅岩岩了。

这一天，岩岩除了忙事务性工作以外，根本没有在图纸上画上一道线。快下班的时候，那两个"小婆媳"总算风尘仆仆地赶回了公司。

"小婆婆"不在公司，让岩岩着着实实地忙乱了一天，看来，还真离不开这个"小婆婆"呢！岩岩对此感触极为深刻，"小婆婆"的能力彻底被她认可了。

"小婆婆"是一个君子言先不言后的人，她说话从来不躲躲闪闪的，当面直说，即使说得你羞红了脸，她也要告诉你一个明白，就连社长也怕她三分。

两天以后，岩岩总算把专务要的图纸做完了。她不愿意闲下来干坐着喝茶，便跑下楼向"小婆婆"要工作。看来，"小婆婆"那个时间段里也没有什么要紧的工作，她把一沓子废图纸交给岩岩："公司用的留言纸都是用这些废图纸做成的，你把它们裁成这个尺寸，装订起来，发给每人一本。以后，楼上的这个活就归你做了。"

这种工作，让岩岩哭笑不得，但有工作就比没有强。她不是那种偷懒的人，那一沓子图纸，喊哩喀喳一通剪裁装订，半天的功夫就完活了，可是，她的眼睛也快睁不开了，眼泪止不住地流出来。她心里嘀咕，这个活比画图都废眼睛！她又下楼找"小婆婆"要新工作。

"你为什么要做得这么快呀！我没有要求你什么时候做完，你做得那么快干什么！

我们天天来上班，不可能每时每刻都有活儿干。有活儿的时候好好干，没活儿的时候也不能让自己的手闲下来。最近，我们有点闲，那也不能让社长看着我们干坐着，更不能让那些男员工看着我们无事可做，不忙也要装得忙一些。专务最近有活给你吗？我跟你讲吧，公司就属我们可怜。那些男员工们干完活并不是马上回公司的，他们各自有各自的去处。只要他们把自己的工程做完，社长就不说话了。可是，我们女孩子就不同了，整天坐在办公室里，好像我们多舒服似的，其实，我们才是最辛苦的人呢。好了，以后，学聪明一点。""小婆婆"说话的时候，脸上依然没有任何笑容，但，她的话里却带着温存的友好。

忽然，她问岩岩："你不是想学做酱汤吗？正好今天有时间，冰箱里也有东西，我教你做吧，你愿意吗？"

岩岩的眼睛一下子就亮了起来："当然愿意啦！我学会以后，就可以上楼为大家做汤喝了。"

"小婆婆"仔细地把各种食材从冰箱里拿出来：干海带丝、小鱼干儿、豆子大小的干面团、一盒酱、一包海鲜调味料、一个葱头、一根胡萝卜和一小块豆腐，但是没有油，也没有肉。做酱汤有严格的程序，放多少材料，什么时候放酱，她一一教给了岩岩。最后，她嘱咐："酱汤临出锅时，才把调味料放进去，否则，味道就不鲜美。而且，人跟人的口味也不一样，社长喜欢用这种酱，大家也喝习惯了，如果换别的酱，大家肯定会说三道四的。"她每一道程序都做得非常认真，完全不像一个整天只会吃盒饭的女孩子。

日本家庭每天都要喝这种没有油，还鲜美爽口的酱汤。酱汤有很多种做法，酱的种类也很多，但必须要放那种海鲜调味料才能做出真正鲜美的日本酱汤。

从那以后，中午做酱汤便成了岩岩心里的一个念想，只要她有时间，就会兴致勃勃地为大家做酱汤。她做的汤就连最挑剔的施工部长都不停地点头："这就是我们想要的味道。"

女友肖云有很长一段时间没有跟岩岩联系了，岩岩心里很是挂念。一天晚上，她终于按捺不住担心给女友打去了电话，可是，电话一直打到半夜也没有人接。她一连打了几个晚上，仍然如此。她猜想着肖云八成出事了，但，她会去哪里呢？岩岩担心，却不敢往她工作的公司打电话。

就在岩岩为肖云的去向心焦的时候，突然一天晚上，接到了她的电话。她把自己的事情前前后后向岩岩唠叨了一遍后，岩岩大声地埋怨她："你简直不可原谅！"

肖云的事情让岩岩难过异常！她竟然不辞而别离开了公司。

"你可千万别往我们公司打电话呀！我已经离开公司半个多月了。我实在做不下去了，天天加班到深夜，一大早就要去公司上班，根本就没有自己的一点时间，工资少得可怜，奖金发得又少，我凭什么在那里干下去呀！反正我也不是正式员工，一年的雇用期，我刚拿到工资就离开了。我不服气嘛！凭我的学历，干这份工作，就是不甘心。你怎么样？我也不敢给你打电话，就怕走漏了风声。"肖云忧心忡忡。

岩岩火了："你是不是疯了？你怎么能这样做呢！你跟公司是有契约的呀！你不能一甩手就跑了！这不是让公司认为我们中国人不讲信用嘛！你的宿舍如何处理？你的各种福利也会因为你跑了而彻底作废，难道你是傻子吗？难道你不能再坚持一两年吗？你这样做就是柳树上开花，没结果呀！你傻呀，如果你正式辞退工作，还可以申请失业保险嘛！再说，你没有工作了，你的签证怎么办呀！你哥哥知道吗？"

"我现在住在我哥哥这里，他把我好一通骂！他要去我们公司道歉。他说我不可理喻，给中国人丢了脸，他希望我赶快回公司上班。我好恨他呀！"肖云说着说着，开始喘起了粗气，突然，她"哇"地大声哭了起来。

电话的那一头是肖云伤心的哭泣声，这一头是岩岩无限的担心。她无法理解女友的想法和做法。日本经济不振不仅让不少中国人尝到了求职的苦涩、融入日本社会的艰难，也让日本人遭到了前所未有的冲击，让日本每一个家庭都经历了一场严峻的考验，人人害怕自家的丈夫或者父亲失去工作。在这场日本经济下滑的漩涡里，中国人能够找到一份工作，有一份工资，只要能维持生活，就比背着贷款的日本人要幸福。

岩岩问："你以后如何打算？你想回国吗？"

"我不打算回国，我没有脸面见我父母。"肖云毫不犹豫地说："如果，我早点来日本，早几年毕业，就不会发生这些事情了。我们这一代人没好运气。岩岩，我好想你啊，有空吗？晚上我们能见上一面吗？"

"好吧，我们周日见吧。"

很长时间没有见到肖云了，她还是那样性感，那样美丽，然而，她眼睛里却没有了往日那种自信和骄傲的目光。

岩岩一见到肖云就不客气地说了她一顿："我真没有想到你是这样的一个人！这么不懂规矩！你知道吗，你做了一件大傻事呀！你不辞而别，你得不到失业保险金，等于丢掉了很多钱呀！那可都是你自己交的钱呀！你放在宿舍里的物品怎么处理？你呀，好糊涂！"

肖云脸上充满了愤怒，她气鼓鼓地反驳："公司付宿舍费，我一分钱也不掏，电话费也是公司支付，我走了，不用担心这些事情。只是我有几件东西没有拿回来挺可惜的。咳！你不知道，那种干不下去的滋味是怎样的苦涩！我就是一赌气，跑了。倒是让我哥哥说得我有点儿后悔了。那笔失业保险金拿不到太冤枉了！这些天，我哥哥下班一回家就说我，我心里真烦闷！"

"你不想回公司吗？你不想得到那笔失业保险金吗？回去吧！跟公司好好道个歉，再工作一段时间，等你找到了下一个工作，再辞职也不晚嘛！要不，我陪你一起去你们公司，跟公司讲一下你有特殊事情，暂时离开了公司。日本公司还是很讲人情的，他们会谅解你的。你再好好想一想吧，别轻易就放弃那份工作。"岩岩苦口婆心地劝她。

她犹豫了一下："我回去了，公司一定会狠狠地惩罚我，员工们也不会搭理我，唉，还是算了吧。"她已经死了心不想再回去，即使不要失业保险金也不能再回去上班了。

一个月后，肖云打来电话告诉岩岩，她在外县找到了一份秘书工作，虽然工资不太高，但不用加班，那里的消费也不高，她认为比第一份工作要好一些。

肖云搬到了外县，远离东京，她们想见一面都非常难。

又是一个月过去了，蒋明打来电话："我女儿结婚了。婚事办得很仓促，就是两家人在一起吃了一顿饭。唉，我女儿呀！她找不到工作，又不想回国。我女婿是她的一个客户，她没有给公司签上约，他们却搞到一起去了。也好，这样，她就有了依靠，找她丈夫要钱去吧！省去了我很多操心的事情。"

其实，蒋明很不满意女儿的婚事："我一点都不知道我女儿在谈朋友。突然有一天她告诉我，她要结婚了。我说，'你是发昏吧！'她说，'是真的。'我是大夫，一眼就看出来那个男人有点儿毛病。我劝她，慎重一点。可是，她非常任性，非要结婚不可。唉！我可真管不了自己的孩子了。"他的声音显得很痛苦，也很无奈。

蒋明拿到了针灸专门学校的结业证书后，在一家医院的中医理疗室里做针灸大夫。尽管他没有医师执照，但是，他比日本大夫还要自信，因为他的医术闻名遐迩，慕名而来的病人排着长队等他针灸、理疗。实话说，那些需要针灸、理疗的病人多半是筋骨疼痛的妇女和腰酸背疼的上班族女孩子，她们喜欢扎针后浑身舒服的感觉。八仙同过海，各自显神通，蒋明算是幸运的，五十多岁终于找到了自己应有的位置。

他待人和善，为人正直，很受日本人的欣赏。上班时，每天一大群病人找他扎针，下班后，找他看病的人开着车子请他到家里为无法外出的病人扎针理疗。他随身带的理疗提包里，放满了针具和火罐等用品。尽管每天他只睡五个小时，可是，他活得比任何一个人都好。他越忙越有精神，越给人家扎针他自己越有活力。他精神昂扬，从来不知道疲倦。难怪他女儿抱怨说自己的父亲只认钱，不认亲情。在他的视野里，泡沫经济破裂似乎跟他一点儿也不沾边。

经济低迷影响了一大批日本人的生活质量，这个时候的东京比任何时候都显得紧张而又充满了挑战，让人感到胆寒。斯拿库不再像以前那样吸引男人们了；卡拉OK成为很多在职人员消乏解压的去处；人们谈论的不再是发多少奖金和涨多少工资了，取而代之的是裁员和减薪；大家关注公司人事部门天天变化的面孔，心里算计着自己是否被划到退休、裁员的圈子里，就连休闲时间都变成了人们担心煎熬的时刻，品茶时品不出茶叶的清香甘醇，喝咖啡时也喝不出烤磨咖啡豆的醇厚香味，人生仿佛没有了快乐。

在日本生活了几年，岩岩已经被日本人的信誉和诚恳所折服了，她从来没有想到日本人也会做出坑人的恶心事情来，但是，这种事情竟然也跑进了她的生活里。

第十四章
搬家纠纷

岩岩与唐姐一直保持亲密的联系，由于双方都忙于工作，电话成了她们之间倾诉心事的工具。岩岩向她讲述公司里的人际关系，唐姐则感叹自己的人生。

唐姐离婚以后，她丈夫带着女儿去了美国，她一个人在东京拼搏。但她却赶上了好时候，在泡沫经济破裂以前，就进入了研究所。她经常参加学术研讨会，并不时在日本权威性杂志上发表论文，还去了美国做短期研究员。她已经在学术界里崭露头角，是中国留学生中杰出的人才。在她的生活里，丈夫不在了，女儿也不在身边了，她享受了一段自由快乐的独身生活。然而，时光荏苒，她越来越感到从未有过的寂寞。几天前，在美国的前夫突然向她提出复婚和共同抚养教育女儿的请求，并希望她去美国工作。为了这件事情，她给岩岩打来电话。

唐姐在电话里一说出这件事，岩岩立刻就表示赞同："唐姐，我看你还是复婚吧，本来嘛，你们之间就没有什么根本的冲突。你是有过家庭的人，知道独身生活的苦闷，难道你愿意像现在这样过一辈子吗？你丈夫是一个难得的好人，他会对你负责的。过去吧，这样，你的生活就完美了。"

电话的那一头沉默了一会儿，唐姐叹了一口气："没有想到你还挺开通的，我以为你会支持我在东京工作下去呢。唉，本来我已经不想再成家了，经你这么一说，我不是就要改变自己去迎合他了吗？"

"唉！怎么是迎合？夫妻之间，好比一根藤上的两个瓜，谁也离不开谁呀。他向你提出复婚，其实，就是向你承认了错误嘛！如果你愿意复婚，就别想那么多，别那么咬牙，去美国多好呀！我真羡慕你有一个那么好的男人。"

"他倒是挺诚恳的，不过，我要再考虑考虑，让我马上做出决定，我感到很困难。"

不管怎么说，岩岩还是衷心地希望自己的好朋友能够改变想法，与丈夫复合。

又过了一段时间，唐姐终于决定去美国与丈夫复婚了。在她大学导师的推荐下，美国一家研究所希望她去美国面试，前夫希望她马上来美国。

听到这个消息，岩岩高兴地说："太好了！你去美国依然能做研究工作，你的运气太好了！"

"我要先去美国与研究所的领导见一面之后再决定，顺便我也去看看他们。"

4月初，唐姐从美国返回日本，不久她接到了美国研究所的聘用通知书，研究所希望她一个月后能来上班。她决定离开日本去美国工作了。

岩岩扳着手指数着天数："时间有些仓促。一个月内，你不仅要交接工作，还要办好所有离开日本的事情，你一个人要搬走一个家呀！唐姐，我能为你做些什么吗？"她愿意帮助这位曾经对自己有恩的好朋友。

"谢谢你。不用了，你上班很忙，不能请假。我已经安排好了工作，搬家前几天在家里整理东西。搬家的时候，如果你方便，周末到这里帮我一下。"

岩岩想起几年前自己独闯国立大学时巧遇唐姐的那一幕。那个时候，岩岩在日语学校学习，进入大学学习是岩岩在日本求学之路最关键的突破点。她两眼一抹黑去大学寻求入学，正好遇上了唐姐。唐姐了解了岩岩的情况后，立刻带着她去找自己的导师——学科主任，并极力向导师推荐岩岩，又让正在做博士后研究的丈夫熬夜为岩岩修改入学课题研究计划。正是那份课题研究计划吸引了学科主任，他把岩岩推荐给学科另一位著名的教授，岩岩得以顺利进入那所最著名的国立大学师从于著名教授。唐姐是她的入学恩人，如果没有唐姐的帮助，她的求学之路还不知道会遇到什么样的坎坷。

求学之路不易，求职之旅更是艰难，几度惆怅，几度焦虑，几度无望，几度奋起，几度磨难，几度忧伤，悲与喜，苦与甜，忧与乐，风风雨雨，岩岩心里有苦，只要唐姐一劝，心情就会好起来。唐姐工作后，她们虽然不经常见面，却能在电话里谈心交流，相互鼓励，相互抚慰。

在日本遇上了唐姐这样的朋友，岩岩感到自己非常幸运。知恩图报，她总想为唐姐做些什么，可一直没有机会。现在唐姐要去美国了，总算有机会为唐姐做一些事情了，即使自己工作请假也要帮唐姐顺利离开日本。

为了搬家，唐姐找了两家公司，一家国际公司和一家日本公司。在比较了价格后，她选择了价格便宜的日本公司。众所周知，日本公司的服务是一流的，加上价格便宜，唐姐在与日本公司商谈后，毫不犹豫当场就签订了搬家合同，随后付了款。

唐姐的行期紧张，却安排得井井有条。按照搬家合同上规定的时间，搬家公司要在她离开日本的头四天把所有的家具和用品都运走。这没什么可说的，公司再忙，坂本再不愿意，岩岩也要请假去帮朋友最后这个忙。

周六下午，在规定的时间，搬家公司的车没有来，唐姐以为路上堵车才没有按时来，岩岩却有些不安。这家搬运公司为什么不准时来？为什么连个电话也没有？岩岩在日本生活了几年，非常相信日本人守约守时的习惯。日本人如果不能按时赴约，他们会在约定时间几分钟之前，打去抱歉电话，请求对方耐心等候几分钟。

时间一分钟一分钟地过去了，搬家的车子还没有来，唐姐开始冒汗了。她一连给那家公司打了几个电话，竟然没有人接听，她急得满头淌汗，这可怎么办？

天渐渐地黑了下来，车子依然没有踪影。这下子可激怒了岩岩，无论如何，这一天都要把家具及用品拉走，否则，唐姐就不能按时起飞了。这家公司到底葫芦里卖的什么药？为什么这样不讲信用？

唐姐研究所的一位年轻的日本同事听到这个消息后，万分火急地赶到了唐姐那里，不知道他用了什么招数，终于联系到了那家搬家公司的社长。就是他！向唐姐这个书呆子夸下了海口："从包装到搬运到港口，从美国港口到美国的家，一切都由本公司及美国合作公司承办。"这就是说，唐姐只需要整理上飞机的行李箱就行了。然而，这一天，整个情况都发生了意想不到的变化。那家社长告知，"现在找不到车子，你们自己找车子明天把家具运到港口，费用他们付。"这简直就是一个弥天大谎。唐姐真的傻眼儿了，她望着堆满房间的家具和用品打愣发呆。

那位聪明的日本同事见状，马上联系了另一家搬家公司，告知对方，要一辆车子，把行李运到港口。

虽然，现在唐姐是单身女子，但也在日本生活了十几年，并留有以前三口之家的部分家具，要用半天的时间把它们打成可以海运的包装，简直就是天方夜谭！

那个混蛋社长失约，把整个事情都搞乱了套。

好在日本同事帮助联系了车辆，买回包装用的全部材料并放弃了周八的休息时间，与她们一起包装家具和用品。

晚上八点多钟，那个搬家公司的社长惶惶然地赶到唐姐家，他不仅不承认自己的过失，还把责任推向了唐姐："我定的车子临时出了故障，我不是让你们自己找车子吗？"

这简直是一个混蛋骗局！岩岩被他的说法气得七窍生烟，竟忘记了唐姐的日本同事也在场，她一步跨到那个骗子社长眼前，几乎是在嚷："什么？难道你没有跟她签合同吗？难道你就是这样赚昧心钱吗？请你赶快想办法解决问题，不要再推卸责任了。今天晚上，你是不能走了，你要把你应该做的事情做了，否则，我就叫警察来。"岩岩的脸色气得通红通红。

那个社长看岩岩气愤的样子，向后倒退了一步："哎，哎，我们可以商量嘛！你们先把家具运到港口，费用我们公司以后会退给你，我还有其他事情要去办理。"说完，他把港口的名字、地点和离港时间写在一张纸上交给唐姐后，匆匆就离开了。

依照日本同事的观点，最要紧的是先把家具等用品包装起来，运到港口，等一切都办妥当了，再找他说理。

日本同事跑前忙后干了近十个小时，疲惫不堪，唐姐让他回去休息了。满屋子的家具和用品，如何才能在飞机起飞前把所有的事情办理完？

两个女干将废寝忘食地开始了突击性的打包装战斗，房间里到处都是东西，连下脚的地方都没有，空气里弥漫着紧张的气氛，她们一刻不停地一件一件地整理打包。岩岩觉得打包装竟然比挖防空洞都累人，仿佛肋叉子骨都要累断了似的！两姐妹累得精疲力竭，躺在已经捆绑好的家具包上迷瞪一会儿，喘口气，随便吃点东西，然后接着干，疲劳加上困倦，就在她们快要顶不住劲的时候，两人互相鼓励："坚持就是胜利！"

打包装战斗从周六的晚上一直持续到了周一的下午，总算把全部家具、用品捆绑包装完毕，在预定的时间里，卡车拉走了所有的物品。

余下来的东西又让她们打了一场疲劳战。附近几条街星期一不是扔垃圾的日子，她们用自行车把大大小小的垃圾袋子运到远处垃圾堆放指定地点，几个来回一跑，就是半夜了。周二早晨的飞机，房间里剩下的零碎残物以及最后的房间清扫，就是马不停蹄地干也干不完。岩岩气蒙了，也累傻了。唐姐已经无力说话了，坐在地上，望着空荡荡的房间，眼泪汪汪。看着她累得像一摊泥，岩岩越想越觉得窝火，越想越动气，真是狗尾巴熬西葫芦——怎么吧嗒怎么不是滋味，她拍了拍唐姐的肩膀，自告奋勇地安慰她："你放心走吧，这里的一切就交给我去处理。"

日本，每一个行业都有着自己完整的制度，租用房屋，租房时是什么样子，退租时还是什么样子，否则，不退押金。可是她们没有时间做最后的房间清扫，就这样白白地损失了一笔高额押金。

在机场，岩岩看着唐姐那副狼狈的样子，心里有种说不出来的难受。她本应该体体面面地离开日本，可是，就在去机场之前，她和岩岩还在尽最后的努力试图把房间打扫干净，以至于连手都没有洗，就匆匆忙忙地去了机场。岩岩一把抱住她，从此，她们就要分开，隔海相望。

唐姐开起了玩笑："你看，我像不像刚搬完木头的大工？穿着这身脏衣服去旅行。"到了这个时候，她还开玩笑，就好像她的那些困境与忙乱是花钱买来的愿意。

她摊开两只手，苦笑着："你看，我的手都是黑乎乎的，真不好意思进海关。唉，没换衣服还真是别扭呢。"

岩岩看着唐姐，看着看着，竟然"哈哈哈"地笑了起来，最后，她竟然坐在了地上笑起来，唐姐一边小声责怪她，一边不停地搓着双手，她的样子既让人心疼，又令人忍俊不禁，那个场面深深地刻在了岩岩的脑海里。

送别的时间总是过得太快，唐姐依依不舍告别了岩岩，走进海关。看着她的背影，岩岩流出了难过的眼泪。唐姐走得仓促，走得劳累，走得让岩岩想大声骂人。

回到家里，岩岩打开在机场唐姐交给自己的一封信，读着读着，不觉眼泪洒满了胸前。唐姐为了让岩岩在日本生活得不寂寞，把她在东京好朋友的地址一一写在了上面，嘱咐岩岩："你有朋友，你不会孤独的，你会在日本生活得更加美好。"

6月底，岩岩接到唐姐的电话：那家搬运公司称由于实际装船的体积超出合同上的预算体积，不仅不退卡车运输费，还要追加费用。如果不付追加款，行李就扣在美国港口，并交仓库保管费。没有办法，她交了追加款，才得到了行李。

唐姐从大西洋彼岸道出了她的感慨："我没有想到，在我最后离开日本的时候，竟然让我改变了以往对日本的好感，这让我非常失望。"

岩岩听着唐姐的诉说，怒气冲天，那家搬运公司的做法是闻所未闻，是可忍，孰不可忍，她决心为唐姐找回公道。

岩岩和唐姐研究所的那位日本同事取得了联系。唐姐搬家的事情让他这个日本人感到非常气愤，也很没有面子，他不能容忍这种不讲信用的做法和损害客户利益的行为，他认为应该把那家搬家公司告上法庭。

他的建议正好与岩岩心里想的合上了拍，她愿意为这件事情讨个说法。

明明知道打官司是要付出时间和金钱代价的，可是，岩岩那股子倔劲儿上来了，一不做二不休，为好朋友，瞎子发眼儿——豁出去了！

侄子参加公司新员工三个月的研修训练，紧张忙碌，转眼到了6月底，研修训练结束了。他一心盼望的留在东京工作的愿望破灭了，公司把他分到外县的一家超市，做玩具柜台经理。这个决定好似晴天霹雳，震得他不知东南西北，服从公司分配是每一位员工进公司时做出的承诺。他没有时间与岩岩见面，拿着人事部的信函，打起行装去了外县。

那是一家地处偏僻地段的超市，里面有一个面积不大的玩具柜台，他的工作就是向孩子们展示玩具，然后，努力把玩具卖出去。在那个偏僻蹩脚的地方，他一天见不到几个人，只有到了周末才能看到孩子来玩儿玩具，一天到晚，柜台前冷冷落落，他要站在那里坚守岗位十几个小时，那种叫天天不应、叫地地不灵的现状让他苦闷，让他无奈，让他发狂！

往日与同学在一起的欢乐时光常常浮现在他的脑海里。他来到日本，吃了很多苦，而感到最痛苦的便是把他发配到这个地方来工作。每一天，他一睁开眼睛就要去超市上班；站在柜台里，看看登记册，查查账目，摆弄摆弄玩具，玩儿一玩儿，掌握一下要领；孩子来的时候，向他们讲解讲解玩具的性能和要领，示范一下游戏。枯燥、无聊的工作！十几个小时站在柜台里，即使站得脚后跟疼，也不能坐一下。他冥思苦想，猴年马月自己才能熬到总部去工作？

他想给岩岩打电话，可是，公司有规定，上班时间不能打私人电话，于是，岩岩下班回家后给他打电话，打电话成了他们相互倾诉烦恼的唯一途径。长途电话费一个月下来就是好几千日元。鞭长莫及，岩岩除了打电话安慰他以外，别无他法。

那是一种比苦行僧还要苦的日子，把一个能说会道、善于交往、血气方刚的小伙子拘在了那里，出头的日子遥遥无期。

8月的一天，侄子又打来电话，焦急地问："你说我还能回到东京吗？我真后悔不该匆忙就去工作。我真的不能在这里再待下去了，我学了那么多，苦读了那么书，难道就是为了围着一个小柜台转悠吗？小姑，你说我该如何解脱出去？"

岩岩向他推荐："现在日本不景气，大家找工作都很难，可你在那里工作实在是不值啊。出路只有一条，就是回到大学继续念书，读硕士学位。"

"可是，我没有把握考研究生呀！我们大学考试非常难，考不上就意味着回国！我的工作签证只有半年的时间了。"

岩岩帮助他分析了方方面面，直率地告诉他："学习是没有捷径可走的，好好复习，鼓足勇气去试一把吧！我相信你，你行！"

"我真的不想再呆在这里了，一天也不想！我马上就辞职，报考母校的研究生还来得及，我只能对公司说'对不起了'。"

岩岩坚决支持他的想法，鼓励他："辞职没有什么，念书是正当理由嘛！你要做好充分准备，你们大学研究生的入学考试很难。"

"我回到母校，马上就进入备战状态，一定要考进去！"

8月底，侄子辞去了工作，向母校研究生院递交了报名申请。很快，他就收到了半年研究生的录取通知单。

在社会上转悠了半年的侄子，带着满腹惆怅和对未来美好的憧憬，重新回到了大学。此时的他，只有一个念头，就是豁出去了也要考进这所大学的经济经营研究科硕士课程。弯路走过一回，他更加珍惜这次机会，竭尽全力奋起直追。

日本，这个美丽的小岛国，在岩岩的心里是一个十分完善的国家。自从她来到了这个国家以后，无论奋斗的路有多么艰难，生活有多么孤独，她都一步一步地向前迈进，她从来没有想过后退，更没有想过依赖谁去生活。尽管百货商店里那些奢侈的商品不是自己所能享用的，那些高级食品自己没有能力去购买，但是，只要去努力，去奋斗，总有一天可以得到那些现在自己可望而不可即的东西。日本人有教养，有礼貌，街道干净，讲究邻里情感，如果丢了什么东西，它会神奇般地重新回到失主手里；日本公司讲信誉，重质量，电器产品，甚至琐碎的生活小物品，都经久耐用；日本社会安全，晚上睡觉可以不锁门，即使白天忘记了锁门，也不用担心会有外人、窃贼入室。生活在日本人中间，岩岩感到身心舒服，放心愉快。可是，唐姐搬家一事却在她的心里燃烧起了一股恶火。她怎么也没有想到在这个客户至上的国家里还会发生这样的事情！那种不负责任的做法，那种狡辩的说辞都让她无法原谅对方。她告诉唐姐，这件事情一定要讨回一个说法。

她找到律师了解并咨询了像唐姐这种没有损失多少钱但损害了消费者利益的案子如何办理。律师事务所不受理这个案子，言外之意，案子对他们没有多少油水。岩岩并不想就此罢休，她想到了那位作为优秀律师的国会议员。对，就请他来帮这个忙。

岩岩想得太单纯了，国会议员哪能说见就能见到呢。

一天，她按约定的时间去了议员事务所，不巧，议员临时有事不在，他让秘书接待了岩岩。

秘书认真听取了事情经过后，温和地对她说："议员现在已经不再办理任何法律案子了，他现在的工作都是处理一些国家的事情。不过，我可以向你推荐一家消费者民事法庭，你的案情在他们那里是可以得到帮助的。"

岩岩决定去那里投诉。

那家民事法庭位于横滨市，免费向消费者提供法律援助，专门处理一些够不上官司却损害消费者利益的案件。

为了搞清楚是与非，为了找回公道，岩岩不顾公司的"小婆婆"高兴与否，专务如何催着要图纸，她决定请假去一趟那家法庭，探一探路子。

乘坐两个多小时的地铁和电车，又换乘公共汽车，将近四个小时，总算找到了法庭所在地。站在大门前，她望着这栋简朴的法院大楼，"衙门"的字眼儿猛地冲进脑子里，她不觉心头紧缩了一下："好可怕呀！"

在来这里之前，岩岩想得很简单，只想把唐姐受到的不公在这里倾诉一番，而当她真的站在法庭门外的时候，心里却产生出一种无名的胆怯。他们会不会把我当成无理取闹者抓起来呢？会不会把我告到公司去呢？会不会罚我的钱呢？自己会不会是偷鸡不成，反蚀了一把米呢？她犹豫了很长时间，最后咬了咬牙，忐忑不安地硬着头皮推开了那扇大门。

岩岩走进大门，站在大厅里四处张望。一位面带笑容、和善可亲的中年女性走了过来，和气地问："你有什么事情需要在这里办理吗？"

岩岩深深地吸了一口气，定了定神，平静了一下慌乱的心态，讲述了来这里的原因，随后，那位女士笑眯眯地带着她去了一间办公室，在那里，她把岩岩交给了另一位女士。

这位女士正是民事法庭的法官，她谦逊地让岩岩坐下来叙述事情的经过。

眼前的女性，并不是岩岩心目中想象的那种威严法官的形象，她没有一点架子，平易近人，平和坦诚。

她五十开外，中等身材，端庄秀丽，眼睛闪烁着智慧、正直、刚毅与和蔼的目光，质地上乘素雅的服装让她的神态显得庄严。

她直截了当地问："请你告诉我，你受到了什么样的经济损失？"

岩岩没有马上回答。停了一会儿，她又告诉岩岩："我们是为消费者办事的法庭，任何损害消费者利益的案情都可以到我们这里办理，我们这里是免费的。你受到了什么样的经济损失？"她又问了一遍。

岩岩证实了这里是不收费用的法庭的说法，她开始详细讲述了唐姐搬家所遇到的麻烦。在她的陈述里，没有过于强调搬家公司的不是，但，她却愤怒地讲述了搬家公司不守约的过错，以及对唐姐所造成的极大困窘和经济损失。

女法官静静地听着，不断地做着记录，当她知道了岩岩费尽周折找到这里的时候，亲切地告诉她："你的案子我接收了。你来一趟要花很长时间，你就不要为此事跑来跑去了，以后，我们通过电话联系，我可以往你们公司打电话找你吗？"

岩岩摇摇头："我们公司不允许接私人电话，更不允许打私人电话。如果需要我来，请假我也会过来的。"

"你家有传真机吗？我把事情的处理过程写成文件传给你，你也可以用传真的方式发信件给我，这样，你就不用来这里了。安心上班吧，我们会公正办事的。"女法官平静地说。

岩岩望着眼前的女法官，小声地问："我是中国人，那家是日本公司，我担心——"

"在我们国家，法律面前人人平等，我们法庭受理的案件是不分国界的。放心吧！"女法官表情庄重，掷地有声地说道。

女法官留给岩岩很深的印象，落在她心里的是正义的感觉。

岩岩把见到女法官的事情告诉了唐姐，让她按照女法官的要求写一份事情发生经过的书面材料。很快，岩岩就收到了她的回信，并用传真机发送给女法官。一个星期后，岩岩下班回到家，看到传真机上女法官的回信。

女法官审阅了唐姐书写的材料，又去那家搬家公司进行了调查，可是，那家社长一口否认，称他没有错误！

岩岩读完女法官的回信，心潮澎湃，气愤至极。否认？简直是岂有此理！

如何才能证明那家搬运公司违约？只凭唐姐书写的材料和岩岩的陈述还不够，必须要有证人证明那家搬运公司违约了，这样女法官才好处理。"对，找证人。我怎么没想到这一点呢？"岩岩拍着前额自语。她想到了唐姐的那位曾帮过忙的日本同事，对，就找他。她立即打电话找到了那位同事，希望他为此事写一份证明材料。同事二话不说爽快地答应下来，并写了一份长长的事情经过材料直接发给了女法官。

又过了一段时间，女法官寄来公函，要求岩岩来法庭与那家社长面对面地核实事情的真伪，岩岩不得不再次请假。而在规定的时间里，那位可气的社长竟然没有到场，他电话告之女法官"临时有事，不能到场"。

他对法庭约定的时间置若罔闻的做法惹恼了女法官，无视法庭就是无视法律！那位社长竟然把法庭的公函当成了一张便条！

"他违反了法律规程。无视法庭、无视国家宪法的做法就是犯罪，我要把他捉拿归案！"当着岩岩的面，女法官拍案而起，怒不可遏。

在法庭上，岩岩真真切切地看到了女法官的威严。以前，只有在电影里才能听到和看到的法庭用语和场景，现在，自己正在亲身经历，现实中听到的声音和场景与电影里的截然不同，感受与看电影有天差地别，女法官的那种威严，是对蔑视法庭尊严的暴怒，岩岩感到一阵心颤。她看到了法律的尊严，看到了女法官办事的果断与严厉，可是，她不知道以后这个案子会怎样进行，最终会是什么结果。女法官看到岩岩气得脸色灰暗，让她回家等候消息。

坐在电车里，岩岩的脑海里空空荡荡，旅途劳顿使她昏昏欲睡。随着电车有节奏的晃动，她渐渐地进入了梦乡……腾！她一下子惊醒了，法庭上的情景一幕幕重新出现在脑海里，虽然女法官掷地有声地道出了法律的威严，可是这个案子毕竟是一个外国人跟日本公司打官司，女法官是否能对外国人秉公执法？在不花一文钱的法庭上，自己的案子能够得到公正的裁决吗？她疑虑重重。女法官那张漂亮的脸上露出的严厉神情又浮现在她的脑海里，漂亮的女人在愤怒的时候，呈现的那种震撼人心的美，可是这种美真的能为唐姐的案子做出公正的裁决吗？她猜忌，她顾虑，她心神不定。

岩岩照常上班、教课，然而，案子的法庭程序，让她感到身心极度疲惫。一想到这件不知道何时才能结束的案子，她心里就发毛，几次她都想放弃，哪怕自己赔偿唐姐的经济损失，也不想再让自己的身体超负荷地去承受往返于法庭、公司和学校之间的劳累，以及心理的焦虑不安了。

可是，与唐姐的情谊和她在机场上无奈的表情，让岩岩无法放弃已经进行的这个案子。以前唐姐帮助自己的情景历历在目，感激之情再次回到了她的心里。"不到黄河心不死，现在，我就是老鼠尾巴，打一百棒槌也不会改变初衷了。我一定要让那个社长低头认错！"岩岩下定了决心。

到了这个时候，就是心理素质的考验了，岩岩睡不香，工作时心神不定，教书时心绪不宁，如果这个案子再这样拖延下去，自己真的能够坚持到底吗？岩岩心里没有底。她向苍天祈求，祈求早一些给自己一个说法，早一天结束这个不应该发生的损害消费者利益的案件。

那家搬运公司不按照合同办事，又不采取措施处理的做法显然是损害了消费者的利益。无论这场官司是疲劳战也好，精神战也罢，持久战也不一定，结果究竟会是怎样，岩岩全然不想，一门心思全力以赴地做好每一件女法官要求做的事。她在接到女法官的公函后毫不迟疑地到法庭去办理事情的认真态度，也让女法官看到了这个中国女孩子的决心。女法官第二次给那位社长发去了公函，可是，他再次无视法庭，又一次没有到庭。

很长一段时间，法庭那边一点消息也没有，岩岩开始烦躁起来，她不知道这个案子要到何年何月才能结束。一天晚上，岩岩回到家，刚要准备做饭，女法官就打来了电话："告诉你一个好消息，警察已经查封了那家公司，并逮捕了社长。他现在就在我们法庭的拘留室里，他已经向法庭承认了他对消费者所造成的损害，法庭责成他赔偿消费者所有的经济损失。现在，请你把你朋友的银行账号信息告诉我，我会把对方给予她的赔偿款尽快地汇到她在日本银行的账号里去。"

"她离开日本的时候，已经终止了所有银行账号，她已经没有日本银行账号了。如果可以的话，请把钱款打入我的账号里。"岩岩停顿了一下，接着问："不知道这样办理需要什么手续？"

"你的朋友需要写一封委托书，说明情况，就可以办理了。"

"好的，我马上就告诉我的朋友。"

女法官接着说："我们以前接到过一封投诉那家搬运公司的信，情况跟你的类似，但是当事人已经离开日本了，又没有代理人，我们无法处理。现在，你找到了我们，我们决不允许损害消费者利益的事情再次发生。我们法庭是为消费者服务的，任何有损于消费者利益的案子，我们都会秉公办事，法律面前人人平等。你辛苦了，这几个月，耽误了你很多时间，对不起。以后，你遇到任何消费上的麻烦都可以来找我们。"

听了这些话，岩岩情绪激动地说："谢谢你，这么晚了，你还在工作。谢谢你所做出的公正裁决，你们为民办事的精神可贵可敬。"

"这件事情到今天为止结束了，我只想把这个好消息早一点告诉你，请你转达我们对你朋友的歉意。"

这一天晚上，岩岩终于从案件中解脱了出来，她兴奋得不知如何是好。这个打了近半年的官司，愤怒与担心交织在一起，她都要精神崩溃了，她感觉自己像大病初愈后那么虚弱。

远在大西洋彼岸的唐姐听到了这个令人开心的结果时，她用"谢"和"恩"字，表达了对这种不分国籍、人人平等的法律的崇敬，她感觉到日本依然是她最值得留恋的国家。

女法官秉公执法，不分国籍，维护法律尊严的高尚品行，令岩岩敬佩不已。为了表示感谢，她请假去法院看望这位女法官，并送给她一条中国丝绸围巾。女法官含着微笑拒绝了岩岩的好意："作为国家公务员，我们有严格的道德准则。"

在日本，几乎每一个人都自觉地遵守社会的道德准则，遵守法律，尤其是国家公务员更是以身作则，他们大都生活检点，态度谦逊，他们知道即使收受一件小礼物都将受到纪律的惩处。因此，女法官说完那句话后，岩岩红着脸收起了想送的礼物，并对她表示了深深的歉意。在廉正的女法官面前，她为自己的做法感到无地自容。

为了弘扬这种为民办事、秉公执法、两袖清风的美德，唐姐给日本消费者法庭写了一封热情洋溢的感谢信，表达了对那位女法官公平执法的美德和迅速处理案件作风的敬意。为此，上级领导对女法官的业绩给予了表扬，并嘉奖她一面"执法公正"的锦旗。

事过之后，岩岩突然想到了自己的安全，那位社长会不会因为法庭查封了他的公司，而记恨上了自己？我一个独身女子在东京生活，是否安全？她感到极度的不安。她把自己的担心告诉了公司的上海人——土井，并决定更换电话号码。

上海人听了以后，嘲讽她："他的公司都被封掉了，他在警察局已经备了案，哪里还敢冒犯你？再说，日本这么安全，哪里会有生命危险？哎，换电话号码可要花钱的，我劝你别花那份冤枉钱了。"

可是，岩岩不换电话号码就睡不着觉，一定要去办理这件事情。下班后，上海人只好开着车带她去电话公司。到了那里已经是差10分钟就要下班了，工作人员正在做下班前的准备。岩岩和土井急匆匆地走进营业厅，一位小伙子迎上来，他向他们恭恭敬敬地掬了一个躬，然后彬彬有礼地问："你们来办理什么手续呀？"

岩岩吞吞吐吐地说："我想更换电话号码，现在还可以办理吗？"

"可以可以，请到这边来吧。"

这个时候，一位女员工笑眯眯地端来了两杯茶。小伙子耐心地询问了他们的要求，然后，拿出合同，逐条地向他们做了一番细致的解释。岩岩看了看手表，坐立不安，想改一天再来。

小伙子笑着说："没有关系，不用担心时间，为客户服务是我们的工作嘛！"

办理更换电话号码的申请，足足用了30分钟的时间。当他们离开时，小伙子和那位女员工向他们鞠躬道谢，那种全方位的服务就像一块热碳把岩岩的不安烧成了灰烬。日本员工为客户服务的热情与诚恳，细致与周到，让岩岩再一次见识到了什么是优质服务。

更换了电话号码，她不再担心自己的安全了，有公司、有同事在自己的身边，她什么也不害怕了。

上海人土井依然喜欢岩岩，时常开玩笑："嘿，你就做我的女朋友吧，你和我合作准能把他们都比下去。哎，你想买什么，我一定满足你。嘻嘻嘻。"

岩岩嫌恶地瞪着他："你先和你老婆离了婚，我们再谈朋友吧。"

"我不离婚。"他不打磕巴地说："你知道吗，在日本离婚立刻就会变成穷光蛋，我才不离呐！"

"我看你挺缺德的，你老婆够倒霉的，你来日本难道就是想再搞一个女人吗？要知道，搞女人是要花钱的。"岩岩鄙视地对他说。

"我告诉你吧，我就是把工资全部交给她，我一分钱也不要，我也有钱。我买卖股票，这比挣工资要容易得多，挣得多嘛！"

岩岩已经完全不再相信他了："你除了会吹，还会骗人、耍把戏，以后，请你对我说话礼貌一点吧！"

上海人没皮没脸地笑了："你就是认真嘛！你跟着我干，我不会让你受委屈的，如果你愿意，我去跟社长谈，把你调到营业部来工作。"

岩岩只觉得脸上发烧，心里骂着：好你个坏小子，在我身上打主意，往后走着瞧吧！他们之间的事情，公司里没有人看得明白，他们讲的是汉语，没有人听得懂，只不过，他们之间经常会发生争执，让大家无法理解这两个中国人搞的是什么名堂。

唐姐在美国与丈夫复婚了，他们一家三口重新聚在了一起，当她把生活安排妥善后，便打电话给岩岩，热情地邀请岩岩去美国度假。岩岩也一直想去美国亲眼见识那些耸入云霄的摩天大楼，还想去华盛顿，她愉快地接受了唐姐的邀请。

岩岩决定利用新年的几天假期去美国看看唐姐及她的一家。她请唐姐写了一封邀请函为申请签证做准备，可是，当她兴冲冲地去大使馆办理签证的时候，却遇上了很大的麻烦。

第十五章
签证受阻

　　自从情人节岩岩与大竹互送了巧克力以后，他们之间的关系也开始有了微妙的变化，但是，他们彼此又很克制，每一次见面双方都彬彬有礼，说话也很有分寸。以前，岩岩曾忍痛拒绝过对方的爱慕之情，时过境迁，她的生活发生了很大变化，现在，虽然她和大竹还不能说是在同一水平上，但双方的差距已经不大了。大竹让她心跳，让她倾心，她几次都想讲出自己对大竹的真实感情，但矜持让她无法开口。

　　大竹对岩岩很有一番耐心，他知道对方文雅清高，因此，说话也非常注意。他知道高中学校有两位男老师也在追求岩岩，但他不动声色，不急不躁，胸有成竹地和岩岩交往，他说话办事绝不会让岩岩感到不适。

　　他们彼此的工作地点离得很近，见面也很方便，有时，他们在车站附近的餐馆里一边吃饭，一边聊一聊天儿；有时，他们也会去卡拉OK唱一唱歌；但是，岩岩要求双方必须遵守A—A制的规则，饭后各付各的款，这让大竹觉得很没有面子。他笑着对岩岩说："在日本，我们男孩子是要付饭费的。你们中国也是A—A制吗？"

　　"我不知道，我想，这是我们家的家规吧！"

　　大竹多次暗示岩岩，相互之间的年龄都不小了，希望自己能够有一个家庭，他眼睛里充满了感情，但又不敢直说。这种欲言又止的神态时常搅得岩岩无法入睡，她何尝不想拥有一个自己的小家呢？

　　岩岩不敢正视大竹那双晶亮犀利的大眼睛，她回避他的话音，但是，她却疯狂地想着他。她痛苦地抑制着自己的感情，她需要自己的根基再坚实一些，再深固一些，那个时候，她愿意奉献自己的全部情感。

　　一天晚上，岩岩喝了一点酒，借着酒劲儿，给大竹打去电话，娓娓倾诉着自己远离亲人的寂寞和在工作中遇到的不快，大竹默默地听她述说。她对大竹讲："请你再给我一段时间，好吗？"

大竹急切地回应："明天我不加班了，我们去银座走一走好吗？我不会再让你感到寂寞了。我们可以旅游，可以爬山。日本有很多地方值得去看一看，只要你高兴，我们就去。"岩岩答应他去银座散步。

公司营业部每一个员工都配有一辆公车，施工部也给每人都配上了车。但是，公司的车必须要在当天晚上开回公司，不得私用。

一天，一位营业员昏昏沉沉地开车出去办事，在一个狭窄的路口出了交通事故。幸亏他没有忘记系安全带，惯力才没有把他从车里掀出去，可他的脸却撞到了玻璃上，胳膊也骨折了。坐在副座上的员工因没有系安全带，从前面的玻璃窗被甩了出去，几根肋骨被撞断了，好在生命保住了。

这个营业员在医院里做了鼻骨手术后，在家里只休息了两天，就去公司上班了。缠在他脸上的绷带遮盖了他多半个脸，社长看到他的时候，一句安慰的话都没有说，反而生气地告诉他："你是知道交通规则的，为什么你开车不监督你的同事系安全带？幸亏他没有生命危险，可是，他现在还在医院里呢！我跟你们讲过多少遍，车开得再好，也要遵守交通安全规则，系安全带是最基本的常识。你这个样子怎么和客户谈事情？你回家好好休息去吧！"

社长是一个说一不二的男人，他最讨厌自己的员工上班衣着不整，胡子拉碴，头发蓬乱的样子，只要他看到哪一位员工穿戴不规范，立马就让他回家去。

出车祸的营业员头一天陪客户喝酒直到凌晨，步行回到宿舍，烂泥一摊地昏睡到了第二天，早晨又要出去谈合同，一出门便发生了交通事故。因为这次事故，社长下班后临时召开了全体员工大会，狠狠地批评了营业部的干部，他并不同情那位陪客户喝酒谈合同而出交通事故的员工。他再次提醒大家"安全第一，客户至上"，他不容许员工为了签下合同而无视规章制度的做法。

1997年刚进入11月下旬，公司就开始忙着筹备礼品，写新年贺卡。这一年，"小婆婆"坂本让岩岩单独上三楼包装所有的新年礼品盒，她和"小媳妇"则负责外出采购。她对岩岩说："今年我们为公司节省开支，自己去把东西运回来，这样可以省一笔快递费。你辛苦了，如果你包不完，下班后我们一起包。"

岩岩"嗨！嗨！"地答应着，可心里却想着办理签证的事情，她必须请假去美国大使馆办理签证，这需要得到"小婆婆"的批准。

还好，"小婆婆"并没有刁难她，准了她半天假。初次去美国大使馆办理签证，岩岩没有一点经验，不知道应该带什么证件，她猜想，只要有护照就可以办理。

前去美国大使馆办签证的人很多，拿号排队。好不容易叫到了她，她兴奋地把护照递进窗口，办事员微笑地问："你有申请表吗？我们需要你准备这些证件和材料。"他递给岩岩一份厚厚的申请表，然后，客气地说："你把这些材料准备好了，再来申请吧！"

岩岩拿着那份表格，嘲笑自己：简直就是一个大傻瓜！

回到家，她开始填写那些英文申请表，吭吭哧哧地干了几个晚上，才填好。她带着这些材料又去了大使馆。办事员告诉她："我们需要公司的证明信，还要有往返飞机票。"申请被退了回来，她心里十分憋闷，也想不通，用自己的假期出去旅行，凭什么要告诉公司？为什么大使馆一定要公司的证明信？这明摆着不相信自己嘛！

岩岩生气并生硬地问对方："我不明白，为什么一定要公司的证明信？难道你怀疑我不回来吗？"

"我没有理由不相信你，但是，我们办理过你们国家女孩子的旅游签证，她们去了没有回来，所以，我无法相信你的话。"他一直微笑着。

一股热辣辣的羞辱烧红了岩岩的脸，她克制自己的情绪，告诉对方："她们不回来跟我有何干？我想利用新年假期去探望我的女朋友。你知道吗，新年期间的飞机票非常贵，我正是为了不耽误工作，才会在这个时候去你们国家。请你给我办签证吧！"

"没有公司的证明信，我无法给你办理签证。"办事员不容置疑地说。

办不成签证，光有机票不是等于白搭吗？岩岩急了："难道你怀疑我吗？难道你怀疑我的护照吗？我就是个人去访友，为什么一定要让公司的人知道呢？"

办事员不急不忙地解释："不是我不相信你，是你们国家的女孩不讲信用，她们办理了旅游签证，到了我们国家，却不回来了。她们在我们国家找到了男朋友，还在我们国家结了婚。我怎么能相信你不是去找男朋友呢？"

这句话真的让岩岩万分恼火："你知道吗，我有很好的工作，我喜欢日本，我根本没有打算在你们国家生活。我英语不好，怎么会去你们国家找男朋友？这不是很可笑嘛。我去你们国家是探望我的女朋友，难道你怀疑我有移民倾向吗？"

"无论如何，没有公司的证明信，我是不能给你办理签证的，这是我们的规定。你还没有成家吧？那么，你就有可能去我们国家找男朋友。"办事员说的很明确，很肯定，也很不客气，申请再一次被退了回来。

岩岩很生气，她不能原谅那些以旅游为借口，成功骗取旅游签证，不回来的女同胞们，更不能原谅不给她办签证的签证官！她回到公司，找到了"小婆婆"，请她给自己开一张去美国探望女朋友的证明信。"小婆婆"告诉她："这件事情，你要跟社长谈。社长同意了，我才能给你开证明信，这是公司的制度。"岩岩不得不硬着头皮找社长说。

社长二话没说就找到"小婆婆"，请她办理此事，但是，社长板着脸明确地对岩岩说："年底，你要把公司的卫生做完以后才能离开，元旦后上班，公司有新年聚会，你要参加。"

岩岩"嗨！"了一声后，毕恭毕敬地给社长鞠了一躬，她心里踏实了许多。

"小婆婆"很快就把证明信开好了，在那上面，岩岩所有的私人情况及工资待遇都写得一清二楚，并附上了技术签证的复印件，装在信封里，还封上了口，煞有介事地交给岩岩："如果，使馆还需要公司出具什么证明，你随时都可以找我，社长让我帮你办理签证。"

拿着这沉甸甸的信封，岩岩心里一阵思潮起伏，她没有想到"小婆婆"这么仁义，她对"小婆婆"又有了新的认识，也更增加了一层尊敬。

这一次，岩岩去大使馆办理签证，比以前坦然了许多，还是那位办事员，他和蔼地问："你带来公司的证明信了吗？"

岩岩不慌不忙地把所有的证件、材料一股脑地都交给了他。办事员认真地看了一下证明材料所用的文字，然后，抱歉地说："你能把它们翻译成英文吗？我需要英文附件。"

这可真是口含黄柏味——有苦自家知啊！为了这张签证，岩岩已经跑了三趟，本以为此次会大功告成，却又来了一个添附英文附件的要求。她不想再与对方费口舌了，晚上，她给唐姐发去一封传真信件，请她帮忙把材料翻译成英文。

离年底还差两个星期，岩岩终于拿到了去美国的旅游签证，总算如愿以偿了。她很幸运，在众多遭到拒签的同胞中，她得到了这张签证。她感谢"小婆婆"为自己办理了证明材料，她认为自己欠了"小婆婆"一份重重的人情，于是，回到公司后，比往常更加卖劲地干起了工作。

一天早晨，社长把岩岩叫到他的办公室。站在公司最尊贵的地方，她有些胆怯。她毕恭毕敬地站在社长办公桌前，就像怀里揣着个小兔子，不知道社长要向自己传达什么"圣旨"。

社长微微地一笑，岩岩却觉得那是一种阴坏的笑容。社长笑后说："三楼的卫生间好像从来没有人打扫过，太脏了，以后，你来做这件事情吧！另外，我的办公室也由你来打扫吧！拜托了。"他站起来，给岩岩鞠了一个躬。

岩岩奉命接旨，退出了他的办公室，随即，她拍了拍胸脯，大呼了一口气。她下楼找到"小婆婆"，把社长的话原本地讲了一遍。

"我们女孩子从来不打扫卫生间，我们干的够多的了。社长为什么让你去打扫呢？不是有年轻男员工吗？""小婆婆"很生气，停了一会儿，她又无奈地说："这件事情，我不好对社长说。哎，不就是打扫卫生间嘛，三楼卫生间只有社长一个人用，他经常不在三楼办公，你也不用天天上去打扫。我给你买一副手套。以后，二楼厨房我来打扫吧！"

这个时候，站在一边的"小媳妇"却透出了幸灾乐祸的眼神来。

以前，社长办公室都是由"小婆婆"和"小媳妇"轮流去打扫的，社长邀请客人去他的办公室，也是这两个女孩子把茶水端上去的，岩岩庆幸自己躲过了直接接触社长的尴尬。也不知道为什么，岩岩只要一见到社长，心里就感到慌乱，难道是他的那副严肃的面孔使岩岩害怕？还是他那种挺拔潇洒的外表让岩岩看着心跳？要不然就是岩岩是被社长特别雇用的因而心虚？总而言之，岩岩见到社长就会感到不自在。

说来也巧，第二天，社长在公司办公，快到中午的时候，楼下的"小婆婆"打电话通知岩岩："社长办公室有客人，请你做两杯茶端上去，谢谢你。"挂上电话后，她心里一阵紧张。她不敢怠慢，做好茶水，上了三楼，端着茶水盘，站在那道"神圣"的大门外面，深深地吸了一口气，轻轻地敲响了那扇大门，里面传出社长"请进！"的声音。

岩岩慢慢地推开大门，低着头向里面鞠躬，用最尊敬的语言说："对不起，打扰你们了。"然后，低着头走到沙发前，轻轻地把茶水放在客人与社长的面前，小心翼翼地说："请用茶吧！"

"哈，社长的茶，我可要品尝品尝喽！"如此熟悉的声音冲进岩岩的耳膜，也冲进了她的心里，她慢慢地抬起头来，客人慈祥的眼光投向了她。

"啊！是校长先生，请用茶吧！"岩岩看到了老校长微笑的面孔，尽管她感到很突然，但表情却很平静，她给两位大人物鞠了一个躬后，转过身子沉着地走向大门。

在她的身后，从那道大门的里面，传出来那两个男人欢快的笑声。

社长太太是一个安分守己的女人，她平时在家里除了做饭，就是打扫卫生。她有三个儿子，家中她一个女人围着四个男人转，因此，每一天她过得都很忙碌。在外人看来，她对自己的丈夫毕恭毕敬，如果，社长想为大家做午饭，她马上就会买回丈夫需要的食材；丈夫喜欢打高尔夫球，她毫无怨言地一大早起来为丈夫做早饭。她大儿子大学毕业以后，社长让长子去了日本最大的房地产公司去学习与磨炼；二儿子喜欢打高尔夫球，社长把他送到美国一边上大学，一边请名人指点打球。儿子们的前途，社长有绝对的决定权，太太则心甘情愿地言听计从。在外人眼里，社长太太就是一名普通的家庭主妇。社长家里所有的私事都是公开的，因此，"小婆婆"时常抱怨社长过于挥霍，过于奢侈，自己尽情地享乐，却不肯给员工多发一些奖金。

财务科长也抱怨，社长家的所有花销都从公司支出，这显然不符合财务制度。有一天，社长太太来到公司，让财务科长把她家的花销用款尽快打到她的账号上。科长显然不买她的账："这个月公司账面上没有多少钱，客户的钱款还没有拿到，年底发奖金都困难，你还是找社长去商量一下吧。"她的脸一下子就拉了下来："这是每一个月都要拨过去的款，没有必要跟社长商量。"科长并不理会这些话，还是让她找社长。"小婆婆"和"小媳妇"就坐在财务室外面的办公桌前，里面讲的话，她们听得一清二楚。

社长太太快快不乐地离开了公司。财务科长脸上露出不悦的神情："她有什么权利花公司的钱？社长是有工资的，她也有工资嘛！他们家连吃饭都要公司掏钱，这太不合适了。今年公司财务紧张，我要跟社长谈谈了。如果社长再这样下去，我就辞职不干了。她不就是比大家多了几个股份嘛！公司不是她一个人的，是大家的嘛！"

财务科长六十多岁，是公司的元老，社长对他都是毕恭毕敬地说话，如果，他的心情不好，连社长都拿不出钱来。社长很欣赏他铁面无私的敬业精神，到了退休年龄依然继续雇用他。

"小婆婆"也非常不喜欢社长花钱如流水："我们辛辛苦苦地工作，他打一次球就是我几天的工资。只要他请客人出去玩儿，公司准会流出去几十万元。"

不知道在社长太太与财务科长之间发生了什么，这一次，他没有按照社长太太的要求把她家的生活用款打到她的账号上。但，社长并没有生财务科长的气，他把自己的工资打到他太太的银行账号上去了。

社长太太头一次在财务科长那里碰了一鼻子灰，心中好生郁闷。别看她不多言多语的，说起话来挺温柔，但她看人却是用眼角的余光瞟向你。她很少笑，来公司办完事后，到"小婆婆"那里问一些情况，转身就离开公司。从表面上看，她是照料家庭的主妇，但实际上，她才是掌控公司经济大权的当家人，员工的工资、奖金的发放都是由她来决定的。在公开场合下，太太表现得贤惠顺从，给了她男人足够的社长气派，其实，社长也是为这个女皇打工，太太的股份就是一尊宝座。

这位社长太太哪里容得下财务科长的白眼。两天以后，她又拿来了几张发票去报销。科长告诉她："凡是发票都必须有社长签字，才能报销。"她再次受到了冷遇。

第二天，社长拿着那几张发票找财务科长报销，科长非常不高兴："这些发票都是你为工作用的吗？"

社长尴尬地一笑："是的，请你给我报销吧！"他放下报销单子，走出财务室，上了三楼。

社长太太有的时候也会在"小婆婆"面前抱怨："我真希望有一个女孩子，我家里所有的事都要我操心。社长玩儿完回家，把东西一放，坐下就要喝茶；晚上吃过饭，还要请客户喝酒、唱歌。可是我呢，连给自己买衣服的时间都没有，我还不如你们自由呢！现在，我在家里给他们定了一个制度，每天晚上大家轮流做饭，也让他们品品味，是你们辛苦，还是我辛苦。"

"小婆婆"并不胆怯社长太太，说话从来都是直通通的："社长挺喜欢做饭，他经常在公司做酱汤，大家都喜欢喝社长做的酱汤呀！"

"哼，社长回到家可就不是这样呦！看来，女人有钱也要为男人服务一辈子。这是我的公司，可是，我却没有时间去享受，整天围着厨房转，我真够了，我还不如社长呢。"

据"小婆婆"说，社长太太生活很俭朴，她从来不穿名牌衣服，尤其是他们家里都是清一色的男人，没有人跟她谈论女人的事情。其实，她平时的生活，可谓是既富有，又寂寞。

财务科长也是一个倔老人，他并不害怕社长太太，他心里明白，社长现在还离不开自己，到了他这把年龄的人了，他已经什么也不在乎了。

这一年，虽然日本经济不景气，但公司签约的客户似乎比往年还要多，"小婆婆"定了不少新年贺礼。一天下午，社长太太终于耐不住寂寞，跑到公司，找到"小婆婆"："今天，我没有什么事，可以帮你们包装礼品盒。"

坂本没有拒绝社长太太的好意，她让岩岩与太太一起去三层做包装工作。

岩岩第一次单独接触社长太太，心里不免有些紧张。可是，这个太太却没有一点架子，干起活来十分麻利，也很认真。

她似乎很愿意跟岩岩说话，可她对岩岩却不太了解。她除了按月到公司发工资以外，岩岩跟她就没有说上几句话。每一次她到公司，总是静静地办事，然后，到二楼来看一看员工们。大家对她都很客气，有的人见到她，说一句客套话便很快离开办公室。这就是日本公司的风气，没有人对社长太太献殷勤，更不会甜言蜜语地围着她转。

社长家离公司只有两百多米，他们家是在一片绿树环抱中建造起来的传统式的日本宅院，在那一片地区很有名气，所以，社长太太走起路来趾高气扬。她很少与周围的邻居们说话，她是独生女，惯于独来独往，少谙人情世故，在社交方面她需要狠狠地补补课。

岩岩与她在一起干活，小心翼翼，生怕自己做得不好受到太太的指责。

社长太太看出来岩岩有点儿紧张，便随意地讲起了自己家里的事情。

看上去她不爱说话，而她与岩岩在一起的时候，却很健谈，说话有板有眼。她一边手脚麻利地包装着礼品盒，一边与岩岩聊天："我三个儿子都是在你教中文的那所高中毕业的。我们认识老校长已经二十多年了，他一直在那里教书，后来当了校长。我们家的社长被选为学校董事会的董事，以后，他们经常见面。我们家都是男人，生活上的事情都得我张罗。我整天为他们做三顿饭，早就做烦了。现在，我经常去外面买现成的饭菜，可是，社长却挑剔我的不是。他喜欢吃新鲜的，有的时候，还亲自下厨房做饭，他挺会做饭的呢。唉，等我的儿子们都自立了，我才能清闲下来呢。"

她把包好的礼品盒放到另一张桌子上，接着说："我大儿子大学毕业以后，社长让他去其他公司工作，说是锻炼锻炼。可是，那家公司经常加班到深夜，有一次，他昏倒在办公室里，同事叫急救车把他送到了医院。从那个时候起，他老是头晕。整天早出晚归的，我很担心他的身体。这一回，我让社长把大儿子调到公司来上班，可社长却说还不到时候，他非要把我儿子累垮了再来这里。哼，我可不能让他这样对待我儿子。"

太太对长子非常疼爱，公司的将来属于儿子们的，她有一种强烈的责任感："这个公司不能让社长全说了算，我必须让我大儿子马上就来公司上班，在这里也可以锻炼嘛！"她不停地说着，手里也没闲下来。

她包装的礼品盒比岩岩包的还要棒，还要快，根本看不出来她是社长太太。她关心地对岩岩说："以后，你在生活上有什么困难就给我打电话吧。我们这里就是一个大家庭，大家的关系都很好。"她说了很多，岩岩不停地点头。

社长太太高兴地看着满桌子堆放的包装好的礼品盒，喃喃地说："今年大家干得不错，这些礼品都要送出去。"在经济泡沫破灭以后，这家不起眼的小公司，凭着大家不懈的努力，稳稳地挺立在这种恶劣的大环境中。

这一年年底，依然是在社长父亲的住宅里举行了年终会。社长站在前边精神抖擞地讲着贺词，他的老父亲静静地听着儿子阵阵鼓舞人心的讲话。最后，社长点着员工的名字上前来领奖金。

岩岩手里拿着比去年要厚一点的信封，猜想着今年自己能够得到多少奖金。她的手感让她知道奖金还有点儿分量。

　　这是她第二年在公司工作，不论从精神上，还是从经济上，她的生活都在发生着变化。人际关系也在不断地改善，大家对自己不再像以前那样只是表面上点一点头了，他们有事情都会先来问问自己，这才是岩岩等待已久的。她希望公司的男员工们能得到自己的帮助，哪怕自己再累、再忙、再难，她都愿意。现在，她对公司的业务了如指掌，比楼下的女孩子做得还要棒。她为公司谈成了一份合同，社长对她已经是刮目相看了。专务除了有时仍故意惹岩岩生气外，他也看清楚了岩岩的将来。他喜欢岩岩的直爽，喜欢岩岩锲而不舍的认真态度。他把最重要的图纸交给岩岩去画，他放心。岩岩的水平提高了，渐渐地，他开始关心起了岩岩的生活。

　　年终会上，他带着酒劲儿靠近岩岩，嘴巴损损地问："嘿，你看过妇科病吗？哎，别不好意思，我是为了你的将来嘛！如果你需要的话，过了年我给你介绍一个人吧。女孩子在日本肯定要去看妇科疾病，加入了保险，就不用害怕了。哈哈哈！"

　　"小婆婆"凑到岩岩跟前："他说的是生命保险，我们都加入了，这对我们女孩子很重要呢。如果你生病住院，生命保险就会帮助你出很多费用，尤其对妇女很有利。"岩岩听不懂他们说些什么，上海人醉醺醺地凑过来解释了一番。

　　这一天，他好像特别的高兴，酒量不大的他喝得脸就像鸡冠子那样通红。他嬉皮笑脸地对岩岩说："听说，你要去美国看你朋友了，我好羡慕你呀！哎，你看，你跟着我干不会错，奖金一定不会少得。明年，我们合作吧！社长肯定会同意，啊！"他真的是喝醉了，说话时舌头都直挺挺的，就像一根腊肠，打不过弯来了。

　　年终会让岩岩对自己有了更多的信心，她品尝到了一步一个脚印的甜头，她认为自己所付出的一切都在得到回馈，哪怕是一丁点儿的回馈，她都知足了。

　　在大学为考研而拼搏的侄子，在电话里向岩岩祝贺新年，他们相互问候，相互鼓励，他已经把考上研究生当成了自己的使命："小姑，我必须抓紧时间复习，我要为我的人生披荆斩棘，我必须要考取这个研究生。祝你旅途愉快！"

　　现在，她什么也不用再担心了。直到此时，年终会结束后她才真正感觉到了什么是累，什么是辛苦，什么是压力。

　　年底，所有的事情都结束了，岩岩终于等来了期盼已久的美国之旅。她将跨洋过海去探望自己的好朋友，心里充满了无限的激动，这是她头一次飞往除了日本以外的另一个国家。那是一个怎样的超级大国？又是用什么样的魅力吸引了众多国人留在了那里？

　　出去见见世面，为自己的身心减减压，不受拘束、逍遥自在地去度自己的假日，真可谓是马散笼头——自由自在。

第十六章

纽约之旅

    1997年最后一天的下午，岩岩怀着兴奋的心情坐上了飞往美国的飞机，可是，她一上飞机，就遇到了不顺心的事情。

    这是韩国航空公司的班机。飞机上坐满了韩国旅客，他们大多数是中老年人，或许是耳背的缘故吧，他们说话的声音很高，就像轰炸机盘旋在天空；他们连说带比画地隔着座位说话，目中无人。岩岩找到自己的座位，一看，已经有人坐在那里了。她用手比画着告诉对方，那是自己的座位，并拿出机票让对方看。不成想，周围的男男女女们对她指鼻子瞪眼睛的，一番乱叫乱嚷。他们都说了些什么，岩岩根本听不懂，但是，他们的表情却告诉岩岩，我就坐在这里了，你怎么样吧？

    岩岩气蒙了。她找到乘务员，把情况讲清楚后，就站在自己的座位边上等着。女乘务员费尽口舌依然也没有说动那个韩国人，她想劝岩岩换到其他的座位上，然而，岩岩告诉她："我的登机牌上写的是这个座位，为什么让我离开？我必须坐在自己的座位上。"她的偏脾气上来了。

    岩岩的座位在机舱的前面，紧靠着商务舱，并挨着通道，座位前面还有很大的空间可以伸直双腿，就是为了能够坐得舒服一点，她才多花了不少钱买了这个座位。乘务员花了很长时间与那个韩国人交涉后，总算让岩岩坐在了她自己的座位上。然而，她却被周围怒目而视的韩国人包围了。

    "去他的！"岩岩心里骂道。她拿出一本书开始慢慢地阅读了起来。在飞机巨大的轰鸣声中，异国语言的嘈杂声被压了下去，变成了苍蝇的"嗡嗡嗡"声，随着飞行时间的延续，那些声音终于成了一阵一阵的"呼噜"声，机舱里安静了下来。漫长的飞行旅途，在阵阵鼾声中，岩岩也不由自主地耷拉了脑袋，混在那一片酣睡梦中的乘客当中昏昏沉沉地进入了梦乡。

快要到目的地了，飞机里的人们开始骚动起来，岩岩也睁开惺忪的睡眼，夜间飞行带来的疲劳，加之13个小时的时差，令她苦不堪言。

飞机缓缓地降落在了纽约肯尼迪机场。她望着窗外繁忙的景象，心头一阵激动。她随着人群走进了海关，经过一番询问，顺利地通过了海关，推着行李车走向大门。

一走出海关大门，她一眼就看见了唐姐。唐姐一边小跑着，一边向她招着手。她一下子热血沸腾了，激动得热泪滚滚，使劲儿推着行李车，朝着唐姐奔了过去。

真是不易啊！在纽约肯尼迪机场她们再次相逢了，双方高兴得流出了重逢的喜悦泪水。唐姐摘下眼睛，一边擦着眼睛，一边"哈哈哈"地笑个不停："一路辛苦了，你看上去很疲劳，年底公司一定很忙吧？"

"是的，是的。"

"你来的时间太短了，我要好好为你安排安排。"唐姐推着行李车，她们一边说着话，一边向门口走去。

从一辆车上下来一个男人，岩岩一眼就认出来他是唐姐的丈夫。将近八年没有见到他了，他没有什么变化，还是一副书生气。他走到岩岩面前伸出手来，握住岩岩的手，连连道谢："谢谢你在东京帮助她搬家，谢谢你为我们打赢了那场官司。你来的这几天，要好好看看纽约市。"

"我还要谢谢你呢，吃水不忘挖井人，谢谢你帮我修改入学研究计划。在这儿的几天，要打扰你们了。"岩岩笑眯眯地看着他们夫妇。

他们夫妇看上去很平和，唐姐丈夫开车，她与岩岩说了一路的话。由于时差的关系，到他们家的时候，是1997年新年前夜的晚上6点多钟。

唐姐告诉岩岩："元旦，我们只休息一天。这里可不像日本一年有两次大假。"

"美国元旦只休息一天啊，我来，是不是影响你们上班了？"

"我们都有假期。你来一趟不容易，我已经请了假，专门陪你逛纽约。"

唐姐的女儿在一边文静地对岩岩说："岩岩阿姨，对不起，我不能陪您了，我要上学。"

岩岩看着这个刚上初中的女孩子和他们一家幸福的笑脸，感慨之情油然而生，唐姐来美国与前夫复婚是对的。

岩岩的假期只有五天半，她买的往返机票都是在晚上飞行，单程飞行约十三个小时，这样她在纽约的时间就只有四天多。在这几天里不可能逛完纽约市，但是，她一定要去看一看那两座纽约标志性的世贸摩天姊妹大楼，还要去看一看纽约市博物馆、华尔街和那座自由女神像。

唐姐爽快地说："包在我身上了，你还有什么要求吗？我们请你去百老汇看一场歌剧吧！那是一定要去的。"

当天晚上，唐姐拿出一个信封交给岩岩："我搬家耽误了你很多时间，我知道，你为我打官司请了很多假，车费、电话费，花了你很多钱，最后，你还把那笔赔偿款打到了我的账号上。朋友，你让我好惭愧呀！你听我说，我们邀请你来美国，我知道元旦的机票非常贵，这笔钱就作为你的路费吧！"她态度诚恳，她丈夫在一边不住地点头。

望着这对重新合好、对自己有恩的夫妻，岩岩挺受感动，她把钱推回去："我们是好朋友，我来美国，一是来看看你们，二是来看看这里的建筑。打官司的事情已经过去了，只要你们陪着我逛一逛纽约我就没有白来嘛！"

纽约是座超巨大的、令人兴奋和炫目的"魔都"，奇奇怪怪的高楼大厦直耸云霄，拔地而起的摩天大楼就像连绵起伏的山峰，气势恢宏。行走在纽约市的街道上抬头望天，有如站在深不见底的沟壑里向上望天一样，闪光发亮的玻璃大楼的墙壁代替了悬崖峭壁，一线天挂在头顶上，仰目望去，望到楼顶，颈椎也许会被仰痛。纽约的街道宽阔、排列整齐，豪华敦厚的建筑，目不暇接的商品橱窗，熙熙攘攘的人群在摩天大楼的阴影下，就像漂浮的幽灵在各条街道上窜行，给人一种超乎寻常的魔幻之感。高耸云端的楼群紧密相接，被夹挤在其中的一些低矮小楼舍竟也能永久地占据一席之地，显示出弱小建筑不屈服于霸权建筑的硬汉形象，这不能不让建筑师们感叹。在岩岩看来，纽约的建筑完全是摩天群体的组合，或许世界上只有纽约才会有这种魔幻的建筑群体，难怪搞建筑的人都会迷恋纽约，年轻人着魔般地在那里寻找自己的生活和工作空间。

再看那两座姊妹世贸大厦，耸入云霄的挺拔建筑是由日裔美籍建筑师山崎实构思设计而成，它们是日本建筑师们眼见为实的风标建筑，是日本人的骄傲。岩岩过去工作过的那两家日本最大的建筑设计公司，每年都会派设计师去纽约参观学习那两座姊妹大厦。

唐姐带着岩岩登上世贸大厦的顶层。站在顶层的平台上就像站在空中一样，冷风"呼呼"地在耳朵边鸣叫。岩岩向下探望，人类已经变成了蚂蚁那样小，她不觉倒吸一口冷气："太可怕了！要是这个时候发生意外，跑出大楼的可能性甚微，太恐惧了！"她不敢想象，如果发生任何意料之外的事故，这座摩天大楼如何保护人类？

她不敢往下想了，拉起唐姐的手臂："我们还是赶快离开这里吧！我感觉很危险。"

唐姐奇怪地看着她："你有高空恐惧症吗？很多日本人专程来这里就是来享受这无限风光的奇景呢！你怎么会有这种怪念头？"

岩岩只觉得心里发慌，不由蒙生出了可怕的念头，摩天大楼不是久留之地，来过一回足以了。她执意把唐姐拽出了大楼，头也不回匆匆地离开了那两座世界最高的建筑大厦。

唐姐遗憾极了："嘿，我说你是有病吧？多少日本建筑师都着了迷似地跑到这里参观学习，就连我们搞水暖设备的都要好好学习这座大厦的先进设计呢。不好好欣赏欣赏实在是太遗憾了。"

岩岩说不清楚自己的想法，反正这两座摩天大楼让她倍感恐惧。这倒不是登上顶层让她腿颤，她是搞建筑结构设计的，在国内，她攀爬过很多高层建筑外的脚手架，她心不慌，腿不颤，从来没有害怕过，可是，她却不敢在这座大楼里久留。她对山崎建筑大师的设计魄力充满了敬意，但她不敢对世贸大厦品头论足。

漫步在百老汇的街面上，奇光异色的街景透出纽约艺术家们非凡的艺术细胞，也就是在这里才能看到稀奇古怪的歌舞剧。坐在剧场里，岩岩的座位前面是一块垃圾平台，瓶瓶罐罐、纸袋纸杯、残羹剩饭等丢弃在杂草丛生的场地，令她感到恶心。唐姐笑着告诉她："我们今天要看一场《猫》音乐剧。你看，美国人把剧场布置成了垃圾场，这种设计只有在纽约才能看到，美国人的思维非常离奇。"

音乐剧中演员扮演的猫，形象逼真，感情丰富，最后，岩岩为一只流落街头的弃猫而流下了伤心的眼泪。

华尔金融街上行走的男人们高傲自得、旁若无人，西装革履的绅士派头吸引了岩岩的眼球。他们身上充满了诱人的男性魅力，或许，世界上最聪明、最帅气的男孩子都聚集在了这里吧？

唐姐对那些小伙子们赞不绝口："他们都是金融街的精英呦！确实很耐看，个个都是帅小伙。"岩岩看着那些滑过身边的男士，情不自禁地回过头再偷偷地瞄上一眼。

自由岛是来纽约观光的人们必去之地，令人仰慕的自由女神雕像就坐落在那个小岛上。登上小岛，巨大挺拔的自由女神雕像赫然矗立在眼前，让人立刻就感到浑身热血沸腾般的冲动，这或许就是来自世界各国的移民们从遥远的海面上看到自由女神雕像时激动万分、欢呼雀跃的原因吧？

站在自由岛上向魔都望去，纽约给人一种欲望，而自由女神给人的却是一种勇气。

夜晚，唐姐带着岩岩再次走出家门，来到纽约街头。纽约的夜晚，依旧是车水马龙，熙熙攘攘，高楼顶上的霓虹灯、玻璃壁上闪耀着的彩灯不停地变幻着色彩，人们的脸上也都罩上了红红绿绿的光泽。五光十色、灯火辉煌的繁华景象处处显露出金钱世界的迷惑。迷人的夜晚，诱惑人的灯光，纽约人的生活充满了奇特的旋律，而对于岩岩来说，她还是喜欢东京的霓虹灯，银座川流不息的人群和没有恐惧感的高层建筑。

时间一晃而过！纽约在岩岩的心中留下了极其深刻的印象，她看到了纽约的迷人风貌，初识了文明的西方文化，感到了美国的富有强大。她眼界大开，收获颇丰，对美国印象最深的是，美国是什么都大，汽车大、房子大、人高马大，连汉堡包和可乐杯都比日本的大一倍，美国人也豪爽，难怪世人都叫他们是"大老美"呢。岩岩也留下来很多期待，希望将来再次来这里，把纽约的每一条街道都走上一遍。她感谢唐姐夫妇对自己的盛情接待，精神饱满、依依不舍地离开了朋友，离开了那座富有感染力的都市，重新返回到东京。

1998年1月6日的早上，她从机场回到自己的小屋。飞行及时差带来的困倦让她瘫倒在床上，昏昏欲睡。但是，今天是新年过后第一天上班，她必须遵守与社长的承诺，不管多累、多困，都要去上班，参加公司的新年聚会。她强打起精神，换上套装，整理了一番，昏头涨脑地去了公司。

岩岩从美国访友回到日本，在机场买了一盒巧克力送给公司的同事，并给"小婆婆"和"小媳妇"一人买了一件小纪念品。

"小婆婆"似乎忘记了岩岩刚从美国返回来的事，她一见到岩岩，就分配工作："新年的第一天，我们要去社长父亲家开新年会，然后，去餐厅吃饭。你先过去把会场布置一下吧，把茶、杯子、果盘摆在桌子上就可以了。公司有车，你跟着他们先过去吧。"

时差让岩岩黑白颠倒，加上夜间飞行的劳累，她只觉得脚底下打飘，身子有点晃晃悠悠的。在日本，来公司上班就是要工作，不管你是累，还是忙，或者是病，没有人会让你休息，也没有人会劝你多注意身体，当然也没有人会照顾你，用专务的话说："只要来到公司就是工作，身体不适可以回家休息，不能因为你的病态而影响了大家的工作热情。"这就是日本公司，无论公司大与小，公司不是疗养所，这就是日本员工的作风，小病挺着，大病下班后去看医生，重病只能在家彻底休息。这并不是他们人情淡薄，也不是大家没有时间去关照有病的人，而是人人都有一份忙得不可开交的工作。公司就是家，工作就是他们的恋人，这就是日本公司对员工的要求，工作要高于家庭。

站在新年会场上，岩岩的眼皮子似乎粘在了一起，她使劲儿睁开后，马上就又粘在了一起，几度强睁，困倦的眼泪流了出来。这个时候，社长的老父亲正在讲话，站在岩岩身边的专务瞥了她一眼，低声说了一句不知是挖苦还是赞赏的话："你还挺有感情的呢！"

岩岩擦了擦眼睛没有说话，她身体轻轻地颤抖了一下，"啊！要是能够躺下来眯瞪一会儿，哪怕只有几分钟呢！"那个时候的她，感觉痛苦难熬啊！礼节性的新年祝词一结束，她马上就为自己冲了一杯浓浓的咖啡，苦涩的液体就像吗啡一样让她挺过了乏人的困倦。

新年聚会上，大家的欢声笑语在岩岩听来，成了一片浑浊的鸟鸣声，一阵一阵的声浪冲击着她的耳膜，她真想一头倒在桌子上，合一合眼睛。飘香的清酒、美味的食品都不能打开岩岩的胃，此时，她只有一个想头，就是快快结束聚会，早早回家睡一觉！

新年一过，大家又开始了新一轮的奋斗。年前公司向外发了很多礼品，年后，收到了很多回礼。对清水公司的合作伙伴来讲，清水公司就是他们的一棵大树，有清水在，就有他们的活干，因此，每一年清水可以收到很多来自合作伙伴的礼品。年礼就是这样转着圈子，来来去去地出现在各家公司里，然后，又按照规矩，换了面孔的礼品又折回到自己的公司里。

新年一过，"小婆婆"又为登记收到的回礼忙活了一阵子。她有权处理这些东西，凡是甜食类的回礼，她除了放进厨房的柜子里以外，又像慈善家一样在每一个员工的桌子上放一小包；她又把烹调类的食品，拿到三楼的厨房，中午做汤的时候让大家享用；送来的好酒和上等的海产品，她又会大方地拿到办公室，发给需要的员工们。她精心地运作着这些回礼的去处，让公司每一位员工都能分享到各种礼品的快乐。

今年岩岩又收到了一沓子新年贺卡，那里面夹着一张大竹的，他在最后的一段话里写道，希望在这一年他们之间的关系能够加深一层。岩岩心里甜蜜而又激动，她必须要给大竹回寄一张贺卡，这是日本人的规矩。随后，她给大竹打去电话，约他在上野公园见面，她要送给他一件异国的小礼物。

大竹见到岩岩的时候，一脸的委屈："新年你不在日本，我心里好寂寞。"

岩岩温存地看着他，轻声地问："你和你父母在一起还不幸福吗？"

"感觉不一样嘛！你是我心中的女神，新年，我只想着你。"他拉起岩岩的手，大大的眼睛火辣辣地看着她。

上野公园总是熙熙攘攘，就像北京的王府井大街一样热闹，他们紧紧地靠在一起，享受着见面后的甜蜜时光。

1月份最后一天的早晨，不知道何故，"小媳妇"米久突然递交了辞职申请，并开始做交接工作。岩岩不仅要完成图纸设计，施工现场监督，还要与"小婆婆"一起做事务工作。

一天，"小婆婆"坂本与岩岩在二楼工作时，把"小媳妇"离开公司的原因告诉了岩岩："你知道吗，米久并不想离开公司，她需要挣这份工资呀！"

"那她为什么要辞职呢？是社长让她走的吗？"岩岩不明白。

"我们日本公司从来不会辞退员工，除非自己不想干了。米久是因为给她的奖金出了问题！告诉你吧，那天早晨我们到公司来上班，传真机传过来了公司员工年终奖的明细表，可能是社长太太传错了，后来，她打来电话说自己发错文件了。但无论如何，这个数字都会让人心里感觉不舒服，米久的奖金比你少了10万日元！她接受不了，因此不干了。那个上海人土井的奖金都超过了1百万了，社长很不公平，不过，他倒是多给了我几万日元。"这下子岩岩心里总算全明白了。

一天中午，财务科长上二楼取东西时见到了岩岩，他抱怨社长太太粗心："原本社长是让我去他家取奖金明细表的，后来，他太太发错文件了，把奖金明细表发到了公司，那天，我刚好不在公司，结果明细表让坂本拿到了，这下子全公司的人都知道了。"

"她辞职跟我有什么关系？"岩岩为自己打抱不平。去年，她为公司签下了一份合同，或许就是这个合同让自己多了几万元奖金吧！她感谢社长在不景气的阴影笼罩下还多给了自己奖金。

临走前的"小媳妇"米久对岩岩就像一座北极冰山，冷冰冰的根本不对岩岩讲一句话。如果，"小婆婆"坂本让她与岩岩做接交工作，她只当着"小婆婆"的面与岩岩说事；如果，岩岩主动去问她，她眼珠连动都不动地告诉岩岩去问坂本。

岩岩来公司工作的一年半时间里，她想尽一切办法去接近"小媳妇"，试图让对方理解自己，可是，那个"小媳妇"就是不给岩岩任何一个机会，她们就是这样不冷不热地在一起工作了一年半，连说话的次数都屈指可数。

"小媳妇"辞职，公司里竟然没有一个人对她有任何的表示，只有社长太太找过她，给了她一张失业保险表，并与她结清了当月的工资。"小婆婆"约岩岩一起为"小媳妇"钱别，可是，却被"小媳妇"冷冷地拒绝了。

"小媳妇"走了，岩岩始终也没有搞清楚她为什么会这样恨自己。

公司的事务人员少了一个人，以前三个人的工作现在要两个人去做，楼上一个人，楼下一个人。到了周六，轮到"小婆婆"休息的时候，岩岩只能一个人楼上楼下跑着去做全部的事情，专务催着要图纸，她只能晚上加班去完成超额的工作量。

又是一个月过去了，财务科长无论如何都要辞职，一句话，就是社长太太拿着自家花费的发票来报销让他忍无可忍。社长请求他再干一段时间，他答应社长找到接替他工作的新人后再离开公司。

"小媳妇"走了以后的一个星期六，正好轮到"小婆婆"来公司上班。因为是星期六，上班的员工只有平时的一半，社长带着客户去打高尔夫球了，专务也比平时松闲，独自坐在办公桌前写着计划，似乎忘记了岩岩的存在。

岩岩已经习惯了专务的训教，她要求自己把设计图画得无可挑剔，力争不让专务再挑出一点自己的毛病来。她把文件打得准确、快速和漂亮，她的打字速度已经超过了"小婆婆"，她并不认为自己比日本女孩子差点儿什么。"小婆婆"抓住岩岩不放，不停地教她公司里的各种事务工作，不时地重复那些话："你要知道如何去做公司的每一项工作，你要学会如何使用那台老式的计算机。以前，公司预算表都是我来做，只要一坐在计算机前，就要专心，否则，打错一个数字都给公司带来经济损失。找个时间，我教教你吧。以后，你要把公司的事情都管理起来。从现在起，每一天你不仅要完成专务给你的工作，还要到下面来，做一些秘书工作。将来无论谁走，谁来，你都可以担当起全部的工作了。"

岩岩很不理解"小婆婆"为什么要自己跟着她去做一些与自己不沾边的工作，她疑惑地看着"小婆婆"："公司不是要再招秘书吗？我不可能做这么多事务工作呀。"

"小婆婆"低着头做着自己的工作，平静地说："说不定哪一天我要嫁人呢！我不可能总在公司工作，我也想有一个自己的家。在日本嘛，女孩子无论多么优秀，都是要出嫁的，伺候丈夫才是我们女孩子的真正生活，我愿意在家里伺候我丈夫。社长整天陪着客户玩儿球，花那么多钱，而给员工长工资却说公司没有钱。我在这里干了都十几年了，我进来的时候，工资比我朋友的都高，干了这么多年，社长却一直没有给我长过工资。社长太太说了，我的工资已经很高了。二十几万日元就高吗？米久的工资也一直没有长过呢，她现在的日子并不好过。唉，我才不会找一个瞧不起我们家庭的男人呐！"

她向岩岩讲起了"小媳妇"的苦恼："小媳妇"的婚后生活一直不愉快。她婆婆几乎天天都要到他们的公寓去看米久是否给她儿子做了晚饭，如果，婆婆看到晚餐没有做好，便会对米久发难。米久不敢阻拦婆婆进自己的家门，也不敢对丈夫发牢骚，日子就是在这种被监督的情况下一天一天地度过去。

"小媳妇"一直没有怀上孩子，坂本多次劝她去看医生，她却含着眼泪说，自己没有好的心情，不想去看医生。"小媳妇"希望自己能够在钱上自立，她工作，就是为了躲避与婆婆见面，然而，那个婆婆却变本加厉地来到她家指三道四的，讲她的不是。

"小婆婆"告诉岩岩："我们年轻人是不愿意跟老人在一起生活的。日本男人在家里根本就不干活，即使我们女孩子有工作，回到家里，也得去厨房做饭。丈夫回到家，可以看报纸，看电视，喝茶，不管你多么忙，他们也不会帮你一把的。像米久，遇上了这样的婆婆，日子就过得更艰难了。"听了"小媳妇"的事情，岩岩已经不再怪罪这个女孩子了。

侄子通过几个月艰苦的复习，在导师的精心指导下，终于结束了仿佛扒掉一层皮似的入学考试。通过考试，他才明白了为什么他的学友们纷纷放弃继续念书的想法，因为，那所大学的经济经营研究学科要求学生具有较强的高等数学的技能，入学考试像是学生们的一道鬼门关，魔鬼式的考题，能挖空你的脑髓。

侄子总算实现了他的梦想。2月底，他向岩岩报告好消息，他被研究生院录取了，从此，他的人生也发生了根本性的转变。

初春，公司在地区报纸上登载了招聘广告后，不断有人打来电话询问。人事部长早在几个月前就离开了公司，他的职位就由"小婆婆"临时接替了过去。"小婆婆"挑选了几个候选人，让她们来公司面试。社长把招聘事务员工的大权完全交给了她，因此，她有权力决定雇用人选，只要她同意了，社长便会签字。

一天，一个长相可爱、精灵活泼的女孩子来公司面试。"小婆婆"一脸严肃，用了一个小时面试了那个女孩子，最后，"小婆婆"决定录用她。

一个星期后，女孩子来公司上班，"小婆婆"把她安排在自己的身边，让她做"小媳妇"米久的工作。这个女孩子叫安田，是一个娇小甜美的女孩子，细嫩的白皮肤，一双长长的丹凤眼，高高的鼻梁，粉红粉红的小嘴唇透着诱惑人的性感。她的那头蓬松黝黑、披散到肩膀下面的秀发尤为让岩岩羡慕不已。女孩子很友好，"小婆婆"把她向岩岩做了介绍后，她马上就给岩岩鞠了一躬："请前辈多多关照。"这句话让岩岩听着十分舒服，"啊！自己总算也走进了前辈的行列里，熬到这一天可真不易啊！"

"小婆婆"对安田说："你现在不要做具体工作，先在我身边学习两个星期。"她开始指导并训练安田如何处理公司的各种事务。

又过了两个星期，一天下午，一个中年男人走进公司，"小婆婆"把他让进了会客室。不一会儿，社长也进了会客室。他们谈了半个多小时后，社长带着那个男人来到"小婆婆"面前介绍："这位是新来的财务事务部长，以后，有关人事的工作都由他来管理。""小婆婆"冷冷地看着眼前新来的男人，嘴里"嗨！"地应了一声，什么也没有说。

这位新来的财务事务部长名叫片山，曾是东京一家著名银行的部长。他赶上了这个倒霉的泡沫经济破裂时期，银行把年龄超过50岁的员工一刀切地裁了下来，他也未能幸免。他得到了一笔丰厚的离职费，结束了他风光二十几年的银行高级职员的生活。他比别人都幸运，被清水社长录用了，而且工资比他在银行时还要高一些。他向清水社长许下愿，他可以利用以前的关系，不仅可以帮助公司从银行贷款，而且还可以得到更多的优惠条件，另外，把员工工资的现金支付方式改成银行账号转账方式。

社长对雇用了这位大银行的部长心满意足，并给了他极大的职权范围，让他充分发挥才干，希望协助公司闯过经济不振时期的难关。

可是，社长做梦都没有想到，几年以后，这位他所倚重的部长让清水公司遭受了一场致命性的打击。可谓是一根棍棒折两截，新部长与清水社长彻底地掰了。

第十七章
各为其主

近期公司的人事变化，也让岩岩知道了清水公司的聘用与辞职制度对谁都一样，不管谁来谁走，公司一视同仁，既不举行欢迎会，也没有辞别会。"小媳妇"米久无声无息地离开了公司；安田悄然无声地开始了工作；新财务人事部长片山进公司，社长并没有向大家做任何介绍；老财务科长离开时，社长也只是在早操会上，向大家宣布了这个消息，他向工作了几十年的元老科长鞠了一个躬，仅此而已。这就是清水公司的做法。

一天下午，片山部长把"小婆婆"、安田和岩岩召集到一起开了一个会。他认为公司的女孩子都是事务员，应该在他的管辖范围之内。岩岩立刻表示她属于施工部，要听从施工部长的派遣。片山露出不悦之色："女孩子嘛，干嘛要干男人的活，在办公室做事情不是很适合你吗？我去跟你们部长说，以后，你就是我手下的人了。"

岩岩心里很不高兴，但，又不敢得罪这位新部长，怎么办？她想到了专务。

"专务，我现在属于谁领导？是您呢？还是片山部长？"

"他是管财务的，跟你有什么关系？你当然属于我们施工部了。你怎么会有这个想法？难道你不想跟我合作了吗？"专务纳闷地问。

"专务，这件事情请您决定吧！"岩岩把片山的意思告诉了他。

"我去问问社长，你该做什么还做什么。"他的语气很平和。

岩岩不放心，又找到施工部长，把情况讲了一遍。施工部长气恼地说："他不就是一个管财务的吗？跑到这里充大数来了。这里没有活的时候，你可以下去帮帮忙，如果，他让你做什么你不要答应就是了。"两位先辈的话，让岩岩心里踏实了许多。

片山部长是一位五十开外的挺有活动能力的男性，黑脸膛上一双精明的眼睛烁烁逼人。也许跟他一直在银行工作，常与做事务工作的女孩子们打交道的原因，他很会说一些让女孩子们喜欢听的话，对她们有一种特殊的温存。他见到安田总是以家长式的关心语气让她给自己倒茶、写东西，而当"小婆婆"分派给安田工作的时候，片山便会安排她去干其他的事情。安田既不想得罪前辈，更不能得罪部长，因此，她不得不两头讨好。趁着部长不在时，她一头钻进"小婆婆"的指挥圈里；当片山坐在办公室里的时候，她便会殷勤地送上一杯热茶；而当她坐在厨房抽烟的时候，才会吐露真情："只有坐在这里才会让我感到心安一点。"

她纤细的小手夹着一支细长的女士香烟，慢悠悠地一口抽进嘴里，深深地吸进肺部，然后，把剩余的烟雾喷向空中，关上门的厨房便会弥漫起缕缕青烟。

安田抽烟的样子既可爱，又优美，故岩岩称她为"甜甜"。

甜甜抽烟很凶。她告诉岩岩："我是一个懒惰的女孩子，从初中开始就学会了抽烟。我的房间从来不让我妈妈进来，我一个星期打扫一次卫生，每天起床，也从来不叠被。高中毕业后不想再念书，就去工作了。前几个工作都没有干长就辞掉不干了，太辛苦了。现在，我爸爸告诉我，不找到工作就不要回家吃饭。因此，当我看到你们公司的招聘广告时，就想来试一试。我好有运气啊，公司聘用我了。这回，我可要好好工作，让我爸爸看看！"

公司的男员工们坐在自己的办公桌前一边抽着烟，一边工作，整个公司烟气缭绕。冬天，不抽烟的人想开窗通通空气，那帮烟鬼们却嘀咕："这么冷开什么窗呀！"被动吸烟雾的员工们感觉自己的存在被忽视了一样。岩岩倒是不在乎他们抽多少烟，而那个哮喘老人川村却被烟气熏得不停地剧烈咳嗽，好像肺腑都要被咳出来似的，让大家感觉仿佛是坐在医院的急救室里。岩岩心里暗暗替川村打抱不平，但也无奈，因为在公司吸烟是不受任何限制的。社长就是一个大烟枪，只要他坐在办公桌前，便是烟不离手，茶不离口。有时岩岩下楼办事，看到上海人在烟雾里专心致志地做预算时，都感到好笑。

上海人却乐呵呵地说："营业部的年轻人每天吸两包烟，这里的空气能好吗？"

"你在这里工作，用不着买烟了，省钱了。"岩岩挖苦他。

"没想到日本人抽烟比中国人还厉害！你知道吗，日本人和中国人抽烟习惯不一样，日本人各自抽各自的烟，如果哪一位忘了带烟，借别人一支烟，第二天，便会还给对方一盒烟。"上海人津津乐道地向岩岩介绍他的感触。

新部长片山不抽烟，天天在这种严重的被动吸烟雾环境中工作，他忍受不了了，便建议社长在公司实行禁烟制度："我们银行不允许上班吸烟，在自己办公室里吸烟也不允许。我们有吸烟室，大家可以在休息时间去那里吸烟。我们公司也应该禁止在办公室里吸烟。"可是社长却不理会他的建议，依然按照自己的习惯抽烟，员工们爱怎么抽随他们的便。但是，社长却不允许女事务员坐在服务台前吸烟，女孩子们烟瘾上来了，要利用工作闲档跑上二楼，躲进厨房过一把烟瘾。说来也怪，楼上施工部的男人们当中只有一个人是烟鬼，而楼下营业部的人个个是烟炮。

施工部的员工们中午回公司用午餐时，除了大量喝茶外，就是想饭后趴在桌子上休息一下。午餐以后，二楼的办公室便会关灯来一个午间小酣睡。这让岩岩高兴不已，中国人都有午睡的习惯，她跟着那帮男员工们沾了一点小小的光。

楼下的气氛则大不相同。营业部的年轻人精力旺盛，饭后一边喝着茶，一边抽着烟，一边聊着天。他们的嘴巴就是过硬，口若悬河，天南海北地胡侃，"哈哈哈"的笑声不断传到二楼；而在二楼稍事小憩的男员工中，竟然还有人打起了呼噜。从口腔里传出的呼噜声，从鼻腔里窜出的响鼻声，以及楼下"哈哈哈"的笑声，形成了午间特有的旋律。

"小婆婆"对新来的财务事务部长片山很不感冒，她的指挥大权被片山取而代之了，不过，她似乎不买片山的账，依然要求安田按照她的指示去做。但不管怎么说，以往她说一不二的时光过去了，她心里感到很憋闷，经常跑到二楼去抽烟，而且次数越来越频繁。她开始加大力度教甜甜做事情，并拒绝做片山交给她的工作。

专务对新来的片山表现冷漠，因为雇用这个人，社长同样也没有征求他的意见，他心里憋了一肚子暗火无处发泄。只要他心情不好，岩岩准要倒血霉。

片山是财务事务部长，掌握公司的财务大权，又兼管人事和事务工作，因此他可以对任何一名员工指手画脚地安排工作，有时，也会对施工部长布置一些任务。这下子可惹恼了施工部的员工们，大家暗地里七嘴八舌地议论："他算老几？不就是一个被裁员下来的银行部长嘛，他懂什么叫施工吗？"

在清水公司已经干了几十年的老前辈们压着火气，根本就不买片山的账。尽管片山的年龄比施工部所有的员工都大，又当过银行的部长，而他进清水却是一名新员工，是后辈，因此，公司里除了后辈甜甜以外，没有人把他说的事当回事。

日本公司前辈、后辈的规矩是不会因为年龄、学历而有所改变，这也就是为什么中国人刚进日本公司时，感觉非常不舒服的一个重要原因。

中国人来到日本留学，经过多年的拼搏，当他们拿到了学位，走出大学校门的时候，很多人早已过了而立之年。当他们成为公司一名员工的时候，要面对一些比自己小很多岁，学位低不少的，称之为"前辈"的同事，自己则成了一名大龄和高学历的

"后辈"。后辈尊重前辈，这是日本公司历来的规矩，不论年龄、学历和背景如何，任何人都要规行矩步地遵守。

虽然片山是后辈，但社长给了他职权，因而，他一进公司就大刀阔斧地进行改革，一会儿召集施工部开会，一会儿又召集营业部座谈。他有很多想法并提出了不少建议，但是，想在清水公司实施，却比登天都难。

公司每个月都召开一次全体员工工作汇报会，人人都要发言，向大家汇报本月自己的工作，部长还要做部门的工作汇报，即使事务员也要说一说自己都做了哪些工作，最后，由社长做总结。月会上总会有人得到社长的夸奖，也有人遭到批评。上海人是社长夸奖最多、也是社长最欣赏的一名员工。

片山则利用工作汇报会的机会大力推行自己的改革计划，他滔滔不绝地宣讲自己前景灿烂的宏图，却没有人对他的计划感兴趣，最起码社长没有点头。

施工部长以不卑不亢的做法对抗片山，大家依然按部就班地去工地干活，按照季节安排施工计划，这已经形成的几十年的规矩任何人也别想破坏了。

一天，片山上楼找到岩岩，让她下楼开一个会。他把公司三个女孩子又召集到一起，明确地告诉她们："我是财务事务部长兼人事部长，今后，女孩子的工作由我来分配，你们都属于事务部。岩岩，你要搬到楼下来工作。以后，专务给你工作，先要告诉我，不要自作主张。"

尽管，岩岩依然害怕那个专务，但是，他们之间磕碰了一年多，相互已经熟悉了各自的能力与脾气。专务越是嘲讽她，她的脸皮越是"厚"，施工部的人也不再把他们之间的训教和嘲讽当成什么事了。专务过了教训和嘲讽岩岩的瘾后，对她反倒很上心了。他把自己最珍贵的工作经验全部传授给了岩岩，为此，岩岩并不感到自己受了委屈，只要他把对自己的怨气都发泄出来，总比让他闷在心里、算计你要强。岩岩的耳朵也因专务的叫喊声而磨出了茧子，她早已准备好了，只要你教我真东西，你专务爱怎么损，爱怎么挖苦，就都随你便了。岩岩的脸皮变"厚"了很多，本事也学到了不少，她底气充足，变得更加自信，更加坦然。因此，每一次专务虎着脸对她说事的时候，她心里不再发毛，胆不再发颤，心中有数，可以面对专务任何一种训教方式了。

片山的分派令岩岩很不开心，她找到"小婆婆"，阐明自己的观点。"小婆婆"无奈地摇着头："他是社长招进来的人嘛。他管公司所有的事情，以后有事都去问他吧，我还省心了呢。"她脸上没有任何笑丝，本来，她就不喜欢笑，加上她的职权被取消了，那种窝火的感觉，岩岩太能够理解了。

不过，岩岩还是想争取自己的利益，她又找到专务："专务，以后，我属于谁领导？属于哪个部门？"

"那还用说嘛，你是施工部的人，当然要干这里的工作喽！"专务不假思索地回答。

"片山部长让我听他的安排，要我搬到楼下去工作。"

"这是谁告诉你的？"专务火了。

岩岩一五一十地讲了片山的决定。

"我不清楚社长的意图。这样吧，你去找社长说一说。"专务真的发了火，但他不想说社长的不是。

此时的岩岩要想让她服从片山的调遣，就好像牛鼻子穿绳，她哪里情愿？她十万火急地直接打电话给在三楼办公的社长："社长，对不起，我可以打扰您一下吗？"社长召见了她。

他看着毕恭毕敬站在眼前的岩岩，和气地问："你有什么事情要谈吗？"

岩岩不免心里有些慌乱，但是，她要把心里的话对社长亲自表达出来："社长，是您要求我到楼下工作的吗？我是做技术工作，还是从此专门做事务工作呢？"

社长愣了一下："你的工作没有变化呀，技术工作是你的本职工作，下面的事情，你有时间就去帮帮忙，还是以楼上的工作为主。"

"片山部长让我搬到楼下去，不知道社长是否知道此事？"

"我去跟片山部长谈，你还是在楼上工作。"

社长从来不跟公司的女事务员开玩笑，对她们说话时也从来不露笑脸，他身上的男子汉气度令岩岩钦佩不已。在员工当中，大家都知道社长非常喜欢打高尔夫球，也喜欢去斯拿库喝酒，但是，却从来没有听说过他有绯闻，因此，他不仅在学校董事会中威信很高，在当地建筑协会中的威望也是头号，奥田校长偶尔也会对社长赞美几句。社长很精明，不沾女人，不赌博，不酗酒，这是他事业成功的一大法宝，当然，这也与他的贤内助分不开，他夫人在幕后全力以赴地支持他。哪一天他高兴了，中午想请大家吃饭，夫人就会默默地准备，在厨房为丈夫社长切好菜，做好米饭，把他喜欢吃的小菜系列摆到桌子上；员工坐在饭桌前，她又手脚麻利地给每一位员工端过去一碗米饭，那个时候，她连女事务员都不用。她脸上的表情很平淡，那种贤内助的素朴气质才是她老板娘真正的本色。当她看到每一位员工都低着头吃饭的时候，她才会微微地冲着大家一笑，然后，拉开大门走出去。

岩岩对社长也有不满意的时候，但是，他为人正派，不搞歪门邪道，这一点在岩岩的心里占的分量很重。她相信社长的话，坐回到自己的办公桌前，心里踏实了，不过，她对片山已经产生了厌恶。如果说专务这个人故意挑自己的毛病，厉声训教自己，那是为了工作，自己为了学到本事，就是再难听的话，也要把它们咽到肚子里，有的时候，她把专务当成一条疯狗，只有这样想，她才能完全平衡自己的心态。经过漫长时间的碰撞，她总算度过了那个让人备受煎熬的时期。专务终于被她的忍耐所感动，不再在大庭广众面前大声地训教她了。他的改变也让岩岩更加珍惜自己的名誉，绝不能在工作中出现任何一个小小的差错。

现在片山来了，员工们是否能各为其主做事呢？

或许是社长找片山谈过话，他不再上楼来找岩岩了，但是，他却经常把岩岩叫到楼下帮助"小婆婆"做一些事情，美其名曰：这是公司的工作。岩岩不能不服从，可心里却火冒三丈，又不能发泄出来，结果上下嘴皮子长满了水泡。这个时候，专务似乎醒悟到了什么，对岩岩和善起来，并把岩岩的工作安排得满满的，还在楼下大声对其他员工说"岩岩给公司节省了不少设计费啦，有几个工地她要去实习呢"，故意把声音传进片山的耳朵里。

岩岩开始在下面使劲儿与片山对着干。她告诉全体施工部的员工们："诸位，以后你们有任何工作都可以交给我，修改图纸上的毛病就让我去做吧，你们回到公司好好休息。"

施工部长阴笑着："你是不愿意到楼下吧？你害怕什么？他让你下去，你就让他来找我好了。你是我手下的人，怎么成了他的人了呢？"他的话让楼上所有的人都对片山产生了不满。

"小婆婆"的气色很不好，她开始时不时地休假，牢骚满腹地对岩岩说："我在这里干了十几年，很少休假，我已经三年没有回老家看我父母了。工作忙，好不容易休息，就想躺在床上睡一大觉，我还有不少假呢。我累了，想放松放松。楼下的活我已经交给安田去做了，如果她不会，你可以帮助她。""小婆婆"真的不再那么认真了，她休息了一个星期。

其实，片山本人并不坏，就是让经济低迷折磨得高不成，低不就，不过他还算是幸运的呢！社长请他当部长，给他的工资还比他以前的高。比起大公司被裁员下来，找不到工作或者只能干勤杂工的职员们，他要幸福百倍。他在清水公司，坐在单间办公室里，做着从来没有干过的财务工作，那种被圈起来的感觉让他好不自在。他查账目，做表格，去银行办理业务，像这样具体的工作，他在银行时都是由他手下的员工去做，他只是动动嘴，安排安排而已，现在，这些事情他都要亲自做。他希望自己有一个女秘书，而这家小公司从来就没有这种人事安排，于是，他便把安田管得紧紧的，希望这个女孩子为他做更多的事情。在"小婆婆"休假期间，甜甜又突然得了急性膀胱炎，住了几天医院。公司里只剩下了岩岩，她成了片山手里耍弄的枝条。

柜台前没有女孩子坐在那里，这可不是日本公司的模式。楼下需要女孩子坐在柜台前，需要女孩子接待客人。片山让岩岩坐在柜台前，接听电话，倒茶弄水，楼上楼下地跑。这下子，片山可高兴了，他一会儿走出自己的房间，拿出一张单子让岩岩核实一下，一会儿又拿出一沓子旧账，让岩岩整理成册。岩岩既不敢顶撞他，也不情愿给他工作，真是王八掉进灶坑里——憋气又窝火。正好那一天，岩岩被片山指派，忙得连去卫生间的功夫都找不出来了，她心里骂道："茶壶没嘴儿，酒壶没梁儿，你片山算哪一壶？"她嘴巴上的水泡火烧火燎的疼，她终于忍不住开口骂了一句："王八蛋！混账！"

刚好上海人趴在桌子上写东西，他突然抬起头，眼睛睁得大大的，望着岩岩："哎哟！一个蛮漂亮的女孩子，嘴巴里吐出来了那么难听的话！你骂谁呀？"

"谁不是东西我就骂谁？你还愿意捡骂呀！"岩岩狠狠地瞪了他一眼。

这个时候，片山走出房间，问岩岩："你是找我说话吗？"

"没有，部长，我肚子里闹得慌，骂肚子里的蛔虫呢。"岩岩眼皮不抬地继续做着手里的活。

"哪里不舒服呀？能工作吗？要不要去看看大夫？"片山关心地问。

岩岩的脸上红了一片："没事，可以坚持的。"

"我给坂本打一个电话，看她能不能来上班，公司忙嘛！"片山很有人情味儿地说。

不论怎么样，岩岩只想张口骂人，好像只有把脏话骂出去才能够让自己心中的恶气吐出去，就像人吃饭吃堵了，只有打出嗝来，才能让胃口舒服下来一样。

"小婆婆"坂本没有来上班，她休息了一个星期。甜甜出院回家了，又在家里休养了几天后，片山打去电话，让她马上来公司上班。

甜甜拖着虚软的身体来到公司，有气无力地抱怨："我还没有好利索呐，部长就让我来上班——"

几天以后，"小婆婆"也来上班了。岩岩终于可以离开片山的视野，重新回到二楼自己的办公桌前。在楼下的那几天，就像一摊屎堵在肠子里，顺不下去，肚子胀鼓鼓的疼了几天。回到二楼的当天，又像吃了一片泻药，把那些脏东西全都泻了出去，大肠立马就感到了爽快。

二楼的男员工们对她投过来友好的眼神，施工部长调剂口味，不阴不阳地说："你又回来了？这些日子都是我们自己做茶。离开你，我们可不舒服呦！"

部长头一次讲这样有人情味的话，岩岩的心里还是感动了一下。

5月初，"小婆婆"向社长递交了辞职申请。

"小婆婆"辞职，整个公司都震撼了。社长太太火速赶到公司打听她辞职的原因，她直说："我在这里干了十多年的事务工作，我把自己所有的时间都放在了工作上，可是，片山部长一来就想改变公司的一些事务章程。我们有自己的规定，为什么他来了就要改变呢？银行跟我们建筑公司不同，不能按照银行的做法来衡量我们的章程。他是我的上司，我没有资格改变他，那么，我走，就是这样。公司的事情，岩岩全都会做了，安田也已经学会了基本业务，我想，我的任务已经完成了。对不起，太太。"

"小婆婆"的话就像铁疙瘩吊线——绷绷直。她神色忧伤，一股脑儿地说完了多日积压在心里的话。

社长太太极力挽留她继续工作，这个秉性刚直不阿的女孩子难过地对太太说："公司会有更好的女孩子来工作的，我都三十好几了，很想有个自己的家。""小婆婆"说的是心里话。

这个"小婆婆"要离开公司了，其实，岩岩是最难过的一个人。尽管她对岩岩有过怨恨，甚至是以敌视的态度对待过岩岩，可是每一次，岩岩遇到了不懂的事情向她请教时，她都会认真耐心地告诉岩岩如何去做，如何做最节省时间和力气。到了后来，她还经常告诉岩岩一些生活上的小窍门；如果有谁难为了岩岩，她甚至会毫不客气地去批评那个人。岩岩到底也不清楚，这个"小婆婆"对自己是真心呢，还是装出来的。"小婆婆"干起活来如同小伙子。公司只要有重大活动，她总是把比较轻松的工作分派给其他女孩子去做，她自己包揽所有的重活。她说话有分量，男员工们都听她的调遣。因此，她辞职不干了，大家都感到非常意外。施工部长是一个事不关己的人，对别人的事情，他根本就不会去问，但是，"小婆婆"要离开的事情，他却很上心，因为，只有"小婆婆"能够按照他的要求给他最好的服务。他带着责怪的口吻问"小婆婆"："你走了，档案由谁来管呐？我们的预算书由谁来做呀？你是不是又找到了一份好工作呢？"

"小婆婆"平静地解释："我已经把所有的工作都教给了她们，她们会做好的。"

专务对"小婆婆"的评价很高。"小媳妇"辞职，他根本没有什么感觉，而"小婆婆"辞职却让他感到心里不舒服。他认为"小婆婆"是一个难得的人才，心细、麻利、做事情又准确又快。她来到公司后，马上就建立了档案室；她眼睛里掺不得半粒沙子；她办事周到精细，即使有时候她不在公司，也会把可能发生的事情及解决的办法写在事务本上，放在她的办公桌上，只要按照她写的去办就没问题了。她从来不开半句玩笑，专务很满意她的工作作风，只是"小婆婆"离开公司让他对片山更加厌恶了。

"小婆婆"谢绝公司的同事们为自己举行辞别会，但，她却与岩岩单独长谈了一次。

她马上就要离开公司了，可她依然不放心她走了以后，岩岩是否能够担当起公司里所有的事务工作。她头一次掏心窝子坦诚地对岩岩说话："片山这个人太不好了，他想拉帮结派，我很不喜欢他。在银行里当个部长有什么了不起？我走了以后，你就是前辈啦。你可要把责任担起来呦，你要帮助安田，这个女孩子有点儿任性。片山部长那里，你不用害怕，不是有社长嘛。"

岩岩看着对方没有表情的脸，心里有种说不出来的难过。她不知道自己是否能做好这些事务工作，她有些怕，怕自己管不好那些大大小小琐碎的事情。自生以来，她从来没有想过去管别人，更不愿意为了纠正别人的错误而去批评人家，她只想好好做自己的工作，挣一份薪水，满足生活上的需要。她要好好在这家公司干下去，只有这样，才能得到公司的帮助，才能延续自己在日本的签证。岩岩诚恳地对她说："以前，你在公司，把一切都安排好了，我们只要去做就可以了。你走了，我都不知道应该如何去工作了。"岩岩期待地看着她："你不能不走吗？"

"我告诉你吧，我已经有男朋友了。他比我大十岁，他想赶快成家。我也想有个家了，这样，我就可以在家里做事情了。哎，我们日本女孩子成了家，就不会把精力都放在公司上了。日本公司是男员工的天下，我们女孩子一辈子都要扶持那些男员工们。没有关系，我已经把所有的档案都整理了一遍，以后，你们查起来会很方便的。如果你遇到什么问题，请打电话给我吧。""小婆婆"说得很动情，这是岩岩第一次发现她的这个优点。此时的岩岩，真的希望这个曾经的"小婆婆"能够留下来继续工作。

小科长佐佐木更是不理解"小婆婆"辞职的事情，也不知道在片山与"小婆婆"之间都发生了什么。他每天在外面奔忙，在公司里呆的时间不多，因此，公司有什么新闻，他都是最后一个才知道。

公司里的男员工们除了要做好自己的工作以外，他们什么也不会去想、去关心，而中午午餐如果没有酱汤和小菜，他们就会问"小婆婆"："为什么今天没有准备这些东西？"

"小婆婆"不喜欢为大家做酱汤，她对岩岩说："众人口味难调呀！他们当中有几个人特别爱挑毛病，我可伺候不了他们。社长做的汤好喝，都是社长惯的他们。你知道社长放了多少好东西在汤里呀？我买的是一些便宜的食品，那些男员工就说我小气。你愿意做汤吧，只要你有时间，你就可以继续做下去嘛！"

岩岩喜欢做菜，也喜欢有人对自己做的菜品头论足，挑毛病。这样，她可以提高烹调手艺。尽管她尽心尽力地做汤，还是有人挑毛病，但她并不生气，她希望学会做众口能调的汤，为自己增加一些工作中的乐趣。她对"小婆婆"说："我很喜欢喝日本酱汤，我会做得让那些男员工们满意的！"

日本的小公司有着与大公司截然不同的公司文化。清水公司的做法更像一个大家庭，中午，大家回到公司吃午餐。午餐是"小婆婆"预定的盒饭，餐桌上必须要有两样东西，酱汤和茶水。让大家吃得舒服、可口，就像在自己家里一样，这是社长的本意。

别看那些男员工们平时不开口，如果，酱汤不合他们的口味，从他们喝汤的表情上就可以知道了。若是没有为他们做冷茶或者泡热茶，他们也会抱怨"今天这么热，为什么没有冷茶？"，或者"外面那么冷，为什么没有热茶？"。茶水的热度不合适，他们也会咂巴着嘴"这个茶太温了"，要不就是"这个茶水有点凉了"，还有的人想喝冰茶，便会提出"岩岩，有冰茶吗？"。看着这些为公司挣钱的男员工们劳累的神态，岩岩都会满足他们提出来的所有要求。她喜欢做厨房里的事情，这让"小婆婆"放心，只要岩岩开口向她要一些食材，她都会在午餐之前把东西买回来，岩岩对"小婆婆"支持自己的做法很是感谢。

麻雀虽小，五脏俱全。公司看上去不大，但是，这四十多名员工的杂事就能让你忙得昏头胀脑，不要说坐下来画图了。二楼施工部，经常只有岩岩与哮喘老人川村两个人，因此，大大小小的事情都由岩岩负责。"小婆婆"离开公司，就意味着今后会有更多的事情摊到她的头上去，她想一想都觉得累得慌。可是眼下，岩岩还必须要挑起公司事务的大梁。

看到"小婆婆"就要走了，上海人倒是兴冲冲地对岩岩说："这下，你可好了。她走了，你就成大拿了，我们有事情都要找你了。哈哈哈！专务就不敢再欺负你了。"

"小婆婆"退掉了她居住了十几年的公司的公寓房，把自己不再需要的电器用品送给了营业部的其他员工。从此，公寓里仅有的一个女性离开了那栋楼房，那里成了真正的男人的天下。

片山对甜甜抓得很紧，他知道女孩子需要什么、喜欢什么。宽宽的前台，甜甜一个人坐在那里显得孤零零的。偶尔，片山会把岩岩叫到楼下来画图或修改图纸，与甜甜做个伴儿，岩岩感到进退两难。

工作压得岩岩喘不过气来，她不得不向片山部长提出建议："部长，我们公司事务性工作很多，我不可能每天都坐在这里不干我的工作，公司有必要再招一个女事务员。"

片山部长点头赞同："是啊，别看外面不景气，可我们公司还是很忙的。楼下要有两个人坐前台才好，我们再招一个人来吧！"

关于招聘新人的事情，他口头上对社长作了一番解释，也对专务作了说明，大家对此事没有任何异议。

他写了一份招聘广告，送到当地的报社。很快，公司就有人来应聘了。经过一阵筛选，片山还征求了甜甜的意见，做出了最后的决定。

6月的一天，一个女孩子来到公司上班了，她叫小金井。

小金井是一个高个子、苗条清秀的女孩子，方形的脸盘上一双善良的眼睛总是笑眯眯的，薄薄的嘴唇，嗓音如同柳琴弹出来的音乐那样柔软温和。她给人的印象是那种说话底气不足，但却是很有教养的女孩子。岩岩一见到她，就喜欢上她了。把她与甜甜相比较，甜甜是一个懒惰和任性的女孩子；小金井则是一个细致入微、过度洁癖的女性。

小金井生长在教授家庭里，有一个妹妹，她从小所受到的教育就是如何学做大家闺秀，如何学会高雅端庄的生活。她的性格温柔，说话时眼神总是带着一种谦卑，她的性格也很温顺，从来不会发火，也不会顶撞他人，是典型的淑女型的女孩儿。

甜甜是独生子女，娇生惯养。父母工作忙，白天她在家里干什么无从知晓，久而久之，便养成了涣散、随心所欲的坏习惯。外界流行黄头发，她就去美容店染了黄发；女孩子抽烟很"酷"，她便与好友私下学会了抽烟；好友交了男朋友，她也跟着时髦，找了一个家境富裕的大学生，死心塌地地跟定了这个当时还在念书的男孩子，一直交到了二十六七岁，也没结出任何果实来，她对自己未来的生活总是抱着幻想。

小金井一来到公司，就把个人的事情告诉了岩岩与甜甜。

她刚刚离了婚。她曾有一个非常富有的婆家，婆婆是妇科医生，公公是一所著名大学医学院的教授。他们家看上了英语专业毕业的小金井，门第般配，郎才女貌。小金井很自豪自己能嫁到这样的家庭里，可是，与婆婆一起生活了一段时间后，她尝到了自尊心被伤害的滋味。

本来日本女人对生活细节就十分挑剔，她的婆婆对清洁卫生要求更高，她把家中的一切用品都当成了医疗器械，用过之后必须要消毒；尤其是在餐桌上，即使婆婆的挑剔几乎到了病态的地步，小金井都要无条件地服从。

她对岩岩说："我工作很累，也很紧张。回到家，连想放松自己的空间都没有，做每一件事情都要看婆婆的脸色。有一次，我下班回家，我丈夫还没有回来，婆婆让我做汤，结果，我忘记了放一种调味料，婆婆那个生气呀！我公公的口味更是挑剔，不是当天做的菜绝不放进嘴里。我非常注意他们家的规矩，感到真的很累，每一天睡觉都做噩梦。我已经做了十几年的秘书了，我们公司裁人，还是把我裁了下来。泡沫经济破裂以后，公司的财务紧张，只好把高工资的老员工裁掉，招来年龄小的女孩子，给她们的工资更少。"

小金井喝了一口茶，继续轻声说下去："我没有了工作，整天在家里干活。我非常努力，婆婆就是看不上我。我想赶快生个孩子吧，我怀孕了，婆婆知道后，说什么'现在你生孩子不是好时候'，一定要我打掉孩子，我求丈夫保住孩子。我丈夫这个懦弱的愚夫，完全站在了他父母一边，他告诉我'一切都要听我妈妈的，打掉孩子吧'。我自己的妈妈也没有办法帮助我，就是这样，我做了流产手术。婚后生活，让我彻底失望了。等我的身体恢复以后，我提出了离婚。我什么也没有得到，我也没有精力与他们去争，我回到了父母家。我父母对我很冷淡，对我的生活漠不关心，让我心灰意懒。我要找一份工作养活自己，想搬出去单过。我看到清水公司的招聘广告，就来了。虽然工资不高，但可以维持生活。现在，我的心情比以前要好，起码没有人鸡蛋里挑骨头似的对我指手画脚了。前辈，请多多关照。"小金井站起来，给岩岩鞠了一个躬。

经济疲软让很多人改变了生活，也让很多人更加努力地工作起来。竞争激烈而又残酷，那些年龄超过45岁的男男女女们，虽然还坐在自己的办公桌前不动声色地埋头工作，但心里已经非常不安静了。

公司裁员，不是公司无情，而是这个时期的环境无情。随着经济的衰退，公司的政策也在随时调整。甜甜经常讲自己父亲所在公司的情况，她担心自己的父亲被裁员，如果那样，自己的工资还能帮助家里一些，她母亲在一家超市做收银员，情况还比较稳定。

小金井的父亲是一所著名私立大学的教授，薪水很高，母亲是家庭主妇，泡沫经济破裂并没有影响到他们家的生活。她父亲似乎更喜欢自己的妹妹，妹妹嫁人，生活悠闲自在，经常回娘家享受家庭温暖。妹妹带给父母的是欢乐，而小金井回到家却是满脸忧郁与心焦。俗话说"嫁出去的女，泼出去的水"，虽然她嫁进了名门，而婚后生活却对她开了一个不相称的玩笑。

岩岩不想对公司有任何怨言，她需要这份工作，因为，只有在这里工作，才能保住在高中教中文的工作。在小公司工作有一个最大的优点，就是不需要一切随从大家行动。还有，社长给自己的是技术职务，自己拿的是技术签证。这一点，她比女友肖云要幸运得多。很多留学以后参加工作的中国女性，虽然有着高学历，却只得到了做文秘的工作，因而，也只能拿事务签证。因此，岩岩非常感激清水社长对自己的厚恩。

甜甜和小金井两个人对岩岩的尊敬非常到位，甜甜先到公司两个月，成了小金井的前辈，而岩岩当之无愧地成了她们的前辈。

片山有了自己手下的女孩子，他把应该属于他自己做的财务工作都交给了两个女孩子。他开始上楼找人聊天儿说话，了解一些员工们的想法，看一看大家都在做什么样的工作。岩岩却感觉到片山表面上是与员工聊天，其实，他是在了解社长的一些事情。看似聊天，却有那么一点儿煽风点火的架势。他让员工们给公司提建议，并把自己的意见告诉大家。另外，他还上楼来问岩岩正在做些什么工作，然后，劝岩岩归属到他的部门："听社长说，你干得不错。如果，你成为事务部的人员，同样可以做技术工作嘛。我是部长，有权力给你们涨工资，你好好考虑一下，你们三个女孩子在一起不是很好吗？"他说话的声音很低，几乎是对着岩岩的耳朵在讲话。

岩岩笑着对他说："我还是听社长的安排吧！如果楼下工作忙，我的工作不多的话，可以下楼帮她们一些忙。公司的工作人人有责嘛！部长不用担心。"

清水公司的员工们大多数都是已经干了十几年或者二十多年的老员工，虽然，工资不如大公司的员工挣得多，但是，清水社长对大家并不薄，在裁员之风盛行的当下，仍继续保留大家的饭碗。

小金井来到公司上班以后，岩岩就把女孩子召集到一起，把三个人的工作做了详细分工。岩岩把打扫社长办公室和他个人专用卫生间的工作依然留给了自己，因为这个工作是社长亲自布置给自己的，另外，社长办公桌上经常放着一些重要文件，就连岩岩在整理这些文件的时候，都会在心里猜测社长是不是在考验自己，因而，打扫社长办公室的人一定要可靠，嘴要严。

早晨，小金井一到公司，二话不说，就像机器人一样，把厨房的冰箱擦了一遍又一遍，然后，仔细地查看冰箱是否真的擦干净了；杯子上沾着一点点手指印，她都要用布巾擦掉；水池子里有一点点渣子都会让她感觉不舒服。她不时地跑上二楼查看一眼厨房是否保持着清洁。看着她操心劳神的样子，岩岩安慰她："早晨打扫完卫生后，楼上的事情就由我来做吧，你不用上上下下地跑了。"这个已经养成洁癖症的女孩子依然会神经质地跑上来看一眼，再下楼继续工作。

甜甜似乎并不在乎一定要把厨房擦得锃明瓦亮，她心安理得地对小金井说："我们已经做得很好了，那么多人，不可能地上没有一滴水的。"然而，小金井的习惯是改不了的，岩岩看着她反复收拾厨房的样子，心里感到一阵难过。以前，厨房地上有一滴水，谁会在意？可是，当小金井把地面擦得都能够照出身影的时候，再往地上掉水滴，男员工们也会感到羞愧，就连最挑剔的施工部长看着她在擦地都觉得自己不注意在地上滴了水，好像是欺负了这个女孩子。她过于干净的习惯，让男员工们看着心里发慌，不得已也变得略微勤快了。一次，岩岩看见一位男员工撅着屁股擦地面上的水点子，心里感到非常好笑。

小金井干活的时候，总是小跑着来来去去的；她说话的时候，总是笑眯眯的，样子很是贤惠。她工作非常努力，经常把甜甜做不完的工作拿来做。她几乎是不抬头地工作，她没有时间与甜甜说闲话，做完了自己的工作后，不是去整理档案，就是跑到楼上问岩岩一些还不清楚的事情，要不就是趴在桌子上画表格。在岩岩的眼里，她比甜甜要勤快百倍。来了客户，她马上就会站起来去做茶水，哪一位员工回到公司，她立刻就会送过去一杯茶。那种兢兢业业的工作态度，让岩岩心中产生出一种敬慕感。

酷暑与潮闷的夏天，凉茶成为最受员工们欢迎的饮料。小金井每天都提前半个小时来公司上班，她动作麻利地做完厨房的清理工作，接着就做凉茶、冰块；然后，帮助甜甜做楼下的事务。可是，甜甜依然是那样慢条斯理地干工作，只要茶箱里还有一点儿凉茶，她便不会再多做一些。如果，突然有客户来访办事，她做不出几杯凉茶来，便会急三火四地跑到二楼把岩岩做好的凉茶拿走。不过现在岩岩不再计较这些了，不再计较谁多干、谁少干了，自己是前辈，就多干一些吧！

小金井在公司上班没几天，一天中午午餐后，她与岩岩收拾餐桌和厨房。突然，她晕倒在了厨房的地面上，吓得岩岩一下子扑到她身边，轻轻推着她的身体，并倒了一杯水，用勺子喂进她的嘴里。一会儿，她慢慢地睁开眼睛，煞白的脸上没有一点血色。岩岩把她扶到沙发上，让她躺下来休息一会儿。

"你不要下去工作了，我去跟部长说一下，你的工作我替你完成，你躺一会儿吧。"岩岩安慰她。

片山部长上来看到这种情况后，对小金井说："休息一下后，你就回家去吧，你这个样子是不能坐在柜台前的。岩岩，你现在忙吗？是不是把她送回家呀？"

"嗨，我送她回家。明天我加班把今天的时间补回来吧。"岩岩决定送小金井回家。

休息了一会儿，小金井坐起来，用一双祈求的眼神望着片山："对不起，部长，刚才有点头晕，现在好了，我能工作，不想回家。"她无力地站了起来。

片山说："不要勉强工作，你的脸色不好，还是不要工作了吧！"

小金井急急地摇头："部长给我的工作还没有做完，我不回家，现在，我没有事了。"她给片山鞠了一个躬后，就下楼去了。

无论如何，刚才小金井的样子让岩岩感到害怕。这个命运凄苦的女孩子，不是身体有病，是内心深处遭受了创伤，而她的疾苦却并没有得到她父母的理解和同情，反而被误解为不懂事。

人各有其命。在经济低迷阴影笼罩下的人们，为了守住自己的岗位，都卯足了劲，向上司展示自己是最优秀的员工。但是，大环境是残酷无情的，各个公司财务都在紧缩，不得不一茬接一茬地裁员，一个老员工的工资可以雇用三个年轻人，这就是公司的新政策。

日本最大的建筑设计公司林木设计公司的情况也发生了很大的变化，气派的一流建筑设计公司，在泡沫经济破裂的笼罩下，不得不减少了一个办公楼层；人事部对多余的员工进行了几种方式的裁员，劝退休、自愿退休、自愿自动离职。公司没有人愿意申请辞职，人事部便制定出了给予奖励性质的辞职政策。

在林木设计公司工作、很久没有见面的美惠子和岩岩在银座一家高档咖啡厅见面了。寒暄了几句，便聊起了各自公司的情况。

"我们公司近期人心惶惶，也不知道人事部又有什么新的决定，我挺担心的，因为我的工资很高。现在公司活不多，已经有几个建筑设计师离开公司了，可是，公司还在招人呢。新来的毕业生，你猜，工资给多少？"美惠子神秘地看着岩岩的眼睛问。

"刚从大学出来的学生不会挣很多的，不过，怎么也不会低于18万吧？"岩岩猜测着说。

美惠子把头摇晃得像拨浪鼓："哪里有啊！他们才15万日元呦！去掉房租和水电煤气费，就所剩无几了，连与朋友聚餐的钱都没有呀！我们部来了一个学生，他第一个月的工资只有10万日元。他告诉我，只能跟父母住在一起了，他租不起房子，也交不起水电煤气费，但是，他却很高兴，因为，他有不少同学还没有找到工作呐！"

岩岩感触颇深："我们还在公司上班就应该知足了，我很感谢我们社长雇用了我。工资嘛，挣得不多，但我也很知足了。"

"唉，现在，大家的日子都不太好过。我可要多存一些钱了，不知道什么时候，我也会离开公司的。"美惠子担心地说。

她已经没有了以前的那种优越感了："最近，我和公司的几个女孩一直都在议论下一轮裁员会轮到谁的头上，我们很害怕哪一天部长叫到自己。设计师们也不像以前那样在公司加班了，现在，加班是不给加班费的。最近，公司招进来几个女孩子做事务，让我带一个刚毕业的大学生。看来，我在公司呆的时间也不会太长了。唉！"她一声长叹。

岩岩一直很羡慕美惠子无忧无虑、高消费的生活。她对自己从来也不吝啬，买高档皮包；买皮鞋要求是新样子，随潮流，品牌商标；买T血衫也要名牌。总之，浑身上下，都是品牌。泡沫经济破裂的风暴早已席卷了整个日本，她现在才真正感到了危机。虽然，她是公司的老员工，不过，架不住几个女孩子经常在一起议论裁员的事情，她的心里也罩上了一层阴影。

忽然，她神秘地对岩岩说："听说，洗桑拿浴能够消除疲劳和心理上的郁闷。现在，我每天一下班就去洗桑拿浴，然后，泡在冰凉的水池子里，回家以后，会感到身体轻松了许多，心里的郁闷也消散了。这个方法很见效，你也去试一试吧。还有，我们在职人员下班后都会去按摩院做按摩，把身体里的积郁给揉出去，这也管用。就是要把我买衣服的钱搭进去了，现在，只能这样用钱了。"

美惠子是一个新潮的女孩子，心地善良，做事心细。她在大公司里做部长秘书，待人接物做得很规范，已经成为了一个样板。任何一个人见到了她，心中再多的郁闷和烦恼也会被她的笑容所感化。跟着她一起工作就是一种享受，尽管有的时候，她的琐碎细腻的说教会让你心生反感，但，她完美无缺的事务工作又让你佩服得五体投地。

岩岩告诉她："我几乎每天都要去桑拿浴坐半个多小时，再泡半个小时的热水浴，浑身上下软塌塌的，身体里的一切脏东西都被蒸汽给蒸发出去了。第二天心里再结上了郁闷气，就再去洗桑拿浴，反正不能让自己被郁闷包围起来。如果真的得了那种病，人生就完了。"她与美惠子相互倾诉着各自的苦闷，又相互帮助对方舒解心中的疙瘩。

也不知道上海人在社长耳朵边上吹了什么风，社长又制定了一个新规定，每个业务员每月的定额是至少签下一个订单，否则，降薪百分之五十。那几个年轻的业务员立刻就感到泰山压顶似的超压力了，他们暗地里抱怨"社长下手真狠"。

上海人好像天不怕、地不怕似的，依然早出晚归地进进出出公司的大门。他经常笑容满面地带着客户走进公司，没有人知道他使用了什么魔术。他是公司里唯一一个超额完成营业指标的员工，就连清水社长见到了他都会给他鞠一个大躬。

不过，片山却并不欣赏上海人，因为他的脸色变化得太快了，日本人是不会在瞬间就变化万千的。上海人的微笑里含着一股霸气，是什么，片山说不清楚。为什么这个中国人会这样竭尽全力地为社长卖命，片山也搞不明白。上海人在大庭广众大肆张扬自己的业绩，势头早就压过了营业科长佐佐木。公司里没有一个人能够超过他签订单的能力，佐佐木开始抓耳挠腮、如坐针毡了。

上海人有社长为自己撑腰，看谁都是自己脚下的一只蚂蚁，那种"空棺材出丧——木（目）中无人"的做派让日本员工敢怒而不敢言。

第十八章
暴怒患疾

岩岩已经和住家周围的邻居们相处得十分融洽了。她下班回家时，碰上了熟人也会跟着她们分享一下街头巷语的小议论："喂，听说了吗，那家的儿子最近没有去上班"，"哎，听说那家的儿子被公司辞掉了"，"你看那家的男人不去上班，整天在家里抽烟，什么也不做。他老婆倒是很能干，天天一早就上班去了，回到家里还要做饭，他们那一对双胞胎儿子正在私立高中念书，幸亏那栋房子是老人留下来的"，"把角那家卖菜的老妈妈的女儿工作没有了，现在，在菜铺子里帮老妈卖菜呢！"

邻居们看着岩岩早出晚归，有时周末还要去上班，都挺羡慕她的。岩岩已经不再是从前的那个脑腴清高的女孩了，在公司历练了将近两年，她终于明白了一个道理：看人行事，见机行事，手脚勤快，少说多干，少发牢骚，谦卑做人，只要自己努力工作，一定会得到应有的回报，她对此深信不疑。

在日本经济疲软、经营不佳、裁员不断的境况下，为了保住饭碗，在职人员不得不采取措施，提高自己的技能，以便应对单位人事去留的变化，因而各种培训班应运而生，并不断扩大。与其他业绩下降的行业相比，继续教育行业却是一枝独秀。岩岩教中文的那所成人夜校又给她发来了聘请书，请她再去一所分校教中文。岩岩心里琢磨着，这种工作机会是万万不能让它跑掉的。她权衡了自己的时间，一周再拿出一个晚上教中文，一来，可以多接触日本人；二来，可以多收入一些。她欣然接受了这份工作，并把自己归类到了幸运群体里。

在日本公司就职的员工，原则上是不允许做第二职业的，因为，做第二份工作，势必会分散第一职业的工作精力；如果公司知道员工在做第二份工作，那位员工将有被裁掉的危险。岩岩是以特殊身份进清水公司的，同时做两份工作也是社长与校长私下认可的事情。社长坚守自己的诺言，员工们对岩岩发难，他只能睁一只眼闭一只眼，只要岩岩努力工作，他便不会做出让校长难堪的决定。

日本公司还有一个不成文的习惯，那就是没有人下班后会马上离开公司，虽然，那个时间大家已经不想再做什么复杂的工作了，但也不好意思准点就走。不合群就会被别人议论，久而久之，就会被同事疏远，因此下班以后，大家磨磨蹭蹭地一边收拾着东西，一边闲聊一会天儿，沟通沟通感情，然后，再离开公司。还有的员工愿意下班后结伴去酒馆喝点儿小酒，聊一聊在公司里不能说的事情，发发牢骚，交流交流信息。大公司里这种风气十分盛行，下班后结对成伙地出去吃晚餐、喝酒。通过这样的交流，加强了相互之间的感情，工作中会合作得更好。如果某人有事不能参加这种交流，大家会笑着调侃两句，告诉他下一次是不能逃掉的。有的人不愿意花钱，便会找出各种理由不参加下班后的聚餐，连续三次以上不参加的吝啬鬼便会在工作中受到合作不顺的尴尬。因此，在公司，首先要合群，还要与大家步调一致，才能在公司呆得长久，呆得舒服。

不管怎样，岩岩还是不喜欢那种随大溜下班聚餐喝酒的做法，她认为，八小时之外是我的自由，出去喝酒聊天儿，无非就是谈论公司的那点事情，发发怨气和牢骚，议论一下某个人。她讨厌这种耗时耗力的聚会，她喜欢利用这个时间去见朋友，或者回家做自己的事情，单身在外，总有很多事情要做。

她最怕公司有人邀请自己出去吃晚饭，她不需要额外的感情沟通，如果遇到这种情况，她都会委婉谢绝对方。清水公司的员工们挣得虽然不多，但还时不时地出去聚一聚，甩一甩票子。他们邀请公司的女员工一起出去吃饭，女孩子是不用掏腰包的，即使这样，岩岩也不愿意奉陪。她把这种女孩子不用掏腰包的习俗理解为女孩子占人家的便宜，她绝对不去！她不管那些不成文的习惯和风气，也不在乎同事们怎么看她、议论她，下班的时间一到，她立马就去更衣室换衣服，不在公司耽误一点时间。专务对她开玩笑："嘿！看你还挺麻利呢！那么快就走了，是不是去会男朋友啊？"

"我回家还有很多事情要做，不像你们回家就吃现成饭。"岩岩必须要这样说，时间一长，也就没有人再约她出去吃饭了。这样倒是省心了，可以不费口舌地按时走出办公楼去夜校教书了。

成人夜校学中文的学生都是来自各个企业的在职人员和中小学校的老师，他们学习的目的不同。有的学生就是喜欢中国文化，学习中文，能够用中文与中国人交流，感到自豪；有的学生，经常去中国出差，能说几句中国话，可以上街去买东西；还有的学生在大学学的第二外国语就是中文，来夜校是为了重温曾经学过的语言；有几个大龄男学生，在公司都是中层干部，他们抽出时间来学习中文，就是要给自己补充一些新能量。

一位学生对岩岩讲："我听说公司很快就要在中国开分公司了。我有中文基础，条件比别人优越，被派到中国的可能性会大一些。"

一位当小学老师的学生说："我们班上来了几个中国孩子。他们在一起的时候都讲中国话，我听不懂。如果发生什么事情，老师听不懂他们的话，就处理不了问题。为了听懂他们的话，我来学习中文。"

总之，随着中日两国友好交往和经济贸易的不断发展，在日本，学中文成为一种需求，一种时尚。

虽然，学生们学习中文的目的不尽相同，但是，在经济低迷的阴影下，自费来学中文的精神，以及对中国文化的喜爱之情深深地感动了岩岩。

晚上两个小时的学习对有家庭的学生来说并不轻松，但是，他们却笑着说："我太太很支持我学中文。"

学生们学习非常认真。岩岩每一次课后都会留作业，每一个人都一丝不苟地完成。等到他们能够用汉字造句了，岩岩便会轮流让学生在黑板上写下与自己生活有关的短句，然后，让大家一起评论，一起找出短句中的错误，直到大家都明白、理解了，最后，让学生把正确的句子写在黑板上，并反复练习读和说。她告诉大家："出错不会有人笑话你，不练习就会出更多的错，因此，自己在黑板上写下来，以后就会记得更牢固。"她打消了学生们害怕说错闹出笑话的担心。

在夜校教书，岩岩从日本学生身上吸取了不断进取的正能量。她和学生们有着众多相似的地方，也有很多共同语言。她很喜欢听学生们讲公司里的事情，课间十分钟就是岩岩与他们交流的宝贵时间。岩岩惊异地发现，他们当中没有一个人抱怨负面的东西，他们说的最多的就是"这几天特别忙，我要加班干完这些活"。在紧张繁重的工作之后，他们依然精力充沛地来学习，这一点，正是日本人极高的工作热情，积极进取、永不言败的教养和素质的体现。

在公司紧张工作了8小时以后，再站在讲台前讲课，岩岩的脚后跟发出了疼痛的信号，但是，看到学生们聚精会神地听自己讲课的眼神，她立刻就精神焕发，心情愉快。教授中文是她忘记一切不快的最好的灵丹妙药。

她在成人夜校教中文的事情，公司里没有人知道。自己在高中教书就已经饱受了同事们的非议，她哪里还敢声张此事！

片山很会笼络公司女孩子们的心，他不能是光杆司令，他需要女孩子们听从他的调遣。小金井和甜甜顺服地听从他的任何工作指令，只有岩岩不听他的那一套。

一天临下班，他上楼来邀请岩岩与他们一起去吃晚饭："去吧，岩岩，我请你们三个女孩子吃晚饭，然后，我们去唱唱歌。你们干得很辛苦，放松放松嘛！我带着你们去吃寿司。"

片山部长的盛情，岩岩无法拒绝，但她又不想跟他打得火热，想来想去，只能找借口说自己要去英语班学习。看着部长脸上露出的遗憾表情，岩岩自感对不住他。

第二天，小金井一到公司就告诉了岩岩他们头一天晚上出去吃饭的所有事情。

片山请了两个女孩子吃过那顿饭以后，她们对部长的态度变得更加依顺了。在片山面前没有半个"不"字，更不会反抗他所提出的任何工作要求，因此，小金井不得不更加神经质地工作起来了。

她对岩岩讲："反正，我回家也是一个人，跟着部长出去吃顿饭，晚上的时间也过得快一些。"她说话时，脸上总会带着一丝抑郁的波纹。尽管她住的公寓离她父母不算远，但是，她却不愿意回父母家，她害怕见到周围的邻居，害怕父母说嫌弃自己的话，她期待着有一个属于自己的小家。

进公司不到一个月，小金井就昏倒了四次。每一次她躺在公司大会议室的沙发上休息，片山部长都会焦虑地看着她，等她苏醒过来，便会劝她回家去休息。

只要小金井生病休息，岩岩都会带着自己做的水饺去看望她。这个生长在富有家庭的女孩子，对体面的含义理解得太深刻了。她每时每刻都要考虑到自己的身份，生怕说出什么不雅的话来让自己的父母感到难堪。她把身份、脸面看得比任何东西都重要，这就是她父母给予她的教育。看得出来，她的婚姻使她颜面尽失，使她父母蒙羞，她并不怨恨自己的父母，她强迫自己把那个她所爱着的男人埋葬在心底里。那个同样也喜欢她的丈夫是一个太懦弱、太要面子、太孝顺父母的男人，而她又不敢在丈夫面前说公公婆婆的一点不是，日积月累，积郁成疾，当她的婚姻走向坟墓的时候，她自己也落下了昏眩的毛病。

她把岩岩当成了知己，无话不说。一个周六，刚好轮到小金井上班，楼下只有她一个人。岩岩把自己的工作拿到楼下去做，她们有一点时间可以说说悄悄话了。小金井神秘地问她："哎，上个月你得到加班费了吗？"

岩岩奇怪地看着她，反问："怎么，你们加班了吗？公司不是不给加班费吗？"岩岩知道上个月她们根本没有加班，每个月初都是自己把出勤卡交到社长太太的手里，那上面的记录一目了然，"这里一定有猫腻"，她心里猜测着。

又是一个周六，是甜甜来上班。中午，岩岩下楼去档案室取图纸，正好看到甜甜在出勤卡上涂抹着。岩岩疑惑地走到她的桌子前，看了一眼出勤卡，责怪她："你怎么可以涂改出勤卡呐！"

甜甜笑着："是部长让我改的。他说，'你们女孩子挣得太少了，做几个加班日，找叮以给你开加班费。'嘻嘻嘻。"她说得很坦然，笑得也很自然，她并没有意识到她的做法是错误的。

看着甜甜漂亮的脸蛋儿，一股子怒火冲进了岩岩的脑壳，她差一点就背过气去了！这个部长太无耻了，竟利用职权让女孩子们谎报加班。这个可恶的部长竟然让女孩子们在出勤卡上做手脚，挣根本没有加班的加班费，岩岩不由得怒火中烧。

第二天一大早，她就感觉到在尾骨的地方长了一个小硬包，火辣辣的疼，用手一摸，浑身疼得直哆嗦。她猜想着，就是这么个小疙瘩，不会有什么大碍的吧？她咬了咬牙还是去上班了。可是，晚上回到家后，那个黄豆粒大的小包变成了蚕豆粒大，疼得痛苦难耐，就连扭一扭腰都会疼得满头出冷汗。去卫生间方便，她根本就蹲不下去，只能站着把小便尿进端着的小盆里。大便的时候，钻心入骨的疼痛，使她不得不一边叫喊着，一边把粪便排出去。她直挺挺地躺在床上，连翻身都不可能，那种绞肉般的剧痛让她大汗淋漓。正值盛夏，在热气翻滚的小小房间里，那个小包被热气一蒸，很快就鼓成了脓包，这下子岩岩害怕了。她动不得，躺不下，坐不住，蹲着更痛苦。

晚上，她打电话给奥田校长，想了解一下自己这种情况是否可以不去学校上班。他焦急地问："你去看过病了吗？上班不重要，身体健康第一重要。明天学校的课你不要来了，我跟办公室讲一下。你要马上看医生，你要清楚，在日本，你自己独立生活，生病是最可怕的事情，不要再生那个部长的气了，我们日本人也有生病的时候，在家休息是允许的，你好好休息吧！"

第二天早上8点之前，岩岩吃力地翻身下床，给公司打去请假的电话，片山部长让她好好休息。挂上电话，岩岩一瘸一拐地到楼下找新搬进来的一位大姐打听附近哪家医院看这种病。

那位大姐叫泉子，搬到这栋小楼已经两个多月了。她的到来，给这栋小楼带来了生气，岩岩与邻居山下都喜欢这位大姐。

岩岩神色紧张地找到她。泉子见岩岩撅着屁股，大汗淋漓，嘴巴歪向了一边，大吃一惊："你怎么了？没有去上班吗？快进来吧！"她把岩岩让进房间，岩岩只能站在那里，不敢坐下去。

"泉子桑，我，我的尾骨上长了一个包，快疼死我了。我不能去上班，怎么办呀？

附近哪家医院治这种病呀？"此时，岩岩的脸就像扭曲了的藤瓜，早已经没有了平时漂亮的影子。

泉子明白了，马上拿出一个小本子翻阅，然后，指着上面的一个地址："这家医院专门治这种病。附近只有这家医院，很有名，离这儿只有两站地。我叫辆出租车，我陪你去吧！"

岩岩摸着屁股，困惑地看着泉子，半天憋出一句话来："医生是男的，还是女的呀？我是在这里长的东西，多难为情呀！你帮我打电话问一下是女大夫，还是男大夫。"

泉子一听就生了气："有病还管男和女吗？他们干的就是这个工作。谁还没有得过难为情的病呀！医生嘛，什么病不看呀！赶快去吧！"泉子催促着岩岩，并开始穿外衣服："我陪着你一起去吧。"

岩岩犹豫了一下："不用了，我自己能去。"她忍着剧烈的痛楚，爬上三楼，拿上医疗保险证，一扭一扭地去了车站。泉子把她送进车站，才与她分了手。

医院是附近唯一的一家专治痔疮和肛门病类的家族式医院，已经是两代人的老医院了。院长是一位六十开外、高个子的男医生。医院不大，却坐满了病人。岩岩不敢坐在椅子上，只能忍着一蹦一跳的疼痛在楼道里转悠。一位护士拿着她的保险证走到她面前，温和地问："你怎么不坐下来呀？还有几个病人，你再等一会儿吧！对不起。"她同情地看了一眼岩岩，进医疗室去了。

过了一会儿，那位护士从医疗室里走出来，又来到岩岩身边："看你疼的样子，我跟大夫讲了你的病情，他让你先进去看。请跟我来。"

岩岩摇着头："不行，大家都在排队，我还是再等一会儿吧！"

护士笑了笑："是大夫让你先看的。请进来吧！"

岩岩向等待的病人们鞠了一个躬，然后，跟着护士走进了医疗室。

说起病因，岩岩脸红了。大夫听完后，"哈哈哈"地笑起来："你早两天来看病，抹一点药就会好，可是现在已经化脓了，我必须要给你做一个小手术。你知道吗，这个小包就在肛门旁边，如果脓包破了，脓水流进肛门，感染了肛门是很麻烦的，那就不是小手术了，那个时候，你不仅不能上班，还要在医院里住几天。没关系，我马上就给你解决这个问题。"他说话时显得很轻松，似乎眼前的病人并不痛苦，并没有什么了不起的病似的。他一边让护士做手术前的准备，一边开始做自己的消毒工作。

岩岩心里很害怕，她根本没有想到尾骨上的这个小包还需要动手术。那个时候，她非常恐惧，身体不由自主地开始哆嗦了起来。她真想逃跑，她害怕，害怕脱掉裤子后的尴尬，害怕在手术之后，自己身上会缺少了什么。大夫没有给她一点点思考的时间，就这样决定动手术了。她真后悔，应该事先问一问蒋明有没有必要做手术。

护士文雅地对岩岩笑着："请你进手术室吧！不用害怕，我们这里经常有病人做这种手术，大夫很有经验。做完手术，你自己就可以走着回家了。"

胆战心惊也好，害臊脸红也罢，反正不做手术，大夫是不会让回家的，救死扶伤是大夫的职责。就这样，岩岩老老实实地躺在了洁白的手术床上，她只能安慰自己："豁出去了，闭上眼睛，权当自己泡在温浴里吧！"

听着手术器械碰撞的声音，岩岩只感到自己的下半身凉飕飕的。大夫的手在灯光下一上一下地晃动着，一会儿，护士递给他一件器械，一会儿，又听到其他器械的碰撞声，终于，听到了大夫"马上就完了"的声音，岩岩全身紧绷的肌肉才算松弛了下来。

大夫做完手术后，笑着对她说："那个脓包差一点点就要感染到肛门了，你很幸运。我在外面给你拉了一条线，让伤口里的脓水彻底流出去。这不妨碍洗澡，但不要泡澡，可以做一些轻松的运动，就是不要把那条线拉断了，半年以后，它会自然掉下来。明天你就能上班了，坐着、站着都可以。"

下了手术台，岩岩摸了摸尾骨，没有感觉一丝的疼痛。刚才让自己疼得快要撞墙的那个小包没有了，那种撕裂筋肉的疼痛也消失了。她走了几步，下边没有任何不适的感觉，她终于释然了，憋红了脸，给大夫鞠了一个躬。

这一个脓包让岩岩彻底地悟到了一个道理，找一个女孩子，别跟那位部长怄气了，这纯粹是飞蛾扑火——自损其身呀！好在，日本全民都有医疗保险，在职人员只花10%的医药费，谢天谢地，此次手术她没有花多少钱！岩岩真心感谢日本的全民医疗保险体制。

那位医生太神奇了！半个多小时前，一个疼得脸都扭曲了的人，竟然在半个多小时后，能够直起腰身走路了！

泉子上楼来看岩岩，并端来了一盘自己烧的土豆牛肉："有什么需要帮助的，就来找我，不用不好意思嘛！你单身在外不容易，遇到不清楚的事情，只管来问我好了。"泉子说话就像自己的姐姐一样，让岩岩感到了家庭的亲切。

泉子出生在北海道，是一个贤惠、勤劳，喜欢帮助人的热心肠的女性。她有三个儿子和一个女儿，但她却很不幸，中年丧夫，自己带着四个孩子生活。后来，她带着一儿一女来到东京找到了一份在福利中心做护理的工作，一干就是二十年。女儿成家了，要跟她一起生活，养她到老，被她谢绝了，她依然做那份自己喜欢做的护理工作。

一天，泉子去岩岩房东开的药店买药，房东因年事已高，打算关掉药店，求泉子帮她整理药店的药品。泉子看着这个年老有病的药店女主人，决定辞掉工作，帮助这个老人。老人高兴得一定要免费让泉子住在自己公寓的房子里，泉子答应帮忙，但谢绝免费租用公寓，最后，老人请求泉子照顾自己的老年生活，不要再到福利中心去工作了。就这样，泉子花费了半年多的时间，终于把药店里的全部药品处理完毕，并帮助女主人把药店盘了出去。从此，泉子便开始了在家里照顾药店女主人的生活。

岩岩是看着泉子在这栋楼房里如何帮助药店主人处理完药品的全过程的，她伸出大拇指赞叹："这么多药品，这么高的楼房，你每天爬上爬下的，为她工作，难道你不觉得她欠你的太多了吗？"

泉子笑了："我们是老相识了。以前这里没有医院，我孩子晚上得了急病，我都是跑到这里来买药，她什么时候都会给我开门拿药。她老了，身边没有一个亲人，我帮助她，也是我应该做的事情，谈不上谁欠了谁的。"

在岩岩眼里，泉子是一个心地善良的女性。她的付出也得到了回报，药店女主人让泉子在家里踏踏实实地照顾自己的余生，并把自己的财产管理权完全交给了泉子。

泉子一家搬进小楼，岩岩不再为女邻居山下回老家，自己独居小楼而担心害怕了。她喜欢泉子的为人，平时休息时，她会毫不拘束地敲响泉子家的门，进去与她聊一聊心中的郁闷。这位大姐又成为了岩岩生活中最知心的一个日本朋友。

第二天，岩岩感觉留在下身的那条小线好别扭，虽然她有病假，但是，她不想待在家里瞪着眼睛望窗外，她去公司上班了。施工部的同事们见到她那副歪歪斜斜的走路姿势，开起了玩笑："嘿！昨天你不在，可把我们忙坏了。自己复印图纸，自己倒茶水，午餐还没有酱汤喝。哎，你怎么了？"

岩岩笑了笑："没看见我的腿不好吗？部长，我现在可去不了工地了。"

施工部长看到岩岩一跛一跛走路的样子，认真地说："外面没有你的活，如果你的腿还没有好，就在家里再休息几天吧！"这位部长第一次这么人性地关心岩岩，她心里产生出一种意外的温暖。

上海人对岩岩始终都很欣赏，话里音外还带着一些爱慕感。他献媚地对岩岩说："嘿，下班后，我送你回家去吧。你跛着腿走路，多难看！嘿呦，这么漂亮的女孩子，我看着都心疼。"

这句恶心人的话激怒了岩岩，她随口骂了一句："你这个人怎么看着人家不好，你却高兴得不得了，你真是一个混蛋。"

曾几何时，岩岩竟然会张口骂人了，不过，每一次她骂完人以后，心里就有一种散瘀的感觉，觉得痛快。她可不能让不快闷在心里，积郁成疾。不就是骂人嘛，骂人也不犯法。不就是一张脸皮嘛，我可不能为了保护脸皮，而毁了神经。那种半夜起来神经质地喋喋不休诉说的样子，真的太可怕了。我宁愿在公司里被说成是大妈，也不能把自己闷成抑郁症，现在的我是什么也不在乎了。

自从她身上暴起过红疙瘩以后，她就把骂人当成了一味药，必要时骂出去一句脏话，就能治愈暂时的郁闷，还有一种快感，为何不骂人呢？

周围的同事看到这两个中国人似乎在吵架，便也凑热闹："喂，你们在说什么洋话呢！岩岩好像很生气嘛！"

上海人倒是不在乎："她骂我是混蛋。"

"混蛋是什么意思？"一个同事问。

"就是日语的八嘎丫路嘛！嘻嘻嘻。"上海人依然笑着。

这句话被刚走进办公室的专务听到了，他笑着看着岩岩："以后，你就教我中国骂人的话吧！"岩岩狠狠地瞪了他一眼。

接着，上海人神秘地趴在岩岩的耳朵边上："嘿，我看你一个女孩子的，日子过得挺艰难的，你做我的女朋友吧！我会照顾你的。"

"你是哪一个庙里的和尚？怎么这么不知道廉耻？我要告诉你老婆。"岩岩差一点就要失控了。

上海人仍然嬉皮笑脸："嘿，你来公司也有两年了，怎么还不懂得规矩呀，公司里是不能大声说话的。我早跟我老婆分床了，她根本就不管我，我最近没有时间去外面洗衣服，她连管都不管。你看，我的衬衣都是上个星期穿过的，这个星期从穿过的里面再挑出来比较干净的，再穿一次呗！"说着，他掀开西装，让岩岩看他衬衫上的皱褶。

清水社长对上海人的赏识，让他在公司里越来越不把同事放在眼里了，不过，他确实是公司的一员猛将。他把洞箫当笛子，随心所欲地横着吹，吹出去的旋律让世界上最难谈生意的日本人也会随着一起发声，然后，糊里糊涂地在合同上签上字。这是上海人的一技之长，清水社长就是对他赏识，见到他眉眼都笑在了一堆。

无论怎样，岩岩都不能再跟自己过不去了，手术后留在下身的小线随时都对她有一种恐惧感，小线半年才能够掉下来，中途会不会出意外？会不会再次化脓？她心有余悸。

不知道这件事情是怎么传进专务耳朵里去的，几天以后，他来到岩岩面前，关心地对她说："你在公司上班是有国民健康保险的，可是，你知道吗，你是女性，光有国民健康保险还不够，还要加入另一种保险，这样，以后无论你得什么病，做什么样的手术及住院治疗，有了这家保险，就会更保险了。"

岩岩一脸迷茫地问他："我还需要加入那个保险？不入不行吗？"

专务说："不入没有关系，我是为你以后着想。如果你想了解情况，过两天，我带保险公司的人来找你谈一次。"

岩岩不敢不答应他，但，心里却不安，保险？那是什么东西？据说，每个月要交很多钱！有病，看病，成为岩岩心里最不踏实的一件事情。

大竹已经习惯了下班后与同事一起吃饭，然后，去斯拿库喝点酒的生活。有时，他也会在晚上给岩岩打电话，如果方便的话，他们就在车站附近的餐馆里一起吃晚餐。一天，大竹打来电话，希望聊一聊。岩岩因为手术后，走路的样子难看，而谢绝见大竹，这让他心生不快。

岩岩只好借口说："这两天公司工作太多，回到家很累，只想休息。忙过这阵子，我给你打电话，好不好？"

在日本，岩岩学会了包装自己，就像日本人一样，不化妆不能出门，纵然自己身体有病，见外人也要把自己打扮成一个健康的人。她知道自己走路的样子，不想让大竹看到自己的不雅形象，她还是咬了咬牙谢绝近期与大竹见面。

高中高个子老师仍然邀请岩岩一起去吃饭。他直截了当地问岩岩："你是不是有男朋友了？如果你有了，我就不再想这件事情了；如果还没有，我就想争取。"

他执着的追求给岩岩增加了一份心理压力。不过，岩岩也学会了日本人说话暧昧的习惯，既不让对方难看，也能让自己不失面子。她依然像以往那样婉转地说："我暂时还没有，也没有精力谈朋友。"

然而，他并不相信，试探地问："那次在斯拿库喝酒时遇到的那个男士不是你男朋友吗？"岩岩的脸"唰"地红了一下，但却平静地告诉他："那个人只不过是个熟人。"可是，他还是从岩岩的脸色变化悟出了什么，从那以后，他对岩岩失去了热情。

岩岩作为创价学会的会员，每周一次的会员座谈让她的生活变得更加充实，就像六月天喝冰糖水——又甜又解渴，不管工作多忙，她都一直坚持参加分会的学习。

学会会员当中有不少人是小业主，在泡沫经济破裂的影响下，很多小企业停业倒闭，但是，他们却依然顽强地寻找出路，相互帮助，携手共进。

在一次座谈会上，一位小手工业主谈到他的买卖面临倒闭的困境，会员中的一个人马上表示把自己公司的一部分活让给他去做。

那位小手工业主摇着头："你们公司人多，活给了我，你如何发工资呀？不行，不行！"

那个人中肯地说："建立一个公司不容易，倒闭一个公司却很容易。我们是会友，我不能看着你锅里无食，自己饱餐，大家挺一挺，一定能挺过去。"

岩岩融入他们的行列，心里感到踏实与自信。她每一天早晚要做两次佛事，早晚所念的佛经不同，心静心诚才会感到灵验。佛事做完以后，身体的血脉仿佛都通畅了，感到浑身轻松。她相信这种看不见摸不着的力量会驱散身体里的那些污浊，她更相信这种力量能让自己更坚强。

信仰的力量让她心宽，想事情不像以前那样狭隘了。以前她在公司，对很多人都会生出一种怨恨感，认为他们总是在欺负自己。直到成为创价学会会员以后，用学会章程来衡量，与其他会员相比较，才发现自己是一个既没有肚量，又没有修养的人。

她的工作量逐渐增加，这让她高兴。她并不厌烦做那些繁杂琐碎的工作，可她就是不喜欢自己正在集中精力画设计图的时候，让自己去做茶水。

一天，科长佐佐木带着一位女客户上楼来谈合同，本来应该是楼下的女孩子把茶水送上来的，结果，佐佐木笑着对岩岩说："麻烦你做茶水吧，楼下的人挺忙的。"其实，这句很平常的话，却在那个时候变成了刺耳的噪音。岩岩正在聚精会神地画着一张施工图，一点一点地比着尺子画线条，她真痛恨小科长这样没有眼力。听到吩咐自己的声音，也不知道她哪根筋没捋顺，抬起头来冲着佐佐木就来了一句："下面忙，我就闲着了吗？再说，你完全可以自己做茶嘛！"说完，她低着头继续画图。

佐佐木看着岩岩，有些发傻。俗话说，抱起木炭亲嘴，他在岩岩那里碰了一鼻子灰。他站在原地一动也不动，突然，他走到岩岩面前，压低了声音："我要杀了你！"他气恼地进厨房自己做茶去了。

岩岩听他说这句话，吓得汗毛都乍立了起来。她放下笔，慌忙跑到三楼大会议室，拿起电话拨通了社长太太大家，带着哭腔告诉她："我有生命危险。"

社长太太很快来到公司。在三楼会议室，岩岩扑簌扑簌流着眼泪，太太急忙问："你有什么危险，快告诉我吧！"

岩岩很伤心，她把佐佐木要杀自己的话重复了一遍后，太太却捂着嘴笑了："你呀，我以为发生了什么事情呢！那个佐佐木呀，在我们公司干了十几年了，他进来的时候，还是一个孩子呢。他父亲跟社长是同学，在一家大公司当部长。这个孩子连肉都不吃，一看见血就会昏过去的，他哪来的胆子去杀人？一会儿我找他谈一谈。你放心吧，不会有什么事情的。"

快到下班的时候，佐佐木上楼来找岩岩，第一句话就是："对不起，我不应该说那句话，别往心里去。可是，我不明白，你为什么对我说话那么生硬？"

看着这个小科长向自己道歉，岩岩脸红了："对不起，科长。那个时候我正在画一张重要的施工图，不想有任何人来打搅我。对不起，以后，绝不会发生这样的事情了。"她给小科长鞠了一个躬。

佐佐木伸出手来，歉意地笑着："好了，我们别记恨对方。以后，我会注意的。"岩岩的手被他焐热了，同时，也焐热了她那颗颤抖的心。

从那以后，佐佐木带客户上楼来谈合同，只要看到岩岩在画图，他一定会让楼下的女孩子上来做茶水。佐佐木的做法也让岩岩重新认识了自己。

她在创价学会的座谈会上讲了这件事。会员们认真地听她的故事，然后，一起进行了一番哲理性的讨论。他们没有看笑话，而是鼓励她学会忍耐，既大胆阐述自己的见解，又不使对方尴尬。座谈会上，学员们各自把心中的烦恼亮出来，大家对此展开讨论，最后，达到心平气顺，心明眼亮朝前走。学会让岩岩懂得了很多人生哲理，人、社会，都需要相互之间的理解，建立和谐的关系；人类只有消灭了嫉恨，才能达到真正的和平。

也就是从那次以后，佐佐木成了岩岩最好的同事朋友。

专务一直惦记着岩岩加入保险一事。一天下午，他带着一位女性来到公司，风光满面地对岩岩说："加入保险对你一辈子有利，这位是保险公司的业务员。"他把那位女性介绍给岩岩，让她们单独谈。

那位女性在日本最大的一家生命保险公司工作。那家保险公司有一百多年的历史，资金雄厚，提供寿险、产险、医疗、护理等不同的保险服务，尤其对妇女疾病给予了比其他保险公司还要优惠的条件，因此，这家保险公司在日本妇女中口碑很好，很多妇女都购买了这家公司的保险。

业务员是一位韩国女性，一张美人脸，淡妆上得非常到位，她手上带着一颗硕大的红宝石戒指，穿戴时髦，说话温和，她的日语很好，她丈夫是日本人。她耐心地向岩岩做了一番解释，岩岩想都没想就决定加入。

在保险业里，如果客人与公司签了合同，业务员都会给客户优惠的价格，即一个月的免费保险和一份和式糕点。

刚签下生命保险合同，岩岩就后悔了。每个月要拿出15000日元交保险费，如果自己失业了，如何付这笔保险金？她有点儿恨专务。

后来，岩岩才知道专务与那位韩国女性竟是情人的关系。也就是在同一天，公司的几个傻小子也和岩岩一样在专务的策划下加入了生命保险。他让自己的情人得到了一份保险公司的超额大奖金。

片山部长依然时不时地请小金井和甜甜晚上出去吃饭，只是他不再请岩岩去了。他知道自己指派不动岩岩，就用给女孩子增加加班费的事情去刺激岩岩。尽管岩岩有创价学会朋友的鼓励，尽管她常去洗桑拿浴散瘀，但是，那种暗地里造假给女事务员们开加班工资的事情依然会让她郁闷心烦。她不会做小人，去社长那里告部长的不是；她从来没有学会挑拨离间；她更不能把这种事情告诉大竹，也不愿意让学会的会友们知道公司里的这些丑事，俗话说，家丑不可外扬。

她试图让自己成为像阿Q那样的人，也想让自己按照佛教上讲的那样学会忍耐宽和、豁达大度，可是，七情六欲、肉体血脉、思维理念都是在万物中存在、成长，并不断改变的，她还没有达到那种高度超脱的境地。

岩岩终于忍不住内心的不满，跑到片山部长那里指着出勤卡上的加班时间问他："部长，我一直都在加班，为什么我没有得到加班费？"

他面无表情地回答："你属于施工部。你们部长不签字，我是不能开加班工资的。"

一句话差点儿没噎死岩岩，一股子怒火瞬间便积满了胸腔，她感到气愤。这种暗度陈仓的造假行为，美其名曰"女孩子辛苦"的说法极大地伤害了岩岩。她强迫自己不要生气，但是，晚上回到家，坐在榻榻米上看电视，不知不觉自己成了蛤蟆鼓肚子，又干生起了气。

第二天一早，她的身体又出现了闻所未闻的大问题。她的肚子突然间无名地鼓了起来，就像气筒插进肛门里不停地向里打气一样。眼看着肚子一点一点地鼓胀，气体在肠子内循环着，蹿跳着，肚子又硬又疼，已经鼓得穿不上裤子了，她不得不光着屁股，既不敢弯腰，也不敢直立站着，只能躺在榻榻米上。肚子的皮肤鼓胀得又薄又亮，不出一个小时，她的肚子就像8月怀胎的孕妇了。她害怕，她想哭，可是又不敢哭，因为，只要一喘气，一动身体，肚子就像要爆裂似的疼痛，她连伸手抓电话的力气都没有了。

时间一秒一秒地在剧痛中蹭过去，岩岩经历着那种令人啼笑皆非的肚皮鼓胀，那种肚皮即刻就要爆裂的剧痛，就在那个时刻，她恍恍惚惚，仿佛轻飘飘地升上了苍天。她直挺挺地躺着，微微地呼吸着，脉搏在悄悄地减弱——

突然，一声巨响从肛门里窜了出来，她被震得一激灵，接着就是一股子奇臭无比的气体从肛门里冲了出来，慢慢地飘散在小小的房间里，猛然，她"哇"地张开大口，一摊酸粘腐臭的残食从嘴里喷了出去。仅仅就是在这一瞬间，她的肚子也发生了奇变，臭气就像火箭飞向太空一样从肛门里迅猛地冲了出去，圆滚滚的肚子一下子就瘪下去了一半。她忍着气体冲破肛门的痛楚，闻着恶臭，听着一阵阵"嘣！嘣！嘣！"

的放屁声，感觉自己飘悠飘悠地从天上又降到了地面。

接着，每隔一分钟她就放出一个能熏死人的恶臭屁，足足放了两个多小时。随着响亮的屁声，随着一股一股臭气熏天的气体的外泄，她的肚子一点一点地恢复了原状。她的肚子酸疼，身子生疼，整个人像一摊烂泥那样稀软无力。她躺在榻榻米上苟延残喘着，直到呼吸略微平顺，才拿起电话向公司请假。

经历了这番生死剧痛之后的岩岩，彻底地领教了"生气"这两个字的厉害，生气是砒霜，生气比砒霜还厉害，生气的后果太可怕了！

片山部长给两个女事务员每个月都开出三万多日元的造假加班费，社长太太对此产生过疑问。由于他把事情做得严丝合缝，又很绝密，所以圆滑地躲过了太太的质疑。太太不敢得罪片山，因此，只能心里明白，嘴上不说罢了。

公司很多事情依然会让岩岩感到不顺心，她尽量不去细想，但又躲不过去，只能遇事谈事，能躲就躲。

小金井又一次问岩岩是否得到了加班费，岩岩平淡地告诉她，自己从来没有得到过加班费。说是不往心里去，但只要她一想到她们没有加班却得到了加班费，而自己加了班却没有加班费，心中就会像火山爆发时喷射出来的岩浆那样翻滚着，让她心绪不宁。信仰也罢，心善也罢，忘记生气也罢，都不能阻止她胡思乱想，然而，她的身体已经承受不起更多折磨了。阻止胡思乱想最好的办法就是让大脑没有一点空间去想烦心事，让大脑装满新的、有趣的事情。这个时候，她忽然想起用学习新知识的方法来填满大脑空间，使之没有胡思乱想的时间，从而控制心中的郁结。

岩岩觉得以前念书的时候，虽然艰苦，却很少有什么压抑积郁在心里。学校就是单纯学习的地方，学生各自为战，为自己的将来而拼搏，苦中取乐。那个时候的她，除了学习和到处打工以外，没有什么让自己感觉不舒服的东西。而当她走进社会，与公司同事之间的磕碰和所受到的冷遇让她真的明白了当时奥田校长对自己所说的话："念书固然重要，但，你不能缺少社会学这门知识。你要在社会中锻炼，要全面了解日本社会。"她用理智克服了对人的看法，用佛教信仰抑制了自己不满的心态，但却依然无法根除那些心底的郁结。不过，她想明白了，挣钱是为了生活，那么，就让那些钱为自己服务吧。她也想开了，不就是钱嘛！花钱能让自己有一个好的身体，有一个健康的精神状态，让自己在这个社会上稳稳当当地走好，何乐而不为呢？她决定花钱去学英语。

日本公司的员工下班后，一些人喜欢结伴去喝喝酒，唱唱歌曲，吃顿夜宵；还有不少人喜欢去做做按摩，以消除身体里的不适；另一些人，则是为了以后能够更好地工作，去学一门专业知识，或者去考与职业有关的证书；再有一些人便是为了兴趣和爱好去学习一种技能，比如插花、弹琴、和服的穿戴等，都成了时尚的业余学习内容。虽然经济不景气，可是学习英语仍然是热门。

一天，岩岩下班回家经过一条小巷，看见一家教堂的大门上贴着一张英语班招生的广告。她没有犹豫就按响了门铃，一位从瑞典来的女老师接待了她。

女老师与日本丈夫一起管理那家教堂。她是为教堂募捐而招收英语学生的。她的收费并不高，一个月1万日元，每周上一个小时的课，共招收了六个女生和一个男生。说来很有趣，那个男生还是岩岩所在地区区政府的一个部长呢！

在泡沫经济破裂阴影的笼罩下，尽管很多大公司都在裁员，尽管奖金一再削减，甚至停发，但是，日本人并没有因此而叹息、抱怨。他们鼓足了勇气努力去找回自己的生活，更多的人节省下喝酒的钱去学习一门知识，以提高自己的专业水平；很多女性不再购买高档用品，而是拿出钱来去学习，让自己从阴影中走出来。大家想尽办法摆脱恶劣环境造成的心理创伤。虽然经济低迷的阴影挥之不去，但他们依然精神盎然，依然坦然面对，依然让拮据尴尬的生活放出光彩来。正是他们的这种积极的心态带给了岩岩正面的影响。各种学习班、兴趣班并没有因为经济疲软而关闭，反而像雨后春笋般地茁壮发展起来，大有市场，而往日热闹非凡的斯拿库却被人们遗忘了。

英语班上，岩岩有了新的朋友，她们都是附近公司的职员和学校的老师。英语学习给了岩岩一种精神动力，学习的新气氛驱散了她在公司里积存下来的郁闷。

她就像上了瘾一样，到了创价学会召开座谈会的日子，她的身体里便会有一股子冲动；到了学习英语的日子，她下了班，便兴冲冲地去教堂学习英语；到了去夜校教中文的日子，她一下班就去牛肉饭馆吃一碗香喷喷的牛肉饭，然后精神焕发地去教她的中文学生。这种牛肉饭是那个泡沫经济破裂时期最经济实惠、最受欢迎、最能填饱肚子的快餐。岩岩喜欢吃这种牛肉饭，并非是为了省钱，而是那种她想做而做不出来的诱惑人的味道。

岩岩工作之余的时间被安排得满满当当，她的生活充满了活力，她真的忘记了一切烦恼。她结识了很多新朋友，接触到了另一个群体的人们，大家在一起议论的是新的话题，每个人都展示出轻松的微笑，她不再为工作时遇到的不快而郁闷了。

大竹想不明白，为什么岩岩还想再去学习？

他心事重重地问："下班后，你去教中文，现在，你又增加了一个学英语，周六你上班，我们就没有见面的时间了。"

岩岩却宽慰他："周日我们见面吧。"

大竹孩子般地伸出手来："我们拉钩保证。"他们的手拉在了一起。

因为工作忙，周末还要去见大竹，有很长一段时间岩岩没有给川上教授打电话了，说来奇怪，教授也没有提醒她去参加东京古建筑保护协会的活动。

9月初的一天，岩岩从成人夜校回到家里已经是晚上10点多钟了。她刚迈进房间，电话铃声就清脆地响了起来。日本人的习惯是晚上9点以后就不打电话了，因而电话铃在这个时刻响起，显得又急促、又刺耳。她奔到桌子前，抓起了电话。

是川上夫人打来的："你的老师想见一见你，你能到医院来看一看他吗？"

"什么？老师住院了？他怎么了？"岩岩急促地问。

"一个月前，他查出了癌症，是胰腺癌，已经做过手术了，现在，正在化疗中，不过，他很乐观，他很关心你的情况啊！"

岩岩心里猛然抽动了一下，泪水立刻充满了眼眶，老师怎么会得这种病呢？她语音梗塞："师母，这个周日我就去医院看望老师。"岩岩详细地问清楚了医院的地址和病房号码后，心情沉重地挂上了电话。

老师的病情冲淡了那一天在公司里遇到的不快。川上夫人突然打来的电话，把岩岩的心急得像锅底的木头，烧焦了。她的心乱跳着，她试图让自己安静一下，可是，心跳得更加急促起来。

周日下午，岩岩买了一束红玫瑰，乘坐电车去了医院。

来到日本后，这是她第二次去医院探望患癌症的病人。她害怕看见老师的容颜，害怕听到更可怕的消息，但她又非常迫切地想见到自己的恩师。

住院区域的楼道里一个人也没有，安静得有些可怕，护士们轻快地走在楼道里，然后，走进病房。岩岩经过每一间病房的大门，都能看到里面有家属相陪，但却听不到一点响动。她焦虑地寻找那个病房号码，当她老远看到了那个病房的时候，步子不由自主地加快了。

来到病房门口，她收了脚步，停在那扇门外，心里难过地想："'好汉就怕病来磨'，老师能闯过这一劫吗？"

第十九章
恩师仙逝

岩岩运了一口气，轻轻地推开病房门，瞬间，里面的情景让她锥心般地难过。

老师正靠在床头上与夫人聊天儿，他枯瘦的脸上除了那双大大的眼睛和高高耸立的鼻梁依然如同以前，他脸颊上的皮肤却松弛了下来。他宽阔的前额上没有了以往的那层光泽，脑袋上没有一丝发丝，从衣领处显露出来的肩胛骨就像山岳一样矗立着。从门口望进去，夫人的神情有些灰暗，她相伴在丈夫身边，贤惠悲戚的样子又是那样的有魅力。

川上教授一眼就看见了岩岩，他马上高声喊了起来："是岩岩啊！快进来，快进来！"夫人站起来走到门口："快进来吧！好找吗？真对不起你呀，让你休息日来这里。"

岩岩几步就奔到老师的床头前，一下子便握住了他的手，一双没有热度的双手。老师看着岩岩，与她的手紧紧地握在了一起。岩岩感觉那双冰凉的手好像在哪里曾经与谁相握过。啊！那是二十多年前，自己从农村回到北京，去医院探视病中的爸爸，和躺在病床上的爸爸也是这样将手紧紧地握在一起的啊！那种强烈的感觉霎时回到了眼前，她特别想哭。

老师的脸上放出了久违的光彩，他笑声朗朗："你看，我都躺在了病床上，还是对未来充满了自信。等化疗以后，我打算去外县做中医治疗。听说，你们中国的针灸可以治这种病。我不会放弃各种治疗的机会。来，快坐在我的身边。"老师热情地招呼着岩岩，全然不像重病患者。

他显得很高兴，像父亲一样询问岩岩的工作情况，不断告诫自己的弟子要好好珍惜工作机会，认真处理好人际关系等等，他一口气讲了很多，夫人心疼地劝他少说点话。

岩岩默默地点着头，一句话也没有说，她的心里像堵了一块棉花，她不敢落泪，更不敢正眼看老师，眼前的老师已经成了一尊骷髅。她真的想象不到只有两个月没有见老师，他就成了现在的这个样子。

川上教授又问起了岩岩的侄子："这个孩子进步不小嘛！考上了研究生，不容易嘛！现在，我们日本经济衰退，很多企业裁员，自动提前退休，雇用制度发生了变化，这是战后我们国家第一次在经济上碰上大困难呀！这个孩子在这个时候上学，充实自己，是不错的选择嘛。虽然他经常打电话给我，可是，我们也有两年没有见面了，一晃，他来日本也有五六年了吧？"

岩岩点点头，然后问："老师，您出院以后，我们是否可以去您家看望您呢？"

"好啊！等我从外县回来以后吧，那个时候我的身体会比现在要好的。"川上教授的眼睛里露出对未来充满自信的神情，他坚信自己能够战胜这种病魔。

岩岩重新握住老师的双手："老师，您会好起来的。等您恢复体力以后，我们再去中国吧！"

老教授的眼睛亮了起来，他有些激动："是啊，我还想再去中国，看看你们是如何保护古建筑的，我还要跟你们合作搞设计呢。"

岩岩没有在病房里呆很久，她离开的时候，老师紧紧地握着她的双手，久久地看着她。

回到家后，她趴在床上难过了好一阵子，老师的样子令她心碎。记得一年以前，老师曾经对她说过，近期自己的腰总是疼痛，他以为是过度劳累所引起的，笑谈自己老了。

岩岩认真地劝过他："老师，您的腰疼一定要当回事去看呀！您都退休了，有时间去看病。"她想起了自己的父亲，就是以初始的腰痛开始，到了查出癌症后，仅仅只有一个月的时间就离开了人间。

老师并没有在意自己的腰疼，他轻松地告诉岩岩："我就是老了，坐时间长一点，腰就感觉酸疼，早点休息就好了。我这个人是不喜欢去医院的，没什么了不起的。我还有很多工作需要去做，我有很多照片都需要整理，以后，可以作为教学资料。以前工作的时候，自己有兴趣的事情没有时间去做，现在，有时间了，就想多学习一点东西嘛！哈哈哈！"老师对自己的健康似乎根本没有重视过，他一如既往地想着去做更多的事情。

他的夫人总是抱怨他："这个人呀，就是不服老！他现在比上班都要忙！"

侄子听说老师病了，说什么都要来东京去看望老师。老师出院后，马上就去了外县进行中医治疗，直到三个月后临近年底才回到家中。

那一天，岩岩带着侄子去看望刚刚回家修养的老师。他的样子比几个月前更加消瘦，更加虚弱，岩岩已经看不出老师以前的风貌了。侄子的眼睛有点发红，他背着身子擦了一把眼睛，然后，握住了老师的手。

回到家后的老师依然朗朗地笑谈，他并没有把生命的终结看得那样可怕，他不是病人，而是一颗永不生锈的螺丝钉，依然拧在了机器上。他掀起衣服的一个边角让岩岩姑侄看身上的手术后的疤痕，一道从胸前直通到肚脐的长长的疤痕看着令人心酸。岩岩看着老师若无其事的面容，心里像被针扎似的疼痛。

他们与老师告别，侄子一边给老师鞠躬，一边酸楚楚地揉着鼻子，岩岩的眼睛里充满了对恩师的担心。在院子的矮门前，他们挥手告别。那一刻，凄凄冷冷的情景在岩岩和侄子的心里留下了难以磨灭的印记。

1月中旬的一天晚上，岩岩吃过晚饭后，接到了川上教授打来的电话。他约岩岩一起去听一场音乐会，他的声音里充满了期待。

岩岩握着电话沉思了片刻，问老师："您为什么不与夫人一起去呢？"

"我太太与同学去京都了，两个女儿也都不在家，这是两张赠送票。我太太在电话里讲，她赶不回来听音乐会了，希望你能够去，你能来吗？"可能是老师身体虚弱，他的声音有些颤抖。

"好的，我去。老师，外面很冷，您能出门吗？您怎么去音乐厅呢？"岩岩没有犹豫就答应了老师的邀请，然而，她却非常担心老师的身体。

那是一场高规格、高水平的音乐会，受到邀请的人十都是各界的名人与各国使节，他们都是衣冠楚楚、步履安详地走进音乐厅的。岩岩只想陪伴老师听一场高雅的音乐会，她并不在意他人的服饰装扮。

音乐会让老师精神振作，他有些激动，感慨了一番："这场音乐会值得来听，我很高兴你与我一起来听音乐会。"

音乐会结束以后，岩岩把老师送上一辆出租车。老师在车门旁给岩岩鞠了一个躬："谢谢你来陪我听音乐会，我替我太太谢谢你。"

岩岩握着老师的手，嘱咐他回到家后一定要好好休息。

老师虚弱，但依然朗朗地笑着："没关系，我自己还能做饭呢！我太太后天就回来了，放心吧，啊！"望着那辆远去的车子，岩岩的眼睛潮湿了。

2月中旬的一个晚上，岩岩与大竹一起在外面吃过晚饭后，感觉心里一阵难过，眼睛里蓄满了泪水。大竹心疼地轻声问："岩岩，你不舒服吗？"

岩岩摇摇头："不知为什么突然心里很难受。"

大竹更加温柔了："不要老想着公司里不愉快的事情，我是日本人，有什么事情尽管跟我说，别堵在心里，我送你回家吧！"

"不用，我坐车很快就到家了。你明天还要外出开会，你也早点回去休息吧！"岩岩深情地看着他。

回到家，岩岩刚想躺下休息，一阵急促的电话铃声让她一个跳跃从床上蹦了下来。

一个悲戚的声音从话筒传进了岩岩的耳朵里："你的老师病逝了。我要谢谢你陪着他去听音乐会，我都知道了。你是我第一个通知的老师的学生。"

岩岩的眼泪"哗"地流了出来，她哽咽着问："是不是听音乐会时着了凉？那个时候，老师很有精神的，怎么会——"她说不下去了。

川上夫人解释："不是的，他很高兴能够去听音乐会，谢谢你。希望你能够来参加他的葬礼。"

岩岩抑制住悲切的情感，安慰尊贵的夫人。

在肃穆的吊唁大厅里，川上教授安详地躺在紫红色的木制棺椁里，他的脸上带着一丝安逸的微笑，他宽阔的前额下那双永远不知疲倦的眼睛安详地闭上了。

川上夫人面含悲凄，眼角带着泪，疲惫地坐在棺椁边的椅子上，深情地望着丈夫，轻声地说："爸爸，你辛苦了。"一串眼泪顺着她的脸颊流了下来。两个女儿站在她的身后，一个是刚刚从加拿大留学回到日本的小女儿，身边站着一位年轻的帅小伙子，她的未婚夫；一个是身怀6个月身孕的大女儿，身边站着她的夫婿。女儿们一边擦拭着眼睛，一边注视着她们爱戴的慈父。

川上教授的挚友、建筑界的友人、东京古建筑保护协会的会员、学术界的专家、大学的同僚以及川上教授从60年代到90年代所教过的几百名学生，怀着沉痛的心情参加了川上教授的葬礼。

葬礼开始了。首先，川上教授的兄长，一位在建筑学术界久负盛名的大师，代表川上家族致悼词。他哽咽着，断断续续地说："在我的记忆里，弟弟从来就没有休息过。教学、研究、调查、写书挤走了他所有的时间。我们在一起的时候都是谈论学术，谈论如何保护东京车站。弟弟从来不知道疲倦，他还很年轻，他还有很多事情没有完成。他走了，让我这个哥哥心里痛呀！"他悲痛得说不下去了。吊唁的人们哀思如潮，默默地擦着泪水，极力控制着不哭出声音来。

随后，那位在林木建筑设计公司当部长的川上的学生，岩岩以前工作过的公司的部长，现任那所大学毕业生协会主席，代表所有恩师教过的学生怀着感激的心情讲了几件川上教授热心帮助学生的感人的往事。

岩岩的另一位导师佐野教授，他的悼词让吊唁大厅更加充满了浓重的悲情。他是川上教授的第一批学生，得到过川上的鼎力栽培，在学术界很快就站稳了脚跟。他接任了川上的职务，成为东京古建筑学会的会长。几十年来他与川上密切合作，共同研究，川上教授在他的心里占有至高的地位。他深情地说："老师创建的古建筑学会要继承下去；老师留下来的工作，我们要继续完成。把东京车站保护好，维修好，让更多的人了解它的历史，看到它的原貌，保护遗留下来的古建筑，这就是对老师最好的感恩。"川上教授把自己的余生完全奉献给了日本古建筑保护事业。东京古建筑学会的创立，东京车站的保护及维修是川上教授学术生涯中最卓越的贡献，是他一生中最闪亮的业绩。川上教授的名字和复原如初、风貌依旧、重焕生机、壮观华丽的东京车站永远地连在了一起。

一位中年人站在川上的遗体前，泪流满面。他是一位政府古建筑保护部门的干部，经办了东京古建筑学会所有的申请项目。每一次都是由川上教授亲自到政府部门递交项目申请和总结报告，汇报东京车站建筑的保护和维修情况，督促政府支持学会的工作。他情真意切地说："川上教授在古建筑保护上为国家立了汗马功劳。东京车站是我们日本的骄傲，谢谢川上教授。"

吊唁开始了。一队一队吊唁的人们缓慢地走到川上教授的灵柩前和教授夫人及家属面前，献上最深切的哀悼。

岩岩跟随在队伍里面，她的心情悲痛到了极点——

站在川上恩师的灵柩前，她泪如泉涌，悲痛万分。她深深地弯下了腰，向恩师做最后的谢恩、致敬和哀悼。

站在教授夫人面前，她无法控制自己那喷涌而出的泪水。夫人用那双美丽、慈祥的眼睛看着她，叫了一声"岩岩"。

岩岩"扑通"跪在夫人面前："学生请夫人多多保重！"人流停止了移动，站在后边的学生们发出阵阵抽泣声。

有谁能够知道此时岩岩的心境？

教授的小女儿走上去扶起了岩岩，轻轻地说："谢谢你！"

岩岩站起来，深深地，深深地给川上夫人鞠了一个躬后，随着人流走出了大厅。

她抬起眼帘向前望去，却正好碰上了那位衣冠楚楚、相貌堂堂，曾经在课堂上几次三番为难过自己的教授，她红肿眼睛的视线与那双精明眼睛的视线碰在了一起，他回避岩岩的目光。

近在咫尺，岩岩向他深深地鞠了一个躬："谢谢老师！在我念书期间，您严格教诲我，传授给我的知识让我终生收益。感谢老师对我的严格指导，学生今后会加倍努力。"

那位傲慢的教授脸上挂上了一层红晕，他愣了片刻后，毕恭毕敬地给岩岩鞠了一个躬。他直起腰来，真诚地对岩岩说："没有想到你这样大度、这样宽容。我对不住你，让你受委屈了。川上教授教出来你这样优秀的学生，实为敬佩。"

岩岩从来没有想过有一天这位教授会给自己道歉。他是老师，他可以向学生提出任何问题，可是今天，这位被大家公认的傲慢教授却在一个曾经的留学生面前认错。不，他是给川上教授认错，请求老教授的原谅。

岩岩谦虚地说："老师，您对我的批评就是对我的帮助，我只记住了这些。"

就在一个月前，作为名誉教授的川上教授提名让那位教授担任学科副主任教授。岩岩从川上导师的身上看到的是宽容、理解与谦让。

在治丧的人群中，一个身穿黑色服装的中国人来到岩岩面前："你是川上老师的学生吗？"

岩岩看着眼前陌生的面孔，问："你是？"

"川上教授是我的保证人呀！在报纸上看到老师仙逝的消息后，请假从福岛赶过来参加葬礼的。老师是个好人呐！他帮助了不少中国留学生呢！"他用手抹了一下眼角。

岩岩记起来了，这个从来没有见过面的人通过朋友找到川上为他做保证人，后来又是川上推荐他到了数学部学习。她难过地说："是啊！老师真是一位恩师呀！"他不停地叹息："我心里很难受，要不是川上老师介绍工作，恐怕我就要回国了。"

那位曾经邀请川上教授到上海旅游，在教授的研究室做过一年研究生的年轻人从人群中走到岩岩面前，一脸忧伤地说："我到日本出差，刚好听到老师去世的消息，无论如何也要赶过来参加葬礼。老师是好人呐！他给我做了两年的保证人。"这个学生已经回到了上海，在自己父亲开办的建筑设计所里做设计。

川上夫人听到了人们如此高度评价自己的丈夫，看到了人们如此敬爱自己的丈夫，她悲哀的脸上露出一丝悲伤的微笑；川上的女儿们停止了哭泣，面向慈父的遗体深深地鞠躬，再鞠躬。

川上教授走了，但是他的精神永远留在了人们的心中，永远留在了他的学生们的心里。在那本厚厚的留言册上，人们写下了自己的签名和各种感言，他的学生们也写下了对恩师的感谢和怀念。

老师去世，让岩岩又一次尝到了与友人诀别时的痛苦。

葬礼结束一个星期以后，岩岩才把老师去世的消息告诉了侄子。小伙子立刻就在电话里抽泣起来："你为什么没有告诉我？他是我的恩人呀！我想送他最后一程，你应该告诉我呀！"

岩岩抑制住悲伤："老师的太太知道你学习非常忙，她不让我告诉你。她希望你努力学习，完成毕业论文，找一个满意的工作。等你有时间了，我们一起去看一看她吧。"侄子说什么都要马上就去看望她。

几天以后，岩岩与侄子去老师家看望夫人。他家的客厅仿佛空了一大半，没有了老师在世时的那种温馨和热闹，让人感觉清冷清冷的。夫人已经从极度悲哀中走出来，留在面颊上的神情是对丈夫的怀念。

侄子怀着悲伤的心情与深深的歉意向夫人鞠了一个躬："老师是我的恩人。没能参加老师的葬礼，心里非常难过，请夫人原谅我吧。"

"谢谢你对老师的怀念。"夫人平静地说，并慈爱地拍了拍他的肩膀："你考上了研究生，老师比什么都高兴呀！以后，有时间常来玩儿吧。"

夫人把丈夫的书房用做悼念他的灵堂，她把那本记录了人们对丈夫深深怀念的、厚厚的留言册作为最珍贵的财富放在了丈夫的遗像前，让他每天都能看到自己的学生和友人。

她带着岩岩姑侄二人来到丈夫的遗像前，轻轻地对他说："你的学生来看望你了。"

川上教授慈父般的眼睛从遗像里静静地望着他们姑侄二人。看着老师含笑慈祥的面容，二人默默地跪在遗像前，把一大束高雅雪白的百合花放在了那本留言册的旁边。

百合花的清香充满了整个房间，川上教授一定闻到了他最喜欢的花香……

侄子在他的导师金泉教授的指导下，学科成绩优秀，因而获得了高额奖学金。

金泉教授是一位很有气度的男人，中等身材，天庭饱满，方脸大耳，大眼睛透着智慧，挺直的鼻子，棱角分明的嘴唇，面带尊严与谦和。他出生在一个富有的家庭，从小接受的是日本上层社会的良好教育，小学到大学上的都是私立学校。他母亲是一位才女，不仅写得一手好书法，文章写得也非同一般。为了让家族后代了解家族史，她写了一本家族史回忆录，只印刷了几十册，分送给了家族的后代们。

日本的工业技术在世界上属于顶尖水准，它的企业管理理念、生产管理方法更是独树一帜，颇有特色。很多外国留学生到日本来就是要学习日本的经营管理理念和方法。金泉教授在生产管理领域上很有造诣，著书立说颇丰，因而，许多学生师从于他，特别是来自制造业发展迅速的中国的留学生占了相当大的比例。

金泉对自己的学生既严格要求，又热心指导。他把大部分时间用在了指导学生的论文上，尤其是对留学生。他不仅在学术问题上严格把关，还修改留学生论文中的日语毛病。他有十几个学生，每个星期他都会在研究室分别主持大学生和研究生的研讨会。对所有研究生的论文，他更是花费时间和精力，个别指导，一个星期一次，每次一个小时从未间断过。他培养出来的学生，争相被大型企业所雇用。

他喜欢做菜，尤其是炸虾、炸蔬菜的手艺不在饭店厨师之下。每逢新年和大学放假，他都会邀请他的学生们去他家，或去他的别墅做客、聚餐。那个时候，他用炸虾、炸蔬菜和日本酱汤煮肉招待学生们。中国留学生特别喜欢吃日式炸虾。日本人喜欢清淡，用油也格外注意。他炸出的虾色香味美，却不油腻。诱人的大虾被包裹在薄薄一层透明的焦脆面糊里，酥脆的面糊吃起来发出"啪嚓啪嚓"声，清香爽口；茄子、南瓜、柿子椒、嫩竹笋切成薄片，出锅后的炸蔬菜片片支棱挺立、面糊透明、外焦里嫩、不油不腻。学生们在欢快的谈笑声中，津津有味地品尝他的厨艺，是他最开心的时刻。他用上等日本清酒招待学生们，与他们共饮。喝到一定程度，他便会用手托腮，微闭双眼，满脸笑意，陶醉在学生们热闹的笑谈声中。他的真诚温暖了日本学生和留学生们的心。

金泉教授不仅严格指导学生，同时，又关爱他们每一个人。他的故事在学生当中流传，受到学生们的爱戴与尊敬。侄子很自豪自己成为这位教授门下的弟子。

1999年年初，岩岩依然按照公司的规矩安排新年会，她成了"小婆婆"，操持着所有大大小小的事情。现在，她真的体会到了做"小婆婆"并非容易，那没完没了的事情，不仅对每一个人都要考虑周到，还要对每一件事情都要做到完美。小金井跟在岩岩的屁股后面，甜甜随听听从她的招呼，那种后辈服从前辈调遣的自豪感让她有一种从未有过的心安。她总算从童养媳熬到了婆婆，可是，这个时候，公司里有人开始称呼她是"老太太"了。

日本男员工喜欢说年龄超过30岁的女员工为"老太太"，这让她们十分不愉快，但是，男员工们却认为这是对她们的一种昵称。大公司里的男员工们是绝对不敢使用这个词汇的，而小公司的男员工们却把这个词汇经常挂在嘴边上。如果女员工做事情慢了一点，他们就用这个词汇刺激她一下，不情愿被嘲讽的女孩子也会半开玩笑地用"你是老头儿"来回敬那些男同事。

男同事叫她"老太太"，她心里非常生气。难道自己真的老了吗？她开始注意饮食，买化妆用品，把自己打扮得更加时尚。后来，美惠子告诉她，"日本男员工总要挑剔女孩子的不是。他们需要我们笑口常开，要我们像机器一样为他们服务。你们公司的男同事说'你是老太太'并没有恶意，就是嫌弃你做事慢了，不要去理睬那些。"

岩岩的年终奖金虽然不多，但，她很知足。在不景气的大环境下，自己不仅有工作，还有奖金，除了感恩，就是要好好地工作。

她的工作开始进入春暖花开的时期，她在公司成为名副其实的"婆婆"，大事小事，大家都找她，各路的小道消息也会往她耳朵里吹，她开始了跑步式的工作状态。即使这样，她也不愿意指派楼下的女孩子们，除非社长下令，她才去分配她们做一些工作。做杂事很烦人，忙得不亦乐乎，但那种被人抬起来的感觉却有一种飘飘然的、妙不可言的舒坦。

专务对岩岩早已经不再训教和嘲讽了。他仍旧不时地叮嘱岩岩做事要细致，别把所有的事情都大包大揽在自己身上。尽管他说话时的态度依旧不冷不热的，但，岩岩却感觉到他是真的关心自己。

经济一蹶不振的阴影依然笼罩在这片国土上，各家公司根据各自的情况，不仅没有了加班费，一年两次的奖金也被取消了，就连工资都进入了不涨反降的境地。即使这样，也没有人抱怨，更没有人愿意自动离职。清水公司的任务看上去很饱满，而实际上，有的客户因为被裁员断了收入来源，而交付不了竣工住宅的款项。拖欠公司的钱款一时收不上来，使这个小公司也陷入了困境。没有钱，就发不出工资，社长别无良策，只能让营业部的员工想方设法去收回那些欠款。

客户不能按期交款，这不能怪他们。以前，在清水公司的账面上，从来没有过客户拖欠公司钱款的记录，到了付款日期，客户都是亲自来公司付款，因此，社长从来没有担心过公司账面的钱数，也从来没有为发工资而焦虑。可是现在的情况发生了极大变化，每个员工都感到了岌岌可危。

为了在这种恶劣的经营环境下生存，清水公司重新整合了各个科室，并新设立了质量检查科，员工的工作也做了重大调整。公司以前没有质量检查部门，质检工作都依赖于施工部，直到有一次，一位客户发现自己的新住宅有毛病，直接找到社长反映情况，这样，社长才下决心建立质量检查科，并把质量检查放在了公司经营管理的重要位置上。

由于岩岩在国内干过工地质量检查，她被分到了质量检查科。科长是一位四十来岁的男性，是岩岩的直接上司。现在，就连专务想找岩岩画图，都必须要经过那位科长的同意了。

那位科长叫大仓，是一位很沉稳的中年人。他的头发总是一丝不乱，白净的皮肤，配上一身笔挺的西装，一看就是从有教养家庭出来的人。他父亲是军用机场的高级机械工程师，母亲是中学教员。他从日本最有名的两所私立大学之一的早稻田大学毕业后，就在一家大型建筑公司做施工员，长年累月在户外工作，还要经常到外县负责施工项目。十几年以后，他放弃了高薪和福利优厚的工作，来到清水公司。虽然条件没有大公司那样优越，但是他可以做自己想要做的事情，又不用去外县奔波。

大仓不合群，他总是在工作做完以后，寻找机会出去参观和学习，因此，他知道大量最新的信息，就连社长都经常找他询问一些新的建筑材料和新的施工器械。他为人高傲，品位很高，但他工作起来却是非常地认真，甚至可以说是较真儿，他在公司里没有什么人缘。

大公司的管理非常严谨，一旦政策出炉，就是铁打的制度，每一个细小的环节都有人负责，即使领取一支笔，也要经过秘书同意，由她帮你领取。由于分工精细，一个项目要有很多员工参与，经常需要开会调整各部门的方案及进度，大家在一起工作时时处处互通情况，随时探讨，因而，人际关系很重要。小公司的管理则要简单得多，而且个人工作独立性很强。清水公司施工部的员工每一个人都能独立完成一栋住宅的整套施工任务，因此，人人都很牛气。只要他们从营业部拿到了工程，就可以独立干几个月，因而员工之间不存在太多的相互依赖关系，你干你的住宅，我干我的工程，竣工后由社长签字，然后，就可以把一栋住宅交付给客户使用了。

大仓不喜欢挑人家的毛病，而质量检查却是一项得罪人的工作。自从公司有了这个部门后，施工部内的气氛变得紧张起来了。岩岩本来是属于施工部的，与施工部的各位员工早已经磨合相处得不错了，可自从她到了质量检查科，他们之间的关系也发生了变化。

与大仓一起工作又让岩岩领教了难以沟通的滋味。岩岩在公司工作了两年多，与大仓就没有讲过几句话，她感觉这个人是天底下最不能交心的一个人了。岩岩好心给他端茶水，他却说这个茶不好喝，连动都不动一下，这让岩岩感到十分难堪。跟这样的人一起工作，很快头发就会变白的，岩岩这样想。大仓对岩岩说话，从来就没有过笑脸，一副冷漠的表情，就像冰霜结在他的脸上一样，比专务还要可怕。岩岩刚刚走出专务那道鬼门关，现在，又要过另一个地狱的门槛了，她真想哭。

社长开始依赖岩岩做事情，他把所有的文件都交给岩岩去做，而不用楼下的女事务员们。这让岩岩很为难，自己就是长了四只手也做不完所有的工作，但反过来一想，自己所要的不就是这种信任吗？这种归属感，让她成了一个工作狂。

现在，岩岩可以向女孩子们分配工作了，可是，片山部长却不高兴了，他提醒岩岩"那是他手下的员工"。这句话也暗示岩岩，她必须要让大仓插手了。

一天，大仓把工作计划拿给岩岩，告诉她："这就是我们的工作。工程检查不得有误，否则，你和我都要被开除。难道你没有听到社长的讲话吗？现在，大家都要各司其职，各负其责。你不是事务员，不要去做那些不属于你的工作，那些工作让楼下的女孩子们去做。我已经跟社长说过了你的情况，你没有必要担心别人怎么说。"他脸上没有任何表情，就像他的西装那样没有一条皱纹。

质量检查是一份挑毛病的工作，说白了就是挑刺儿的活，受累还生气，闹不好自己还有可能丢掉饭碗。岩岩真的很害怕自找没趣儿，如果干不好，被社长给开了，就意味着得不到签证。

社长决定设置质量检查科，岩岩双手赞成，但是，她没有想到这个工作竟会派到她的头上。她不会开车，无法去工地验收工程。大仓冷着脸告诉她："公司给我们配了一辆车，我们要一起去工地验收工程。"

上海人还是那样热情地追求岩岩。他非常得意地把自己刚刚拿到手的一件工程告诉了岩岩："你知道吗，我费了九牛二虎之力才拿到了这个单子。"

岩岩打心眼儿里佩服这个同胞的能力。他能够让精明的日本女人听从他的指挥，那可不是开玩笑的，要知道，有"男主外，女主内"风俗的日本，女人们会把账目计算得不差分毫，连营业员们都被她们的精细搞得头晕脑胀。在自己的土地上为自己建造住宅，女人们是绝对不允许浪费一点儿木头的。然而，土井分寸把握得十分到位，他很会抓女人的心理，与他碰面的女人，没有一个不买他的账的。

"我看，很快你就会成为营业部长了。"岩岩半恭维半嘲讽地说。

"哎，我看着你跟大仓在一起工作，心里真的酸溜溜的。质量检查得罪人，要不，我找社长说一说，你调到我们部吧。我们一起做，准能做好。"上海人殷勤地说。

"谢谢你。不过，我还挺想做质检工作的，可以出去走一走。"岩岩态度冷漠。

社长每一天都要大仓拿出一份检查报告，包括每一项工程的验收情况，并要有两个人的签字。这样一来，大仓和岩岩都知道了这项工作的重要性。嘻嘻哈哈、和和气气、友情软话都不能取代严格的建筑规范，铁面无私、公正记录才是工作的宗旨。

岩岩在公司穿女事务员的工作服，白衬衣、西式裙，冬天外穿开身毛衣；去工地检查质量则要穿工地服。所谓工地服其实就是施工部男员工的工作服，蓝色外衣和裤子，冬天再加上蓝色棉服。

穿上工地服的岩岩又成为男员工们取笑的材料："哎！我们日本还没有见过穿工地服的女性呢！"

"你照着镜子看看吧，穿上这套衣服你还像女的吗？"

"你就别穿工地服了。本来就是老太婆了，穿上这套衣服，就成老头子了，以后，谁还会娶你呀？"

岩岩已经百炼成钢了。面子值几个钱？身份又能拔高你多少？她的脸皮比城墙拐弯儿还要厚。老太婆呀、老头子呀，爱说什么就说什么吧！反正我不做好这项工作就会丢掉饭碗。

大仓是一个鸡蛋里挑骨头的人，岩岩从来没有想到过有一天会跟他搭伙儿工作。他脸上永远也看不到笑容，也就是说，跟着他干永远也见不到光明。他阴沉着脸，开着车子带着岩岩去工地转悠。他拿着尺子、记录本和线团，专门去寻找他看着不顺眼的地方，他的检查是百分之百的正确。

"岩岩，你来，帮我拉线，看这扇窗户是不是平行的。"大仓没有表情地指挥岩岩。

岩岩看那扇窗户已经做得非常漂亮了，而当那条细线一拉起来，便发现了窗户向下倾斜了半个厘米。

"才半个厘米呀，根本就不是问题。科长，你看，谁能发现半个厘米的误差？"岩岩觉着大仓有点过分。

"那可不行啊！客户根本看不出来的毛病，我们是不能放过去的。需要重新做，这就是公司的信誉度。你知道吗，我们的职业道德是不能在产品里掺假的。住宅有一点点毛病，都属于次品。这栋房子要是你的，你愿意让窗户倾斜吗？有毛病查不出来，让竣工的住宅验收合格了，就是我们失职，那是要降工资的。因此，我们必须要让负责人把窗户改正了。"大仓讲得很认真，岩岩无话可说，把所有的毛病一一做了记录。

完成一栋住宅的竣工检查工作，从头到尾，从上到下，从里到外，结构、水暖、电器等等都要检查一遍，需要用一整天时间，还要再加一会儿班。回到公司，马上就要把检查报告写出来，打印出来，放在社长的办公桌上。

他们一回到公司，岩岩就成了大仓的秘书。他写稿子，岩岩打字，最后，两个人签名。自然，他们都知道这份报告第二天产生的效果。

片山部长不能左右岩岩了，他开始让楼下的女事务员把一些工作推给岩岩去做。小金井一向对岩岩很友好，加上岩岩在工作中时常照顾她，她不管部长说什么，总是把事务的活全部揽到自己的身上。她对工作有一种神经质的认真，还有一种强烈的洁癖，那种控制不住地反复擦拭柜台的做法，最让甜甜感到不舒服了，因为，越是小金井擦得勤快，就越显得她是一个不整洁的人。而实际上，甜甜就是这样一个差不多就可以的人。其实，她们倒是很羡慕岩岩能够出去工作，不过，当岩岩满身脏乎乎地走进公司的时候，她们也会感到那份工作着实不是女孩子所该干的。

一天，一个科长找到岩岩。他表情尴尬，有些抱怨："你为什么不事先告诉我呢？那栋楼房是我负责的。你直接给社长写报告，这个月不就要扣我的工资了吗？你看，怎么做才能过社长那一关？"

科长找到自己说事，岩岩心里很是不安。其实，为了那点小毛病就扣人家的工资，太冤枉人家了。岩岩找到大仓汇报这个情况，他却说："让他们来找我吧，我们不让他们修改，我们就要担当责任，社长就要扣我们的工资，这是工作！"

施工部的气氛就像充足气的气球，随时都有爆裂的危险。施工员工们不再把岩岩当成一名女性来看待了，一改以前那种只把她当事务员的态度。

别看这家小公司，质量检查这个差事却绝不能等闲视之。社长有的时候会开着车亲自走进一栋住宅查看毛病。他看出来的毛病如果在岩岩的记录里没有记载，他阴沉的黑脸就像岩岩心中的一颗定时炸弹。

谁不愿意往高处走呢？但是，岩岩却不愿意踩着别人的脑袋往上爬，更不愿意听到某个员工因为自己的检查而被扣了工资。拔高自己，踩扁他人，"毛毛虫爬树梢——沾高枝儿"，绝不是岩岩的本性。

可是，不做出成绩来，自己就要被炒鱿鱼，这可真是翻贴门神——让她左右为难呐！

第二十章
如鱼得水

岩岩在公司工作了两年多，对日本公司的团队精神、客户至上、质量第一的经营理念有深刻的感受。在日本公司工作，首先要懂得那里的规矩，懂得尊重前辈们，而不是只想着自己有多高的学历。日本员工不抱怨的态度和齐心协力合作的精神，就是一座铜墙铁壁。日本之所以是世界上公认的优质产品生产国，只要走进日本公司看看员工们是如何为了保证产品质量而付出努力的，就会明白了，哪怕只有一丝的误差都是不允许的，都要重新做。那种以坏充好、投机取巧的做法永远也不要想在他们当中找到。

清水公司的建筑质量从设计、施工到竣工验收，都是精益求精。就拿设计图纸来说，专务对岩岩在住宅设计、图纸绘制上的要求堪称极度苛刻了，就连图纸上线条的粗细，他都要用尺子去量。

岩岩学着专务的画法，把外墙的线条画得很粗重，内墙的线条则画得比较轻细。他看过后，严厉地问："这道墙的线条为什么画得那么粗重？"

"你不总是把外墙线条画得很重很粗吗？"

"你要知道，墙体线条的粗重与轻细不是随便画上去的。我们要根据客户需要的材料去画，而不是想当然。这个客户需要的是新型材料，你画的线条很粗重，客户以为我们改变了他要的材料呢。重新画！"专务毫不客气地否定了岩岩的图纸。他绝不允许图纸有任何毛病，就是像这样只是一笔线条粗细和轻重不尽如人意的图纸也不允许，即使加班加点他也要岩岩重新画一张图。

住宅竣工质量检查验收，大仓更是挑剔得让人发疯。他在检查质量时，要把所有镶嵌进墙壁里的木头都摸一遍。如果，他的手被木刺扎了一下，他也会记录在册，让责任者把它磨掉。他还会趴在地上用手去摸地板以便发现是否有疵点；爬进屋顶内查看每一个接缝是否合格。岩岩跟他钻进房子的基础底部，查看里面的各条管线是否铺设得符合标准。他那一只筷子吃藕——专挑眼的性格，不是在鸡蛋里挑骨头而是在血浆里找蛋白质的做法，使清水公司的住宅竣工合格率达到了百分之百。在岩岩的眼里，对质量问题一丝不苟的挑剔，正是员工们对公司忠诚的表现。岩岩从中学到了他们对待工作尽心竭力的敬业精神。

女友肖云去了外县工作，不时打来电话与岩岩聊天谈感受。她不满意这份秘书工作，为上司打字，端茶，接待客人，整日赔笑脸，还要每天换一套衣服，太累人，太乏味！她初来乍到外县时的新鲜感很快就消耗没了。她始终觉得自己的学历被荒废了，并念念不忘在国内当记者的辉煌经历。她常自问，到日本来留学，难道就是为了到这个偏远的外县干这个秘书工作？她工作了一段时间后，便与女同事相处不和，看男同事不顺眼了。她开始整天沮丧着脸上班，上司找她谈话，她认为是女同事给她"穿小鞋"，变得更加郁郁寡欢。加之她在那儿没有交到一个知心朋友，孤独寂寞，以及外县的偏僻，她快要崩溃了。

肖云是辣妹子性格，不能忍，也不能让，她一天也不想，一天也不能再待在那儿了，她毫不犹豫地向公司提出了辞职申请，返回东京再次投奔哥哥。一向温和的哥哥雷霆大发，拒绝帮她找工作。她十万火急打电话给岩岩，请岩岩帮忙。

岩岩有些措手不及："你怎么这样不入群呢？你走到哪里都不满意，怨声不断，看谁不顺眼就跟人家吵一吵，与其在这里煎熬，还不如回国呢。你父母不都是在市委工作吗？他们有职有权，你是高干子女，走走门路，找一份心仪的工作不难呀，何必这样苦自己呢！"

肖云愤愤地说："我不能回国，起码，我不能让人家在背后指点我父母，出来这么多年，回国继续当记者肯定会落在年轻人的后面。我跟日本人或许永远也沟通不好，最近，我哥哥特别讨厌我，整天叨唠我，也不帮我找工作，真气人！喂，朋友，你帮我一把吧！求求你的朋友，给我找一份工作吧！公司大小无所谓，只要能办签证就行，我的签证快要到期了。"

岩岩心里感到刺痛。在这个时候，找到一份工作谈何容易？自己还是走后门进来的呢，哪里有能力帮助肖云找工作？她很是为难："这个年头，要想找一份你满意的工作，恐怕很难。我可以打听一下，不过，你还是要请你哥哥帮忙。"一提她哥哥，肖云立时就火冒三丈。

肖云的事情让岩岩不得安心，她硬着头皮找到大仓，求他帮帮忙。没想到，太阳竟然从西边升起来了，大仓沉思片刻答应找朋友谈谈此事。

几天以后，他告诉岩岩，清水公司的一位合作伙伴是另一家小企业的大社长，也是他的朋友，想了解一下肖云的事情，并邀请他们出去吃晚餐。

为自己的朋友办事，岩岩无法推脱上司的好意，但她不喜欢一个女孩子在男人中混，便把小金井拉上，大仓没有反对。不知何故，小金井又拉上了一位施工部的科长。岩岩感到很奇怪，大仓反而挺高兴的，因为那位科长与那位合作伙伴社长也非常熟悉，再说，人多吃饭热闹。

请清水公司的四位员工吃过晚餐后，那位社长又请大家去斯拿库喝酒。在弥漫的酒香中，大家一边喝酒，一边谈事情，显得很开心。随着一曲忧伤的歌曲旋律，小金井悄悄地拉起了那位科长的胳膊，请他去跳舞。这可把岩岩看呆了，她万万没有想到小金井这么出色的女孩子怎么会喜欢那位快50岁的离婚的男人？

那位科长是一个很实在的人，脾气很好，谁也不得罪，谁的坏话也不说，谁有困难，他一定会伸手相助，清水社长也很器重他。他一个人担当了四个工程项目，平时在办公室里很少看到他的影子，岩岩对他很尊敬。或许，就是他的善良，让失去家庭的小金井感觉这样的男人才可信赖。

看到小金井与那位科长亲密地搭起胳膊跳舞，岩岩想起来一件事情。一次，小金井昏倒在办公室里，说来也巧得很，刚好那位科长从工地返回办公室取东西，他看到倒在地上的小金井，立刻招呼人把她送到了医院，并在医院一直陪着她，后来，又开车把她送回家。从那以后，只要那位科长在楼上，小金井都会放下工作，给他端过去一杯热茶，而他也会红着脸接过那杯带着温情的茶水。从小金井看他的眼神里，岩岩觉察到了一丝女孩子的情感。

可是岩岩始料不及小金井竟如此大胆地当着同事的面堂而皇之地请科长跳舞。看着她一边热情地与那位科长说着悄悄话，一边悠悠地和他跳着慢步舞，那种温情让岩岩看着心热。岩岩的血液流速开始加快了，她一阵激动，站起来请大仓跳舞，大仓慌忙摆着手："我从来不跳舞，不跳！"他喝了一口酒，拒绝了岩岩。

岩岩心里骂着："好不知趣！"便把头扭向了舞池。

那位社长走到柜台前，邀请妈妈桑去跳舞。妈妈桑大方地拉着社长的手走进了舞池。在昏暗的灯光下，在缠缠绵绵的乐曲的伴奏下，客人们悠然地搂抱在一起，扭动着腰肢，鞋底蹭磨着地板，慢慢地摇晃着身体，安闲怡然地享受着晚间美好的柔情和酒香的魅力。

岩岩好难过，她借着酒劲儿，自己走进舞池，跳起了自由舞。她浑身上下轻松地摇摆着，在人群里转圈子，她已经很久没有这样放松了。跳舞，能让郁闷一扫而光，能让人忘怀一切不快。摇吧，摆吧，只要不积郁得病，只要能释然开怀，就要摇摆得让自己头晕脑胀，然后，再喝一点酒，烧一烧胃袋，回到家里睡一个好觉。什么委屈呀、什么闷气呀、什么怒火呀、什么烦恼呀，统统让它们滚出自己的身心。

就在岩岩自我陶醉的时候，大仓也加入了摇摆。是啊，既然摇摆能让人畅然，能让人释怀，为什么不摇起来，不摆起来呢？

舞曲结束了，大家坐回到沙发上重新开始喝酒。这个时候的小金井已经把那位科长拉到了一边，深情地看着那个男人，与他窃窃私语交谈起来。

大仓与岩岩，还有那位社长围坐在另一张桌子前，议论起肖云的事情。

社长与清水社长的交情颇深，清水公司的木材生意全部给了那家小公司。平时的业务都是大仓按月把木材需用清单交给他，因而，他们之间的关系也随之加深了。以前，日本入境管理局只限定大中型企业可以雇用外国人，因为经济不景气，现在，小公司也可以聘用外国人了。

那位社长听完岩岩的解释，直言不讳地表态："你朋友的事情我们公司可以帮助办签证，但我不能雇用她，也就是说，她可以得到签证，但没有工作，没有工资。如果，你朋友同意，你可以带她到我公司谈一谈。"

听他说完此话，岩岩心中暗喜。她赞同他的建议，并给他深深地鞠了一个躬。

那位社长大度的决定让岩岩心存感激，她立刻兴冲冲地打电话告诉了肖云。没有想到，岩岩的一番努力却遭到了一桶冷水浇头："只给我签证，不让我工作，那我还是没有钱呀！在东京没有钱哪能生存？请你告诉对方，既然他给我办签证，我就要去工作。"

肖云的话很刺激岩岩的神经，但基于朋友的交情，她忍住怒气："我已经尽了最大努力帮助你。有了签证，你再去找工作就比现在从容。你考虑一下吧，尽快给我答复。"挂上电话，岩岩心里好难过，她理解不了肖云的思维，入乡不随俗，又趾高气扬，不要说在日本，即使在我们中国也难行得通。

大仓等着岩岩的回信，那位社长也真心想帮这个忙，可现在岩岩是进退两难了。主动求人，又自动取消，这种做法绝不是岩岩的秉性。她只好找到大仓讲明情况，连连赔不是，赔罪，并决定买一瓶上等清酒去向那位社长赔礼道歉，但被大仓给拦了下来："不用了，都是老朋友。你朋友想得到工作，可人家办不了，这又不是你的过错。以后，我多给他们公司一些活就可以了。"

岩岩很感激大仓对自己的宽容，第一次感悟到大仓的为人处事做得恰当得体。尊重当地人的风俗习惯，礼貌待人，入乡既要随俗又不随波逐流，这是岩岩在日本生活的心得。她很喜欢日本人总把"谢谢"挂在嘴边上的习惯，只有人家了解了你，才能得到人家的信任。

肖云浑身上下长满了"刺"，她一触即发的火爆脾气，让她走到哪里，都会成为一颗定时炸弹。她从来也不服输，从来也不认错。在公司与同事相处，总是别人不对。她昂头挺胸、蔑视他人的样子，让人家感到难堪。她不高兴了，就大声地谩骂，因而公司的员工对她全无好感。公司对她就像手里拿着的一个热芋头，拿着烫手，但又扔不出去，因她工作没有出过错，也没有违反过公司的制度。肖云自动辞职，公司如释重负。

她喜欢冒险，喜欢刺激。她说，她身上的一切优点都像她妈妈，而缺点都像她爸爸。她目中无人、傲慢自大的样子，就连她哥哥都接受不了。她在两家公司工作过，可又都辞掉了，原因很简单，工资低、超时工作、没有自己的时间、同事跟她过不去。她无法接受日本公司的礼节和规矩，尤其不喜欢说"谢谢"，她嫌那些都是废话。在她的眼里，只有岩岩她看得上，她喜欢对岩岩讲心里话，她内心的痛苦也只有岩岩最清楚，可是，不工作，任何人都帮不上忙。就在她再一次闲置在家到处求职的时候，她哥哥对她下了最后"通牒"：必须要在一个月之内找到工作，否则，就搬出去单过。

肖云看着哥哥整天加班加点忙工作，心里很害怕。在日本，只有哥哥真心爱护她，帮助她，在经历了这么多坎坷以后，她自己也不清楚究竟犯了什么忌讳，为什么对任何事情都看不惯。

岩岩约她在一家咖啡馆见面。她一边抱怨，一边流泪："其实，我并不是那种爱跟人家吵架的人，我也喜欢安静。可我一看到日本人按部就班地工作，不敢在上司面前发表自己的看法，温温和和讲话的样子，我就会变得疯狂起来，控制不住发脾气。在国内，我是记者，尽管工作时间长，尽管很辛苦，那个时候，我感觉自己很充实；而在日本公司，我感到很空虚，何年何月才能熬出头？"

岩岩看着眼前这个比自己小很多的同胞，温柔地向她解释："我跟你也一样，初到公司时，没有人理我，那种蔑视的眼神到现在我都不能忘记。那个时候，我就是想骂人，回到家里，我就是一遍一遍地骂人，把心里的郁闷发泄出来；后来，我在公司只要不顺心，就骂人，反正谁也不懂汉语；现在，我已经染上了毛病，就是爱骂人。骂人痛快，可以不得病。嘿，跟你讲吧，我在公司已经升为'婆婆'了，'童养媳'的日子一去不复返啦！慢慢的，我发现日本人真的很不错。他们待人和蔼，讲究礼节，工作精细到找不出来一点毛病。他们相信我，把很多工作都交给我去做，而且，有的工作只有我会，他们最怕我生病了。以前，我和你的想法一致，认为日本人才难我，欺负我，我好恨他们。或许女人30岁是个火山爆发的年龄吧！气大、气壮，因此，就想和人家争个高低。我们要在这里工作，就要入乡随俗，要学人家的长处。在中国，学徒还要三年的时间呢。那三年，你在师傅面前敢龇屁吗？在日本也同样。我赞成日本的前辈、后辈这种辈分之分。我现在也有后辈了，她们对我都很尊重。"岩岩苦口婆心地向肖云讲自己的亲身体会，真心实意地希望她能从自己的经历中得到启发。

岩岩喝了一口咖啡，看着肖云的脸，沉思了片刻，动情地说："肖云啊，在日本，人人平等。医学博士怎么样？拿不到医师执照，照样看不了病！名牌大学法律系毕业怎么样？考不下来律师执照，就当不了律师！社长怎么样？他的工资也只是员工工资的三到五倍左右。公司雇用员工，首先要看应聘者的敬业精神，与团队的合作协调。如果，把自己看得比别人都重要，我行我素，用不了多久，就会被团队抛弃。那种没有人理睬的处境，绝不是一碗香米饭。肖云啊，你好好儿想想吧。"

肖云总算安静了下来。她沉默不语，苦着脸喝着杯子里苦涩的咖啡。她承认心理上有一块阴影，她羡慕她的哥哥多次受到公司嘉奖，以及为公司发明了好几项专利的成绩。

岩岩关爱地看着她："对不住你，那家小公司，没有你的工作。你还是求一求你哥哥吧，他一定会帮助你的。下一次樱花季节我们一起去上野看樱花吧！我等着你的好消息。"

放心不下的岩岩又诚恳地补充："不行春风，难得秋雨呀！我们自己不要老是抱怨，要学会付出，才能得到回报。无论你走到哪里，道理都是一样的。朋友，放下架子，重新认识自己吧！只有学会尊重他人，才能得到他人的尊重，才能得到想要的东西。"

岩岩在公司已经有了一片属于自己的天地，她不再是以前那个点火就着、不开眼儿的女孩子了。她把公司所有员工的性格摸得门儿清，也学会了见人说话、见人就笑的本事。不就是笑一笑嘛，笑一笑，十年少呀！谁见了笑脸不高兴呢？

她学会了不生气，还学会了"二皮脸"。人家叫她"老太太"，她就回敬人家是"老大爷"。男员工们嫌她做事慢了一点，她就自嘲自己"我是'老太太'，动作慢，请多包涵"。他们只好无可奈何地笑着摇摇头，对她毫无办法。

她更学会了哄人高兴的绝招。哪位男员工心里郁闷，不爱说话了，她便会放下工作，走过去安慰他一通儿，然后，再甜糊甜糊他。对方当然明白岩岩的好意，心情会变得舒畅很多，会冲着她笑笑。这种笑是对岩岩的一种精神鼓励，她不需要表扬，也不需要安慰，只要他们对自己的工作认可，对自己笑一笑，她就知足。

小金井隔一段时间就会晕倒在办公室里，然后，就是在楼上休息，等她恢复了体力，公司就派人把她送回家。她反反复复地晕倒，让片山感到她不适合在公司继续工作下去了。

那是小金井最后一次晕倒。当她养好身体再次回到公司的时候，片山第一次脸上露出了不悦的神情："你的身体让大家担心，长此下去，会影响我们工作的，你还是回家彻底地休息吧。"这番话让小金井很是难过，她用祈求的眼神看着部长片山："能让我再试一试吗？我会努力的。"片山坚决地拒绝了她的请求。

这个美丽的女孩子被自己不幸的婚姻损伤了身体，使她无法像其他员工一样按时完成自己的工作。她的身体状况也给大家带来了很多麻烦与担心。让她离开公司，这不能怪片山。片山作为主管事务的部长，如果让这种情况再继续下去，他也会被公司开除的。

小金井开始整理自己的办公桌，她低着头，一言不发，默默地做着自己最后的一件工作。

傍晚，那位施工部的科长回到了办公室，小金井趴在他的肩膀上告诉了他这个消息。看得出来，小金井十分喜欢那位比她大十几岁的科长。

岩岩对小金井不能留在公司工作感到很难过，可是，这就是现实，公司需要健康的员工。甜甜安慰她，"回家先好好休养一段时间，再去找工作。"

其实，片山很喜欢小金井细致的工作态度，她比甜甜更能做好他安排的工作。小金井是他招来的员工，对她经常晕倒在办公室的情况，社长早就流露出不快的神色，因此，即使他再欣赏小金井，也不能再留她在公司工作了。

小金井依依不舍地离开了公司。她走了，留下来的岩岩和甜甜成了一对患难好友。

甜甜不是那种做事严谨的员工。她都是睁一只眼、闭一只眼地干工作，这让岩岩心里很生气；还有很多时候，她丢三落四的，事先不做准备工作，到时候就抓瞎，然后，就是风风火火地楼上楼下乱跑一气，看上去似乎非常忙的样子，这让岩岩心里感到窝火。可片山部长好像对她印象不错，反而对岩岩时有说辞："楼下只有一个女孩子，忙得连上卫生间的时间都没有了，你要来帮她一把。"部长命令，岩岩不敢不听。互相帮助是团队工作的法宝，可是，自己还有一摊子工作，甜甜能帮上忙吗？

她既不想得罪部长，也不想为他工作。她找到大仓诉苦："社长给我安排的质检工作，我不能不去做；片山部长也让我干工作，我也不能不理会。你是我的科长，请你告诉片山部长我的职责范围吧。"

大仓是一个傲慢的人，他也不喜欢片山。这个银行出身的片山总是要挑剔别人的毛病，他自己却甩着手楼上楼下地串游。但是，他有职权，没有人跟他较真儿叫板儿的，反正这个人还是不要得罪为妙。

秋季，正是施工最忙的季节，各项工程陆续竣工，岩岩比以前更加忙碌了。大仓带着她到各个施工地点检查质量，然后，回到公司写报告，因此，岩岩呆在公司里的时间并不多。片山无奈，不得不自己做一些工作。

岩岩不在公司，可苦了甜甜。她开始抱怨："公司也不招人，那么多工作，我一个人可做不完呀！"岩岩自知帮不上忙，只能安慰她："该休息就休息，别拼命嘛！社长看到你那么忙，就会再雇人的。再坚持坚持吧，我的好妹妹。"

虽然清水公司干得不错，但也摆脱不了恶劣的经济环境的影响，社长不得不采取其他的新措施。在一次员工会议上，社长公布了又一个新方案：全体员工都要寻找客源；除了片山部长、川村和甜甜以外，人人有定额；一个月完不成定额，减薪一半；两个月完不成，减薪80%。三个月完不成，自动离职。岩岩不仅要完成本职工作，还要寻找客源，另外，还必须要完成定额。这下子，她可傻眼儿了！她上哪里去找客源？这不是故意让自己自动离职吗？

专务一下子闷了下来。他暗地里向岩岩吐苦水："我还是专务呢！把我当成业务员了。好了，岩岩，你不要再画图了。我们都没有时间呆在办公室里搞设计绘图纸了，让那家设计所挣咱们的钱去吧。"看来，他对社长有一肚子的不满。

据说，社长夫人把公司的股份全部买了下来，专务已经不再持有丁点股份了，因此，他这个专务的职位也就不再重要了，一切都是社长说了算！专务现在的日子可不好过了。社长一抹拉脸严肃地告诉他，"跟大家一样，必须完成定额。"

岩岩利用自己的关系，到处找朋友给自己介绍客户，包括大学的教授、高中的老师以及自己夜校的学生，总之，只要能说上话的人，她一个人也不放过。

甚至，她想到了大竹，自己心中的男朋友！

周日，他们又在上野公园见面了。岩岩穿了一身质地上乘的浅色套服，一双高跟皮鞋让她走起路来昂首挺胸。大竹眼睛一亮，看了看自己穿的一身便服，调侃地问："今天你有公务吗？"

岩岩神秘地冲他一笑："没错！今天我请你吃中餐，不谈私事，只谈公务。"

"什么事情呀？哦，对了，我们之间也应该说点实质性的事情了。你对我究竟是什么态度？我至今还没搞清楚呐！"

岩岩撒娇地看了他一眼："难道2月14号的巧克力还不明白吗？你3月14号的礼物不能说明你的心情吗？哎，我今天有一件事情有求于你，请多关照呀！"

大竹答应在他的朋友圈里帮助找需要盖房子的人，可是，他又不太情愿，带着情绪说："我不赞成你这样工作。要知道，这是男人的世界，你一个女孩子去谈项目，我不放心。难道，你们公司一定要你去谈吗？"

"不是我想干，是社长给每一个员工都派了定额，我怕完不成定额被公司辞退呐！再说，我还想试一试自己的能力呢！我不相信，公司就只是男员工的天下！"

大竹一脸惊讶地看着岩岩，半天才说："原来你们中国女孩子这样要强呀！我佩服你。可你会做饭吗？"

"我不仅会做，还做得很棒呢！找个时间，你下班后到我那里，我给你亮一手，顺便也看看我住的小屋。"

大竹一下子兴奋了："真的吗？什么时候？我可等不及了！天天从你家门口路过，你一次也没有邀请过我！"

岩岩伸出手去与他拉钩，"一言为定！"

一天，专务悄悄地走到岩岩办公桌前，拿出一张空白发票。岩岩迷惑地看着他："这是什么？"

"请你帮忙写一下3万日元餐饮发票，再替我写上饮食店的名字。"他可怜兮兮地说。

"专务，你出去吃饭，为什么让我写发票？这不是骗人嘛！我不干！"

"没有想到，你还挺认真的呢！我陪客人喝酒醉了，忘了要发票了，你就帮我写一下吧！"

岩岩心里很复杂。专务是自己业务上的老师和曾经的上司，对他的事理应帮忙，可是为他写假发票，这是欺骗行为，如果让社长知道了，自己不仅要赔偿损失，还会被炒掉。这是万万做不得的事情！她咬着牙没有答应他。

大仓与岩岩查出来不少工程质量上的毛病。说是毛病，其实，按照往常的规矩，那都不算是毛病，但是，大仓是绝不允许对这些丁点的毛病视而不见的。这个人看上去挺绅士的，但做起事情来却很"小人"，一点小毛病都会揪住不放。他告诉岩岩："我没有冤家，也没有嫉妒的人，但是，你要知道，这是我们的工作。"

社长每一天都要大仓把检查记录放在他的办公桌上。大家都清楚，一旦这张纸被社长看到了，肯定会有人被扣掉部分工资。

施工部的员工们开始跟岩岩套起了近乎："哎，你检查以后，先把结果告诉我，我马上派人去处理那些毛病。先别给社长看检查记录，行吗？我这点儿工资哪经得住扣呀！"

"你看，这不能算是毛病。就是一颗小钉子没有拔下来，你就写了上去。你顺手给拔下来不就行了嘛，能不能不写在记录上啊？"又一个人跟她抱怨。

岩岩并不想恶心谁，但是，她的工作就是要去挑别人的毛病。拔那颗小钉子倒是不费事，但还要抹腻子盖住钉子眼，还要用砂纸把腻子磨平，还要……她哪里有时间去拔那颗小钉子。她笑着对这个人说："我知道，日本人做事是百分之百的精确，盖房子也是分毫不差。这样吧，我们相互配合一下，只要我写下来的毛病，你要马上派人给处理了，我只给你一天的时间。"这句话的确有分量。不是岩岩不通情达理，是社长的指示刺激了她的神经。大家都神经质地工作着，生怕自己出了差错。

岩岩看到那些男员工们突然惧怕起自己来，心里产生了一种恐惧感，"自己什么时候变成了恶魔？为什么我要去整治他们？他们才是公司的顶梁柱呐！不行，我受不了那种祈求自己的眼神。"岩岩替他们打抱不平，可是，现实就是这样残酷。她对自己说，"不，我不能看着自己的同事在自己的眼皮底下丢掉工作，无论怎样，我都不能再这样认真下去了。"

她让大仓手下留点情，别把公司搞得像一个战场。她对大仓说："我们以后去工地，带着工具。大家的时间都很宝贵，如果我们自己能做的，就不要让他们专程跑来处理了。再说，大家也都尽了最大的努力了。还有，我们不要在报告里总是写毛病，这会让社长认为自己的员工不合格，那样不好。我们是不是在报告里也写一些表扬的事情？"大仓点头赞成。岩岩再三提醒那些施工人员，竣工之前，自己一定要先做仔细的检查，有毛病一定要及时做处理。

最近有几栋住宅同时竣工，杂工桥本忙得好多天都不能回公司。对竣工的住宅，公司要求必须窗明几净，不仅各个房间里不得有任何杂物，地面上也不得有一点尘土，就连壁柜、吊柜都要擦得闪亮发光；而且宅院的地面上不得有任何建筑材料的渣子。为了达到公司的要求，桥本干得很辛苦。他吃力地攀上爬下，收拾打扫，兢兢业业，没有一点怨言。他从内心里感激社长给了他一个挣钱的机会。

一次，快到下班的时候，他赶回了公司。岩岩给他做了一杯热咖啡。老人非常感激："谢谢你。你的心眼儿真好，以后，你不要收集垃圾了，我回来后帮你收。"

岩岩摆摆手："谢谢您。这是我的工作，还是由我去做吧。您也很辛苦，工地上的活很累人，您年纪大了，可要注意身体呀。"

桥本眼睛里闪动着亮光："我老伴儿身体不好，瘫在床上，需要花很多钱看病。社长让我来做点事情，还能挣几个钱贴补家里。"老人高兴地喝着咖啡和岩岩聊起了家常。在岩岩的心里，矮小的老人是她在公司最想说话的一个人。

满脸皱纹的桥本并不是很健康，他有腰疼病，一到了雨天，他的腰疼病就犯，不得不在家里休息几天。他一休息，施工人员只好自己去收集垃圾。桥本的本职工作就是收集工地上的垃圾和干一些杂活。小老头儿把那又脏又沉的垃圾全部收集到垃圾车里，这并不是一件轻松的活，但他总是乐呵呵地把活干完，然后，骑车回到公司，喝一杯热咖啡，休息一下，有时和岩岩聊一会儿天，再骑车回家。岩岩很是尊敬这位老人，老人也很理解岩岩在公司的难处，他们在一起总是能够聊到一块儿去。

几天以后，专务又一次找到岩岩，祈求她："我还是要请你帮我写发票。就这一次，你别跟任何人讲。"

这一次，岩岩难住了。她知道这个月因为专务没有拿到客户的订单，而被社长扣了工资。他恨也好，怨也罢，他不可能离开公司，但他无法向老婆交代工资减少的事情，只好用开假发票来补上这个差额。

岩岩看着这个当初难为过自己、训教过自己的专务，心里很是难过。然而，就是他，把他所有的技巧和行业里的精髓都教给了自己。她从来没有想到他会求自己做什么，从来也没有想从他那里得到什么。她恨过他，但是这个时候，那些怨恨已经跑得无影无踪了。就算他请客户喝酒了，算了，帮他一把吧！想着他对自己的好处，岩岩拿起笔来，用左手写下了饮食店的名字。

望着专务的背影，岩岩差点就要哭出来了。一个男子汉在泡沫经济破裂的阴影下被迫做出这种见不得人的事情，真的好生难过！

片山部长倒是挺潇洒的。施工员工苦哈哈地干活，营业部的年轻人到处奔波寻觅客源，其他员工也一样，达不到定额就要扣除工资，而片山却不用担心任何事情，每个月稳拿五十多万日元的薪水。

一天，片山找到岩岩，眼睛直盯着她："社长花钱如流水，员工们工作得那么辛苦，还要扣人家的工资，凭什么？我要帮助他们找回被扣的份额。我一直都在帮助专务，这个月他又让社长扣了工资。客源哪有那么好找？大家都在尽力，干嘛总是要扣工资呢？是我给他出的主意，让他开发票，我给他报销。"

说者无心，听者有意。岩岩心里发起慌来，专务报销的餐饮发票上面有自己的字迹，是不是片山攥住了自己的短处？将来有一天他会不会拿这件事整治自己？她身上顿时就起满了鸡皮疙瘩。她害怕了，当天便找到专务说了自己的担忧。

专务笑了："没事的，公司里只有你的字迹没有人会认出来。你是用左手写的嘛！谢谢你。片山嘛，不用担心，他不知道这件事情。"

专务对岩岩比以往任何时候都好，下班后，他找个理由就开车送岩岩回家。岩岩受宠若惊，不知道以后还会有什么样的角色要让自己去扮演。

　　甜甜也是创价学会的会员。她知道了岩岩是创价学会的会员以后，对岩岩更加友好了。她们成了无话不说的亲密朋友。甜甜早晨总是睡懒觉，经常迟到，岩岩就在离开家门的时候给她打一个电话，让她赶快起床。可是，岩岩到了公司，甜甜依然没有来，而社长却早就坐在了他的办公桌前。这个时候，岩岩不得不在一楼帮甜甜做茶和清理工作，然后，再去二楼做自己的工作。等到甜甜到公司上班的时候，一楼营业部的员工们早就喝上茶水，谈论工作了。

　　为了不让甜甜再次挨说，岩岩只能帮她说假话，并为她打出勤卡，告诉一楼的人员"甜甜早晨出去买文具用品了，很快就会回来"。岩岩心里很是害怕，这种假话是不能长久说下去的，而且，这种做法也不符合创价学会的精神，因此，她严肃地告诉甜甜："我不能这样再帮助你了，你必须要早一点到公司来，难道8点起床还困难吗？"

　　甜甜万分感激岩岩的帮助，对自己总是迟到也很难为情，最后，她祈求岩岩："以后，我不会再迟到了。你早晨7点就给我打电话吧，我妈妈爸爸上班走得都很早，真的，我起不来，谢谢你。"她给岩岩连连作揖求告。看着这个小妹妹，岩岩点头同意了。

　　一个周六，刚好是甜甜来公司上班的日子。每到周六，公司只有一半的人工作，社长不在公司，电话不多，片山部长也休息了，办公楼里显得十分安静。岩岩手里没有什么设计施工的活，便把一些杂活拿到楼下去做。只有在这个时候，她们才会谈各自的私事。

　　甜甜脸色黯淡，满腹伤感地谈起了她的男朋友："我们已经交往7年了，我上高中的时候就认识他了，那个时候他上大学。他毕业以后，在一家大公司工作。我们几乎天天都打电话，也经常见面。他向我保证要娶我，可是，他却从来不让我去他们家。我让他见我父母，他说为时还太早。不知道他是如何想的。我妈妈直着急我的婚事。你看，我手上戴的戒指就是他给我买的。只要我一问他'什么时候结婚'，他就避开我一段时间，我不知道该如何进行下去了。"她漂亮的脸上露出复杂的表情。

　　甜甜与岩岩作为同事和会员，相互信赖，心中的郁闷会毫不保留地向对方倾吐。岩岩对甜甜男朋友的事谈不出什么道理来，反正，就是感觉相好了7年，却不去见双方父母，这绝不是中国的习俗。她关心地问甜甜："你们到底是真的相爱呢，还是就在一起玩儿玩儿呢？他能够说出'娶你'的话，却又不让你见他的父母，我看，这件事不把牢。你要认真地考虑一下，不要耽误了自己。你不妨再去问他一次，看他的态度如何。如果，他不给你一个确切的答复，你一定要放弃他。"岩岩很担心这个日本妹妹的恋情。

　　那个最初带岩岩工作的中岛也是创价学会会员，在知道了岩岩也是会员以后，他希望岩岩成为他们那个学习小组的成员，甜甜也向岩岩发出了邀请。这种像兄弟姐妹一样的友情让岩岩感到自己在公司里不再是一个孤独无助的人了。她把学会的人作为亲人，中岛和甜甜也成为岩岩最信赖的同事了。

　　一个周日的傍晚，岩岩请甜甜来家里吃晚饭。她包了猪肉韭菜馅儿的饺子，又做了红烧排骨和几个素炒菜。甜甜特别高兴，看着水饺不住地咂巴着嘴："嗨呀，我们日本人最喜欢吃中国的水饺了，真香！"

　　在自己的小屋里，她们可以无拘无束地闲扯闲聊，谈公司的人际关系，谈工作中的不快，谈个人的私事，最后，岩岩关心地问起了甜甜婚姻的事情。她把与男朋友交流的结果告诉了岩岩："他说'我们还是以朋友的形式交往下去吧'。他还说'现在见双方父母为时太早了'。他暂时没有结婚的打算，情况就是这样。"她双手紧紧地攥在一起，表情非常痛苦。

　　岩岩叹了一口气，她很同情甜甜。甜甜很爱对方，在爱河中陷得太深了，然而，那是一个没有结果的爱。那个男孩子无数次地对她说"要娶她"，可是，却总是以一种解释不清楚的理由拖延下去。岩岩苦口婆心地告诉甜甜："从男人的嘴里说出去的'结婚'二字，只有一次就足够了。结婚不是饭菜，是要有行动的。我的理解是对方并不想结婚，可原因是什么我想不明白。就我们中国人来说，谈恋爱一两年就要谈婚论嫁了。有谁把婚姻一直挂在嘴边上而不结婚的？还是放弃他吧！重新开始，你一定会找到一个比他还要优秀的男孩子，别再耽误下去了。"岩岩从心里替这个妹妹担心。

　　自从岩岩与大仓结为工作伙伴以后，大仓对岩岩的态度明显地改变了。他比岩岩大七八岁，凡事总是让着她，从来不找她的麻烦。岩岩也从刚开始惧怕他，到可以跟他聊一些隐私了。在社长的眼里，质检科应该是独立的科室，因此，大仓有一间办公室，这让其他的男员工看着眼红。大仓工作精细得让岩岩感觉他是个有心理疾病的人，他爱干净，可抽烟很凶，桌面上却见不到一丁点的灰尘和烟灰末子；他写东西，用橡皮擦的橡皮渣子都要马上扔进垃圾桶里；他的西服没有一条皱纹，就连他上工地时穿的工作服都是熨过的。他开公司的车外出办事时，必须先把车清扫一番，才会坐进去。他要求岩岩去工地必须穿干净的工作服。他的爱干净，让岩岩这个有洁癖的女孩子都感到羞愧。

　　岩岩称他为"大哥"，对他非常尊敬。可是有一天，不知道他的哪根神经出了差错。

　　早晨，大仓在质检室看一份图纸，岩岩把他头一天做出来的文件交给他时，顺便指出了文件里的一个错误。不料，他对岩岩大发雷霆："八格牙鲁！你滚出去！"嘿！

这一声叫喊，让整个二楼都颤抖了一下，岩岩被惊得愣在原地一动也不动。

甜甜悄悄地上楼来看看事由。她看见岩岩木呆呆站在那里像个傻子，便在背后捅了捅她，拉着她走了出来。

此时的岩岩心里聚结了无穷的委屈，那不是五味杂陈的感觉，而是心肺俱伤的怒火。她感觉天旋地转，脑袋剧痛。她向片山部长请假，告诉他"身体不适，想回家休息"。

片山一向同情女孩子，看见岩岩脸色苍白无光，便批准她回家休息了。

回到家，岩岩躺在床上回想着上午公司里发生的事，她怎么也想不明白为什么大仓会歇斯底里。

她清楚地记得她刚进公司几个月以后发生的事。有一天专务让岩岩画图，却没有写清楚一个数字。专务查出了错误出在他自己，便向岩岩鞠了两个躬道歉，并说，"如果我有错，你一定要告诉我。我们合作，就要相互配合。"还说，"团队精神非常重要，如果发现哪个人出现了问题，大家都有责任帮助一起解决，谁也不能看谁的笑话。"岩岩正是记住了专务的训教，才告诉大仓他在文件中出现的错误，没想到，好心被当成驴肝肺。

为什么专务和大仓在对待出错上的态度截然不同？岩岩想不清楚。或许，专务自己查出了自己的错误，他不认为是丢了面子；而岩岩指出来大仓的错误，他觉得在一个外国女孩了面前丢了脸面，因而暴跳如雷。唉，人跟人真的不一样啊！即使用团队精神办事也要看人行事，见机行事，动脑筋，用策略，好心没有好方式是没有好结果的。哎呀，人际关系这么复杂呀！太累人了……岩岩想着想着渐渐地睡着了。

她昏昏沉沉地睡了一觉。下午，电话铃响了，是大仓打来的。他吞吞吐吐地向岩岩道歉，并让岩岩立即到公司来上班，因为，检查报告没有岩岩的签名是不能报上去的。

"我已经得到片山部长的批假，我还难受，不想回公司上班。"岩岩依然怒气未消。

大仓说了一麻袋的好话，一卡车的道歉话，终于，把岩岩说动了。紧接着，他开车把岩岩从家里又接回到了公司。

这是一段滑稽的小插曲，大家不知道这两个人演的是哪出戏。但是从那以后，他们两个人却配合得相得益彰，成绩斐然。虽然，他们之间也经常闹点儿小别扭，相互生点儿小气，但他们就像"油炸的麻花——总是扭在了一起"，越扭还越紧了起来。岩岩的工作也如鱼得水，越做越得心应手了。

然而，无论她如何努力，如何使自己的理念更接近日本人，可是，同事们还是把她当成外国人看待。

第二十一章
改变国籍

清水社长对公司的经营和管理越来越独断专行和霸道了，他已经不再开什么董事会了。但，他不能无视自己的妻子——真正的董事长和百分之百的股东、幕后的权力人。如果说以前社长夫人对片山部长谈事情还有些顾忌，那么现在她对片山长期发放加班费的事情已经不能不说话了。她用董事长的职权停止了片山给甜甜发加班费。

一天，社长夫人到公司专门找岩岩谈了一次话，问起了有关加班费的事情。岩岩从来不做小人告状、打小报告的事情，只好撒谎：自己经常外出检查工程，有时候回公司晚了，看见甜甜还工作等等，但是，她没有把片山让甜甜修改出勤卡时间的事告诉夫人。

夫人奇怪地看着岩岩："你的出勤卡上经常超时，为什么你没有加班费呢？"

"我也不清楚是怎么回事。"

几天以后，夫人明确地告诉片山部长"员工加班，公司是不发加班费的"。

老实讲，片山让甜甜做假修改出勤时间的做法深深地刺痛了岩岩。她不明白，为什么甜甜能如此毫无愧色地去做假，能如此心安理得地接受每个月做假得到的3万多日元呢？这不符合学会精神，但是，自己在这里工作，多一事不如少一事，睁一只眼闭一只眼，做自己的事情吧！社长夫人没有让这种欺骗做法继续下去，岩岩心里很是痛快。

清水社长始终没有让长子到清水工作，他夫人再也无法忍受下去了。长子在那家房地产公司工作到深更半夜才回家，几次被急救车拉到医院。夫人对长子的身体非常担心，命令丈夫让长子进入自家公司工作。在夫人的强烈要求下，长子清水一郎成为了清水公司的一名员工。

一郎为人谦和，朴实善良。他进入公司以后，并没有炫耀自己的身份，而是与营业部的员工们一起到处寻找客源。公司里的员工们并没有把一郎当成什么特殊人物，在他面前照旧讲社长的不是，他就是笑一下，什么也不说。至于他是否对父亲讲，并没有人在乎。一郎工作了一段时间后，没有谈成一笔买卖。看到同事们都能拿到订单，他脸上带笑，心里却很苦。他自知自己能力有限，在营业上是生手，不得不求助于社长父亲。

清水社长在外面的活动能量很大，他有时也会给找不到客源的员工介绍客户，但他不允许员工总是依靠自己。眼看长子工作还没有任何起色，他便开始把自己的客源介绍给儿子去做。而客户并不是谈过几次话就决定把花费一生积蓄的住宅交给你去做的，他们也会找其他的公司做预算，对比价格、设计和质量，因为，任何建筑工程预算都是免费服务的。有很多时候，做了大量工作，打出来厚厚的预算书，客户不满意，一句"我们再商量商量"，便一去不再回头，这种情况时常会有。社长要求大家一定要抓住已经进门的客户，不要让他们跑掉了。

一郎很努力，也很谦虚。他拿到父亲介绍的关系后，便穷追不舍地咬着客户不松口，直到人家签字为止。他跟其他员工一样，甚至比别人更努力，他的业绩在父亲帮助下直线上升。

上海人就像一头雄狮，到处寻觅猎物。也不知道他从哪里来的那股子蛮劲儿，他的订单一张接着一张地签。社长只要一见到他，就像婴儿闻到了母乳的香气一头扎进母亲胸前那样兴奋地赞赏着他。用不着上海人找社长，而是社长围着上海人热聊。社长知道，只要客户被上海人给盯上了，那就是煮熟的鸭子飞不了了。

上海人做事情快刀斩乱麻，趁人还没有清醒，就把合同做好让对方签上了名字。他用的什么招数，没有人知道，但是，片山却拿着不少他要报销的饮食发票。

一次，上海人见到岩岩，又兴高采烈地吹嘘了一番，然后，让岩岩马上给他打出预算书来。他根本容不得岩岩解释，像地皮蛇缠身一样非要岩岩马上做他的活。岩岩牢牢地记住了"小婆婆"处理事务的秘诀：人人都必须按规矩办事，先来后到；不能给后预约的上司先做，除非是急活，还要得到先预约员工的认可。而上海人把自己凌驾在别人之上，这种加塞儿的做法在日本是没有道德的表现，岩岩坚决拒绝了先给他做预算的要求，告诉他："按照顺序，我要把别人的预算做完以后，才能做你的。"

这句话一下子把一向眉开眼笑的上海人给激怒了。他一步逼到岩岩面前，声嘶力竭地喊着："你这个混蛋！我是谁？我跟你好好说，你不听，我去找社长。我告诉你，你做也得做，不做也得做，我明天就要！"他把预算草稿扔在了岩岩的桌子上，睁着一双血红的眼睛，他的那套西装，此时就像野兽身上的一张皮。

岩岩吓得浑身颤抖，一句话也说不出来。他们对视着，一个怒火满面，一个心惊肉跳。他们是同胞，却在日本人面前对峙着。办公室里的日本人没有一个说话的，他们似乎是在看一场戏，那两个中国人斗起来了，说的什么，没有人听得懂。一个是社长的干将大红人，一个是社长的铁杆关系户，哪一个他们都不敢得罪！

这个时候，一郎听到了动静，立刻上楼来，拉着上海人进了电梯间。

醒过味儿来的岩岩追到电梯门口，冲着上海人就是一句："你才是一个大混蛋呢！""混蛋"这个词，岩岩教过男同事们。他们听懂了这个词，都捂着嘴窃窃地笑了起来。

岩岩是一个好商量、好说话的人，任何时候她都不会欺软怕硬，即使她最不喜欢的人，她也不会去拆人家的台。但她就是不认同，凭什么你要抢了人家的预定先干你的？她就是不信这个！你去找社长吧！

正在这个时候，大仓找到岩岩，告诉她："社长让我们马上去工地，那里有点事情要我们去处理。他的预算书他自己可以做嘛！"岩岩撂下手里的活，与大仓急急忙忙地赶到了工地。

那里正在讨论如何处理一个地沟的事情。大家各抒己见，提了几个方案都不适合，最后，还是岩岩想到了自己在国内一个工程中用过的一个方法，才解决了这个大问题。这下子，社长对岩岩另眼相看了。那一边，上海人的纠缠就显得没有了分量。最后，他的预算书，社长没有难为岩岩，让一个年轻人去做了。

这件事情，让上海人非常窝火，他跟岩岩结下了怨。现在的岩岩也不会再害怕什么了，大不了辞职不干了，但是，上海人那种盛气凌人、强人所难的做法，即使是专务，或者是社长帮他的忙，岩岩也不会屈服的。这就是前辈"小婆婆"教给岩岩的尚方宝剑，只要你是对的，就坚持到底！

定额让岩岩感到泰山压顶般的压力，她使出浑身的解数去找客源，千方百计去完成社长分配给自己的定额。

大竹经过一段时间的寻觅，终于帮岩岩搭上了一列快车。反正给谁做也是做，大竹的朋友把这项工作送给了岩岩。岩岩得到这个客户信息的时候，她第一次热烈地吻了大竹，是一次感恩的热吻！

大仓为岩岩找到客源兴奋得睡不着觉。他和岩岩两个人就像搞对象一样粘在了一起，只要客户满意，让他们做什么都可以。他们两个人做事情，凡人不求，他们能画，能算，能在工地上摸爬滚打，任何事情也难不住他们。那一阵子，岩岩真的成了狂人，心里只想多拿到一个订单。

社长为了鼓励员工完成定额，制定了新的奖励制度：凡是完成一项工程订单的员工，可以提取工程费的百分之一作为奖金。

岩岩太想得到那笔奖金了。看着上海人一天比一天得意的样子，她暗想：各自手拿着各自的西洋镜儿，自己慢慢往后瞧吧，还不知道是谁赢呢！有志者事竟成。只要我岩岩看准的事情，一定会做成；只要我岩岩熬过了冬天，就是春天。

抓住客户的订单其实就是一场心理战，要趁着他们还在犹豫不决的时候，进行猛烈的，岩岩称之为"蜜汁战术"的说教，把蜜汁渗透进他们的肌肤里去。大仓与岩岩配合默契，一唱　和地向客户的心理进军。他们制定了几个方案，针对不同的人使用不同的战术，各个击破。尽管很辛苦，尽管特别紧张，可是，他们还真的攥住了客户的心，拿到了几个订单呢。

专务的天空变得灰暗了起来，他完不成定额，社长按规定扣了他的工资。他的头低了下去，就在他的危机时刻，岩岩把已经到手的客户让给了他，一位教授需要建一栋住宅。

看着专务给自己鞠躬，岩岩心里有种说不出来的伤感。曾几何时，春风得意的他，专务，对自己嘲讽、贬低、恶言恶语，在大庭广众之下训教自己的做法，都让岩岩恨他入骨。可是，就是这个人却又教会了自己很多建筑设计上的要点。现在，自己强大了，能够撑起一边天了，她不能忘了这个既是自己的敌人、又是自己恩人的人，她必须帮他走出这片魔境。

终于有一天，甜甜告诉了岩岩她和男朋友的结果："我已经对他不再抱任何希望了，我跟他分手了。"说完，她毫不犹豫地摘下戴在手上多年的那颗红宝石戒指，顺手就扔进了纸篓里。

"多可惜呀！挺贵重的，你就留个纪念吧！"岩岩惋惜地劝她。

"我们已经分手了，这颗戒指也就不需要了。我要重新开始，我一定要结婚。"甜甜的眼睛里闪现出对幸福的渴望。岩岩真没有想到这个看上去漂亮精致的女孩子，会有那么大的决心。

"不用着急，先把心静下来，好好想一想这几年你们都做了一些什么，你会找到如意君郎的。"岩岩鼓励她。

甜甜哭了，哭得很伤心："我把自己的整个心都交给了他，可是，他却白白浪费了我七个年头的时光。我恨自己不明智，跟他转悠了7年。好在我还不老。"

岩岩宽慰她："你比小金井幸运得多。你才28岁，不晚。我都已经三十多岁了。我们都努把力吧。"

自从甜甜与男朋友分手以后，她比以前活泼了，好像也懂得了生活的意义。她不再迟到，不再拖拖拉拉地工作了。她对岩岩说："以前，我一下班就想着去见他。他加班，我就在外面一直等着他。我把我的事情在学会上给大家讲了，大家都鼓励我。以后，我要多参加学会的活动。我会珍惜这份工作，好好工作的。要知道，我多需要这份工资！我爸爸告诉我，让我存一点钱。以后结婚办事，女孩子也要分担一些费用，这样才硬气。"

看着这个妹妹振作了起来，岩岩心里分享着女朋友甩掉包袱后的那种轻松释然。不过，她渐渐地发现了一个问题，自己几个朋友的婚恋似乎都存在着问题，为什么女孩子要付出比男孩子大的代价？为什么她们保不住自己的那份幸福呢？自己身边的几个女孩子有了家庭，却都为婚姻担忧烦恼，过得不幸福。为什么？她在寻找答案。

一天，那位施工部的科长很早就从工地回到了办公室，下班时间一到，他就换上了西装。还没有做完工作的岩岩看到他的样子，忽然悟到了什么，走上前去趴在他的耳朵边上问："是不是去见小金井呀？"他有点慌乱："你怎么知道的？"

"嘿！我们是好姐妹嘛！好好对待我妹妹呀！"岩岩出了一个鬼脸。

小金井离婚以后的生活没有光彩，父母嫌弃她给家族丢了脸，妹妹过得幸福美满，让她更感到自卑，她喜欢这个科长是岩岩绝没有想到的。那么一个漂亮、有教养的女孩子，怎么会喜欢上一个离异的，有两个成年儿子的，比她大十几岁的男人呢？一想到她在婆家遭受的歧视和委屈，岩岩心里就感到难过。原来，经历了失去婆家的小金井，更加渴望得到一个有人情味儿的温暖的家。她需要一个真正的男人来爱护她，保护她。她不需要那个男人多么有学识，多么帅，只需要他真诚地守护着自己。她喜欢上了那位科长，因为他为人忠厚，他是一个曾经被妻子抛弃的可怜的男人，小金井和他彼此相爱，没有金钱的诱惑，没有富贵的光环，小金井就是想得到那个真心爱自己的男人，她很早就把这个秘密告诉了岩岩。

美惠子打来电话，讲了一些林木公司的事情："我们公司裁员很厉害，已经走了很多人。听说，要裁减秘书呢，不知道什么时候轮到我的头上。我的工资比以前减少了，我已经很长时间没有买衣服了。唉！经济疲软，疲软，什么时候才能结束！"她非常担心家里高档公寓还贷款的事情。她叹着气："八十年代，我父亲买下来的公寓那么昂贵，可我们从来没有担心过贷款，因为我父母的工作都很好嘛！我父亲去世以后，还贷款就要我们母女三人分担了，我现在最怕的就是自己没有工作。"

岩岩安慰她："没有那么可怕。你有经验，在公司待的时间长，你不会被裁掉的。再说，你有妈妈和妹妹，别让自己太紧张了。"

日本泡沫经济破裂给很多家庭带来了危机感，那些买下高档公寓的工薪阶层时时刻刻担心有一天会被公司裁下去。可是，岩岩却没有这种危机感。她挺自在的，有清水公司，有平益高中学校，还兼任着两份夜校的中文课。她比别人都忙，忙工作，忙英语学习，还抽空儿见男朋友，她就是想让自己在忙碌中忘记一切烦恼。

清水社长打高尔夫球已经到了走火入魔的程度了。从手下一笔一笔流出去的打高尔夫球的费用，让片山非常生气。他对社长直言："公司财务紧张，难道你不能少打几次球吗？那位议员承诺给你一项大工程，可是，那个工程在哪里？公司为了他的选举活动，出人员，出资金，帮他助选。现在，他又当选了，但是，那个工程呐？我看他是在欺骗我们小公司。"片山的直言令社长十分不快，他们开始有了第一次的争执。

社长仍旧我行我素，把客户拉到高尔夫球场去，以此来吸引客户跟公司签合同，可是，他失算了。他一次一次地花钱请客户，却一次一次地空手而归，片山已经不能容忍社长的做法了。当那位议员再次请公司赞助他的演讲活动时，片山以公司资金不够而拒绝了社长的要求。

他在办公室里严肃地告诉社长："这个月公司账面上连发工资的钱都不够了。我们小公司是玩儿不起政治游戏的。如果，你愿意让员工们去做义工，我就辞职不干了。"这句话在社长的心里产生了作用，他以去美国看儿子为由，躲过了议员的赞助要求。

片山说的是事实，公司真的没有足够的钱发工资了。这个时候，社长才意识到了问题的严重性。他立即召开了全体员工大会，让所有营业部门的员工一个一个地汇报，一笔一笔地询问马上应该收回的钱款，大家心里揣摩着这个月可能是按期拿不到工资了。

上海人在关键时刻挺身而出，追回了几笔客户的欠款。他帮助社长渡过了难关，因而，他在社长心里的分量更重了。

公司里似乎有一种莫名其妙的气氛在蔓延着。片山经常到二楼找人聊天儿，还不时地对岩岩送去一丝温情的微笑。他似乎开始关心起了岩岩："你工作得也很辛苦嘛！社长还给你分配了定额，你能完成吗？如果有困难，可以跟我说，我会向社长汇报的，女孩子嘛！"他向岩岩表示出来的友好态度，让岩岩感觉他是有目的的。不知道从什么时候开始，片山与施工部长的关系搞得热热乎乎的，那个部长一改过去凡人不理的做派，对片山也开始亲近起来了。

又过了一段时间，大仓生气地告诉了岩岩一件事情：施工部长在底下收客户不该收的钱。原来，他因为没有完成定额而被扣了一些工资，无法向妻子交代，心里非常不满。于是，他削尖了脑袋寻找一切可以挣钱的机会。有一个客户向他介绍了一些维修的小活，那是不需要做预算，只要用零碎的角料就可以解决的小杂活。而他依然按照整料去收客户的费用。他不仅补回了被扣除的工资，还挣了不少钱。事情很快通过合作伙伴社长传到了大仓的耳朵里。

专务也没有闲下来，他依然拿回空白发票让岩岩帮助签字，然后，找片山去报销。片山不仅不拒绝专务，还声言："我要帮助他。大家挣钱都不容易，凭什么社长去打球，我们在工作？他是去奢侈，我们是在为公司做事情。"他为专务开绿灯似乎很有理，这样一来，专务对片山不仅恭维奉承，还随声附和。大家都在底下耍弄社长，而一郎对此却丝毫不知。

甜甜再也得不到加班费了，片山也只能让她手脚麻利点，把工作早点结束早点回家。社长给全体员工布置的任务，除了少数人可以完成以外，大多数人根本无法完成。施工人员既要施工，又要找客户，显然是做不到的。一位在清水工作了十几年的设计师不得不辞职，原因很简单，社长扣了他一部分工资。这样一来，员工们开始意识到不远的将来，自己也会成为离职人员了。

岩岩的运气不错，在一次接电话的时候，正好遇上了一位想盖房子的客人，自己找上门来。她使出了浑身解数把客人带进公司，与大仓轮番出招，终于钓上了这条大鱼。她是一位单身老妇人，很有钱。她离了两次婚，得到了两次不菲的分手费，并有两处住宅。她打算在一块购置多年的土地上盖一栋小楼，作为自己的养老用房。老妇人不在乎谁来盖房，只要能按照她的意思把房盖好，盖得让她住着舒服就行。

大仓与岩岩对她热情体贴，并时常到她家里去看望她，帮她做一些家务，交谈了几次后，老妇人决定把这个项目交给他们去做。

这是一笔下来就将近5千万日元的订单，对清水公司来说也是一笔大款项、大工程，岩岩决定好好做一做。

以前，她把好事都介绍给了上海人，现在，她学精明了。没过多久，又有一个客户找到了岩岩，希望她给自己做一份房屋预算。无论是免费也好，还是加班也罢，岩岩和大仓都卯足了劲去做这份预算。反正现在，没有什么工作可以难得住岩岩了。大仓做预算，她就在一边画设计草图；预算出来了，她就开夜车往计算机里输入数据。她不需要加班费，只要能在最短的时间内把客户的活揽进自己的怀里，就是胜利。

慢慢地，公司有的人看岩岩的眼神发生了变化。一天，甜甜悄悄地告诉她："喂！你要注意了，你跟大仓是不是有点儿事呀？"

岩岩一脸疑惑，不过她马上就琢磨过来甜甜的话里有话。她搂住了甜甜，笑着说："我们一起工作，这是社长分给我们的任务。完不成定额就要扣工资，我那点工资经不住扣呀！难道你还不相信我？"尽管嘴上这样说，但是，她心里并不舒服。

"唉！爱说什么就说什么吧！只要社长不说我就行。"她暗自安慰自己。

大竹真的很帮忙！他暗中使劲儿，帮助女朋友找客源，着实立了大功。岩岩好生感谢他对自己的支持，而大竹却调侃地说："你可别只想着客户而忘了我，我也不可能总帮你找客源。如果公司知道了我搞第二职业，我就没有将来了。"

"嘿，我在日本不是没有亲人嘛！有你办事就方便了。请多关照嘛！"岩岩竭尽全力想在工作中展示能力，她必须要用大竹的关系，这是她在日本最靠谱的关系了，她想笼络他的心。什么东西才能打动大竹的心呢？

对，送他领带！男人在公司天天要换衬衫，如果经常换一下领带，工作时的心情就会截然不同。

当岩岩把一条Ninaricci日本品牌领带送给大竹的时候，他眼睛一亮："这么贵的领带！"

"你工作需要有品质的领带，我喜欢买好的。"岩岩在他的脸上使劲地亲了一下。

好事不断找到岩岩，她又有了客源。这个时候，社长找到她，希望她把一个客户匀给一个营业部的员工。面对社长，岩岩摇头说："对不起，社长，这是我的工作。"她心里想，给公司工作，我问心无愧。她像上海人一样，在竞争面前，有一些疯狂了。此时的她已经没有了刚进公司时的恐惧、害羞。她需要得到认可，得到社长的承认，我不是只来拿签证、拿工资不干活的无赖。她对将来充满了信心，她光明磊落，不怕任何风言风语。

倒是大仓有点惭愧，似乎还有些心虚。一次，他对岩岩说出心里的不安："我知道下面有人说我们的闲话了。这些活都是你找的，我们一起合作，我帮你完成任务，奖金都归你。"

"你这是说的什么话？我们一起工作，难道你也在意那些屁话吗？"岩岩气愤地骂了一句。

接下来的日子就是废寝忘食地工作。在大仓手下工作，岩岩学会了做材料预算和写检查验收报告，以及为客户选择他们满意的建筑材料。大仓有一个最大的优点就是他非常关注建筑材料市场的新动向、新建材。只要东京有什么新建筑、新材料展览，他们一定会带着客户去参观，这样，便把客户的心牢牢地拴住了。

他们两个人时而闹点小别扭，时而又是嘻嘻哈哈，总之，在大仓的办公室里，只要一工作起来，就会忘记不愉快，忘记误会和休息。

经过一段时间的努力，岩岩签约的第一户住宅开始做基础了。那一天，岩岩第一次感觉自己真的成为了一个别人不想看也要多看一眼的女孩子了。她知道，在这一天奠基仪式以后，她就会得到1万日元的谢恩费。这区区1万日元让她心潮澎湃，兴奋不已。

人生一盘棋，得得失失，拿稳可真不易啊！

岩岩拿到了第一笔施工谢恩费，马上拿出两千日元给了甜甜："喂，你辛苦了，帮我准备各种奠基仪式物品。这个钱不多，你拿着去买自己喜欢的东西吧。"甜甜惊讶地看着岩岩："你干得那么辛苦，我怎么能接受这个钱呀！"

"这个钱又不是我的工资。你不是没有加班费了吗？拿着吧。"岩岩大度地把钱放在了她的手里。

奠基仪式一结束，片山就拿着两个信封去了大仓办公室："这是你们两个人的奖金。怎么样？我的主意不错吧！我就是要让社长知道你们工作很辛苦，无论是谁，只要完成定额就可以拿到奖金。"岩岩和大仓站起来给他鞠了一个躬。

打开信封，一叠新票子让岩岩又是一阵感慨。大仓却愧疚地说："要不是你，我哪能得到这些钱！谢谢你！"

"嘿！我们不是合作伙伴嘛！拿着吧，科长更有资格拿这笔钱。"说着，岩岩从自己的信封里取出5万日元递给大仓："科长，你做了很多工作。如果没有你，我也干不了这个活。我不能跟你平分，你要多拿一些，收下吧！"

这个高傲的男人眼睛有点红了，他摇了摇头："这可不行，我不能接受。"

岩岩生气了："如果你不接受，还有那两栋住宅我就不跟你合作了。"

大仓犹豫了一下，红着脸说了一声"谢谢"，收起了那5万日元。

其实，这并不是岩岩有多高尚。如果说专务教会了她如何把握设计要领，如何理解风水与建筑之间的关系，以及如何把住宅设计得让客户满意等关键性的技巧，那么，大仓让岩岩在建筑业上更上了一层楼。跟着大仓，岩岩知道了很多在办公室里不知道的东西；是大仓带着她去工地，也是大仓带着她去参观展览，还是大仓教会了她做预算。大仓虽然严厉，但也很温善。有这个科长做自己的后盾，岩岩变得坚强了，她的羽翅也比以前更加丰满了。

拿到了那笔奖金，岩岩去三越百货商店给大竹买了一个昂贵的公务手提包。

人逢喜事精神爽，年底发奖金的时候，岩岩从社长手里接过一个厚厚的信封。

2000年初，岩岩开始向已经牵上线的客户做起了温柔工作，以自己特有的魅力抓住客户的心。她不着急，在办公室里稳稳妥妥地做预算，画设计草图。大仓给了她这个机会，让她好好练练手。工作几年以后，岩岩确实感受到了在小公司工作可以做在大公司里得不到的项目，真正能够得到锻炼，更能够发挥自己的能力，她对社长的感激又加深了一层。

这一年，创价学会会友请岩岩教授中文，成人夜校又给她加了一次中文课，她全部都接受了。既然有需求，为什么不做贡献？岩岩让自己事事宁做过，而莫错过。这样，她几乎每一天晚上都有活动，学习英文，教授中文，然而，大竹的感觉却非常不好。

一个周日的午后，他们又在上野公园见面了。大竹一副忧郁的神情让岩岩看着不舒服。她温柔地问："怎么？工作不顺心吗？"

大竹非常喜欢岩岩，他就怕岩岩疏远自己，尽管双方工作都忙，但是，他还是希望能够经常见到岩岩。其实，他并不喜欢自己的女朋友像雄狮一样玩儿命地去工作。女孩子嘛，做做事务工作就很好，就像自己公司里的女孩子，文文雅雅，接接电话，打打字，管理管理文具和资料，照顾照顾男员工的工作，干嘛要去干那些男员工干的工作？他不明白为什么岩岩一定要执着地去完成那些定额。

他摇摇头："工作嘛，哪能都顺心呀！我还是干那些工作。可是你就不同了，我想不通。你这样工作，难道就是为了挣钱吗？你们中国女孩子都是这样的吗？"

岩岩沉默了一会儿，看着他："我工作不光是为了挣钱，我还要争一口气！我们中国女孩子是不喜欢让男人养活的，这就是我们观念和习俗的不同。我就是想试一试自己的能力。在日本凭什么女孩子就不能干男人的活？我学的是建筑，不可能整天坐在办公室里画图纸。社长给每一个员工都分配了定额，我不仅要画图，做预算，去工地，还要找客源。我希望干好自己的工作，起码，我不能给我的介绍人丢脸。"岩岩的话说得有些重，大竹的脸上现出了一片阴云。

这是岩岩第一次看到大竹这样不愉快。缓了一会儿，她慢慢地解释了一番："其实，我也不愿意这样奔命。来到日本，我就像在战场上打仗一样，时时刻刻想着自己可千万不能没有钱呀！我就怕自己流落街头，因此，我给自己施加压力，多干一些活，多挣一些钱。我从来不敢想有一天我坐在窗前喝茶的逍遥生活。对不起。如果，我伤害了你，请你多原谅。不过，先让我过过这把瘾吧！"她深情地望着大竹。

大竹叹了口气："我第一次见到你，就感觉你不是一般的女孩了，我就是喜欢你身上的那股子猛劲儿。可是，太猛了，让我受不了！我是男人，家庭生活要靠男人去挣嘛！以后，我会让你过上坐在窗前喝茶的日子，相信我。"他握住了岩岩的双手。

岩岩的心颤了一下，眼睛微微红了起来，喃喃地说："谢谢你。这可能是我们家传吧！小时候，我从来没有看到过我父母休息，我睁开眼睛就看到他们在干活，直到睡觉，他们还在干。我成人以后，也跟他们一样不停地做事，我很害怕闲下来。你知道我为什么这样工作吗？日本经济走软，就职那么难，要不是社长雇用了我，我早就失业了。我还要感谢他，同意我每个星期三去高中教中文。你说，如果你是社长，你愿意让你的员工中途休息一天去干第二职业吗？"

"那是不可能的！你遇上了好人。"大竹的脸上恢复了温和的神态。

他们聊了很多，彼此之间有了更多的理解。大竹看着岩岩："我们一起努力吧！"

学习英语不仅可以认识新同学，岩岩与他们还成了朋友。下课以后，几个中年女性抓住这个机会，让自己也享受一下自由，拉上岩岩去餐馆聚餐。她们不谈各自公司的事情，大谈社会上的趣闻，嘻嘻哈哈，花钱不多，却非常开心。

在高中，那些男女学生们叽叽咕咕地评论岩岩的样子，让她哭笑不得。为此，她改变了以往僵硬的教学方法，把授课安排在了学校的烹调教室里，让女学生们在那里去感知中文的乐趣。她用讲笑话的方法激发男学生们学习中文的热情，这给了他们很多机会讲俏皮话，打探岩岩隐私的机会。与活泼可爱的学生们在一起，岩岩也学到了许多日本社会流行的新潮用语，年轻人用的特殊词汇岩岩也门儿清，就连奥田校长都感到惊奇："岩老师，你还会说这些话呀！"

是的，岩岩深入日本社会，与日本人融为一体，渐渐地，邻居和朋友们便把她当成日本人了。

侄子在研究生院里经过金泉教授的严格指导，他的人生轨迹又向前迈进了一步。这一年年初，他开始为毕业以后找出路。日本经济颓废已经到了极限，找工作比登天还难。侄子一边做毕业论文，一边找工作，熬夜写出了几十份申请工作的信件寄出去，忙了一个溜够，盼星星盼月亮地等待回音，到头来，任何信息也没有得到。那可真是毛猴子捞月亮——白白地忙活了一场，他自己还得了一场大病。那个时候，他真有点后悔呀，不该辞掉以前的那份他不喜欢的工作。

岩岩告诉他："多念一些书一定有用的，再坚持一段时间吧！"

到了2月底，他终于收到了一家著名大型重工业公司的录取聘用书。可是，公司并没有考虑他的研究生学历和他半年的工作经历，而是把他的工资与那些刚刚毕业的大学生放在了同一条起跑线上，公司也没有把他安排在东京总部工作，而是让他去郊区的工厂与工人一起干流水线上的工作。他感觉到自身的价值被忽视了，心里很是憋闷。

在日本经济疲软的现状下，能有一份工作就要谢天谢地了，工资和工作是第二位考虑的事情。当然，即使在日本经济繁荣时期，初入公司的人都是后辈，虽然研究生的工资要高一些，不论研究生，还是大学生，都要接受相同的培训，而且在最初的几年时间里，都做相同的工作。

岩岩循循善诱、苦口婆心地告诉他：珍惜这份工作，一切从头开始，埋头苦干，三年以后，再看你的人生轨迹如何。相信三年以后，你不会还在流水线上工作，你一定能返回东京。

侄子终于采纳了岩岩的建议，决定去那家公司就职，这对他来讲是人生的又一次考验。

3月底，侄子拿到了期待已久的学位证书，他穿着一套高级西装兴奋地到东京去见岩岩。姑侄一见面，就像老朋友一样，拥抱起来。

岩岩看着他一身挺阔的西装，问："呦！看你这一身衣服就知道不错。多少钱一套呀？"

他都快得意疯了："你猜吧！"

"男装我还真猜不出来呢！"

"5万日元！"他伸出五个手指。

"嚯！你可真敢买呀！"岩岩咂巴着嘴，吐着舌头说。

"我不能让日本人瞧不起我，再说，我的年龄也不能穿便宜的服装嘛！唉，以后再挣吧！这套西装是英国名牌呢！"他并不心疼这笔服装费。

侄子毕业以后，开始了人生的新历程。艰苦的流水线工作让他感觉再次被嘲弄似的。几个月后，他再一次产生了辞职的想法。这个时候，岩岩不得不把自己的经历讲给他听。

"你一定要咬牙坚持三年，公司看一个人是需要时间的。你们公司在中国有分公司，那里的工作就是等着你去接班呀！"岩岩给他鼓劲儿。

这就是日本公司培养人才的方法。一个优秀的管理者，必须要到基层去磨炼，必须要经过一层一层地严格筛选，看谁的意志更坚强，看谁不抱怨，看谁把公司放在第一位。这种锤炼就像训练士兵一样，要百炼成钢。

片山对社长赞助议员竞选的做法非常生气，他当着大家的面对社长说："我们是小企业，在经济恶劣的环境里，我们根本就没有能力为议员做事情，公司没有钱赞助议员的竞选活动。再说，员工们很辛苦，没有时间去做那些义务工作。"

在众人面前讲出这种话来，片山是出于无奈的无奈。他一直认为社长的脑袋长了瘤子，阻碍了正常思维。那位议员向社长许下的承诺，却从来没有履行过，然而社长对他的承诺却毫不怀疑，只要帮助他竞选，只要他竞选成功，清水就可以拿到10亿日元的工程订单，可是，这种话已经成了老皇历，公司没有从那位议员手里得到一丁点工程。

清水社长再次与片山发生了争执："公司需要得到政治家的支持。我跟他是老朋友了，他怎么会失言呢？公司的事情我说了算，我们必须要赞助他一些活动经费，这对公司非常重要。"

片山不再说话了，他的眼睛里露出对社长的鄙视，但是，他依然坚持说："公司不能因为赞助议员而不给员工们发奖金。"

清水社长仍然一意孤行，他告诉员工们：我们必须要支持那位议员的政治活动；义务宣传活动大家都要参加；不参加者自动辞职。他的指令没有人敢反对，到了周日，社长不再去打高尔夫球了，带领男员工们去演讲场所帮助那位议员做宣传活动。

大仓的脸色很难看。他对那位议员的评价非常不好：就是一个说客，从来不做实事；社长被他说昏了头，公司为他花了不少冤枉钱。

上海人对义务宣传活动自然是奋勇争先了，据说，那位议员能帮助解决他的国籍问题。他非常迫切地希望拿到日本国籍，否则，为了签证，他就要一辈子为清水公司玩儿命了。

对于国籍的认识，岩岩有着深刻的感受。记得在大学念书时，教研室组织学生去欧洲几个国家参观学习建筑设计。她是中国护照，需要办理签证，但要在一个月之内办理几个国家的签证是不可能的。她失去了那次与导师和学友一起参观学习的机会，这让她非常沮丧。还有，她来公司不久，年底结算公司结余了不少现金，于是，公司决定组织一次美国旅游，大家都要参加。她是中国护照，需要办理签证。公司为她出具了相关的证明，最后，还是没有批下来，她失去了那次旅游机会，这让她心里感觉非常不舒服。而上海人的签证却批下来了，因为他已经成家了，没有移民倾向。岩岩去美国访友，尽管出具了很多证明，签证官还是用怀疑的目光盯着自己，那种感觉太不好了。不过，那一次，她还算走运，得到了访友签证。思前想后，她决定改变国籍。

当她把这个想法告诉北京的妈妈时，妈妈当时就难过地说："孩子，如果你改变了国籍，是不是你就不能回国了？你是日本国籍，让我感觉你离我越来越远了，你要认真考虑好啊。"

"妈妈，我并不想改变国籍，可是，我申请美国旅游签证时，你知道签证官说我什么吗？'你有移民倾向''你想嫁给外国人'。我的天呐！我只是参加公司组织的美国旅游，跟着公司去，难道我还有移民倾向吗？还有，我想访问在美国的朋友，被怀疑是去找对象。这种说辞让我非常气愤！他们把我和那些拿到签证去了美国就不回来的人画等号了，也把我当成了那些拿着旅游签证去外国找男朋友的中国女孩子了。拿中国护照在日本工作，有时候很不方便。所以，我决定改变国籍，就是这样简单。妈妈，请你原谅我吧！"

她把自己想改变国籍的计划告诉了大竹。他疑心重重地问："你嫁给我就可以加入日本国籍了。是不是你不想跟我好了？"

"两码事。我要靠我自己的能力加入日本国籍，而且现在我就想办这件事。"

大竹知道岩岩的性格，看着她没有继续谈论这个话题。

岩岩去外务省开始为申请国籍一事奔波。那是一套严格的申请、审批程序，需要中国公安部的无犯罪史密封信函，与父母血缘关系的公证书和与兄弟姐妹血缘关系的公证书，在日本的纳税证明、工作证明、无婚姻史证明等诸多的相关证明。负责审理的官员要一次一次地面见你，每一次都要在三十分钟以上。另外，他们还要去你的工作单位做调查，到你的住所听取邻居的意见，看看你的生活状况，所有这些繁琐的程序不得有丝毫差错。

岩岩改变国籍的想法得到了奥田校长的鼎力支持。清水社长更是力挺岩岩的做法，因为，她每一次去办理签证时，社长都会特意地关照她："需要什么材料，公司给你办。"每一年岩岩都要办理一次工作签证，公司出具各种证明很是麻烦。

经过一些繁杂的手续后，岩岩拿到了所有从中国寄来的证明材料。当把自己所有的人生材料都交给外务省以后，她开始了度日如年的日子，她害怕自己的申请材料中出现什么差错，那段等待的日子让她夜不能寐。

对外务省审理官员安排的每一次面见，岩岩都精心准备，准时到场。在一次面见时，审理官员对岩岩讲："我们国家需要很多优秀人才，我们很多企业更是需要大批的外国人才，我们希望你能够留在日本。"听到这句话，岩岩悬着的心才稍稍放下。

专务的日子越来越难熬了。社长的无情，在他心里投上了一大块阴影。他开始向岩岩抱怨委屈："我以前在大公司工作，要不是看在与社长是老同学的面子上，我是不会离开那里的。社长让我跟他一起开公司，我们合作得不错，可是现在，味道全变了！我什么也不是了，上个月社长扣了我一部分工资。我的手气不好，一直没有拿到订单。你有没有什么关系介绍给我？"

岩岩望着这个曾经恨过的专务，心头五味杂陈。时过境迁，她已经消除了对专务的怨恨。她和他之间的关系，就是烧火棍子碰灶火门——又得碰，又离不开。不管怎么说，自己的成长与他的嘲讽、训教、传授是分不开的，自己应该报恩。经过一番思考，岩岩决定把自己的一个订单再次让给专务去做。

这个建议一下子把大仓给气蒙了："你是糊涂吗？你把订单给了他，我们完不成定额，社长就要扣我们的工资！要知道，我们才是工作伙伴。"

岩岩好言相劝："我们不是还有一个订单吗？先做着，然后，再找机会嘛！我一定会找到订单的。"

大仓的脸变得像雷雨前黑云压顶似的阴沉，他一句话也不说了。突然，他一声怒吼："你，你给我滚出去！"

幸好他们是单间办公室，声音传出去的时候，已经是朦朦胧胧的语音了。岩岩吓了一跳，看着他被气疯的脸，她伤心地跑出了办公室。

她万万没有想到大仓竟会为订单的事再次出口伤人。"他还想不想继续合作下去了？"岩岩除了伤心，却不敢再生气了。生气比砒霜毒性还大，自己的身体再也经受不住生气了。

无论怎样，岩岩都决定把自己的一个客户让给专务，让他过了这个关吧！

专务十分感激岩岩的大度与豪爽，再一次给她鞠了一个躬，面带惭愧地说："没有想到你们中国人这样善良。你不恨我吗？你把订单给了我，你会少拿很多钱的，你不后悔吗？"

"这有什么可后悔的？公司要靠大家的力量，而不是我一个人。如果，只有我干得欢实，大家都瞪着眼睛看着我，那可不舒服呦！'有福同享，有难同当'，这是我们中国的谚语。哈哈哈！"

停了一会儿，岩岩趴在他的耳朵边上说："专务，不要告诉大家是我给你的客户。"他会意地点了点头。

大仓一直不理睬岩岩，就像岩岩该了他八百吊钱似的。可是，客户那边不见不成，不谈不成，否则就会失去这笔买卖。岩岩也咬牙了：好吧！看谁先理谁！她没有车，就步行或者打车去客户家里谈工作。她没有不经过大仓的同意就对客户许愿，但是，她还是发挥了自己的特长，软磨硬泡。不就是让脸皮子厚一点嘛，又没有毁容；不就是放下身架，多笑一笑嘛，自己还是会笑容满面的嘛！她学会了建筑方面的各种知识，她不害怕客户提出的任何疑问，只要客户满意，哪怕晚下班也不在乎。她没有任何诀窍，也没有太多的经验，就是把客户当成上帝，把心掏出来，诚意诚信，让客户知道自己所说的事情是实实在在的，所提供的数据是精确无误的，所展示的设计是舒适时尚的。

两天以后，大仓终于坐不住了，主动找到岩岩，尴尬地笑着说："怎么样，你不能总是打车出去呀，我们还是一起去见客户吧。"

一直以来，岩岩把大仓当成哥哥看待，大仓对岩岩也很好，可是，她就是不明白把一个订单给了别人，他就暴怒成那个样子！虽然岩岩知道他人很直，很倔，不会表达自己的想法去说服对方，但她无法理解这个人的心胸。不过，看在他帮助自己摆脱片山带给自己的麻烦，带着自己出去参观和学习，指导自己做预算和工程检查验收，经常开车送自己回家等等善良的一面，"唉，算了！别跟他生气，不是还得一起工作嘛。"她不停地劝自己，安慰自己。讲心里话，她需要这个合作伙伴，不想更多地计较他对自己的态度。

大仓没有向岩岩赔礼道歉，不过，他一脸的懊悔让岩岩原谅了他，他们合好了。

一天后，大仓带着岩岩出去见客户。坐在车里，岩岩开了一个玩笑："嘿，你们男人是不是也有烦躁期呀？"

大仓的脸一下子红了："怎么说呢，好像是吧。最近，我心里很烦躁。我女儿刚毕业就要结婚，我没有那么多钱给她，她挺恨我的。我害怕质量检查这一块做不好，让社长扣工资，又担心定额完不成，再让社长扣工资，总是提心吊胆。你把客户让给专务，等于我们少收入很多。可是这是你揽的活，我阻止不了你，一时发怒骂了人，对不起。"

"唉，都是老皇历了，我们继续努力找客源。不过，专务也挺倒霉的。"岩岩看着大仓，直率地挥挥手。

岩岩利用自己所有的关系去开发客源。这个时候的她早已经没有了原来那种架子了。她很放得开，也很坦诚，身份与架子对她来说已经成为不足挂齿的词汇了。只要能完成定额，她都全力以赴。她一听到有谁想盖房子，哪怕只是一个说法，也要打破砂锅问到底。没过多久，她又联系了自己以前所在大学的教授，说破了嘴皮子，把人家刚刚存够的3千万日元投在了房产上，她又赢了一把。

泉子照看的药房女主人的三层楼药店需要装修和改建，她请泉子帮忙做老太太的工作。没过多久，她终于把那个吝啬而又孤僻的老太太迟迟不肯动工的药店改建工程拿到了手。

在公司，岩岩似乎是在与上海人打争夺战，上海人的业绩直线上升，岩岩的业绩也紧跟其后。清水社长看着这两个中国人你追我赶地为公司创造业绩，心中暗暗欢喜。

可是，岩岩不能只做营销，她还要画图，工程质量检查验收，把公司大大小小的事务管理好。甜甜不是一个很勤快的女孩子。岩岩外出办事，回到公司，看到她竟然毫无条理地做工作。本来是一件很简单的工作，在她那里却像打仗一样忙乱。岩岩既恼火又无奈。甜甜却抱怨："社长怎么也让你干营销呢？办公室里的活我一个人根本就做不完。一会儿客户来了，一会儿社长要文件，一会儿给他们复印图纸，连坐下来喝水的时间都没有。"

岩岩叹着气："我也是靠打鸡血过日子，定额完不成，就要扣工资。楼上的活我已经让他们自己去做了，我只把厨房里的事情做好就可以了。"岩岩自感肩上的担子很重，但是，不甘落后又是中国女孩子的倔强性格，她成了一个工作狂。

过了一段日子，外务省的审理官员给岩岩寄来了一封信，告诉她，国籍申请工作已经完成了原始材料的审核，下一步就要去她工作单位了解她的工作表现。岩岩对此泰然自若。

审理官员约定了时间去高中听了一堂岩岩的中文课，并去了校长办公室了解情况；随后，他又去了清水建筑公司，接待他的是片山部长。

接下来，他又走访了岩岩住所附近的日本人家，了解岩岩平时的生活情况，最后，他去了泉子家。泉子对岩岩的评价很高。当一切都完成以后，官员走进了岩岩的那间小屋。

岩岩住的房间虽小，却很整洁。那位官员感慨地告诉岩岩："那位老校长对你的评价很高，你们是怎么认识的？"

"我们是在斯拿库认识的。"随后，岩岩给他讲了一段往事。官员的眼睛里闪着亮光，他有些激动："是啊，老校长真是一个善良的人啊！你很诚实，工作也很努力，周围邻居对你的评价很好，只是你们的片山部长似乎对你有些看法，不过，这并不影响你的申请。我们还是那句话，日本需要像你这样的优秀人才。"停顿了一下，突然，他话锋一转："你有男朋友吗？"

"有一个比较亲近的男孩子。我们在一起聊聊各自的工作，我苦闷的时候，也会找他谈谈。"

"他是日本人吗？"

"是的，人不错，也很诚实。不过，我们不是经常见面。"岩岩坦诚地回答。

"你是不是以后想与他结婚呢？"

"这个问题我真的没有细想过。现在，我只想工作，日本社会给了我工作机会，我要努力去做，再有，我不能辜负老校长对我的帮助，我还要报答清水社长，他在我困难的时候雇用了我。"

"来这里的很多中国女性与日本人结婚，她们办理国籍比单身办理要容易得多，为什么你不在结婚以后办国籍转变呢？"

"我不想依赖于谁，只想靠自己的能力在这个社会扎根。至于那个男孩子嘛，感觉不错，但是，结婚的事情还很遥远。我想靠自己的能力获得日本国籍，请您理解我的心情。"岩岩注视着官员。

官员看着岩岩："我相信你说的话。我会加快审理速度，让你尽快回去探望你母亲。"

岩岩万分感谢他对自己的信任与关照，在他临走时，送给他一包茉莉花茶："这是我们中国的好茶叶，请尝一尝吧！"

"我不能接受你的礼物，这是我们的规矩。"

"我不是贿赂你。难道一小包茶叶也不能接受吗？"

"我们国家公务员有制度，不能接受任何礼物。"

"这，这，这不是礼物呀！"岩岩有点急了。

那位官员微笑着与岩岩握了一下手，高兴地说："你给我沏的茶很好喝，谢谢你。"望着他的背影，岩岩心里充满了敬意。她感到很过意不去，官员在自己小小的房间里只喝了一杯清茶。

就在岩岩全力以赴地去完成定额的时候，公司的一位营销员工自动提出了离职申请。道理很简单，他没有完成定额，连续三个月被扣了工资，因而无钱向银行还房屋贷款，照此下去，他的房子将会被银行没收。他不得不辞掉工作，另寻出路。

社长把公司的气氛搞得剑拔弩张。以前找客源，只是营业部门的事情，现在，施工部的员工也给了定额，人人都惶惶不安，可是，社长却在下面帮助长子一郎拿到了不少的订单。

如果说，以前公司里的人没有重视岩岩的能力，那么现在，岩岩的业绩让所有的人都对她另眼相看了。

一天中午，上海人上楼来拉着脸让岩岩为他找一份档案，恰好岩岩要出去访问客户，便让他找甜甜做这件事情。上海人看着岩岩和大仓谈事情，立时暴怒，"我告诉你，你必须要给我找到档案，这是我给你的工作。"

听到这小子对自己竟然这般无理，岩岩也很恼火："这是楼下女孩子的本职工作，她会帮你找的。我马上就要出去了，如果你不着急用，等晚上回来我再帮你找。"

他指着岩岩的鼻子："你，你，你做也得做，不做也得做。你要考虑你的工作，你要想在这里干下去，你必须给我找这份档案。"他的脸色变得像猪肝那样有些发紫，气急败坏，恶狠狠地甩出了极有分量的话。

就在这一瞬间，岩岩突然意识到眼前的这个人已经不是自己的同胞了。他的嚣张、他的眼神和他强硬的口气都告诉自己，现在，他们是竞争对手，而并非昔日的朋友了。看到他眼睛里冒出来的火焰和充满血丝的眼睛，岩岩吓得向后倒退了几步。

她不理解，日本人是抱团工作，可是，中国人却愿意单练，宁愿得罪所有的人，也要让自己站在别人的头顶上，直到登上自己渴望的宝座。相互嫉妒、相互排挤、相互诽谤、相互拆台，这些陋习让中国人在日本各自为战，岩岩不喜欢这种做法。

上海人指着自己的鼻子训斥自己，他这不是癞蛤蟆鼓肚子——跟我发混账气嘛。她绝对不能容忍！他们终于成了一对可怕的同胞冤家。

第二十二章
吃亏与福

这两个中国人相互对峙着。没人知道他们要什么花样儿，也听不懂他们说的中国话，办公室里的人都低着头做自己的事情。一个小伙子正在做预算，大气也不敢出；大仓一声不吭地抽着烟；老人川村不时地从嗓子儿眼里发出揪人心肺的剧烈咳嗽声。中岛从外面走进来，看到他们两个人的神态不对头，问岩岩："发生什么事情了？你们怎么了？"

整个办公室里安静得可怕，上海人依然满脸怒气，根本不看中岛。片山听到了上海人的吼声，不知道发生了什么事，火速跑上楼来，看到是他们俩对峙而立，便默默地站在一边看热闹。岩岩看着上海人越来越灰暗的脸色，双腿开始颤抖起来。这个面相和蔼的上海人一下子变成了一头暴怒的雄狮。她害怕这个小子会动手打自己，好汉不吃眼前亏，可是，她的脚就像被胶水粘上了似的，拔不动了。

就在两个人互相怒视的时候，一郎跑了上来。他走到两个人中间，先是和颜悦色地对岩岩说："你出去办事情去吧，他的活我来完成。"说完，他连推带搡地把上海人推进了电梯间。

这一次，岩岩的心被上海人伤害得很深，也很痛。当事态稍微平静下来以后，一郎又跑上二楼，把岩岩拉进设计室，详细了解事情的经过，然后，安慰她："他就是这么一个人。最近，他说话的口气很硬。当然，他给公司带来了很多业务，可是，那也不能这样对同事说话。你放心，以后不会再发生这样的事情了。"尽管，一郎说的很有道理，然而，岩岩心里落下了的伤痕已经再也无法愈合了。

事过一周，在公司全体职工大会上，社长又一次对公司的人事做了调整，任命上海人为营业部长和人事部长。营业部以前只设科长，是佐佐木科长。这个新人事安排，刺痛了佐佐木，他没有想到上海人会成为他的上司。片山人事部长的大权就这样被上海人拿了过去。专务什么职务也没有了，成了一名普通员工，而且，还把他调到了营业部，就在社长眼皮子底下工作。

在这次会上，社长给所有员工都分配了营业额，除了片山、川村和甜甜以外，就连杂工桥本也给安排了1千万日元的定额，片山身负财务重任，幸运地躲了过去。

上海人一副得意扬扬的神态。社长非常欣赏他的工作能力，只要看到了他，立马就会喜形于色、笑逐颜开。上海人成了清水社长的香饽饽，可是日本员工却不买他的账，背地里议论他的时候，不再提他的大名，而是说"他"。"他"成了员工们议论上海人的代名词。

专务没有了任何职务，但大家依然称他"专务"。这不仅是大家已经习惯了叫他"专务"，而且也是对他的尊重，因为他确实有本事，给公司立过功。

片山对社长的人事安排极为反感。他为自己失去了人事部长的职务而不满，为专务喊冤，为施工部的员工们叫屈，却对社长提拔起来的上海人表现得十分冷淡。他开始游说，在员工当中大讲社长的不是，并煽风点火，拉起了帮派。

一天，他到二楼来找岩岩闲聊，看到岩岩正一头扎在图纸里专心地画图，桌子上铺满了各种表格，显得很慈悲地问："你说，你一个女孩子，又要打扫卫生，又要招待客户，又要画图，还要去工地检查验收，社长又给你增加了定额，可是，你的工资却没有增加。你说，你干得完这么多工作吗？楼下的事务活一个人也完不成呀。我在报纸上又登了广告，楼下需要两个女孩子工作。"他盯着岩岩的眼睛，又说："哎，社长被'他'灌迷糊了。听客户说，社长几乎天天晚上都带着'他'去斯拿库喝酒呢。我替你们打抱不平呀！"

俗话说，听话听音，可是岩岩却听不懂片山的意思，他是为自己好呢，还是试探自己？岩岩进公司只想好好工作，报答社长，不给奥田校长丢脸，不管社长给自己安排多少工作，她都要努力完成，从来没有想其他的。她非常讨厌背后议论人，即使上海人，她也不想去多谈论。她对片山财务部长的话充满了疑惑，不知说什么好，便看着他一句话也不说。

大仓与岩岩依然是一对合作伙伴，他们比以前配合得更加默契。岩岩暗地里跟上海人摽上了劲，确切地说是暗地里跟他打起了赌，她像打了鸡血一样卯足了劲要打赢这个赌。她告诉大仓："咱们先别张扬，来个拉屎攥拳——暗里使劲，把那个小子给压下去。"大仓连连点头赞成。

岩岩早晨到公司，以最快的速度打扫完卫生，做好茶水，便风风火火地去社长办公室打扫整理，然后，她就把一切办公室里的工作都交给甜甜。她搂着这个美丽的女孩子，半哄半抱怨："不是我不想待在公司，是社长不让我坐在这儿干事务工作。给了我这么多定额，这不是逼着我上吊嘛！我跟片山部长说好了，今天我得出去见客户。客人来了，麻烦你照应着点儿吧。再忍一忍，公司马上就会来新人的。"

甜甜担心岩岩的工作，焦虑地望着她："你别跟'他'计较。我们女孩子本来就是做室内工作的。要不然，你去跟一郎说一说吧，通过他跟社长汇报。我看社长是糊涂了。别担心，你去吧，这里有我呢。"她咬着牙说出了这句话，岩岩非常感激，但她心里明白这个女孩子是吃几碗干饭的。

自从她们相互知道了对方是创价学会的会员以后，她们的关系更加密切了，姐妹两个相互照顾，偶尔外出办点儿私事，相互替对方向员工们保密。甜甜早晨睡过了点儿，岩岩帮她刷出勤卡；午休时，岩岩在楼下冲澡，甜甜就替她盯着，总之，她们之间坚守着一个诺言，就是互相帮衬。

每一次岩岩外出回到公司，总会带给甜甜一份小点心，然后道一声"你辛苦了"。她看着甜甜楼上楼下、跑前跑后地工作，心里感到隐隐作痛，可是，她也身不由己，爱莫能助。

初春的一个周末，岩岩与甜甜一起在公司上班，她把自己的工作拿到楼下去做。这一天她比较轻松，片山外出办事情不在公司，社长带着客户去打高尔夫球，营业部的人也都外出办事情去了，楼下只有她们两个女孩子。姐妹两个一边慢悠悠地干着各自的工作，一边闲聊了起来。甜甜笑眯眯地告诉了岩岩一个好消息："哎，我有男朋友了！"

"真的吗？你们是怎么认识的？他是什么样的人呀？"

"在学会上认识的。那一天，刚好是分会开会，他就坐在我旁边，我们聊得很投机，会后相互留了电话号码。第二天他就给我打电话了，约我出去吃晚饭。这个人挺实在，挺善良的，比我大五岁。他妈妈再婚，嫁给了一个比她小十几岁的小伙子。继父只比他大五岁。不过，他对我说，只要他妈妈幸福，他就会对继父好。"甜甜眼睛里流露出缕缕情丝，满脸幸福的表情。

岩岩由衷地替这个小妹妹高兴："只要你喜欢他，就努力争取这份爱吧！祝贺你呀！"

紧接着，她又告诉了岩岩她以前男朋友的事："你知道我拒绝了那个只跟我交朋友，不想结婚的男孩子吧。我拒绝了他以后，他倒对我主动了起来。他给我打电话说什么'我一定要娶你'啦，'过一段时间我就会跟家里讲我们的事情'啦，'我们出去吃饭'啦。别看我们交了7年的朋友，但是，我早已经不爱他了。现在，他每天晚上都打来电话缠着我不放，一定要见我，让我答应继续和他交朋友，你说我该怎么办呀？"

"这个人怎么这样呀！你不能再让他继续缠着你了。只要你喜欢现在的男朋友，男朋友也喜欢你，你就要明确告诉他，你已经找到新的男朋友了，让他以后不要再来打搅你。"岩岩给她出主意。

"我真的不知道我为什么会跟他交了7年的朋友。现在，他倒想要结婚了。哼，他以为我离开他就找不到别人了。我爸爸妈妈都很喜欢我现在的男朋友呢。我们几乎天天都通电话。他带我见过了他父母。我们在学会相互鼓励，他的心是真诚的，我很想有个自己的家，自己温馨的家。"甜甜憧憬着美好的未来。

岩岩替这个妹妹高兴。甜甜终于摆脱了那个无聊的许愿结婚、却不履行诺言的男朋友。现在，她完全陶醉在真诚的爱情里，沉浸在幸福的甘露中了。

忽然，她神秘地对岩岩说："嘿，难道你没有发现你们施工部那位科长变得比以前利落了，也比以前精神了，不是吗？"

"你是说那位科长吗？好像有点变化。你真能观察人家呀！怎么，他有什么新闻？"岩岩疑惑地望着甜甜。

她捂着嘴巴"嘻嘻嘻"地笑了起来："小金井和他结婚了！"

"真的吗？！我怎么一点也不知道呢？嘿，公司里的人知道了吗？他们什么时候结的婚呀？小金井没有告诉我呀！"

"就是上个星期。他们办完了手续以后才告诉我的。他们什么仪式也没有办。小金井的父母不同意这门婚事，跟她断了关系，可是，小金井就是喜欢那个科长嘛！我也没有想到小金井会看上他。咳，都是她以前的婆婆把她给毁了。他们就住在我家附近！现在，小金井又找到了一份工作，在电话公司当接线员。"

"小金井的身体怎么样了？我还挺想她的呢！找个时间我们聚一聚怎么样？"

"哎，你可别告诉公司的人呀。我和她约时间，我们聚一聚。"甜甜嘱咐着岩岩。

片山也开始说上海人的不是了。上海人有社长撑腰，他也不再把片山部长当回事了。他目中无人，想指着谁训斥就指着谁训斥。他一改过去温善的面孔，喷着唾沫星子指着鼻子瞪着眼睛数落不听他话的人。说来很是奇怪，被训斥的人竟然不敢回嘴顶撞他，这让岩岩看在眼里痛在心上。她不理解日本人为什么能够那样容忍，那样忍耐。她想这可能就是日本公司的上下级关系、人际关系，或者团队精神吧。岩岩在公司工作了几年，她能像日本人那样"忍"吗？

　　上海人的威风没有人敢震唬得了，即使一郎也不想把社长父亲的大红人干将给得罪了，他见到上海人也会鞠一个躬。他清楚，虽然他有父亲做后盾，但在业务上他绝不是上海人的对手。

　　整个公司都误入歧途了。社长不在公司，上海人就是大王，谁敢不听从他的调遣，他就有职权让你马上离开公司。他的做法，社长默许了。片山不和上海人正面发生冲突，但是，他在底下让员工们抵触上海人的嚣张气焰。

　　白天，施工部的全体员工都去了工地现场，二层只有川村一人办公，岩岩也不再为一壶水、一杯茶而操心了，更没有那么多精力打扫卫生了。她和大仓开着公司的车全天在外面疯跑，检查工程质量，找客户。她已经不再害羞了，不完成社长分配的定额，就要被扣工资，她神经质地疯狂工作，只有一个念头，多多增加订单，和上海人比一个高低。

　　虽然，当下日本经济低迷，传统的日本企业文化、理念正在渐渐地改变，但是总体而言日本人顾全大局，即使公司走背字，只要没有接到辞职通知，就会为公司工作下去。员工们绝不会为了个人怨恨，而放弃工作，也绝不会因为得到的奖金少了，而申请辞职，另攀高枝。岩岩在公司工作了几年，被日本人的团队精神熏陶，凡事总是与大家商量，力争做好每一件工作。但是，对上海人的专横跋扈，她看不过去，像日本人那样逆来顺受，她做不到。

　　佐佐木对上海人心里也不服气，但没有办法。他是小科长，不想与自己的顶头上司发生纠结，只要能完成自己的那份定额，不被社长扣工资，就算齐活。

　　片山部长总是想方设法帮助走背运的专务。一天，专务上楼找岩岩，又拿出了一张空白发票，岩岩二话没说就在发票上填上了3万日元餐饮费并用左手写上了那家饮食店的名字。公司里乌烟瘴气，员工们人心莫测，她也顾不了那么多了。

　　没过多久，岩岩通过一个朋友，又拿到了一个订单，她的营业额已经超过了上海人。又过了几个星期，大竹又帮助她拿到了他的一个朋友家的订单，但是，那位朋友要求住宅造价必须要在他的金额之内，这下子可把大仓给难为住了。

　　"嘿，科长，你可要把预算做好呀。我们不能失掉这份订单，输给'他'。你看看有什么关系可走吗？你不是认识那家木材公司的社长吗？他能不能给我们一个好价格？还有那家混凝土公司，跟他们讲一讲把价格再降一降。"岩岩跟大仓探讨，盘算着。

　　大仓若有所思，认真地点了点头。

　　岩岩的干劲让公司所有人的眼球都瞪出来了。他们感到不可思议，这个中国女孩子是从哪里弄来的关系？而在岩岩的心里，她只有两个念头，一是要把工作做好，不给老校长丢脸；二是要报答社长雇用自己的恩情。不管怎么说，社长在泡沫经济破裂阴影下毫不打磕巴儿地雇用自己的做法就应该报答。岩岩拿到了订单，但在公司里却见不到她的身影了，男员工们喝不上热茶了。抱怨也好，不满也罢，反正她没有干私活，她的订单就是证明。找客户抓订单是社长下的命令，因此，名正言顺地不在公司，谁也说不出什么来。

可是没过多久，她还是没有躲过一场麻烦。

那一天，上海人一来到公司就把岩岩挡在了厨房门口，虎着脸对她说："今天我有客人要来公司，请客户吃饭。我已经预定了餐饮，到时候，你把三楼的餐桌准备好。今天，你不能离开公司。"说完，他把一张安排表和餐饮订单交给了岩岩。

哎！岩岩心里想，这还算是活吗？她看了他一眼："没问题，你还有什么吩咐？"上海人绷着脸，摇了摇头。

随后，岩岩把餐饮单拿给片山看，片山很是生气："他为什么不事先跟我打声招呼？我是财务部长呀！这笔费用我不想出。"

"那可不行呀！部长。营业部长已经吩咐过了，中午就带着客户来吃饭。你不给钱，我办不了事，谁负这个责任？"

此时的岩岩什么也不想多说，片山不给钱，办不了事，不关我什么事，你看着办吧！

她正要转身离开财务室，片山答应了支付这笔费用，可是，从他的眼睛里却露出一道愤怒的火焰。

岩岩心里明白，你上海人想看我的笑话，今天要让你见识一下我岩岩的本事。她无法走出公司，只能把去客户家谈事情的时间向后错了一天，好在是自己熟悉的客户，彼此理解，不成问题。

岩岩自己一个人按部就班地把餐饮摆到餐桌上。中午，上海人准时把客人带到了三楼。那些客户吃得舒服，喝得高兴，时不时地看看岩岩表示非常的满意，这给足了上海人面子。看到他心花怒放地冲着客户们温和微笑的面孔，岩岩心里骂道，"你就霸道吧！"上海人找不到岩岩丝毫的毛病，宴请结束时，他给岩岩鞠了一个躬。

经过千辛万苦的磨合与商谈，大竹朋友家的住宅订单终于拿了下来。尽管公司没有得到太多的利润，但是，这也让岩岩的腰板挺得更直了。岩岩连续得到了订单的奖金，拿着这些钱，她心里十分敞亮。片山笑着对她说："我们没有失言吧！只要能拿到订单，公司就会给你奖金，男女都是一样的。"

接下来，奠基、上梁、完工、验收，所有这些程序都会得到客户的谢恩费。大仓跟着岩岩沾了不少光，公司又传出了风言风语。岩岩看着大仓"哈哈哈"地大笑："你看，还真有人嫉妒我们呐！你说，我们是情侣关系呢，还是兄妹关系？你愿意我们一起做下去吗？"

大仓憨厚地一笑："哎！什么也不是。我是你的头儿，我们是上下级关系。就让那些人嚼舌头去吧！我们出去是办事情，甭管他们说什么。"

打这以后，大仓和岩岩干得更加欢实了。他们这边干得好，可是，那边也有人开始耷拉脑袋了，耽误了工程要罚款，拿不下定额要扣工资，人人都如履薄冰，心绪不宁。

上海人更像是打了鸡血外加吸了大麻一样，进出公司大门，时而笑容满面，时而怒火冲天，时而拍拍同事的肩膀，时而训斥某个员工，大家都盼望着这个家伙不在公司才好呐。

一郎做事稳稳当当，从来也不着急，对谁都是面和目善的，因此，公司里的人都喜欢他，岩岩有些话也想对他讲一讲。不管怎么说，他是这家公司未来的主人嘛。

一天，岩岩要外出见一个客户，正当她与大仓走出公司大门时，一位社长的客户迎面走了进来。本来这是岩岩倒茶送点心的活，可是，她不能失约，于是，她请求一郎帮一下忙。

一郎笑呵呵地说："我应该如何做，请你告诉我，你放心去办事情吧。"这句有人情味的话让岩岩感到心里热乎乎的。不承想，就在此时，又一个客户打来电话，让一郎务必去他家谈事情。一郎依然笑笑对岩岩说："这件事情包在我身上，我打电话让我妈妈来一趟公司招待一下客人，你们去办事情吧。"

在岩岩眼里，一郎是个温和的男孩子，他不傲慢，更不欺生，他对公司里的每一位员工都很客气。很多时候，他看到甜甜忙得不可开交的时候，便会放下手里的工作帮她一把。每当有人被上海人训斥后，他都会去抚慰一番。其实，他对上海人也有很多看法，但是，他对岩岩讲："他是社长选上来的人，我们还是要服从他的。我在公司就是一名普通员工，跟你们是一样的。公司需要大家团结协作，他也是一时发发怒气，别往心里去。"

之后，岩岩从员工们的嘴里知道了上海人的一些私事。

上海人一直没有拿到日本国籍，为此，他很是着急。社长从中帮了他很大的忙，可是，不知道他哪个环节出了毛病，那个议员后来直截了当地跟社长讲，他帮不了这个忙！上海人的老婆是台湾人，她办签证时，也由清水社长帮助解决，因此，上海人只有一条路可走，就是为公司努力工作，得到签证，留在日本。他有一个患癫痫病的女儿，每一次女儿发病时，他老婆就打电话给他。后来，他又有了一个女儿，依然没有躲过癫痫病的阴影，他心里痛苦极了。他不想看到女儿发病时痛苦的样子，最后，他把工资全部交给老婆，自己搬出去单独生活了。公司里的人都知道他很会玩儿股票，玩儿出了两套高级公寓来，因此，他比任何人都有钱，就是还没拿到日本国籍。

"哦！原来如此！怪不得他早就与妻子分居了！"岩岩恍然大悟。

2001年初夏，岩岩终于得到了外务省发给她的信函，她被批准加入日本国籍了。

她把这个绝好的消息在第一时间就告诉了大竹，大竹兴奋地在电话里说："祝贺你成为我的同胞！我们要好好庆祝一下！我把那两位也叫上，咱们聚一聚吧！"

岩岩马上提醒他："你的哥们还不知道我们的事情，以后还有机会。我只想与你一起分享我的快乐。我们去银座法国餐厅吃饭吧！我请你！"

那一天，岩岩去外务省领取日本护照，看到很多中国女性的身边都站着一个日本男人，她们都是因为与日本人结婚而获得日本护照的。她是一个未婚女子，凭着自己的实力获得了日本国籍，心里感到很是自豪。凭着自己的劳动，凭着自己的信誉和自己的道德，独立获得了日本护照，那一刻，她心里很是激动：中国是自己的生身之地，故乡故土；而日本则是自己学习工作的第二故乡。

川上恩师走了，他与中国公司合作搞设计的计划无法实现了，岩岩追随恩师回中国发展的梦想化为乌有了。现在，她拿到了日本国籍，决定留在日本工作与生活。

公司的同事听到岩岩拿到了日本国籍，马上欢呼了起来："哈！现在，我们是一家人了！"

她去区政府办理转国籍手续时，那位熟悉的科长握着她的手说："太好了！我们区又多了一名日本人，你是我们的朋友！"

岩岩有一位一起学英文的男同学在区政府做部长。办完事情以后，她向秘书说了想见见那位部长，并告知自己的姓名。不一会儿，那位部长从自己的办公室里走了出来，他握住岩岩的手："祝贺你呀！"他的表情有些激动，随后，邀请岩岩去他的办公室坐一会儿。

坐在宽敞的部长办公室里，环顾着房间里的一切，岩岩享受着秘书端来的茶水，品尝着精致的小点心，那一刻，她感觉自己真的很幸运。即使是日本人，也没有这样的机会坐在区政府部长办公室里享受那份周到的服务呀。

岩岩拿到了日本国籍，专务友好地走到她面前："从今天起，你就是我们的同胞了。"大家对岩岩投去善意的微笑，可是，上海人却阴郁着脸不说一句话。岩岩知道自己日本国籍一事肯定会在他的心里产生强烈的震动，自己或许就要倒霉了。

社长找到岩岩详细地打听了办理国籍所需的一切证明材料，疑惑地摇着头："我就是不明白，他办了五年也没有办下来，可是，你才办了一年就拿到了，他母亲还是日本人呐！"

"社长，我办理国籍，您是最清楚的。我需要的所有证明材料都是您亲自签了字的。我没有任何捷径可走，就是按照外务省的要求一步一步地去做的。"

社长依然摇着头："不清楚他是怎么一回事。"

小科长佐佐木也来问岩岩："你是不是找了关系才拿到的国籍呀？"

"我既没有逃税，也没有任何交通事故记录，更没有犯罪记录。我一生清清白白的，完全按照外务省的条文去办理的，我为什么得不到呢！"

"嗷，是这样的！'他'一定是哪个方面出了问题。"佐佐木抽着烟，思索着。

上海人开始不断地挑岩岩的不是了。他知道，岩岩拿到了日本国籍对他就是一种挑战。岩岩自身也有这种预感，不过现在，她并不担心自己的前途，即使被公司炒掉了，她也会继续向前迈进的。

5月中旬的一天，岩岩与大仓又拿到了一笔订单奖金。正当他们讨论如何进行下一步工作的时候，上海人严肃地走到岩岩办公桌前，告诉她："我要找你谈一次话，你的科长和部长都要参加。"

此时，岩岩很坦然，她面不改色，沉稳地回答："好！"

她心里明镜一般：在这家小公司里，两雄是不能并立的。

上海人没有让岩岩的现任科长大仓参加谈话，而是让那位与小金井结婚的施工部的科长参加。下午，岩岩、那位科长、上海人和施工部长四个人严肃地坐在三楼大会议室里。上海人的表情严峻而又尴尬，科长显得有些紧张，部长傲慢地扬着脸望向窗外，一副玩世不恭的神态，岩岩心里坦然而又平静。

科长抽着烟一言也不发，部长开始玩儿新买的手机，会议室里悄然无声，气氛沉闷，只有墙上的挂钟"滴答滴答"不紧不慢地移动着。上海人干咳了两声，打破了沉寂："我们公司的员工是不能干两份工作的。岩岩，你现在在高中兼职，这不符合公司的章程，因此，你要在这两份工作中选择一个。你有什么意见吗？"

岩岩直视着他，心怀坦荡地回答："我来公司上班，做两份工作是清水社长同意的，是有雇用合同的。"

上海人的脸上露出一丝愠怒的神色："我是履行社长的意思找你谈话。现在，我是人事部长兼营业部长。我给你两天时间，你考虑一下。"他停顿了一下，然后，对那两个人说："你们有什么意见吗？"

科长吸了一口烟，慢慢地说："既然是社长给了你这个工作，请你把社长的批条拿给我们看一看吧，这是公司的规矩。"

部长接着说："是啊，岩岩在这里工作了好几年，她干得不错。她在高中教书，并不影响她在这里上班。她可以做两份工作的嘛。"

上海人的脸上出现了阴云，他阴沉着脸："我还是那句话，我是代表社长来谈事情的，就这样。"说完，他站起来，揪了揪西装，抻了抻脖筋，走出会议室。

事情比岩岩想得要复杂一些，但是，在没有得到社长亲自批示之前，她不会答复上海人。

科长拍了拍她的肩头："别去理'他'，'他'不敢辞掉你，我们日本人最在乎的就是人际关系。社长把你辞了，他怎么和老校长交代！"

部长更是不屑一顾地对岩岩说："甭搭理'他'，让'他'一个人去蹦跶吧！哎，这个糊涂的社长，把日本员工都降了级，唯独提升了'他'。如果大家都不干了，我看社长依靠谁？岩岩，你干你的工作，我们部需要你。"

两位老前辈的肺腑之言让岩岩感动，她眼睛里充满了泪水，有点哽咽地对他们说："我知道我应该做什么。你们一直都在关心我，帮助我，我永远都不会忘记的。如果，我在这里成了'他'的眼中钉，那么，我会在适当的时候离开公司。没有关系，我现在已经是日本国籍了，再找工作也不难，我相信我的能力。放心吧，部长、科长。"

甜甜知道了岩岩的事情后，担心地问："你真的要离开吗？你要是走了，我也不想在这里干了。哎，你别去理会'他'的说辞，等社长发话了才是真的。"

"别担心，我现在不需要签证了，走到哪里都可以找到工作的，谢谢你。"岩岩宽慰着这个小姐妹。

大仓听说后焦急地问："你真的要走吗？你要去问一问社长，不要轻信'他'的话。"

"我想，肯定是社长同意了。如果社长不给'他'权力，'他'也不敢这么张狂。不管怎么样，我们还是要把客户的订单拿到手，即使我不在这里了，你也可以得到一笔奖金。"岩岩平静地对大仓说。

从那次谈话以后，岩岩依旧做着自己的工作，依然跑出去找客户谈事情。

事情巧得很，就在上海人找岩岩谈话的几天以后，片山部长向全体员工宣布了一个好消息：今年公司有结余，可以组织大家去韩国旅游一次，每个人的费用是7万日元。

清水社长希望全体员工都要参加此次的旅游，为了鼓励大家都参加，还宣布了不去者扣工资的规定，不过这也从另一个角度说明日本公司的团队精神。岩岩非常想去韩国看看，但她真的不喜欢与大家一起去，她很不合群。甜甜更是不想去，她面带难色："我男朋友不希望我跟公司的男员工一起去。他说'除非岩岩去，你才能去'。

岩岩，你去吗？"

"我去跟社长要求一下，我想在公司值班。"

大仓听说岩岩想在公司工作，便搭腔："我也不想去韩国。我们一起在公司值班吧，还有客户需要去接洽呢。"

岩岩找到社长申述自己的理由，社长干脆利落地答复："公司不需要值班，大家都要去，我不再重复了。"

片山私下对甜甜说："这个机会多好啊！就去三天，你一分钱也不花。不去，你的那份钱不但不会给你，还要扣工资。你们两个女孩子可以就伴嘛！"接着，他又对岩岩说："公司的旅游大家都要参加。你不要去理会'他'，社长没有发话，你就在这里待下去。"

大家如此关心岩岩，这让她感到了一种大家庭的温暖，她决定去参加旅游。

这一次，岩岩也扬眉吐气了，去韩国，她不需要办理签证，可是，上海人却来了问题，不过，去韩国的签证并不难办理，他的签证很快就批了下来。

此次，公司不仅组织自己的员工去旅游，还邀请了合作伙伴——十几家小公司的社长都参加进来，清水社长在众人面前腰板挺得直直的。

据大仓讲，片山选择去韩国旅游是因为他有一个韩国的女朋友，另外，公司还有几个男员工也都想去韩国的酒吧见识见识那里的美女，在那里好好过把瘾呢。

大仓去韩国就是想买几个韩国假冒名牌挎包。他兴奋地讲："你知道吗，在日本买一件真的品牌特别贵。可是韩国的假冒品牌做得非常像真品，根本就看不出来是假的。我要给我老婆买一个挎包回来。"

三天的旅游，除了外出吃饭，岩岩与甜甜就泡在宾馆里。她们不想买东西，另外又赶上了周末，想参观的地方还关门，她们真的是闲在宾馆里无聊到家了。

甜甜抱怨："要是我不来，就可以和我男朋友见面，我还真想他呢。"

岩岩也没有情调去宾馆的咖啡厅喝咖啡，因为，她听到韩国话就感到心乱，她期待着三天的旅游赶快结束。

到韩国，公司的男员工们一到了晚上就来了劲儿，有的人去会自己的女朋友，其实就是在韩国的情人，他们到了早晨才回到宾馆，然后，昏睡到日落。社长也不在宾馆里过夜，他去了哪里，没有人知道，就连他儿子一郎也不清楚。

大仓与那个亲密的合作伙伴社长去买假冒名牌包，一逛就是一天，到了晚上就带着岩岩与甜甜出去吃饭，然后，在大厅里东扯西聊地消磨时间。

韩国是什么样子，岩岩一概不知道，好在三天的时间一晃而过。

公司正常营业，岩岩一如既往地做着自己的本职工作，她把上海人的话早就抛到脑袋后面去了。上海人也没有再找她问话。

一天，甜甜突然趴在岩岩的耳朵上神秘兮兮地说："嘿，你知道吗，片山部长要不干了，还有你们部长，我们部也有几个人不想干了。听说，社长又扣了他们的工资，可是，'他'的工资却在往上涨。专务这几天一直跟片山部长谈事情，他们想办自己的公司。你可别告诉别人呀！"

岩岩吃惊地望着这个小姐妹："你怎么知道的？"

"片山部长想带着我一起走呢，让我在新公司里当秘书，我已经答应他了。嘿，你去不去呀？片山部长让我问你呢，他说你很顽固。"

"哦，是这样呀！我认为这样做不好，起码我是老校长介绍来的，我不会跟着你们走的，谢谢你的好意。你们打算什么时候'起义'呀？"岩岩开了一句玩笑。

"我们走了，你的日子就更不好过了，'他'不会让你待在公司的。这两天，我看着'他'老去三楼社长办公室呢，你可要留点儿神啊。"甜甜担心地说。

社长已经不把员工们当成自己的财富了，他眼睛里只有上海人。他要求每一个员工都要拿定额，而忽视了施工方面的工作。施工部的人抱怨，"给我们定额，谁来干工程？"

社长已经利令智昏了。上海人土井经常趴在他耳朵边上低声密语地说些什么，不停地向他吹小风，接着，他就会在第二天早操以后，向全体员工宣布又一个人事变动。本来泡沫经济破裂带给大家的危机感还笼罩在心头，现在，社长雪上加霜，又给大家制造危机感。清水公司的员工们人心惶惶，提心吊胆，人人自危。

中岛对社长的定额分配视若无睹，他依然去工地，按部就班地做着自己的事情。他笑着对岩岩说："我不会响应社长的号召，我没有精力去揽生意，我的定额是多少跟我无关。我是一级建筑师，不怕找不到工作。再说，公司没有一级建筑师，就会关门的。我们公司的工作，'他'一个人干得了吗？"

中岛和甜甜与岩岩因为同是创价学会的会员，他们相互支持，相互鼓励。在公司，他们抱得就像一团面，既有韧性，又有弹性，不过，岩岩有自己的打算。她要做好自己的工作，直到最后一刻，因为，她有一个重要的介绍人，老校长。她不能因为自己的任性而给校长带去负面影响。

上海人找岩岩谈过话以后，岩岩没有给他回话，他也没有催促，这件事情暂时搁了下来。

事过不久，岩岩与大仓又拿下来一个订单，把上海人远远地抛到了后面，这个时候，岩岩发现土井绷不住劲了。

土井，这个曾经让岩岩感到可以依赖的同胞，变得不可理喻了。在公司他见到谁都想训教一下对方，即使对专务说话，也是居高临下的气势。专务这个曾经的公司第二把手，哪里受得了一个外国人对自己的不恭？他愤怒了。社长对他的轻视，加之上海人的盛气凌人、不可一世，让他决定离开公司，与片山拉起一支队伍。

岩岩的业绩终于惹怒了土井。他再一次召开会议，重复了以前的老话：岩岩必须选择一个工作，离开公司去教书，或者留在公司停止教书。他的那上海男人温雅的面目变成了红褐色岩浆喷涌而出的火山般可怕面孔。

上海人对岩岩态度的急剧变化，岩岩真的理解不了，不过细细想一想，她想明白了。岩岩刚进公司的时候，遭到专务的训教与挖苦，上海人同情她，时常安慰她，因为，他是强者，岩岩是弱者，强者保护弱者是一般人的共识。他喜欢岩岩，岩岩与大仓一起工作，让他醋意大发，虽然有些嫉妒，但他还是希望保持与岩岩的那份同胞情谊。岩岩拼命女郎的做法，超过他拿到更多的订单，他开始沉不住气了，先生气，后刁难，以至于发疯似地逼着岩岩为他工作。到了后来，岩岩拿到了国籍，他以强者自居的精神世界彻底崩溃了。他不能看到一个比自己强的中国女孩子在自己周围转悠，只有让岩岩滚蛋，他才能得到一丝安慰。

岩岩这才意识到是该亲自找社长问一问了。她没有做噩梦，也没有生气，更不会得抑郁症，她只想亲耳听一听社长怎么说。

第二天，岩岩往社长办公室打去电话："社长吗？我想找您谈一谈我的事情。您什么时间合适？今天您有时间吗？"

"一定要在今天谈吗？"

"是的，很紧急。我想如果社长今天有时间，今天就想跟社长谈。"

"好吧，现在我有一点时间，你上来吧。"

这间办公室对岩岩来说太熟悉了。她每一天都会在这里清扫，整理社长办公桌上的文件，然后，打扫社长专用的卫生间。已经几年了，她从来没有厌烦过，尽管以前她认为这太贬低自己了。

她轻轻地敲响了社长办公室的玻璃门，"请进吧！"岩岩轻轻地推开那扇门，拘谨地走了进去，然后，在门口毕恭毕敬地站立着。

社长从办公桌后面站了起来，走过来对岩岩说："请坐吧！"

双方落座后，清水社长一句话也不说，眼睛直直地望着她。

岩岩捋了捋思绪，看着眼前这个比自己大八岁的社长，各种滋味一起涌到了嗓子眼儿。她抑制着激动，开始讲起上海人的那段谈话，然后，她大胆地看着社长："社长，我十分感谢您对我的照顾。如果没有社长，我是不会有今天的。我很想在这里继续干下去，报答社长，可是，人事部长对我说，是您让我选择一份工作，是这样的吗？我想听一听社长的意思。"

清水社长沉默了一会儿，说："我从来没有说过这句话。你来公司上班，兼职在高中教书，这是我和老校长谈好的事情，这你不用担心。"

"可是现在，我有点糊涂了，难道人事部长可以随便说这种话吗？"岩岩胆大包天地讲出这句话后，便直视着社长。

"我听说他近期情绪不太好，他家庭有些问题，国籍迟迟解决不了。他看你拿到了国籍，心里很着急。是不是你们之间有什么疙瘩呢？"社长坦率地问。

"我不知道如何解释，我看不惯他对员工说话的态度。他为公司拿到了很多订单，很不容易，我佩服他，可是，他指着我的鼻子对我说话，态度强硬，我接受不了。如果没有大家的共同努力，只有他一个人也干不完这些工作。我也拿到了不少订单，比他还要高呢。"岩岩据理力争地讲述自己的理由。

社长笑了一下："他干得很棒，他为公司立下了汗马功劳。如果大家都像他那样工作，我们公司就会更加强大起来。如果说员工们不干活，光拿工资，我宁愿只要他，我们的预算可以拿出去做嘛！这比雇人还要便宜。"

社长的最后这一句话让岩岩感到吃惊，她大着胆子试探着问："社长的意思是大家都可以走，只有他能干，您是这个意思吧？"

社长又笑了一下，回答："是的。我们公司现在经营是关键，他的订单最多，对于公司来讲，他最重要。"

这一句话刺痛了岩岩的心灵。社长真是鬼迷心窍了，偌大一个公司，怎么只看到了土井一个人，而把团体精神这个法宝忘到了九霄云外了呢？岩岩被社长的话气蒙了，脱口而出："好吧，那么，我就离开公司，让他一个人去工作吧。"

社长连忙摇着手："我不是这个意思，我是说，你跟他好好谈一谈。其实，他并不想让你离开公司。我就不明白，你们之间到底发生了什么事？我希望你继续在公司工作。"

"社长，非常感谢您对我的信任。但我不会跟他再谈什么了。我们之间没有发生任何事情，就是我不满意他对员工的恶劣态度。我把这个月的定额干完就离开公司。"岩岩说完，站起来，给社长鞠了一个躬。

此时，社长也站了起来，沉稳地对岩岩说："你一定要走，我也没有办法，不过，我已经完成了照顾你的任务。你知道吗，当初，我和老校长是有约定的，他希望我帮助你，现在，你已经是日本国籍了，不需要我的任何证明了，我的任务也完成了。你现在是日本人，找工作也很方便。"

离开社长办公室，岩岩的心情糟透了，她自己也不明白为什么会跟社长说出那般强硬的话来。可是，社长怎么也会轻易讲出那种失去理智的话呢？难道上海人给他灌了迷魂药了吗？社长就像护犊子的家长那样护着土井，忽视了员工们的力量。社长是故意讲出这些话来让自己自动辞职呢，还是想鼓励自己与上海人和好呢？那个时候，岩岩的方寸整个乱套了，她忘记了对方是社长，凭着当时的感情，不假思索地向社长说出了"离开公司"的话来，她真的是让土井给气糊涂了。岩岩心里像车轴卷住了乱麻，理不出个头绪来。

可是，说出去的话，泼出去的水，想收都收不回来了，岩岩懊恼极了。

当天晚上，她就给老校长打去了电话，把在公司发生的事情一五一十地向他做了汇报。对于辞职一事，她想听听老校长的意见。

老校长沉稳地笑了一下，慢慢地说："岩老师，你的事情我知道一些，那个上海人的事情我更是听得很多。你们社长很喜欢那个男孩子，他干得不错。社长也夸你呢，但我从来没有听说不让你在高中教书的事情，我看你就是太认真了。上海人说别人，与你无关，你干你的嘛！再说，他没有权力让你离开公司，这是我和清水社长之间谈好的事情，你不用担心，继续工作吧！"

岩岩感激这位恩人的肺腑之言，但是，她不能容忍上海人对自己蛮横的态度，她也看不了他厉声训斥员工的嚣张气焰。她激动地讲出来心里话："校长先生，他发疯似地怒吼我，是得不到我的原谅的。社长一再包庇他，非常伤害我的心。我很在意社长说的话，尽管他不同意我辞职，那我也决定不干了。我心里很烦躁，对不起老校长对我的栽培。"

"岩老师，学校的事情我可以决定，清水公司的工作你要与社长商谈。只要你不生气，辞职也没什么嘛！你已经不需要担心签证的事情了，在学校工作也能养活你自己。校长就是担心你一个人在日本的生活。我希望你能快乐，让你妈妈放心，这就是我要对你说的话。公司的事情你自己可以做决定，不要担心我这边，社长那里你也不用担心。"

如果说岩岩与社长谈话时，因为情绪激动，话赶话，说出了"我离开公司"，那么与老校长通过电话以后，岩岩经过一夜的慎重思考，还是决心离开公司。

大仓非常落寞："你走了，我怎么办呀？你就不走，看'他'如何，又不是'他'给你发工资。"

岩岩淡淡地说："在我心里，'他'的事情已经不重要了。我不会因为丢掉了这份工作就会去要饭的，走是定了。别担心，我会帮你拉到客户的。"

岩岩决定以后，便急于想见到大竹，听一听他是如何看待这个问题的。

坐在咖啡厅里，大竹睁着一双明亮的眼睛看着她，沉思了一会儿，沉稳地说："社长并没有直接告诉你，让你辞职。听他的意思，他不想让你走。加上老校长的关系，我们日本人是不会这样不给对方面子的。再说，你跟自己公司的部长关系搞得这样僵硬，也不是我们员工的做法。你还是去跟他谈一谈，社长不是也这么说吗？当然，你辞职不干了，我们马上就结婚，你不用为生活担心。"

岩岩眼睛里有了泪水，其实，她并不希望听到大竹讲这些话，她也并不真想辞职不干，就是心里积着那股子要强的火气，不加考虑，一下子就说出了不该说的话，她需要安静地想一想。

看着大竹真诚的脸，她说："我们中国女孩子独立性很强，即使结婚也要工作，因为，只有自己工作才是最保险的。对不起，我们两个人还是要把各自国家的文化综和一下。你说的有道理，我再想一想。谢谢你总是给我提出好建议。"

可是，岩岩一根筋的倔强秉性，就是想一千遍她也跳不出她的思维方式。

几天以后，社长夫人到公司找到岩岩，她含着微笑把岩岩拉到了三楼大会议室。

岩岩还是第一次看到她脸上带着焦虑的神情。她急急地问："听社长说你要离开公司。为什么？你能告诉我原因吗？"

岩岩心里对清水社长存有万缕感激，但是，已经决定的事情，驷马难追。她把详细的事情经过讲给了夫人。

夫人听后摇了摇头："你真是孩子气。其实，'他'这个人对你的印象很好，前两天还跟我说呢，一个女孩子干得比男人还好，'他'很佩服你呢。你怎么说走就要走呢？听一郎讲，你们吵过架，是吗？你去跟'他'好好解释一下不就行了嘛。我不想让你走，你干得比他们都好。咳，去跟他聊一聊吧！"

岩岩望着这位公司真正的主人，一字一句地说："夫人，我跟'他'没有任何利害冲突，可是，'他'对大家的态度非常恶劣，我接受不了。再有，那一次，'他'当着大家的面，指着我的鼻子厉声训教我，这一点，我永远也不会原谅'他'，因此，我决定辞职，就是这么简单。"

夫人的脸上流露出遗憾的表情，但她依然劝岩岩："要不，我去找'他'谈，你还是留在公司吧！就算是我求你了。"

岩岩的眼睛里闪着晶莹的泪花，对夫人说："我已经决定了，我不想再跟'他'谈什么事情了。我是有尊严的，如果员工们没有意识到这一点，那么，我不能委屈了自己的心灵。夫人放心，我会把公司事务方面的工作向楼下交代清楚的。"

事情就是这样无法继续下去了，夫人摇着头："我真不理解你们。"

晚上，岩岩又一次给老校长打去电话，汇报了自己的决定。电话的另一头，传来轻轻的叹息声："岩岩老师，这不是你的错，清水社长经常夸奖你呢。我也听说，你在我的老师们当中拉买卖呢。你很有想法。不过，你现在离开公司，不用再为签证担心了，心里不痛快就辞职嘛！你还有学校的工作嘛！"

一席温暖的话，让岩岩止不住抽泣了起来，老校长急切地问："岩岩老师，你没事吧？我们是否今天晚上见一面呀？你要答应我，不要胡思乱想。"

岩岩感激地对老校长说："有老校长，我什么都不怕，就是心里感到对不起社长和老校长，心里堵得慌。"

老校长宽慰她："临走时，去给社长辞别，毕竟他照顾了你这么多年，是吧？"

岩岩渐渐地平静了下来："我会的，请老校长放心吧！"

就在岩岩打算辞职的时候，片山又招聘了一个女孩子。他拉起了一支队伍已经是确凿的事实。他聘请甜甜做事务工作，工资给得很高，比清水社长给的工资高出好几万，因而，甜甜决定离开公司，跟着片山一起干。

片山没有说动岩岩，就让甜甜来说。岩岩十分肯定地告诉她："我离开公司，是因为与'他'不和，但是，我不会去你们那里工作，起码，我不能对不住清水社长。"

小科长佐佐木上楼来把岩岩叫到设计室，诚恳地说："岩岩，你为什么走呢？一郎告诉我的。我们希望你留在公司，别在乎'他'，我们给你做后盾。我现在还是科长嘛！留下来吧，我还有很多预算需要你来做，你走了，谁来做我的预算？听我的，别走啊。"

岩岩望着眼前的小伙子，眼睛有些潮湿。是啊，曾几何时，她跟这个小科长还发生了一次争吵，可是，那仅仅是一个小误会，他们很快就和解了。以前，他怕自己一个人在日本生活孤独，带着自己去客户家吃饭，喝酒，唱歌……所有这些都在岩岩的脑海里出现了。佐佐木是个拼命三郎，为人诚恳，对自己很是尊敬。她不想离开公司，这是真心话。可是，上海人是个狂人，"他"，已经得不到岩岩的原谅了。

"不，我已经决定走了，谁也拦不住我。科长，你给了我很多机会，让我做了很多预算，谢谢你。"

佐佐木露出一丝伤感："你什么时候离开公司？我们为你饯行吧！这是我们日本人的习惯，我去张罗。"

岩岩一把握住了他的手："谢谢你，不用了。我来时，静悄悄的；走时，也想这样安静地离开，答应我。"

佐佐木真诚地望着岩岩："我明白了。只是以后，你有什么需要我帮助的，就打电话告诉我吧！你走的那一天，我不在公司，请原谅呀！"

2001年10月中旬的一天，是岩岩在清水公司工作的最后一天。当她把公司里的一切事务都教会了新来的女孩子后，她一一向所有的员工告别，然后，她安静坦然地走出了公司的大门。

回过身子，她望着这栋玻璃大楼，几经磨炼、几经痛苦、几经嘲讽、几经冷淡、几经教诲、几经鼓励，她望着望着，想起了第一次走进公司大门时的情景。她不能再看这栋大楼了，她不能把自己离别的眼泪撒在这里，她要重新开始。她恋恋不舍地走向了车站。

岩岩离开公司半个月后，甜甜打来电话，告诉她："我现在在片山部长，不，是片山社长的公司里工作，员工都是清水公司的人。"

岩岩既不想知道那里的事情，也不想打听甜甜的工作，她只想重新思考一下自己这几年所走过的路。

在一个偶然碰到的熟人那里，岩岩知道了清水社长的一些近况。

片山从清水公司拉走了二十多个公司的骨干，清水公司元气大伤。这一切都是片山过河拆桥，忘恩负义，花言巧语笼络人心，拉帮结派所致。或许，清水社长这一生都没有想到过，他自己经营了几十年的公司会在一夜之间塌了半栋楼！而把自己员工带走的人竟然是自己好心高薪聘用的被银行裁员下来的片山部长，他内心的疾苦向谁吐诉？一夜之间，他满头的黑发变成了灰白色。经济疲软没有打垮这个男人，却让背叛自己的员工击垮了他的精神世界。难道上海人土井真的能够挽救公司吗？难道走掉的二十几个员工也顶不了一个上海人吗？是什么让社长这般重视他？难道就是因为他比别人更能为公司拉到合同订单吗？

人走楼空。看着这栋曾经兴旺繁荣的玻璃大楼，社长流下了懊悔、痛楚的泪水。一连几天他都泡在经常去的斯拿库里，向妈妈桑哭诉着公司的这段厄运。

小金井的丈夫，那位施工部的科长因为公司里没有了知心的同事，也辞职离开了公司。他并没有到片山旗下的公司工作，由于一直找不到合适的工作，在家里闲着。小金井心疼丈夫，让他为自己做饭，鼓励他寻找机会再次工作。

岩岩离开了公司，但是，她没有忘记大仓，仍然帮他找客源。据说，清水社长警告过土井，不可再让大仓离开公司了，因为，他是公司的元老。

清水公司受到了重创。清水社长说过，只有上海人才是公司的保障。现在，社长要为自己说出去的话而付出巨大代价了。

公司以后如何，对于岩岩来说已经不重要了，但是，它在岩岩的心里始终留下了一段既痛、又恨、又爱，深深的、忘不掉的记忆。

岩岩站在自己小屋的前廊下，望着大河，听着河水拍打岸堤发出来的声音，她想起了在日本生活的起起落落。此时，她不想见大竹，不想去创价学会学习，也不想去听英语课，她只想一个人静静地呆着，静静地思考。

京都一直都是她最想去的地方，趁着现在自己休息的空档，她给自己放了假，买了一张去京都的新干线车票。

她没有告诉大竹，只身去了京都。在那里，她娴静地住了两天，吃到了最经典的京都豆腐餐，那是她不能忘记的绝品佳肴。她又泡了几次温泉，感到心里的浊气已经完全散发了出去。走在街头巷尾，看着漫山遍野的红叶，她的身心轻松了很多。走着走着，她有点后悔起来，要是身边有大竹该多美好！

回到东京，她已经重新有了感觉，寻找一份新工作！

正在这个时候，大竹打来电话，声音里带着气恼："岩，你这两天去哪里了？我打电话没有人接，不知道你发生了什么事情？你去哪里了？"

岩岩定了定神，温柔地告诉他："竹，我去京都了。"

"什么？去京都了？跟谁一起去的？是跟你的头儿吗？"

"你想到哪里去了。我就是想自己安静几天，谁也没有告诉，我怕你担心嘛！散散心，回到东京感觉还是不一样的。明年，我们一起去京都看樱花吧！"岩岩平静地说。

"看樱花的事明年再说吧！我现在就想见到你。"大竹急不可待地说。

"好吧，我们在上野见面吧。"岩岩呼出了长长的一口气。

都说吉人自有天相，岩岩不是完人，但是，苍天又一次关照了她。

就在与大竹见面后的第二天一大早，一阵急促的电话铃响起，岩岩奔到电话机前，拿起了电话。

"你是岩岩吗？我是清水太太。我可以找你谈一谈吗？"

岩岩一听是社长夫人，心里不禁一动。

在一家典雅的茶馆里，岩岩和夫人面对面地坐在了茶桌旁。夫人的眼睛里一缕自信的目光让岩岩感到了一种冲动。夫人微微地一笑："有的时候，我来这里喝茶，就是想安静一下。其实，平时家里就是我一个人，很安静，但是，在这里喝茶味道不一样。来这里就是喝茶，不用分心。"她说着喝茶的心得，眼睛却一直望着岩岩。

岩岩赞同地点着头："我也喜欢喝茶，而且，喜欢一个人喝。本来嘛，我就是一个人，生活也很简单。"她停了一下，看着夫人直截了当地问："夫人找我有事情吗？"

"是啊，我想，你在公司这几年很辛苦，需要休整一下嘛！公司的情况你一定听说了，走了二十多个人，一下子空出了半个楼，我心里好难过！这个社长不知道犯了什么毛病，把自己的员工都给得罪了。唉，我把公司全部交给了社长，现在，一郎也在公司，就想省一省心，没想到，公司搞成这个样子。"夫人喝了一口茶水，用期待的目光看着岩岩，问："你现在找到工作了吗？"

岩岩摇了摇头："我想休息一下，目前还没有找工作。"

"哦，是这样的，现在，我不得不行使我的职权了。如果，你还没有工作，那么，我可以给你一份工作吗？我聘请你在清水公司工作，你愿意吗？这不需要老校长的介绍。我给你一个星期的时间考虑。"说完，夫人站了起来，向岩岩鞠了一个躬。

这个举动让岩岩脸上发烧。这个既傲慢又朴实的夫人，如今，亲自出马，或许，这是她最困难的时期。不到万不得已，这个幕后权力人是不会轻易走上前台的。

回到家里，躺在床上，眼睛望着天花板，岩岩愣了很久很久。突然，她坐了起来，就像自己做了坏事一样，不停地拍打着胸口，喃喃地说："自己口口声声说'报恩，还恩'，可是，到了关键时候，自己的心胸竟然小如沙粒。在清水工作，不是为了上海人，不是为了赌气。过去自己忍受冷遇，那是没办法，自己需要工作，需要公司帮助办理签证。现在，自己的身份改变了，翅膀硬了，就可以撒手走人吗？公司被那些背叛者搞得荆天棘地，那个上海人想必现在也傻了。闹吧！狂吧！在日本工作，不是一个人单要，而是要靠团队的力量。怎么样？现在社长应该明白自己所犯的错误了吧。"

岩岩又想到了老校长专程带着自己去清水公司见社长，还想到了清水社长在自己最需要救助的时候接纳了自己，这一切都是他们对一个留学生所给予的帮助。社长很难，但他匀出了员工的工资帮助自己就职。这些除了"恩"，就是友情。"他"，一个上海人，盖不起龙王庙，也造不起洛阳桥。不，我不能就这样一走了之。我干什么要跟他怄气？不看僧面看佛面，君子不跟牛生气！社长是好人，既然是好人，就不能"黄鹤楼上看翻船"，我要想办法和其他员工一起帮助清水社长走出这最悔恨的低谷。我需要回报清水公司的恩情，这个时候不效力，还等何时？

岩岩感到脸上一阵发热，她不能再袖手旁观了，她主意已定，随即给清水夫人打去了电话……

晚秋的早晨，阳光灿烂，晴空万里，空气中飘浮着红叶的清香，岩岩踏着朝阳，朝着清水公司走去。

大楼依然矗立在那里，地球依然在转动。岩岩没有了以前的冲动，也忘记了曲曲折折的经历，也不再记恨上海人了，她坦然地走进了大门。这个时候，她什么都没有想，至于工资、工作内容，这些都不重要，她只想去报恩。

一走进公司大门，一脸谦和的清水夫人就迎了上来："欢迎啊！今后请多关照。"

······

经过几年的磨炼，岩岩终于得出了一个结论：吃一分亏，受无量福，身受痛苦磨难时，就算自己在黄连树下弹琴，苦中寻乐也是一种乐；在日本，无论是工作、学习，还是生活，相互尊敬、互相帮助的团队精神是自己最应该学习和信奉的。入日本这个"乡"，就应该随这个"俗"！